詩比興系論

顏崑陽 著

轉向的領航者

鄭毓瑜

那時節，無疑是研究中國文學批評的黃金年代。

每個月在台北清華大學的月涵堂，由一位參加者提出構想或初稿，供大家批評討論。固定成員有黃景進、柯慶明、呂正惠、蔡英俊、顏崑陽、龔鵬程、鄭毓瑜、廖棟樑，有時候陳萬益、梅廣老師也來。那是一九八〇年代，沒有現在這麼多審查、評比、計畫、問卷或各式會議，每個月相見不是問題，甚至像是習慣，討論時間沒有限定，通常是整個下午，加上會後六品聚餐，總在星子出來後，才心滿意足的道別。

一九七〇到八〇年代，台灣古典文學研究，正聚焦在中古文論以及相關的觀念術語，顏崑陽與龔鵬程、李正治、蔡英俊自一九八五年起在《文訊》每期解釋一則文學批評術語，比如「境界」、「自然」、「氣韻」，最終目的是希望完成一本「中國古典文學批評術語辭典」，一九八六年蔡英俊出版了立基於「比興」觀念的《比興物色與情景交融》[1]。再早先有廖蔚卿的《六朝文論》[2]、王夢鷗《古典文學論探索》[3]，以及徐復觀在《中國文學論集》[4]討論「文體」、「文氣」、「比興」、「隔／不隔」，在《中國藝術精神》[5]當中透過人物品鑑、山水詩與山水畫論「氣韻生動」，當然也不能忽略劉若愚《中國文學理論》[6]由杜國清中譯，於一九八〇年出版，更早在一九七二年有楊牧編輯的《陳世驤文存》[7]，以及一九七〇年代末期高友工先生提出文學研究中的「知識」、「語言」、「美感」等論題[8]所造成的影響。

整合月涵堂的討論成果，一九八七年清華大學中文系舉辦了「中國文學批評研討會」，研討會不但聚焦「知音」、「作者」、「〈禮樂之〉文」等文學批評基本觀念，尤其值得注意的是，這當中不僅僅提出新的詮釋，更提出新的詮釋方式。「中國文學批評研討會」所發表的文章，一九九二年才由呂正惠、蔡英俊編成《中國文學批評》（第一集）[9]，書前有「發刊詞」，呂正惠發願要辦一份《中國文學批評年刊》，希望用「理論自覺」的方式，來討論中國文學批評的一些概念，並落實到「實際的批評」。這倡議源自於當時在古典文學研究「方法」上產生的反思與焦慮，主要與一九七〇年代以來大量翻譯西方理論與比較文學的研究方式有關。呂正惠希望集結大家的「嘗試」，可以提出一些或許成功、或許失敗的「示例」[10]。

我印象中顏崑陽老師最勇於建構理論，而那些年，志同道合的這些人，也彼此挑戰與激勵。比如「知音」的詮釋，先是蔡英俊宣讀〈知音說探源——試論中國文學批評的基本理念〉，顏崑陽接著撰寫〈文心雕龍「知音」觀念析論〉[11]。蔡英俊以為「知音」這種理解活動，是要訴諸「演奏者和欣賞者兩人主觀的相互感通的心理狀態」，尤其在魏晉以後，這種讀者和作者主體之間的交會默契，正是中國文學批評的主流。在顏崑陽的文章裡，則認為所謂「默會感知」只有狀態，沒有客觀性，也沒有普遍性，缺乏有效的規範，論六朝文論，如果以《文心雕龍》「六觀」為準，明顯可見當時的文學批評已經從「情志詮釋」轉向具有規範與評價意味的「文體論」批評。

1 蔡英俊，《比興物色與情景交融》（台北：大安出版社，一九八六）。
2 廖蔚卿，《六朝文論》（台北：聯經出版公司，一九七八）。
3 王夢鷗，《古典文學論探索》（台北：正中書局，一九八四）。
4 徐復觀，《中國文學論集》（台北：臺灣學生書局，一九八〇〔四版〕）。
5 徐復觀，《中國藝術精神》（台北：臺灣學生書局，一九八一〔增訂七版〕）。
6 劉若愚著、杜國清譯，《中國文學理論》（台北：聯經出版公司，一九八一）。
7 楊牧編輯，《陳世驤文存》（台北：志文出版社，一九七二）。
8 據柯慶明先生描述，一九七八年高友工先生來臺大客座講學一年，這期間即撰寫〈文學研究的理論基礎——試論「知」與「言」〉、〈文學研究的美學問題（上）：美感經驗的定義與結構〉、〈文學研究的美學問題（下）：經驗材料的意義與解釋〉三篇關於文學研究的重要理論著作，詳見工友工，《中國美典與文學研究論集》（台北：臺大出版中心，二〇〇四），書前柯慶明〈導言〉。
9 研討會後結集出版，由呂正惠、蔡英俊主編，《中國文學批評》（第一集）（台北：臺灣學生書局，一九九二）。
10 參見呂正惠，〈發刊詞〉，《中國文學批評》（第一集），頁I—III。
11 此二文皆收入《中國文學批評》（第一集），分見頁一二七—一四三、一九五—二二九。

顏老師這篇文章出版於一九九二年，並收入一九九三年的《六朝文學觀念叢論》一書[12]，除了「知音」，書中還討論「文質」、「文體」、「文學」等觀念，並且在此書中確立自己對於文學觀念的討論態度：所有觀念的討論都應「置入當時的歷史情境中去作理解」，各種文學論見都具備歷史經驗性格，「都不是自成封閉系統的抽象理論」；而「文學觀念史」的研究，必須理解其「發生意義」，體會當時整個歷史情境，才能更精確掌握一個觀念的「本質意義」[13]。這番對於「觀念」或「觀念史」研究的看法，比當前興起的「觀念（史）」研究提早了二十幾年。如果注意到《詩比興系論》一書所包含的六篇論文，最早一篇〈《文心雕龍》「比興」觀念析論〉，發表於一九九四年，顯然「比興」系論，是在這個復活「歷史情境」的研究態度上，次第展開的研究成果。

研究者的學思歷程固然是持續的動態發展，但是其中必然有造成重大轉變的關鍵，《詩比興系論》中的〈從「言意位差」論先秦至六朝「興」義的演變〉一章，可以說是全書立論的中心。顏老師說自己從一九九一年就對「比興」觀念特別關注，但是直到一九九八年自鑄「言意位差」這個新詞為主題，「才體悟到『比興』，尤其『興』在中國古代詩學或詩文化的語境中，本質上就是一個『開放性』的觀念」[14]。在不同時代、不同社會文化下，「比興」是歷代不同的士人於具體生活情境中獨特的言語或書寫模式，不能簡化為普遍的創作思維或修辭技法，必須置放回社會互動下的「言語倫理功能及其效用」的語境中，才能確實詮釋其意義；顏老師因此結合了傳統詩文化與社會倫理關係，建構了「中國詩用學」，以脫離五四以來純詩化、靜態化以及抽象概念式的「比興」論說。

擺脫五四「知識型」的籠罩，並回返「歷史語境」，成為《詩比興系論》中反覆昭示的宣言。

強調細讀文本、深入事件情境、不隨意套借西洋理論，這固然反映了自一九四九年以來，台灣古典文學研究在保存文化傳統與四部不分的教研體系下的成果，而更重要的是，在文獻詮釋與字詞訓解的功夫之上，顏老師最自豪能鑄造新詞，自創理論體系，以釐析任一觀念或術語的源流本末。尤其近年來，重新思索「抒情傳統」在海內外「中文學」的位置，其實是在擺脫「五四」籠罩之外的再一次轉向，提醒文學研究必須時時抗拒單一範式的籠罩，勇於提出創新多元的洞見。在「月涵堂」的歲月裡，這一直是所有參與者念茲在茲的夢想，顏老師一直朝向這個目標，並且確實做到了。

而自鑄新詞、自創理論的意義，猶不僅於此。在〈從「言意位差」論先秦至六朝「興」義的演變〉一文的「引論」中，以「新文化運動」為分界，將古典詩歌文化分別為前後兩個不同時期，一是「古典詩歌文化實踐期」，一是「古典詩歌知識研究期」；兩者最大的不同是，五四以後，古典詩歌的創作、閱讀或使用，已經脫離士人階層的生活情境，失去了文化實踐力的古典詩歌，再加上西方理論的影響，轉而成為知識研究的史料，似乎在詮釋上容易抽離歷史語境，流於抽象概括。蔡英俊後來根據顏崑陽的說法，進一步追問一個更根本的問題，如果以新文化運動劃界，前此是古典文化實踐情境，情境自我是鮮活存有，此後則是歷史性的知識研究，那麼失去情境的「古典」如何

12《六朝文學觀念叢論》（台北：正中書局，一九九三）。
13 參見〈論魏晉南北朝文質觀念及其所衍生諸問題〉，收入《六朝文學觀念叢論》，頁三―五。
14 參見本書〈導言〉。

在「現代」客觀知識視域中被詮釋與理解？我們如何用現代理解框架中的語言或書寫模式，重新描述古典傳統的實踐情境[15]？我們正是必須在這個晚清以來的「失語」焦慮中，才能看出顏老師奠基於文獻詮釋與理論結構的系列著作，如何為古典傳統推出「現代」的新說法，並建立了成功的典範。

自一九八〇年代至今已經三十餘年，文學理論或批評的研究，在古典與現代、知識與實踐、情感與形式等基本議題之外，又加上跨越語言、學科、地域、族群的複雜層次，中國文學批評必須與比較文學、域外漢學、東（南）亞文明的相關研究彼此對話，在與時推移中開拓研究新境，從來就不是簡單的事，也更需要有志者眾力成城。但是，確立研究初衷，卻是一件真純簡單的事，《詩比興系論》一書的六篇文章，書寫的時間長達二十餘年，這種一心一意的堅持和追求，早已銘刻在字裡行間，成為後來者最敬重與嚮往的姿態。

紀念月涵堂的金色年華
二〇一六年立冬
本文作者為臺灣大學中文系教授

15 見《中國古典詩論中「語言」與「意義」的論題——「意在言外」的用言方式與「含蓄」的美典》（台北：臺灣學生書局，二〇〇一），〈導論〉，頁二—三。

批判性反思

廖棟樑

一

賦、比、興是中國詩學最重要的範疇之一，它們源自《詩經》學，後來變成文學批評的核心詞彙。在賦、比、興中，劉勰《文心雕龍》專闢一章論「比、興」，由此，「比、興」從「賦、比、興」中分離出來，由比、興的分訓乃至合訓了。有人說比興是「詩學之正源，法度之準則」[1]，有人甚至斷言：「伊古詞章，不離比興。」[2]魏源在替陳沆《詩比興箋》作序時總結比、興對中國文學

1〔元〕楊載，《詩法家數．詩學正源》，《歷代詩話（下）》（台北：木鐸出版社，一九八二），頁七二七。

2〔清〕陳廷焯，《白雨齋詞話．自敘》，唐圭璋編，《詞話叢編（六）》（台北：廣文書局，一九八〇年再版），頁三七九七。

特別是詩歌發展的影響時說：

> 昔夫子去魯，回望龜山，有「斧柯奈何」之歌，又有「違山十里，蟪蛄在耳」之歌，又作〈猗蘭〉之〈操〉，甚至聞孺子滄浪濯纓起興，與賜、商言詩，切磋繪事，告往知來，皆見許可，是則魚躍鳥飛，天地間形形色色，莫非詩也。由漢以降，變為五言，《古詩十九首》多枚叔之詞，《樂府鼓吹曲》十餘章，皆〈騷〉、〈雅〉之旨，張衡〈四愁〉，陳思〈七哀〉，曹公蒼莽對酒當歌，有風雲之氣。嗣後阮籍、傅奕、陶淵明、鮑明遠、江文通、陳子昂、李太白、韓昌黎，皆以比興為樂府琴操，上規正始，視中唐以下純乎賦體者，固古今升降之殊哉！[3]

「比興」做為具有傳統的文學方法一直影響著我國文學的發展，這是不爭的事實。難怪劉勰要說：「詩人比興，觸物圓覽；物雖胡越，合則肝膽；擬容取心，斷詞必敢；攢雜咏歌，如川之渙。」[4]雙方的距離雖遠，契合起來卻像肝膽一樣相連，故而，詩歌運用比興，文采紛披就會像河水那般波光瀲灩。

然而，兩千年來，人們對比、興的理解是很不一致的。有的說它們是詩的「六義」中的二義，有的說它們是「三用」中的二用。六朝之前，人們一般將比、興分說；隋唐以後，人們又往往將比興合論，做為一個有著歷史發展的概念，我們實在很難給比興下一個牢籠百代的定義。現代的研究，更以人類學、民俗學、語言文字學等多學科的優勢，對比興作窮源索委的探究，很長時期都將它們解釋為是「作詩的法則」[5]。後來出現變化，也有學者轉向認為比興的本意是「用詩的方法」，經由漢儒的重新解釋才轉變為詩歌的「表現方法」[6]。「作詩的法則」和「表現的方法」指的是同一個意思，都是關於如何寫詩創作的問題；而「用詩的方法」則關涉在作品之後讀者的接受使其發揮效用的論題。這是「創作」和「接受」的兩種「比興」詩學理論，一則以「作者」論為主體；一則以「讀者」論為主體。作者論談的是「作者——作品」的關係，指作者的具體創作過程；讀者論談的則是「作品——讀者」的關係，構成了文學欣賞與效用過程。理論（theory）的原意本是一種看的方式，一種理論其實就是一種特殊的觀察世界的方式。同樣的現象在不同的理論視野觀照下，會呈現出不同的面貌。科學的發展史實際上就是現象不斷被理論重新觀照、重新感覺、重新認識的歷史。孔恩（Thomas Kuhn）在《科學革命的結構》中曾指出人類的認識史就是一個認識「典範」不斷變化的歷史，每一種新的詩學理論的提出，都改變或深化了我們對待文學的看法，最後推動了人類對自身的認同，和對世界的認識的深化。

3〔清〕魏源，〈詩比興箋序〉，收入氏著，《魏源集》，上冊（北京：中華書局，一九八三），頁二三一。

4〔梁〕劉勰著、范文瀾注，《文心雕龍．比興》（台北：學海出版社，一九八〇），頁六〇三。

5 胡念貽，〈《詩經》中的賦比興〉，收入氏著，《中國古典文學論叢》（北京：古典文學出版社，一九五七）。

6 魯洪生，〈從賦、比、興產生的時代背景看基本義〉，《中國社會科學》一九九三年第三期，頁二一三—二二三。

審視歷史的事實，在漢儒之前，六經出現和「賦、比、興」相關的記載，所談及的幾乎都是關於用詩的而不是寫詩的事，「用詩」的情況或許比「作詩」來得更早，春秋賦詩，每有觀志、觀風之用。這裡不妨舉一實例，《左傳．襄公二十七年》，讓我們可以更具體地想像周人使用《詩》的歷史景觀：

> 鄭伯享趙孟於垂隴，子展、伯有、子西、子產、子大叔、二子石從。趙孟曰：「七子從君，以寵武也。請皆賦，以卒君貺，武亦以觀七子之志。」子展賦〈草蟲〉。趙孟曰：「善哉，民之主也！抑武也，不足以當之。」伯有賦〈鶉之賁賁〉。趙孟曰：「床第之言不踰閾，況在野乎？非使人之所得聞也。」子西賦〈黍苗〉之四章。趙孟曰：「寡君在，武何能焉？」子產賦〈隰桑〉。趙孟曰：「武請受其卒章。」子大叔賦〈野有蔓草〉。趙孟曰：「吾子之惠也！」印段賦〈蟋蟀〉。趙孟曰：「善哉，保家之主也！吾有望矣。」公孫段賦〈桑扈〉。趙孟曰：「『匪交匪敖』，福將焉往？若保是言也，欲辭福祿，得乎？」卒享，文子告叔向曰：「伯有將為戮矣。詩以言志，志誣其上而公怨之，以為賓榮，其能久乎？幸而後亡。」叔向曰：「然，已侈，所謂不及五稔者，夫子之謂矣。」文子曰：「其餘皆數世之主也。子展其後亡者也，在上不忘降。印氏其次也，樂而不荒。樂以安民，不淫以使之，後亡，不亦可乎！」[7]

趙孟請鄭國諸臣賦詩，以觀其志，鄭國諸臣賦詩言志，趙孟都能準確理解，說明賦詩言志和聽詩觀志是諸侯大夫間交往的普遍方式。《左傳》中多見通過賦詩、誦詩或引詩的活動來配合各類事境、語境而進行對應、周旋或論旨引申的情形。總之，士大夫以「斷章取義」和「引譬連類」為手段，把《詩》編織成一套寄寓倫理的書籍。因此，《漢書．藝文志》要說：「古者諸侯卿大夫交接鄰國，以微言相感，當揖讓之時，必稱詩以諭其志。蓋以別賢不肖而觀盛衰焉。」[8]既然《詩》有這般效用，自然受到社會普遍重視，不僅太學教《詩》，各種私學也教《詩》，孔子便十分強調學《詩》，《論語》中有許多孔子與其弟子論《詩》的記載，自然他們學《詩》的目的主要是為了從事政治與外交，這幾乎是不言而喻的。「斷章取義」和「引譬連類」即是充分利用《詩》文本中的「比興」語言做為歷史、政治及文化功用的嫁接點。緣此，做為用詩的方法的比興，「它之所以被後人理解為《詩》的表現方法，其根本原因是當時寫作詩文的表現方法和運用詩文的方法是相同的，具有思維方式上的一致性；其次是因為《毛傳》運用詩的方法去解說《詩》義，而不是從《詩》本身出發去總結它所運用的表現方法，但後人卻從《毛詩》起開始了對《詩》表現方法的解說。」[9]由此，關於「比興」的解說就有「用詩」與「作詩」二種角度。

7 〔晉〕杜預注、〔唐〕孔穎達疏，《春秋左傳正義》，收入〔清〕阮元校勘，《重刊宋本十三經注疏附校勘記》（台北：藝文印書館，一九八五年十版），頁六四七—六四八。

8 〔漢〕班固，〈漢書．藝文志．詩賦略論〉，《新校本漢書》（台北：鼎文書局，一九八六），頁一七五五—一七五六。

9 魯洪生，〈從賦、比、興產生的時代背景看其本義〉，《中國社會科學》一九九三年第三期，頁二一三。

本來在《詩經》研究史上，從「比興」正式被做為研究對象以來，一直被認為是詩歌藝術方法。但學術研究的轉向從用詩的角度切入，當代學者除上引魯洪生外再謹舉數例，如鄭毓瑜以〈詩大序〉為討論出發點，指出「詩言志」原來的具體語境是「樂教」，強調創作是作者的一種自我滿足，一種沒有實用目的的自我實踐的說法，是忽略了〈詩大序〉原有「主文而譎諫」的「社會實踐性」。所以，她主張從「用詩」的觀點去理解，以為「比興」是「引譬連類」認識世界的方法[10]。鄔國平則認為「用詩」總是和詩歌的接受者聯繫在一起，因此，做為「用詩的方法」的「比興」自然會包含接受閱讀、理解的理論與方法，「比興」便被理解為閱讀的理論與方法[11]。顏老師則有「中國詩用學」系列專論，認為詩歌活動不全然僅是詩人自我抒情或批評家個人讚賞，乃是社會上士人階層「普遍地反覆在操作而又自覺其價值的模式化行為」，「比興」自然是這透過集體建構、形成的一套以「情境連類」為規則的符號體系。顏老師循此由社會文化行為的角度，站在用詩的立場，重新分析詩歌詮釋範式的社會意義。相較於鄭毓瑜只討論〈詩大序〉、鄔國平限之於閱讀，《詩比興系論》顯然是在「中國詩用學」體系下的具體展開，作者「將『詩比興』置入『社會文化行為』中的『言語倫理』情境，探討它具有什麼特殊的表意『功能』？以及在彼此傳達、溝通的互動關係中，能獲致什麼合乎『目的』的『效用』？」這樣的「比興」探討顯然比起鄭毓瑜、鄔國平等人論述要來得體大思精，具有系統性、體系性與延展性的「理論」價值，對「比興」研究的深化與開展帶來可持續性的前景。至於這種擺脫五四以降「審美本位」的立場，改由文化詩學的進路，若考慮到中國「文學」更廣義的說法，這樣的研究也許才切合古代中國的實況。

二

艾略特（T.S. Eliot, 1888-1965）在〈傳統與個人才能〉中提醒我們：「詩人，任何藝術的藝術家，誰也不能單獨具有他完全的意義。他的重要性以及我們對他的鑑賞就是鑑賞對他和以往詩人以及藝術家的關係，你不能把他單獨評價，你得把他放在前人之間來對照，來比較。我認為這不僅是歷史的批評原則，也是美學的批評原則。」[12]在傳統的文學譜系中，任何一位卓越的作家或別具一格的作品都只是這個源遠流長、綿延不絕的系列中的一個部分，參與這個譜系，改變著這個譜系，但又無可逃脫地受制於這個譜系。在此，對文化傳統的權威性的尊崇保證了個人創新所需要的資源。創作是如此，研究亦然。顏老師的「比興」體系說當然是自傳統的觀念中伸展出來，他在定義「比興」時即已多所徵引前人說法。所以，探討顏老師的「比興」體系說之前，讀者得先通覽「作詩」一派對「比興」的傳統系譜的梳理。關此，前行研究成果甚多，本不必重複，但是，一則這些先

10 鄭毓瑜，〈詩大序的詮釋界域——「抒情傳統」與類應世界觀〉，《文本風景：自然與空間的相互定義（全新增訂版）》（台北：麥田出版，二〇一四），頁二三九—二九一。

11 鄔國平，〈作為閱讀理論和方法的「興」〉，《追求科學與創新：復旦大學第二屆中國文論國際學術會議論文集》（北京：中國文聯出版社，二〇〇六），頁九二—九九。

12〔英〕艾略特（T.S. Eliot）著、王恩衷編譯，〈傳統與個人才能〉，《艾略特詩學文集》（北京：國際文化出版社，一九八九），頁二。

秦至唐宋的「比興」材料，顏老師大體多以條列方式作為討論對象；再則二方對讀，方能將顏老師的「比興」論述置入學術史脈絡，在對話與駁議裡，從觀其承變中更清楚顏老師著作的立意新穎，或自創新說，或力破陳說。

比、興首見於《周禮．春官．大師》中：「大師……教六詩：曰風，曰賦，曰比，曰興，曰雅，曰頌。」[13]這裡只交代它們各是「六詩」之一，〈春官〉於此未作具體解釋，但稱「以六律為之音」，同篇又有「瞽矇……掌九德六詩之歌，以役大師」的記載，可見《周禮》的「六詩」與音樂的關係。據判斷，當時《周禮》可能把賦、比、興做為「詩三百篇」的樂歌名稱來對待，《詩》不僅是美的文辭，而且是美的聲樂，做為「樂語」，做為「聲教」，為詩人所誦唱。

漢代，「詩三百篇」被尊稱為《詩經》，對其藝術技巧、表現手法的探討便從此展開，毛亨在《毛詩詁訓傳》中雖無意下定義，但客觀上對興的含意卻作了分析。他一方面將《詩經》三〇五篇的一一六篇標為「興也」，標興的位置一般是在全詩的發端處，同時注〈大雅．大明〉中「維予侯興」的「興」為「起也」，起即有發端的意思；另一方面又習慣用「若」、「如」、「猶」、「喻」等詞解釋一一六篇興詩中的詩句[14]。不難看出，對「作詩」派的學者而言，認定這裡毛亨已將「興」視作《詩經》的主要表現手法，並認為「興」具有發端和譬喻雙重含意。只是，毛亨尚未關注到「賦」和「比」，當然也就更未區分「比」、「興」之間的區別。稍後的〈詩大序〉，文云：「詩有六義焉：一曰風，二曰賦，三曰比，四曰興，五曰雅，六曰頌。」[15]與《周禮．春官．大師》相比，排列順序相同但將「六詩」改稱「六義」，是否標誌著漢儒對《詩經》的重視已由側重其音樂轉向了重在關注其詩歌內容？此文詳細剖析風雅頌三義，認為風雅頌是《詩經》的內容分類，這就暗示人們賦、比、興則是表達三類內容的表現手法。故而，唐代孔穎達才會逕解說：「風雅頌者，詩篇之異體；賦比興者，詩文之異辭耳。大小不同而得並為六義者，賦比興是詩之所用，風雅頌是詩之成形，用彼三事，成此三事，是故同稱為『義』，非別有篇卷也。」[16]說它們是「三用」中的「二用」，只是

---

13 〔漢〕鄭玄注，〔唐〕賈公彥疏，《周禮注疏》，收入〔清〕阮元校勘，《重刊宋本十三經注疏附校勘記》（台北：藝文印書館，一九八五年十版），頁三五六。案原文云：「大師：掌六律、六同，以合陰陽之聲。陽聲：黃鐘、大蔟、姑洗、蕤賓、夷則、無射。陰聲：大呂、應鐘、南呂、函鐘、小呂、夾鐘。皆文之以五聲：宮、商、角、徵、羽。皆播之以八音：金、石、土、革、絲、木、匏、竹。教六詩，曰風，曰賦，曰比，曰興，曰雅，曰頌；以六德為之本，以六律為之音。」「六德」是指中、和、祗、庸、孝、友六種品德，「六律」則是指陽陰之聲的相應和諧，又稱「六樂」。這在《周禮．春官．宗伯》中的記載是非常明白的：「大司樂……以樂德教國子：中、和、祗、庸、孝、友。……乃奏黃鐘，歌大呂，舞〈雲門〉，以祀天神。乃奏大蔟，歌應鐘，舞〈咸池〉，以祭地祇。乃奏姑洗，歌南呂，舞〈大磬〉，以祀四望。乃奏蕤賓，歌函鐘，舞〈大夏〉，以祭山川。乃奏夷則，歌小呂，舞〈大濩〉，以享先妣。乃奏無射，歌夾鐘，舞〈大武〉，以享先祖。」從這二段較完整的記載中可以看出，「六詩」與樂教有關。

14 如釋〈關雎〉「關關雎鳩，在河之洲」句，「興也。……后妃說樂君子之德……若雎鳩之有別焉。」釋〈葛生〉「葛生蒙楚，蘞蔓於野」句，「興也。葛生延而蒙楚，蘞生蔓於野，喻婦人外成於他家。」基本上便是將用A喻B這樣一種類比譬喻的基本結構模式。分別見〔漢〕鄭玄箋、〔唐〕孔穎達疏，《毛詩正義》，收入〔清〕阮元校勘，《重刊宋本十三經注疏附校勘記》（台北：藝文印書館，一九八五年十版），頁二〇、一九五、二二七。

15 〔漢〕鄭玄箋，〔唐〕孔穎達疏，《毛詩正義》，卷一，頁一五。

16 同上注，頁一六。

〈詩大序〉仍未對比、興有所解釋，因此，「比興」的本義自然是一個懸而未決的問題了。

第一位替「比興」表現手法下定義的是東漢鄭眾。他說：「比者，比方於物也；興者，托事於物也。」[17]按鄭眾的解說，比，就是用事物打比方，也就是比喻；興，就是把事理寄託在事物中，那自然就是一種託喻。如此，一則將比和興的含意區分開了，前者是譬喻，後者為隱喻寄託；二則比興都離不開具體的事物，這就已經注意到物我關係，也同時揭櫫了詩歌創作緣情託物的基本特點，使得《詩經》的藝術將成為「詩」的藝術了。其後，鄭玄對「比興」二種表現手法有不一樣的解釋：「比，見今之失，不敢斥言，取比類以言之；興，見今之美，嫌於媚諛，取善事以喻勸之。」[18]鄭玄此注遭到了五四以降「審美派」學者的批評，以為鄭玄政教美刺的說法自然是漢儒依經立論的望文生義、穿鑿附會的時代烙印，鄭玄之言，不是為「比興」下定義，而是強調「比興」的社會功能。然而，鄭玄既然轉引鄭眾對比興的解說，就說明他未必不懂得「比興」是表現手法問題，之所以與政教勾聯，實是有意演述〈詩大序〉「主文而譎諫」的主張，若是如此，鄭玄的意義乃在於為本屬修辭手法或表現手法的「比興」向中國古代文論中的重要理論「風雅比興」說的演變提供了可能。因此，漢儒解釋「比興」，就有兩種不同說法：一種認為「比興」是指詩歌的表現手法，這是審美訴求；另一種說法不僅把「比興」當作表現手法，還把它同政治關係聯繫起來，這是審美訴求以及與意識形態的聯繫。王運熙指出：「漢代以後作家和批評家論比興，也有這兩種不同說法。大抵魏晉南北朝時期前一說占優勢，唐宋以來後一說占優勢。」[19]

西晉摯虞在他的〈文章流別論〉中釋比、興云：「比者，喻類之言也。興者，有感之辭也。」[20]

顯然，摯虞釋「比」從鄭眾說，而釋「興」則乃有自己的新意，固然來自《毛詩詁訓傳》釋「興」為「起」的看法，其張揚觸發而感動的「興」意所顯示的美感的啟動與效應則值得留意，此後被劉勰、鍾嶸加以開展。到了南朝齊梁，劉勰在《文心雕龍》中專列〈比興〉篇，對「比興」作了全面深入的分析。就其把〈比興〉置於〈聲律〉、〈章句〉、〈麗辭〉諸篇之後和〈夸飾〉、〈事類〉諸篇之前的用意看，劉勰仍是將「比興」視作藝術表現手法的，顯現文學審美的眼光。該篇首段對「比興」闡釋曰：「詩文弘奧，包韞六義；毛公述傳，獨標興體。豈不以風通而賦同，比顯而興隱哉？故比者，附也；興者，起也。附理者切類以指事；起情者依微以擬議。起情故興體以立，附理故比例以生。比則畜憤以斥言，興則環譬以託諷。蓋隨時之義不一，故詩人之志有二也。」[21]文中「賦同」，指賦的表現手法是直陳其事。「比顯而興隱」，指「比」的明喻雖「顯」，暗喻也「隱」，「興」則有「隱」無「顯」，講二者的不同特點。「比者，附也」，指「比」是比附事理；「興者，起也」，指「興」是發端、引起情感。若僅觀這些，劉勰對比、興的討論確無新意，充其量也不過是對漢儒觀點的承襲與總結，尤其說〈關雎〉、〈鵲巢〉「關雎有別，故后妃方德；尸鳩貞一，故夫人

17〔漢〕鄭玄注、〔唐〕賈公彥疏，《周禮注疏》，卷二十三〈太師〉注，頁三五六。
18 同上注。
19 王運熙，〈中國古代文論中的比興說〉，《中國古代文論管窺（增補本）》（上海：上海古籍出版社，二〇〇六），頁七三。
20 郭紹虞主編、王文生副主編，《中國歷代文論選》（上海：上海古籍出版社，一九九〇），第一冊，頁一九〇。
21〔梁〕劉勰著、范文瀾注，《文心雕龍注》（台北：學海出版社，一九八〇年再版），頁六〇一。

象義」，則如漢儒將「比興」的動因與作用直指政教一般，仍是社會批評的話語方式。其實，劉勰在對前人的歸納下，是為「比興」充實了不少新的內涵，對「比興」的審美屬性也做了詳細精采的闡述。在突出「比顯而興隱」的區劃下，一、他認為「比」應「切類以指事」，即要求按照喻體喻依雙方相似處來說明事物；「興」要「依微以擬議」，即要求深貼事物隱微處來寄託意義。二、劉勰還對「比興」的運用提出「擬容取心」的要求，除了比擬、起情事物的外貌外，尤當攝取其精神實質。三、就「比興」來說，劉勰更重視「興」，他認為「興之託喻，婉而成章，稱名也小，取類也大」，即指「興」體委婉含蓄，以小見大，富感染力，如此，把「比興」納入了「託喻」詩學的藝術構思範疇之中。劉勰之後，對賦、比、興作了解釋的有鍾嶸。〈詩品序〉作了比《文心雕龍・比興》更趨審美化的闡發，文云：「故詩有三義焉：一曰興，二曰比，三曰賦。文已盡而意有餘，興也；因物喻志，比也；直書其事，寓言寫物，賦也。宏斯三義，酌而用之，幹之以風力，潤之以丹彩，使味之者無極，聞之者動心，是詩之至也。若專用比興，患在意深，意深則詞躓。若但用賦體，患在意浮，意浮則文散。嬉成流移，文無止泊，有蕪漫之累矣。」[22]鍾嶸一改賦、比、興的排列順序，以「興」為首，足見他對「興」的重視，論「興」為「文已盡而意有餘」則與漢儒「興」義幾無相干，僅與劉熙《釋名》云：「興物而作謂之興」稍可牽連，確是他的別樹一解，將「興」與「味」聯繫起來，強調「興」的藝術效果。鍾嶸「三義」說既緊承「指事造形，窮情寫物」而來，下文又說「引斯三義，酌而用之」，則「興」與「賦」、「比」皆就表現手法而言，只有三者交錯運用，才能使文意不過浮過深，恰到好處。至於「比」、「賦」的「因物喻志」、「寓言寫物」，皆不離「感物緣情」，無論直寫還是曲寫，鍾嶸認為唯觸於外物的感興才能達到「情景交融」的「文已盡而意有餘」的審美效果。由上所述，摯虞、劉勰與鍾嶸都著重從藝術性方面對「比興」作了論述。如果說魏晉南北朝在「感物緣情」的新詩觀下，論者開始突破漢儒解經而有新的見解，並且強化賦、比、興做為表現手法的觀點，摯虞、劉勰與鍾嶸對賦、比、興的認識就突出證明了這一點。

唐代孔穎達在《毛詩注疏》中提出「三體三用」說，可說是漢魏六朝以來傳統經學在賦、比、興這一問題上的總結。孔穎達明確把賦、比、興與風、雅、頌分開，他說：「風雅頌者，詩篇之異體，賦比興者，詩文之異辭耳。……賦比興是詩之所用，風雅頌是詩之成形，用彼三事，成此三事，是故同稱為『義』。」[23]此說影響極大，賦、比、興為「三用」，即三種表現手法也幾成定論，至今仍為文學史著所接受。孔穎達對賦比興的解釋固然依據《毛傳》標興，也帶著政教的認識，並在《毛傳》標興的基礎上區分比、賦，並且，指出鄭玄以美刺分解興比不符合《詩經》實際。這些言論中最值得注意的是他借釋「興」對文學創作過程的較好揭示。孔穎達在疏解鄭眾「興者，託事於物」、鄭玄「若無人事者，實興也」二語時說：「興者起也，取譬引類，起發己心，詩文諸舉草木鳥獸以見意者，皆興辭也。」[24]其大意是說，「興就是先由客觀事物的形象激發了詩人的創作欲望和

22 郭紹虞主編、王文生副主編，《中國歷代文論選》，第一冊，頁三〇九。
23 〔漢〕鄭玄箋、〔唐〕孔穎達疏，《毛詩正義》，卷一，頁一六。
24 同上注，頁一五。

激情，引起了對現實生活中的相類似的事物的聯想，並進而更激起了詩人的思想感情，然後又寓情於草木鳥獸之類的物象中以表現自己的思想感情。」[25]孔穎達所說的「興」即是那些「起發己心」只出現喻體（草木鳥獸），不出現本體（意）的譬喻。

隋唐儒學的重振，與孔穎達疏解、闡發漢儒的舊說不同，在詩歌政教風化、美刺諷諭的強調下，陳子昂、李白、杜甫、柳宗元、白居易等唐代著名學者則發展出「風雅比興」的學說。陳子昂提出「興寄」說，所謂「興寄」，重在「寄託」，李白主張「寄興深微」，「寄興」也即「興寄」，杜甫也有「不意復見比興體制，微婉頓挫之詞」，柳宗元有意將「比興者流」混合解釋為「麗則清越，言暢而意美」，白居易著名的〈與元九書〉則已將「風雅比興」視作詩歌的最高創作原則了。如此，「比興」兩種表現手法與風雅比興渾言為一個概念了，「比興」也由表現手法演變成詩歌的政治內容─美刺諷諭，那麼，唐代作家所講的「比興」一般是從通篇上考慮，而不再顧及個別詩句上的「比興」。有唐一代，標舉「六義」為矯革齊梁詩風的理論武器，推崇「風雅比興」為論詩標準，賦、比、興的含意又有了新的變化了。

學術的發展總是辯證的，繼唐之後，宋代學者又回到把「比興」當作表現手法的脈絡，蘇轍著有《詩集傳》，他離「比」釋「興」，認為「興」是因觸當時之物而起意，其類可意推而不可言解[26]。之後，鄭樵論「興」，也沿蘇轍的路徑，認為「興」是因興致感，所見在此，所得在彼，不可以事類推以義理求，這開啟了宋人「興不涉義」的解釋方向。宋代學者以朱熹對賦、比、興的解說最為詳盡，也最為後人所樂道。首先，他持「三經三緯」之說：「三經是賦、比、興，是做詩底骨子，無詩不有，才無，則不成詩。蓋不是賦，便是比；不是比，便是興。如〈風〉、〈雅〉、〈頌〉卻是裡面橫串底，都有賦、比、興，故謂之三緯。」[27]「三經」指賦、比、興，朱熹認為它們是《詩經》的三種創作方法；「三緯」指〈風〉、〈雅〉、〈頌〉，即《詩經》的三種類型。可見，孔穎達的「三體」，即朱熹的「三緯」，孔穎達的「三用」，則是朱熹的「三經」，朱熹視「用」為「經」，其義不言可喻。其次，朱熹還定義了比、興，並舉《詩經》中的具體篇章作了例證，其《楚辭集注》乃云：「賦則直陳其事，比則取物為比，興則托物興詞，其所以分者，又以其屬辭命義之不同而別之也。」[28]所謂「屬辭命義」，即斟酌文辭，布局文義，此即視比、興做為表現手法的觀點。而在《詩集傳》卷一也釋比、興為「興者，先言他物以引起所詠之詞也」、「比者，以彼物比

25 徐正英，〈先秦至唐代比興說述論〉，《先唐文學與文學思想考論（增補本）》（上海：上海古籍出版社，二〇一五），頁二八三。

26 蘇轍〈詩論〉云：「夫興之為體，猶曰其意云爾，意有所觸乎當時，時已去而不可知，故其類可以意推，而不可以言解也。」見《欒城應詔集》，《四部叢刊初編》第九八四冊，卷四，頁八。類似的意見，諸如楊萬里在《誠齋集》也云：「然初無意於作詩，而是物是事，適然觸於我，我之意亦適然感於是物是事。觸先焉，感隨焉，而是詩出焉，我何與哉？」

27 〔宋〕朱熹著、〔宋〕黎靖德編，《朱子語類》卷八十〈詩〉，收於朱傑人等主編，《朱子全書》（上海：上海古籍出版社，二〇〇二），第拾柒冊，頁二七四〇。

28 〔宋〕朱熹，《楚辭集註》卷一，《朱子全書》，第拾玖冊，頁二〇。

此物也」[29]。這幾句話簡明扼要，非常經典，為後人常用。朱子釋「賦」、「比」與舊說相同，惟獨釋「興」，其說不一，或以「託物興辭」解，與比相近，如云：「興者，託物興詞，如〈關雎〉、〈兔罝〉之類是也。」[30]或以僅取其聲而於意無所取，如注〈小星〉云：「因所見以起興，其於義無所取，特取在東在公兩字之相應耳。」[31]或謂彼此意思有關聯的，朱熹稱為「形容下句之情思」，如〈漢廣〉的喬木不可休和游女不可求二者是有關係的，是為「有意之興」。雖然朱熹釋「興」其說不一，或為「無義之興」，或稱「有義之興」，或稱兼有「比」的「興」體，類型不一，但卻反覆闡明「興」具有「以他物引起所咏之詞」的上下文存在「先言」與「引起」之關係的本質特性，這與《毛詩》旨在美刺諷諭的以「喻」釋「興」大相逕庭，此說最為後人採用，影響頗大。朱熹除標注賦、比、興外，還標注了「賦而興」、「賦而比」、「比而興」、「興而賦」、「興而比」等名目，表明比興運作的繁雜性。對賦比興的具體闡釋，宋代李仲蒙的說法也是頗為後人所稱道的，他說：「敘物以言情謂之賦，情物盡也；索物以託情謂之比，情附物者也；觸物以起情謂之興，物動情者也。」[32]他將賦比興分別說成「敘物」、「索物」、「觸物」，並將「言」、「情」與「物」緊密地聯繫起來，從「情」與「物」不同層次的關係上論述賦比興的運作，「比」是「託」情，用的是「索」（選用）的方式；而「興」則是「起」情，用的是「觸」（觸發）的手法。錢鍾書認為李仲蒙此說「頗具勝義」，於比興之區分有很好的說明：「『觸物』似無心湊合，信手拈起，復隨手放下，與後文附麗而不銜接，非『索物』之著意經營，理路順而詞脈貫。」[33]「比」與後文密切相連，「興」與後文的關係似斷似續，即為「附麗而不銜接」也。

「比興」詩學在發展中，有拓展也有保留，有創造也有繼承，層層累積，不斷選擇，逐漸呈現出一個流變特徵的系譜。略覽先秦至宋代「比興」說的演變軌跡，解釋「比興」大體便沿著審美說和經學說二條路向，一條是認為「比興」特指《詩》的表現手法，到泛指詩歌的表現手法以至審美境界，強調感興審美；另一條則既把「比興」當作表現手法，還把它同《詩》的政教諷諭聯繫起來，以至形成「風雅比興」之說，強調比興寄託。不管是審美說和經學說皆釋說詩人是運用比興的手法進行創作，因而才使詩具有了這種興感與喻義，故「比興」被後人理解為《詩》或詩的表現手法。以上就是粗略梳理先秦至宋代比興說的系譜，觀察其在「比興」詩學史上意義：表現方法從內容與體裁中分離出來，獲得了獨立的言說價值，正因如此，其對意義的關注轉移到對形式技藝的留

29〔宋〕朱熹，《詩集傳》收於《朱子全書》，第壹冊，頁四〇二、四〇六。朱氏又云：「且詩有六義，先儒更不曾說得明。……蓋所謂六義者，風、雅、頌乃是樂章之腔調。……至比、興、賦又別。直指其名，直敘其事者，賦也；本要言其事，而虛用兩句釣起，因而接續去者，興也；引物為況者，比也。立此六義，非特使人知其聲音之所當，又欲使歌者知作詩之法度也。」〔宋〕朱熹著、〔宋〕黎靖德編，《朱子語類》，卷八十〈詩〉，《朱子全書》，第拾柒冊，頁二七三七。

30〔宋〕朱熹，〈詩傳綱領〉，《詩集傳》，收於《朱子全書》，第壹冊，頁三四四。

31〔宋〕朱熹，《詩經集傳》，卷一，《朱子全書》，第壹冊，頁四一七。

32 胡寅，〈與李叔易書〉引李仲蒙語，見徐中玉主編，《中國古代文藝理論專題資料叢書：意境．典型．比興編》（北京：中國社會科學出版社，一九九四），頁二二七。

33 錢鍾書，《管錐篇（一）》（北京：生活．讀書．新知三聯書店，二〇〇一），上卷，頁一二六。

意，從「說什麼」轉移到「怎麼說」，甚而反過頭來批評經學說的「說甚麼」，並定於一尊。檢視諸家論述的基本概念，大體有譬喻、起情、連類與興會等等，而審視其研究角度和著眼點歸納約有三點：（一）主要以譬喻的顯隱劃定「比興」的界說，如謂「比顯而興隱」、「起情」與「附理」等；（二）從物我關係以至上下文句間上闡明「比興」的界說、性質與特點，如稱「感發」與「類推」、「有意」與「無意」、「索物」與「觸物」等；（三）從藝術效果闡明「比興」的界說和特性，如云：「文已盡而意有餘」等[34]。從詩情發生到詩意的表達，再到詩後效應的釀造。顏老師的新著題作《詩比興系論》，分成六篇，第一至五篇對治的是第一、二點議題，第六篇則演繹的是第二、三點議題，力求展現文學史家的通識。

顏老師指出近現代學者對「比興」的論述，大致有三個共同特徵：一、將「比興」一詞從歷代不同論述者的「歷史語境」抽離出來，當作一般文學理論的範疇，靜態地、抽象地界說它們的「概念」；二、主要觀點都將「比興」定位在語言形式層，說明它們在局部修辭技巧，或整體表現形式上的意義；三、套借西方文學理論的用詞，置換式的詮釋「比興」，例如明喻、隱喻、象徵、形象思維等，然後破古注今說提出自己的見解，「意圖揭開長期的迷蔽，而尋求轉向的可能」。

三

在不憚辭費地爬梳比興系譜，俾做為讀者多識前言之用，如此，顏老師既有同乎舊談，也有異乎舊談，在相比觀下，《詩比興系論》的勝義即可明白清楚。

第一，《論語．陽貨》載孔子語：「《詩》可以興，可以觀，可以群，可以怨。」這是對用詩方法最明確的論述了。從用詩的角度說，興是用詩的方法，是「感發志意」而「引譬連類」。顏老師以為孔子所論述的「興」義正代表了當時的普遍觀念，士大夫「意識到的是如何由現成的詩作有所『感發』或『轉用』。既乏『作者意識』，相隨的有關詩之語言操作上的形式或說法問題，當然也就不會特別去思考論述。」那麼，「假如我們承認《周禮》『六詩』中的『興』義必須暫予留白，那麼比較明確能代表先秦時代之『興』義者，當然就是《論語》中孔子所說『興』。」劉熙「興物而作」、摯虞「有感之辭」、劉勰「起情」之說，甚而鍾嶸「文已盡而意有餘」蓋來於此。但通常談及比興，常局限於《詩經》，基於作詩的視角，《論語》論「興」在比興論述中，反倒乏人紹述，比興的系譜也就未有位置。顏老師擴大視野，將其特別拈出，表明追源溯流的苦詣，彰顯它在比興論述的源頭義，也強調「興」性質做為經驗的感發義。

第二，做為漢代比興說代表的《毛傳》，一般總認為毛亨已將「興」視作《詩經》的主要表現手法，並以為「興」有發端和譬喻雙重含意，藉此而形塑後來「興」的基本義。然而，在本書中，顏老師持著「『比喻』辭格之『喻體』與『喻依』皆必須出現在言內」的修辭道理，既然「『后妃』云云，『婦人』云云，皆詩篇言內之所無」，那麼，「所謂『喻』、『如』、『若』等云云」皆非指陳

34 趙沛霖，《興的源起：歷史積澱的詩歌藝術》（北京：中國社會科學出版社，一九八七），頁二二四—二二七。

「比喻」辭格，「所謂『后妃』云云，『婦人』云云，所指陳者實非『作者本意』，而是作傳文的『讀者』（毛公）因『閱讀』該詩而『感發』（興）如此之『志意』」，推衍而說，「在漢代『教詩以明志』的『詩教』文化意識下，『后妃』云云、『婦人』云云，也可以視為說詩者『提示其他的讀者們』（尤其是當政者），『閱讀』此詩之時，可以如是地『感發志意』（興）。」循此，顏老師判定西漢的《毛傳》所承續的仍是先秦的用詩傳統、特別是孔子「興」義傳統。不過，他也提醒讀者當鄭玄箋詩時將毛傳標「興」處坐實為「作者本意」，以「事」解詩時，「讀者自由感發之『興』，轉為『作者託喻本意』之『興』，『興』也由『詮釋』之義變為『創作』之義。於是，毛傳也就『隱伏』轉變契機，搭就先秦至東漢『興』義轉變的橋梁。」顏老師正是立足於「政教存在場域」與「社會互動關係」的文化社會語境之言語倫理效用下，方得在「比興」的學術史看到毛傳的「轉變」義，這是前人未有之洞見。

第三、在「託喻」的概念之下，顏老師告訴我們：「用詩」活動所考量的重點，一方面固然有關修辭譬喻可能的操作方式，但另一方面則更為看重讀者在特定政教情境中的勸曉或告知的作用。於此，引據相關文獻材料，就「喻」字本身所具有的多重語意成分而提出辨析，徵引孔安國以「引譬連類」解釋「興」的說法，將「託喻」中的譬喻作用視為一種「情境連類」。「連類」一詞，劉勰以前的學者多有言及，《韓非子．難言》：「多言繁稱，連類比物。」司馬遷盛贊莊子：「善屬書離辭，指事類情。」（《史記．老子韓非列傳》）「類情」者，亦情之「連類」。可見，「情境連類」並非顏老師的自鑄新名。情、境不「連類」，不足以為比興。顏老師說「情境連類」是「作者為了表達此一情境，以對某特定讀者勸諫或告曉，因求其委婉，故將取『寄託式的譬喻』；而被用來做為『託喻』的事物，必是一與自己所意圖託喻之『實存情境』具有類似性之另一『情境』。此另一『情境』即是作品語言所描述具現之情境，我們可以稱它為『情境連類』」。既然是緣事而發的「寄託式譬喻」，那麼，站在「情境連類」觀點來看，漢儒釋詩將詩人寫「物」與有關政治教化的「事」聯繫起來，就不當如某些學者往往因為對漢儒詩學實用功利性的陳見所斥責的「牽強附會」，乃至忽略古典文化傳統中作者、讀者所置身的共同的「實存情境」的議題[35]。另外，宋學代表的朱熹的比興說雖然以語言的解說廣為人知。他說：「詩之興，全無巴鼻。」又強調說：「比雖是較切，然興卻意較深遠。」「比意雖切而卻淺，興意雖潤而味長。」[36]既然說興意闊而味長，而且意義深遠，那麼又如何說「全無巴鼻」。「興句」與「應句」究竟有沒有關係？如果有關係，那又是什麼關係？是不是僅如「五四」學者所提示「協韻」的關係而已？簡言之，所謂先言他物的「他物」與引起所詠之詞的「所詠」，也即是「興」與詩人的主題在意義上到底有無關聯這樣一個「興」的最核

35 姑舉一例說明，朱自清在《詩言志辨．比興》中有力地論證《左傳》引《詩》對《毛傳》的直接影響，卻又認為毛鄭解《詩》「有意深求，一律用賦詩引詩的方法去說解，以斷章之義為全章全篇義，結果自然便遠出常人想像之外了。而說比興時尤然。」「就在這種附合支離的局面下，產生了賦比興的解釋；而比興義去常情更遠，最為纏夾，可也最受人尊重。」見《詩言志辨》（台北：臺灣開明書店，一九七二年臺二版），頁六七、七八。

36 三段引文分別見〔宋〕朱熹著，〔宋〕黎靖德編，《朱子語類》，卷八十〈詩〉，《朱子全書》，第拾柒冊，頁二七四〇、二七三九、二七四〇。

心的問題，學者對此，各有爭論，此關係詩歌的本質特性非僅屬於局部的語言修辭的推求。「有義之興」、「無義之興」的爭論實可通過顏老師「情境連類」的「相似性」觀點來箇通情合理的說明。

第四、本書有三篇專門討論劉勰的「比興」說，比重不可謂不大，可見，顏老師看重《文心雕龍》一書。「比興」在《文心雕龍》中早有論述，但因為〈比興〉篇專論「比興」，學者自然只專注於此篇，談論的是劉勰「比興」論與漢儒「比興」論的異同。學界有兩種看法，一是認為劉勰「比興」論仍然沿襲了漢儒的「比興」論，沒有多少新意；二是認為劉勰的「比興」論是對漢儒「比興」論的重要發展，並且將開啟唐宋意境論的先河。前者基於對漢儒「穿鑿附會」的習見而低估了劉勰〈比興〉篇的價值；後者則直接將劉勰的「比顯而興隱」等同於〈隱秀〉的「文外重旨」說法，認為「這種追求詞采之情、文外之旨的藝術觀點，已開意境論的先河。」[37]本於劉勰在〈比興〉篇中對比興作了全面的考察，顏老師剖析劉勰釋「比興」所涉乎的幾個層面：一、「比」附「興」起；二、「比」顯「興」隱；三、重「興」輕「比」。如說「比則蓄憤以斥言，興則環譬以託諷」，仍然與政教聯繫起來，即可看到漢儒詩說的遺痕。但他又說：「比者，附也；興者，起也。附理者切類以指事，起情者依微以擬議。」這樣的區劃，便下開唐宋人詩說的契機。蔡英俊曾提及從兩漢到六朝時「比興」的演變，點出《文心雕龍．比興》在「比興」觀念史上具有過渡意義：「當『比興』的內容和意義，從兩漢經學家的『美刺』、『諷諭』的解釋觀點過渡到鍾嶸強調『滋味』的美學效果解釋觀點時，演變與發展並不是涇渭分明，可以截然劃分為二的。其中，最能表現出這種轉變過程中的衝突、掙扎的痕跡，要算是劉勰《文心雕龍》一書中的〈比興〉篇。」[38]顏老師也看到《文心雕龍》的轉變義，卻不以為劉勰有「整體的解釋觀點的不一致」所帶來的「衝突、掙扎的痕跡」，他看到的是劉勰依藉「託喻」與「起情」二個概念，故就「託喻」言，顏老師釐清劉勰承續漢儒詩說卻又有所甄別，揭明劉勰「比興」說是由漢儒的讀者立場及觀點轉向作者的立場及觀點，其要義則在於語言構作原理，因此具有「創作論」的意義，此為《文心雕龍》的第一重「興」義。又就「起情」說，顏老師認為這是被漢儒所隱蔽之「興」的基本義，卻被劉勰揭顯出來，進而，指出「起情」說已暗接〈詮賦〉、〈物色〉而新變出「四序紛迴，入興貴閑」的感物詩學，這是《文心雕龍》的二重「興」義。顏老師批評一般學者但論其一而忽略其二，乃是因為專以〈比興〉一篇為理據之故，未能統觀《文心雕龍》全局，特別是〈詮賦〉、〈物色〉、〈情采〉等篇章，故而，不能明白《文心雕龍》「興」的「託喻」與「起情」二重義並存的格局，進而，在比興詩學中未得看見「起情」的第二重「興」義比「託喻」的第一重「興」義更具有理論的優先性。循此，顏老師定位劉勰「比興」說向上總結漢儒「興」義，向下開啟後世「興」義的新發展之轉型位置。

第五、如果說「比興」是歷史性概念，「是逐步發展而成」，那麼，不同的歷史發展階段也就

37 田兆元，〈論比興的多向演進〉，古代文學理論研究編委會編，《古代文學理論研究》（上海：上海古籍出版社，一九九五）第十七輯，頁二六八。

38 蔡英俊，《比興、物色與情景交融》（台北：大安出版社，一九八六），頁一五六。

具有不同的「比興」內涵。顏老師重視「脈絡」故強調「語境」,「語境」和我們常說的「背景」並不完全相同。「背景」通常是平面的和固化的,而「語境」則是立體、交互和變動的,那是具體的人和事處於其中並與之發生行為和信息交流的有形或無形的「歷史時空」。「歷史時空」又可區分為「個人歷史時空」與「時代歷史時空」二類,分別有歷時性和共時性的情形。顏老師談「比興」時強調語境,把比興置於歷時性和共時性的「動態性歷史語境」與「總體情境觀」中考察,說「比興」為開放性、演變性概念,因此,得出先秦至六朝的「比興」流變史:先秦時期的「讀者感發志意」的「興」義;東漢時期結合「作者本意」與「語言符碼」的「託喻」的「興」義;六朝時期又轉變為「作者感物起情」與「作品興象」之「興」義。進而,在「比興」物與我關係的「模態」上,便有《詩經》時期的「應感」、《楚辭》時期的「喻志」、〈古詩十九首〉時期的「緣情」、魏晉時期的「玄思」、六朝時期的「遊觀」與唐代時期的「興會」等諸種「模態」的發展。在這流變中,顏老師又特別關注毛傳與《文心雕龍》所扮演的「轉型」價值。循此,我們看到顏老師的「比興」系論,首先是一個時間性的概念,它們都呈現為不斷變化的「過程性」;同時也看到,由於「比興」詩學總是處於變化流動之中,因而只有孔子、毛傳、鄭玄、劉勰、鍾嶸、朱熹等個體性、變化性的「比興」詩學,沒有固定的、單一的封閉「比興」概念,緣此,「要為它明確立界說而通用於三千年來的詩歌創作、定義是有困難的。」顏老師的「比興」系論就是突出詩學的「變化性」、「多樣性」和「複雜性」。總之,顏老師的「比興」過程研究採用聚焦性視角,將「比興」的生成置放於「歷史語境」中,觀察支持其形成、決定其形態、影響其模態的各方因素,從中抽取最有意義的可能性加以全面考察，俾以明晰「比興」諸說的關鍵何在。

顏老師的《詩比興系論》屬於歷史研究的範疇，讀他的新著，讓我想到左東嶺在一篇談論研究方法文章的一段話：「一位歷史研究者真正用力的地方，其實主要是對文獻的解釋，而真正能夠檢驗一位歷史研究者水平高低的標準，正是其解釋文獻能力的高低。因為這體現了研究者發現問題的眼光、解讀文獻的能力、綜合思辨的水平、人文關懷的境界。」[39]顏著中的論文大多見解新穎，或力破傳統，或自創新見。他以實事求是的態度，詮釋文本與探求含意，交織著精細深入的詩學識斷和綜合觀照的人文視野，縱橫議論，新見迭出，時而流露出「處境感」，真正為中國現代「比興」研究，開拓了一片全新的天地。讀者一讀便知曉，而無須我一一稱數。

此書的大部分章節都曾以單篇論文的形式發表過，當這些論文組合成專著時，作者的問題意識才真正清晰、完整地呈現出來，對此，顏老師在〈導言〉中有提綱挈領地說明。本書六篇可以分為綱目和細目兩類探索了「比興」上的諸多問題，這些問題相互之間都有密切的聯繫，問題顯然可以分開來談，卻需要時刻不忘記其間的聯繫，也就不能不從整體的把握來理解「比興」的各個部分、各個方面，書名《詩比興系論》，大體有這樣的寓意吧。顏老師試圖建立一個「比興」的新體系，它是在文學觀念和研究方法更新基礎上形成的一個新體系，一個富於有機整體性和內在動力性的概

39 左東嶺，〈歷史研究中的文獻闡釋與文人心態研究〉，《明代文學思想研究》（北京：商務印書館，二〇一三），頁五四二。

念系統。

朱自清在《詩言志辨》中期勉學者：「現在我們固然願意有些人去試寫中國文學批評史，但更願意有許多人分頭來蒐集材料，尋出各個批評的意念如何發生，如何演變——尋出它們的史跡。這個得認真地仔細地考辨，一個字不放鬆，像漢學家考辨經史子書。這是從小處下手。希望努力的結果可以闡明批評和價值，化除一般人的成見，並堅強它那新獲得的地位。」[40]《詩比興系論》即是一本尋出「批評的意念如何發生、如何演變」的書，它檢視、辨析「比興」的本意和流變，其在中國文學批評史的貢獻實不亞於《詩言志辨》一書。

呂正惠教授在替《詮釋的多向視域：中國古典美學與文學批評系論》所寫的序中說：「崑陽對目前學界論述中國古典文學的許多模式越來越不滿意，長期累積之餘，終於『忍無可忍』的想要創造一種新的體系，以便把他對中國古典文學真實的感受呈現出來，不是好立新說，是不得已也。」新的體系便是一種新的理論，伊格頓（Terry Eagleton）認為，理論乃是「批判性反思」，理論出現「在我們被迫要對自己的所作所為發展出一種嶄新的自我意識時」，理論「是我們不再可以把現行各種實務視為理所當然的事實時所會出現的徵兆。事實上，這些實務現在必須成為自身探究的對象。」《詩比興系論》的核心便是「批判性反思」，也因此，「理論始終會有某種自我中心或自戀的色彩存在，如同每個曾經接觸過文化理論大師的人所會注意到的。」[41]

談到反思，也讓我想到著名社會學家布迪厄（Bourdieu, Pierre）的看法，他說：「想要實現反思性，就要讓觀察者的位置同樣面對批判性分析，儘管這些批判性原本是針對手頭被建構的對象的。」[42]顏老師常要「年輕的學者們，反叛我吧！批判我吧！從我的詮釋視域強烈、堅定地轉向吧！這就是你們對我最大敬意。」我才疏學淺，只能稍加體會並提出幾項顏老師對傳統「比興」論述的「批判性反思」，至於對《詩比興系論》的再反思，就留待給諸位讀者思考了。

我沒有上過顏老師的課，他的書倒是每一本都狠狠啃過，加上當年「月涵堂論學」，顏老師的發言總是能不斷刺激我，所以，我執弟子禮以老師稱呼。顏老師的命令，雖然我的學力與資歷俱不足為此書撰序，也深知為人作序易得「佛頭著糞」之譏，但還是應承而不敢違命。文章只能提供「比興」學術史背景及梳理本書值得注意的觀點供讀者做為「前理解」方便閱讀，浪費紙墨，尚請見諒。

本文作者為政治大學中文系教授

40 朱自清，《詩言志辨．序》（台北：臺灣開明書店，一九七二年臺二版），頁III。

41 顏老師另有一本新書，書名即稱：《反思批判與轉向：中國古典文學研究之路》（台北：允晨文化公司，二〇一六）。他認為學術研究「都必須是『因』於對前行既成之論所做深切的理解，以及理性的反思、批判，而不是盲目的複製與暴衝；反思、批判而深入根源處，就是對前一歷史時期既成的『知識型』（Epistéme），從本質論、方法論進行『破立兼施』的改造工程。」頁一四—一五。

42 〔法〕皮埃爾．布迪厄（Bourdieu, Pierre）、〔美〕華康德（Wacquant, L.D.）著，李猛、李康譯，鄧正來校，《實踐與反思：反思社會學導引》（北京：中央編譯出版社，二〇〇四），頁四四。

目次

導言

一、我們必須脫離「五四」知識型的籠罩，轉出別開新局的詮釋視域

「比興」不只是中國古代「詩學」中，二個理論性的範疇（categories）；甚而是二個與「詩文化」之創生、實踐俱存的原生性觀念。我將「詩學」定義為對詩歌自身種種活動經驗，包括實際創作、批評以及由此衍生的論述，加以反省思考之後，所建構抽象概念性的知識，「比興」是其中之最要者。另外，我將「詩文化」的定義廣延的涵括「詩學」在內，更擴及與詩相關的一切社會文化活動，例如古代士人之獻詩以諷諭，或天子、諸侯、大夫之教詩以移風易俗，或春秋時代的外交場合，大夫之賦詩以言志，或歷代士人之相與贈詩以通感。這種種實踐行為，我稱它為「詩用」。它不是一種抽象概念性的「詩學」，卻是一種普遍的「詩文化」行為現象。這種實踐行為，雖不做抽象概念的論述；但是行為者的內在意識卻必然涵具著某種主導性的「觀念」，這個觀念就是「比興」。

唐代孔穎達疏解〈詩大序〉所謂「詩有六義焉」，云：「風之所用，以賦、比、興為之辭。」又云：「賦、比、興者，詩文之異辭耳。」又云：「賦、比、興是詩之所用；風、雅、頌是詩之成形。」[1]然則，孔穎達顯然將賦、比、興之義定位在詩的語言層位，三種語言表現形式及修辭技巧。這個說法，影響深遠。近現代研究「比興」的學者，幾乎都承繼這種說法。不過，孔穎達在疏解〈詩大序〉的賦、比、興之義時，另有一說，云：「比、賦、興之義，有詩則有之。」[2]這個說法值得注意，已經涉及詩之起源或創生的問題了。我們可以順著這一說法，再做進一步的詮釋。我在〈《文心雕龍》二重「興」義及其在「興」觀念史的轉型位置〉這篇論文中，曾經論及：

遠古的詩人們，在詩歌自然吟詠而發生的當下，「比」與「興」其實就是他們與生俱存而不自覺的原始思維方式，我們可稱它為「隱性意識」。這種「隱性意識」就蘊涵在《詩經》的文本中。我們將這個層次的「興」義，稱為「詩原生型興義」。……這一類型的「興」義，具有詩的「本質義」。[3]

準此，「比興」不能簡化為詩的語言形式及修辭技巧之義。它最高層位具有詩之「本質論」或「起源論」的意義，更廣及詩之功能、創作與批評原理，甚而擴大到詩體之外，士人階層普遍的「詩文化」行為。語言形式及修辭技巧只是其末技而已。

近現代以來，中文學界對「比興」的研究，一般都只限於「詩學」範圍內，語言形式及修辭技巧之義的探討。少數學者也能拓及「比興」在「詩文化」情境中的意義。我一向認定，不懂「比興」觀念，就不可能深切的懂得中國古代正統的「詩學」，以及「詩文化」的實踐情境。「詩文化」暫且不論，就以「詩學」而言，「比興」之義不明，則中國古代詩歌自身的起源或創

1 孔穎達諸說參見毛亨傳、鄭玄箋、孔穎達疏，《毛詩注疏》（台北：藝文印書館，《十三經注疏》景印嘉慶二十年南昌府學重刊宋本，一九七三），頁一五—一六。
2 同上注，頁一六。
3 參見顏崑陽，〈《文心雕龍》二重「興」義及其在「興」觀念史的轉型位置〉，原刊臺灣中山大學《文與哲》第二十七期，二〇一五年十二月，頁一四三。收入本論文集，頁二三七。

生、本質、功能、創作與批評的原理、修辭法則等論題，便難有確當的認識；這也就是我所說中國古代「正統」的詩學。至於諸多跨域而延伸的議題，例如〈《詩經》中的農業社會生活〉、〈唐詩中的兩性關係意象〉、〈唐宋詞中的性別文化空間〉等，尤其現代學者借用西方文學理論，對中國古代詩歌所做的研究，其種種議題都可能與「比興」無涉，自有其「非正統」的問題視域。我並不輕視這類中國詩學「非正統」的議題，反而肯定他們的創發性意義。我只是提示「正統」詩學研究的當代學者們，「比興」觀念是必須精通的基礎性知識。

我說的是「比興」這一「觀念」（idea），而不是「比興」這一「概念」（concept）。兩者有什麼不同嗎？從認識論而言，兩者所關聯的知識性質與方法學都不相同。

我將「概念」一詞的涵義，認作吾人以理性的抽象思維掌握某一對象部分的普遍特徵，而將這一對象「是什麼」陳述出來的話語。它既是理性抽象思維的產物，因此所陳述指涉此一事物的概念，也就沒有具體實在的「時間性」與「空間性」，僅是從事物抽離出部分的普遍特徵而加以陳述罷了。

人類所生產的知識，大致而言，理論的建構都必須使用抽象概念的思維，物理、化學、數學等命題式的科學知識，就是其中的典型；而對於文化、社會，或文學、藝術等涵具存在情境、實踐經驗及歷程的人文知識，也就是涵具「歷史語境」（historical context）的知識，並不適合完全使用理性思維的方式，僅將對象視為與吾人之存在情境、實踐經驗及歷程無涉的純粹客體，而獲致若干脫離「歷史語境」的「抽象概念」。中國古代，尤其先秦時期，甚多現場對話的「語錄體」經典。其文本意義都關切到特定的「歷史語境」，例如孔子說「仁」、老子說「道」、莊子說「逍遙遊」、孟子說「良心善性」；除了此一關鍵詞在語義上的基本「概念」之外，言說者更常「隨機說法」，涉入特殊實在的「語境」中，針對當下所待解決的問題，經由感知、體悟，「得之於心」而「發之於言」。其言多非抽象概念之言，往往是意象之言；故讀者揭明文本意義時，也必須落實在具有特定時空性的「語境」中，做設身處地的體會，才能獲致貼切的感知、理解與詮釋，而不能只作抽象概念的理性思辨而已。

近現代以來，由於受到西方知識論的影響，「主客對立圖式」已成為眾所循用的思維與書寫方式，研究對象只是與主體之存在情境無涉的知識客體。因此很多人文學者早就習於以形式邏輯（formal logic）為法則的靜態化、抽象化思維；但是概念不清楚、不精確，推論程序不盡符合邏輯法則者，往往有之。至於中國古代在「無動不變，無時不移」的宇宙觀，以及主體實踐體證的存在經驗基礎上，所慣用「辯證法」（dialectic）的思維方式，當代已少有人文學者能熟識而善用之，因此不能深切理解《易經》、《老子》、《莊子》、《論語》、《孟子》、《文心雕龍》……等經典，所蘊涵關懷生命存在的意義，往往只是對表層言語望文生義而已。當代人文學界，傳統思維方法既已式微，而取自西方的現代思維方法卻未熟練，因此學術論著往往流於片段的讀書心得報告，無法建構邏輯嚴密、系統完整的知識。

人文學界只要涉及理論性的知識，最常使用「抽象概念」的思維與陳述。這種認知方法，比較適合用在學者個人某種思想或理論的創造性建構，相對不完全適合用在關乎存在經驗及其意義、價值的經典文本詮釋。這類經典一旦脫離它的發生性「歷史語境」，純粹只做「抽象概念」的思辨與論說，往往缺乏古今、主客視域融合（Horizontverschmelzung）的詮釋有效性[4]。

至於我所說的「觀念」（idea），不擇取西方「觀念論」（Idealism）對於「觀念」一詞所賦予先驗的、客觀的、絕對的、普遍本質的形上學意義；而只認作人們在歷史性（historicality）存在的經驗世界中，某一具有特定身分的個體，在某一特定歷史時期的文化傳統與社會情境中，對某一事物有所感知、思想，從而站在特定立場、持有特定觀點，而主張一種創造性的理念。因此，某一個體所論述的「觀念」，必然具有特定的「歷史語境」，例如孔子「仁」的觀念、老子「道」的觀念、孟子「良心善性」的觀念、劉勰「比興」的觀念。那麼，某一家之言的「觀念」，其意義必須契入其發言的「歷史語境」，做出同情的理解；並且置入此一「觀念史」的脈絡中，才能獲致深切的有效性詮釋。

個人主觀建構一家之言的理論與詮釋相對客觀他在性的歷史文本，畢竟是兩種不同性質的知識生產，也有它們各自相應之方法學的差異。

中國古代的詩學論述，以及詩文化實踐所致用的「比興」觀念，就是這種涵具「歷史語境」的知識。其「歷史語境」乃由古代諸多文人在不同歷史時期、不同社會階層及倫理分位、不同文學流派、選擇接受不同的文化傳統，以及個體不同的存在經驗、不同的學識、價值觀以及發言立場等，各種因素條件所交織而構成。他們對詩歌的論述以及創作、批評實踐，一旦涉及「比興」，皆非憑空、抽象的發言；而必然切身於某一「歷史語境」，針對自己所感思的「問題視域」，而進行詮釋學境遇的發言。因此，他們所做的陳述都切合著特定的「時間性」與「空間性」，其意義也就在這一「歷史語境」的限定下，才能獲致相對確當的詮釋。鄭玄、王逸、劉勰、朱熹、王夫之等，他們對「比興」的論述，都各有其「歷史語境」，其意義不能脫離此一語境而僅作抽象概念的說明。同時，也沒有哪一家之說才是唯一確當。

「歷史語境」永遠處在「變動」的過程，因此「比興」雖有此一詞彙本身語義上的基本「概念」，例如「比者，譬喻也」、「興者，起情也」；但是，一家之言的「比興觀念」，卻始終處在「開放」的狀態，往往隨著不同歷史時期、不同論述者，給出不同的實質義涵，尤其「興」的觀念，更是演變而複雜。我在本書的一篇論文中，曾經論及：

> 「比興」不是一時一地一人所提出來，而「定乎一見」的系統性理論。從最遠古之時，「詩」自然發生而「詩學」尚未萌發的「原生情境」開始，「比興」就與「詩」同體而在焉。自此以降，歷代詩歌創作、閱讀、批評之實踐，以及詩學觀念之論述，「比興」也都「卮言日出」，與「詩歌」俱在而被士人們不斷論述，「再創」新義。因此，「比興」是中國古代詩歌

4「視域融合」（Horizontverschmelzung）指通過詮釋學經驗，詮釋者和文本獲致某種共同的視域，同時詮釋者於文本的他在性中理解了文本的意義。參見加達默爾（H.G. Gadamer, 1900-2002）著、洪漢鼎譯，《真理與方法》（*Wahrheit und Methode*）（台北：時報文化，一九九三），頁三九九—四〇一。

創作、批評史上，一種既「內在」於「詩」，又被提舉出來而「外在」於「詩」，做為「開放性」論述的詩文化觀念。[5]

因此，研究中國古代正統的詩學，以及詩文化的實踐境況，不能抽離「歷史語境」，只從我們現代人所認知，甚至得自西方的一般文學理論，抽象的做出「概念化」的論說。

然而，「五四」以降，在「反傳統」的文化意識形態投射之下，所建構的「知識型」（Épistème）[6]，其特徵就是摒棄古代的「歷史語境」，對古人的論述或創作實踐，從不虛心契入其語境中，做出設身處地的同情理解，以獲致古今主客視域融合的有效性詮釋。其溫和者，將斷章取義的片段文本，從它的「歷史語境」抽離出來，只是單向的置入當代的語境中，既不整體的細讀文本，更逕以取自西方理論，若干粗淺破碎的概念，做出「削足適履」以符己意的曲解，例如劉大杰將南北朝文學之注重語言技巧和聲律的詩歌，套上「形式主義」的標籤[7]。顯然他還固持著「形式」與「內容」二分的錯誤觀念，而將「形式主義」當作貶詞，指涉那種只重語言形式技巧而不重反映現實生活內容的作品。這明白是誤用西方「形式主義」（formalism）這個關鍵詞以及它所涉及的理論[8]。同時，對於南北朝文學的諸多詩歌作品，劉大杰恐怕從不曾放下「文學必須反映社會現實生活」的意識形態，而虛心的細讀過，以深入理解其意義與價值。另外，其強烈者甚至對古人之說，採取「未詮釋，先批判」的霸凌式貶責，例如毛毓松對孔子論詩的文本既未能深切理解、詮釋，就妄做批判，輕率貶責：

5 顏崑陽，〈《文心雕龍》二重「興」義及其在「興」觀念史的轉型位置〉，原刊臺灣中山大學《文與哲》第二十七期，二〇一五年十二月，頁一二六。收入本論文集，頁二一〇。

6「知識型」（Épistème）是傅柯（M. Foucault, 1926-1984）《詞與物》（*Les mots et les choses*）一書的核心概念。他考察了文藝復興、古典主義以及近現代幾個歷史時期所建構的知識，發現在同一個歷史時期之不同領域的科學話語之間，都存在著某種「關係」。那就是在同一歷史時期中，人們對何謂「真理」，不同科學領域的話語，其實都預設了某種共同的本質論及認識論，以做為基準及規範，從而建構某些群體共同信仰的真理，以判斷是非，衡定對錯。「知識型」指的就是這種不同科學之間，本質論與認識論的集合性關係，也就是西方某一歷史時期人們共持的思想框架。參見傅柯著、莫偉民譯，《詞與物——人文科學考古學》（上海：三聯書店，二〇〇一）。

7 參見劉大杰，《校訂本中國文學發展史》（台北：華正書局，一九八七），頁二九〇—二九七。

8 西方發生於十九世紀晚期到二十世紀初期的「形式主義」思潮，不管藝術美學方面，英國的福萊（Roger Fry, 1886-1934）、貝爾（Clive Bell, 1881-1964）所提出「有意義的形式」這個說法；或興起於俄國的「形式主義」詩學，其後傳播到捷克布拉格，而發展出雅克布森（Roman Jakobson, 1896-1982）的傳播模型，又聯繫到布拉格學派，他們強調文學作品的語言形式是決定「文學性」的優先要素。凡此，「形式主義」所關注的都在於改變傳統將「內容」與「形式」二分的錯誤概念，因為任何文學或藝術作品，必然要以其媒材而取得特定形式才能具體表現出來。當作品具體表現出來，它的「內容」與「形式」即是一體，不可切分。這時候的「形式」不是沒有內容的空形式，而是含著內容的「有意義的形式」。因此，「形式主義」並非用來貶責只重語言形式技巧，而內容空虛貧弱的作品。劉大杰並不真正懂得「形式主義」這種理論，而只是望名生義，隨便套用。這是「五四」以降，許多新知識分子為了追求現代化（其實就是西化），而雜碎的撿拾西方理論之牙慧，所產生的弊病。什麼「形式主義」、「浪漫主義」、「寫實主義」、「象徵主義」、「古典主義」、「現代主義」等，使用者一知半解的各種「主義」漫天飛揚。

孔子並不真正懂得詩，並不能真正理解詩的教育作用，因為他沒有把詩當作文學作品，沒有從文學作品的特點出發來看待詩的教育作用。[9]

這樣的謬論不值得一駁。我之所以舉出來，只是為了以實例說明，當代淺識的學者，在「反儒家文化傳統」之意識形態的投射之下，那種預設價值立場而對古人所做「未詮釋，先批判」的論述，往往不自覺的呈現幾種病徵：

（一）有些學者因為「反儒家文化傳統」的意識形態，先已成見在胸；故而對原典文本從不虛心而深切的閱讀，只是粗淺的望文生義，即妄下評斷。我們可以合理的懷疑，毛毓松對孔子「興、觀、群、怨」等詩論的深層意義，恐怕沒有精切的讀懂！只是文字表層的皮毛之見而已。

（二）有些學者進行閱讀時，完全未曾涉入「歷史語境」，也就是未曾設身處地的理解作者（或說話者）究竟在什麼樣的文化傳統？什麼樣的時代社會？什麼樣的特定「事件情境」（例如諷諫某國君，或教導某弟子等）？而針對什麼樣的問題？意圖達到什麼樣的目的？就在這「動態性歷史語境」中，作者（或說話者）論述了他們對某些事物的見解。其論述之意義與影響效用，都受到「歷史語境」相對的限定；而讀者也必須契入「歷史語境」中，設身處地的體會，其文本才能獲致貼切的理解，做出相對客觀有效性的詮釋。或許，我們可以推想，像毛毓松這一類的學者，根本不懂什麼是「歷史語境」，也不懂「歷史語境」始終處在「變動」的狀態中，更不懂在閱讀古代經典時，「歷史語境」乃是獲致文本意義之切當詮釋的必要基礎。

（三）現代學者既多缺乏文本之「歷史語境」的觀念，故詮釋典籍時，往往將文本從「動態性歷史語境」中抽離出來；就只是不自覺的站在當代語境，單向的將文本看作一串「靜態化」的文字形構「屍體」。我說是「屍體」，因為在彼輩的心眼中，「文本」只是沒有作者與讀者共通生命存在感的文字木乃伊；故而他們就僵化的抱持現代人對某一事物所認知、定義的抽象概念，套進古代文本而進行詮釋或評價。而這些概念，很多是破碎、粗淺的得之於西方文學理論，未必能適切的用以詮釋相對文化差異性的中國古代文學。就以毛毓松之妄斷孔子的詩論為例，他所謂的「詩」是什麼？所謂「教育作用」是什麼？所謂「文學作品」是什麼？這些主要的關鍵詞，顯然是出自於他自己做為現代人絕對主觀的認知及定義，而不是相對客觀的涉入孔子詩論的「歷史語境」，經由同情理解而獲致的認知及定義；並且從上下文脈來看，即使以現代學者的理論素養觀之，毛毓松對以上幾個關鍵詞，都只是模糊的概念，構不上嚴格的定義。

更高層次來說，即使他能提出現代人對詩、教育作用、文學作品的嚴格定義，也應該通達的明白，這些關鍵詞所涉及事物的定義，古今中西總加起來，至少一百種以上，卻沒有任何一種定義絕對確當，而被所有學者共同遵奉。在歷史動態的時程中，任何文化的創造物，文學也好，繪畫也好，音樂也好，建築也好，雕塑也好，舞蹈也好……，永遠在不同的歷史時期，不同的文化區域，

9 參見毛毓松，〈孔子詩學觀的評價〉，收入趙盛德主編，《中國古代文學理論名著探索》（桂林：廣西師範大學出版社，一九八九），頁六。

甚至不同的文學藝術家之不同的觀念中，被不斷的重新定義並付諸實踐，而創造出新的產品，給出新的意義、新的價值。因此，任何文化產物的「本質性定義」永遠處在變化之中，懸而未決。文學是什麼？詩是什麼？別說西方，就在中國，自古以來也同樣在不同歷史時期，由不同的文學家，提出複數的不同定義。孔子的那個歷史時期，孔子這個思想家，自有其對於詩、對於文學所做的定義，如何能夠由現代人，由毛毓松個人為他們下定義！然後持此定義為基準，評斷孔子不懂詩，不懂文學，這是何其無知的妄論！為什麼會有這樣的妄論？這其實是「五四」以降，以「反儒家文化傳統」為基底而所建立的「知識型」，最負面的病徵。

「五四」所展開新文化與新文學運動，當我們回到當時的「歷史語境」，可以同情的理解陳獨秀、胡適、劉半農、錢玄同、顧頡剛、魯迅等，為了追求現代化而效法西學，必須移開阻礙現代化的絆腳石而反傳統，因此眾聲喧譁，發出許多未經理性思辨的過激之論，實有其不得不然的理由。然而，如今「後五四」已經幾十年，早就事過境遷，卻還有不少學者毫無反思、批判，只是不斷複製這一弊害已經浮現的知識型。其中，影響最為深遠的論題就是：一九二〇年代，魯迅受到日本學者鈴木虎雄的影響；而鈴木虎雄在「明治維新」的時代氛圍中，先已受到西方文學理論的影響；他們一致認為魏晉是「文學自覺」的時期。其後，學者們又延伸出「文學獨立」的孿生性論題，一時蔚為思潮，因而無端製造了「為藝術而藝術」的「純文學」神話[10]。幾十年來，這個說法影響了現代學者對中國文學史、中國文學批評史的寫作，很多拾人牙慧的學者，往往以上述所定義的「純文學」概念，再加上自覺或不自覺「反儒家文化傳統」的意識形態，霸凌式的批判古代某些不合「純文學」標準的詩歌與詩論，上引毛毓松之說可算其中極端的典型。

這類霸凌式的批判，當然非僅毛毓松如此而已。「五四」以降，手持利劍隨意砍殺古人的學者多矣。其中最大的受害者，應該是漢儒之箋釋詩騷，尤其更聚焦於《毛詩》，被許多學者批判為穿鑿附會，以詩做為服務政教的工具，這已成常談，不須特別舉例。近些年來，不少學者，包括我在內，對於「文學自覺」與「文學獨立」的「純文學」神話，已提出反思批判，並為〈毛詩序〉所受霸凌式的批判申冤，例如大陸學者胡曉明認為：二十世紀中國學界對〈毛詩序〉的解讀，基本上將其定位於附會、臆斷、出於政教的目的，對「詩」進行蒙蔽、歪曲得最為嚴重之作。胡曉明細讀毛傳、孔疏的文本，指出上述二十世紀的主流解釋，貌似科學，然而大處並沒有採取歷史客觀的立場，只用現代抒情文學的眼光來看「詩」，因而基本上不能對毛傳的政治文化意圖有同情的了解。胡曉明在細讀文本之後，試圖為毛傳所受歪曲的批判進行解咒[11]。與此約略同時，我也批判現代學者對〈詩大序〉（〈毛詩序〉）的淺讀與曲解，並深度詮釋儒系詩學之「體用相即」的觀念[12]。

10 參見黃偉倫，《魏晉文學自覺論題新探》（台北：臺灣學生書局，二〇〇六）。又參見顏崑陽，〈「文學自覺說」與「文學獨立說」之批判芻論〉，收入顏崑陽，《反思批判與轉向：中國古典文學研究之路》（台北：允晨文化公司，二〇一六），頁二二三—二四六。

11 參見胡曉明，〈正人君、變今俗與文學話語權——〈毛詩序〉鄭箋孔疏今讀〉，香港大學中文學院主辦：「東方詩話第七屆國際學術研討會」，二〇一一年四月。

12 參見顏崑陽，〈從〈詩大序〉論儒系詩學的「體用觀」〉，臺灣政治大學中文系主編、出版，《第四屆漢代文學與思想學在這「後五四」的知識年代，前瞻而卓識的學者，都應該脫離「五四」的籠罩，對這一「知識型」展開全面而深度的批判，而轉出別開新局的詮釋視域。

二、在「動態性歷史語境」中，「比興」是一個「開放性」的觀念，不能執定一義以為是，而必須隨其語境做適切的詮釋

學界有關「比興」的研究，多數的說法之所以不切其真諦，最主要的原因，就是還在「五四」之「知識型」的籠罩之下，缺乏「歷史語境」的觀念；僅將「比興」從它被使用在某一實際的、特定的語境抽離出來，當作辭典中靜態化的詞彙；而僅就這一詞彙本身的語義做出「唯名定義」（nominal definition），例如「比」就是「比喻」，「興」就是「引起」。或是，只將「比興」當作詩歌「創作論」的一個範疇（categories），從作品語言層次的修辭技巧或表現方式，套借西方文學理論的話語，而做些常識性的淺論，例如「比」是「明喻」、「寓託」，「興」是「暗喻」、「隱喻」或「象徵」。

這是一般文學理論，依形式邏輯法則，為關鍵詞所做抽象概念的一般定義，不具特殊歷史語境的實質義涵，例如王元化詮釋《文心雕龍》的「比興」之說，先將「比興」一詞解釋為：「一種藝術性的特徵，近於我們今天所說的『藝術形象』一語。」接著又說：「我國的『比興』一詞，依照劉勰的『比顯而興隱』的說法，亦作『明喻』和『隱喻』解釋，同樣包含了藝術形象的某些方面的

內容。」[13]王元化認為「比興」就是「一種藝術性的特徵」，而「近於『藝術形象』」，似乎涉及已表現完成之作品的意象形式特徵；但是，「藝術特徵」與「藝術形象」這二個關鍵詞確指什麼？作者沒有界說，只是概念模糊的使用。接著他又說「比」是「明喻」，「興」是「隱喻」，那麼「比」與「興」都只是作品還未表現完成之前，一種局部的修辭技巧，這與前面所說作品的「藝術特徵」與「藝術形象」，當然是不同層級的概念。如果從一般文學理論所依循的形式邏輯而言，上述王元化對《文心雕龍》「比興」之義所作的詮釋，顯然概念不清，甚至矛盾；如果從劉勰論述「比興」的歷史語境而言，他所說的「比興」，置入文學活動的總體情境，或置入觀念史的脈絡，其意義真可以如此簡化嗎？又例如張文勛、杜東枝認為：「比」接近於「明喻」，而「興」接近於「暗喻」，接著又說：「詩歌創作用比興手法，不單純是一個簡單的表現手法問題，而是作家進行形象思維的重要手段。」[14]他們二人同樣將「比興」視為一種局部的修辭技巧，又略微觸及語言形構層的「表現手法」與心理層的「形象思維」；不過，卻非「形象思維」的本身，而是「形象思維」的「手段」。從形式邏輯而言，「比興」一詞可以並指修辭技巧、表現手法、形象思維三個不同層級的概

術研討會論文集》（台北：新文豐出版公司，二〇〇三），頁二八七—三二四。

13 參見王元化，〈釋比興篇擬容取心說〉，收入《文心雕龍創作論》（上海：上海古籍出版社，一九八四），下篇，頁一七七—一七八。

14 參見張文勛、杜東枝，〈關於形象思維和比興手法〉，收入二人合著，《文心雕龍簡論》（北京：人民文學出版社，一九八〇），第四章第三節，頁八一。

念嗎？如果不從實際創作過程去說明三者如何辯證統一，或從比興觀念史去詮釋此一觀念在不同歷史時期的演變，就同樣犯了形式邏輯上，概念不清甚至矛盾的弊病。其他，例如王念恩旁徵博引中國歷代各種對賦、比、興之說，以及西方各種比喻、寓託、象徵之說，進行中西相互詮釋。他仍然將賦、比、興從論述者的「歷史語境」抽離出來，靜態化的當作一般文學理論的三個範疇，而將它們分析詮釋為：三種寫作技巧、三種創作方式、三種美學特徵、三種詮釋方式[15]。王念恩對「比興」的詮釋，除了語言形式層的創作方式、作品美學特徵之義外，另外還涉及閱讀、詮釋層之義。

上述幾個「後五四」數十年的學者，各自對「比興」的論述，大致有三個共同特徵：

（一）將「比興」一詞，從古代不同論述者的「歷史語境」抽離出來，當作一般文學理論的範疇，靜態的、抽象的界說它們的「概念」。

（二）主要觀點都將「比興」定位在語言形式層，說明它們在局部修辭技巧，或整體表現形式上的意義；推衍而論則涉及作品的藝術（或美學）特徵，這也是語言形式層的概念。至於以「比興」的「表現手法」做為「形象思維」的手段，則已涉及心理層的意義了；但是，這一心理層的「形象思維」，卻還是不離「語言形式」。另外，「比興」被視為三種「詮釋方式」，顯然也還是限定在「語言形式」內部的一種文學批評。因此，他們不管將「比興」詮釋為何種「概念」，都預設了文學的本體就是作品自身的語言形構，「比興」之義唯聚焦於此，而與外在客觀的世界現象，以及作者、讀者對客觀世界現象的感知經驗無關。這顯然是對「比興」複雜之義的簡化。同時，我們可以理解到，這其中隱含著「五四」以降，「為藝術而藝術」的「純文學」觀念。

（三）套借西方文學理論的用詞，置換式的詮釋「比興」，例如暗喻、隱喻、象徵、形象思維、藝術形象等。然而，使用者對這些取自西方的關鍵詞，在文學理論上究竟有何意義？它可以等同或近似「比興」嗎？如果是，則如何等同或如何近似？這些問題都沒有分析論證，只是宏觀的、籠統的「獨斷」。

現代學者研究古代詩學或詩文化的「比興」觀念，很多像上述幾個學者那樣，雖恍然似在詮釋歷史文本；卻又不能以文本為優先而深層理解之、精細分析之，往往脫離觀念史的脈絡以及古代某一論述者之發言的「歷史語境」；其所論者皆無關乎某一時代的某一士人，例如孔子、毛亨、鄭玄、王逸、劉勰、鍾嶸、朱熹、王夫之等，在某種文化社會情境及某種特殊的論述脈絡中，站在某個立場，而選擇某個觀點，所說出或所寫出，具有某種特殊實質涵義的「比興」觀念。那麼，所謂「比興」者，不過僅是學者們單向的站在當代語境，絕對主觀的站在自己的立場；而方便的挪借西學，引為自己的觀點，各說各話的發表自己對「比興」所做某種「抽象概念」的說明。隱喻也好，象徵也好，形象思維也好，藝術特徵也好……眾聲喧譁，我說即是，無須論證。反正脫離文本「歷史語境」的限定，也就無從做到主客視域融合的有效性詮釋，當然都不過是游談無根的虛論而已，是非對錯也沒有客觀基準可資判定。這是「五四」以降，已習以為常的學術風氣；能夠做到不像毛毓松那般「未詮釋，先批判」的霸凌古人，而認真的切合文本，進行分析詮釋，也就算是具有學術

---

15 參見王念恩，〈賦比興新論〉，收入《古典文學》第十一集（台北：臺灣學生書局，一九九一），頁四三一—五五。

品格了。

當我們能夠一方面身處當代語境中，吸納新知識，開啟新視域；一方面又能契入所要詮釋之經典的「歷史語境」中，傾聽古代士人對詩學或詩文化根本所繫之「比興」觀念的論述，就能理解「比興」，尤其「興」，乃是一個「開放性」的觀念；很多不同身分的文學家，在不同的歷史時期，置身於不同的「歷史語境」中，各自站在不同的立場，從而提出不同的觀念。因此，其意義不斷演變而非常複雜，不能將它從「動態性歷史語境」抽離出來，只是「靜態化」的做出某一種「抽象概念」的界說。其實，關於「什麼是比興」這一問題，不管學者們提出哪一種答案，終究沒有任何單一性的「抽象概念」，能夠括盡「比興」在不同歷史語境中，不斷演變的複雜義涵。

「比」與「興」原是二個不同概念的單詞，「興」之一詞的涵義相較於「比」又複雜得多，語言層的「譬喻」只是其中一義。漢儒箋釋詩騷時，才將它合為一個複詞，其義也偏指「譬喻」。當然，單詞的「興」也還是在「動態性歷史語境」中，不斷被使用著，因此「興」義的演變，乃是「比興」觀念史的重心議題。假如，我們姑且不去分辨「比」與「興」的不同概念，而將「比興」合觀；並且不將「比興」的義涵窄化為語言層的「譬喻」，仍然在這一複詞中保留「興」的多義性；而從文學活動之「總體情境」以及「比興」觀念史之演變歷程的詮釋視域來看，就可以因隨「動態性歷史語境」，理解到「比興」之義何其複雜；豈是隱喻、象徵、形象思維等，任何一種套自西學的概念所能盡其義！

這當然涉及研究中國古代詩學或詩文化之「比興」觀念，關於知識本質論及其相應的方法學，如何脫離「五四」的「知識型」而轉出新視域的問題。學術研究首重「務本」，豈能百年不變，相繼複製！面對前一個知識年代，我們必須從本質論及其相應的方法學，進行反思、批判，而開拓創新的詮釋視域。

二十幾年來，我從一九九一年撰寫《李商隱詩箋釋方法論》開始，就對「比興」之義特別關注。先是在「五四」之「知識型」的籠罩之下，缺乏「動態性歷史語境」的觀念，也不能深切理解「毛傳」獨標「興」義的真正用意，所謂「興」並不只是語言層的「譬喻」之義，而是承繼了孔子所說「詩可以興」的「讀者感發」之義。因此，我與一般學者同樣站在當代單向的語境中，不自覺的就以「純文學」觀念所認知單一的、固態的、鎖定在語言層的「比興」之義，做為基準；對漢儒之以「比興」箋釋詩騷，做出嚴厲的批判，認為他們穿鑿附會；並且特別指出「毛傳」所標示的「興」體，其實其中有「賦」也有「比」，而「毛傳」卻不能精確區分，乃將賦、比、興窄化為「興」，又將「興」混同於「比」[16]。及至一九九八年，我撰寫〈從「言意位差」論先秦至六朝「興」義的演變〉時[17]，才體悟到「比興」，尤其「興」在中國古代詩學或詩文化的語境中，本質上就是一個「開放性」的觀念，其意義隨著「動態性語境」，在不同時代、不同文化社會情境中，被不同的文學

16 參見顏崑陽，《李商隱詩箋釋方法論》（台北：里仁書局，二〇〇五），頁一三一—一四二。

17 參見顏崑陽，〈從「言意位差」論先秦至六朝「興」義的演變〉，原刊臺灣《清華學報》新二十八卷第二期，一九九八年六月，頁一四三—一七二。收入本論文集，頁七一—一一九。

家，做出不同的論述。約略同時，我創構了「中國詩用學」，更發現在中國古代士人階層的社會文化生活中，詩無所不在，它是中國古代士人之「社會文化互動行為」所採取既特殊又普遍的言語形式，古代根本沒有「純文學」視域下的「純詩」[18]。這完全不同於我們在當代文學專業化之社會文化情境下，單純將詩歌視為一種特殊語言形式的「創作」。至此，「比興」更必須被置入士人階層之社會互動的「言語倫理功能及其效用」的語境中，才能貼切詮釋其中一種很特別的意義。

假如，現代學者對「比興」的研究，意在詮釋中國古代這一詩學或詩文化所蘊藏最重要的觀念，而不是在高談自己的文學理論，就不能將它從「動態性歷史語境」中抽離出來，只是「靜態化」的抱持我們當代人所認知的「比興」，並任意套界西學，率爾做出話語置換式的說明。這是我對「比興」觀念所提出詮釋視域的轉向，此後就在這種詮釋視域下，建立了下列三個知識本質論與方法學的基本假定，繼續研究「比興」觀念，以開拓創新的論域：

（一）「比興」是中國古代詩學或詩文化中，一個「開放性」的觀念，其知識本質就是沒有單一性、封閉性的固態化定義。諸家論述可資共持的基本概念，只有起情、連類、譬喻三義[19]。此外，諸家各自因應不同語境之論述的實質義涵，則多有差異。我們的詮釋原則之一，是在上述三個基本概念上，進而深契文本所處之不同的「動態性歷史語境」，貼切其語境而詮釋之，從而掌握其演變而複雜的意義。所謂「動態性歷史語境」不僅指論述者個人所處的當代語境，還包括「比興觀念史」之前後因變的歷程性語境。

（二）「比興」之義，在本質上就廣涉了文學活動的「總體情境」。文學「總體情境」由世界、作家、作品、讀者四大要素所構成[20]。我們可以將它再區分為「並時性總體情境」與「歷時性總體情境」。首先從「並時性總體情境」觀之，這一情境包括實在、心理、語言三個結構性層位。「比興」，尤其「興」之為義，必須整合「實在」、「心理」、「語言」三個層位的要素去理解，才得以完備。這三個層位的要素，可分而言之：1.「實在層」是詩人所存在的世界，包括自然世界與社會文化世界，乃文學作品構成的層位要素之一。實在世界之眾多事物原就存在著「類似性」。詩人之所

18 參見顏崑陽，〈用詩，是一種社會文化行為模式——建構「中國詩用學」初論〉，原刊臺灣《淡江中文學報》第十八期，頁二七九—三〇二。收入顏崑陽，《反思批判與轉向：中國古典文學研究之路》，頁二四七—二七一。

19 「起情」是劉勰《文心雕龍．比興》對「興」這一關鍵詞所做的訓解。連類、譬喻，是孔安國對孔子云「詩可以興」之「興」所做的訓解。《論語．陽貨》：「詩可以興」句下，孔安曰：「興者，引譬、連類。」參見何晏集解、邢昺疏，《論語注疏》（台北：藝文印書館，《十三經注疏》景印嘉慶二十年南昌府學重刊宋本，一九七三），頁一五六。孔安國雖是訓解「興」字之義；但是「譬喻」本就是「比」字之義。

20 美國文學批評家亞伯拉姆斯（M.H. Abrams），在《鏡與燈》（*The Mirror and the Lamp*）一書中，提出「文學總體情境的四大要素」，包括世界（宇宙）、藝術家（作家）、作品、欣賞者（讀者），並且製成一個圖式，作品居於中心位置，輻射向外連結到世界、藝術家、欣賞者。參見〔美國〕艾布拉姆斯（臺灣譯為亞伯拉姆斯）著，酈稚牛、張照進、童慶生合譯，《鏡與燈》（北京：北京大學出版社，一九八九），頁五—六。旅美漢學家劉若愚曾將它改造為圓形圖式，四大要素沒有哪一個居於中心位置，依序由世界、作家、作品到讀者，都同在圓周上。他就以這個圓形圖式所展示的「文學總體情境」，解釋中國古代的文學理論。參見劉若愚，《中國文學理論》（台北：聯經出版公司，一九八一），頁一二—一六。

以能在心理層進行「連類」的想像，而在語言層進行「譬喻」的構詞，就是以這一萬物類聚群分的實在世界做為經驗基礎條件。2.作家「心理」的感思、想像經驗，也是文學作品構成的層位要素之一。從「心理層」而言，「比興」是人類天性本具的心理機能，詩人「感物起情」是「興」，因而產生經驗聯想與類比聯想，即是「連類」，故《文心雕龍．物色》云：「詩人感物，聯類不窮。」則「連類」是「興」也是「比」。3.「語言」當然是文學構成的層位要素之一，文學最終必須以「語言」做為符號而構造某一特定「形式」，才能表現為作品。從「語言層」而言，「比」與「興」都有「譬喻」之義。譬喻，乃是一種特殊的構詞形式。然而，文學創作必須在上述「實在層」與「心理層」的基礎上，這一「語言層」之「譬喻」的構詞操作，才有其可能。古代諸家論述「比興」，或定在其中一個層位以見義，或由二個以上的層位，辯證統合以見義。因此，我們的詮釋原則之二，是將古人詩歌創作實踐所運用的「比興」或論述「比興」的文本，置入「並時性總體情境」中，因依文本所顯示不同之結構性「層位」的語境進行詮釋，而不抽離語境，僅定執單一的抽象概念作解。

（三）接著從「歷時性總體情境」觀之，這一情境乃是由世界、作家、作品、讀者四大要素，彼此對應所形成的創作過程與閱讀過程，可分為四個階段：世界——作家、作家——作品、作品——讀者、讀者——世界，這四個階段分別產生不同性質的「文學活動」[21]。第一階段是作家面對世界，因感物、緣事而產生創作動機及經驗材料，這是「感物起情」之「興」；第二階段作家可以運用譬喻性的語言形式將所感思的材料表現為作品，這是「引譬、連類」的「興」或「比」；第三階段是文學作品傳播給讀者，讀者因閱讀而引發感思，或做出批評，這是「詩可以興」之「興」，也就是「讀者感發志氣」之「興」；第四個階段是讀者因閱讀文學作品有了心得，而「興發」觀看宇宙的新態度及新視域，產生不同以往的感思，這是前一階段之「興」延伸的閱讀效果。在上述歷時性的文學「總體情境」中，每一階段的文學活動都涉及「比興」。我曾利用劉若愚以文學四大要素所建構的圓形圖式，也建構了一個「興義言意位差演變圖」，以展現上述總體情境中，每一階段的文學活動都涉及「比興」觀念[22]。因此，我們的詮釋原則之三，是將古人詩歌創作實踐所運用的「比興」或論述「比興」的文本，置入「歷時性總體情境」中，因依文本所顯示不同結構「層位」的語境進行詮釋，而不抽離語境，僅定執單一的抽象概念作解。

我必須特別指出，上述並時性與歷時性的「總體情境」，不能始終只看作理論性的抽象概念，而必須落實在作家與讀者所共存之「實在層」的「世界」來理解。從中國古代士人階層的生命存在實踐而言，這「世界」當然是一個由文化傳統與社會倫理關係所構成的現實生活世界。古代的士人們就在這「世界」中，就在彼此社會互動關係的情境中，作詩、贈詩、讀詩、酬詩，抒發個體與群體的情志，而彼此希求諷化、感通與期應，此之謂「詩用」[23]。而詩之為詩之「體」，就相即於詩

---

21 同上注，劉若愚，《中國文學理論》，頁一二—一六。

22 參見顏崑陽，〈從「言意位差」論先秦至六朝「興」義的演變〉，原刊臺灣《清華學報》新二十八卷第二期，頁一六九。收入本論文集，頁一一六。

23 參見顏崑陽，〈用詩，是一種社會文化行為模式——建構「中國詩用學」初論〉，《反思批判與轉向》，頁二六二—二六三。

之「用」而俱存。這是不離士人階層「日用」的詩文化，我們必須涉入這種「歷史語境」去理解中國古代詩歌的意義，它完全不同於我們當代將「詩」只視為獨立在社會文化世界之外的詩人，離「用」而僅在「心理」與「語言」層位，進行著所謂「創作」的行為。然則，在古代詩學或詩文化的語境中，「比興」就不能簡化為詩人「心理層」的形象思維，以及「語言層」的明喻、暗喻、隱喻等概念而已。「比興」更有一種非常重要的涵義——「言語倫理的功能及其效用」。

近現代以來，由於學者們普遍被「純文學」的文化意識形態所蒙蔽，因此幾乎沒有人真正理解此義，而這卻是我在「詩比興」系列論文中，很重要的創發。

四、這是一本「詩比興」研究之系統化的論著

這本論文集名為《詩比興系論》，收入六篇以「詩比興」為研究對象的系列性論文。各篇寫成的時間不一，但是卻大體在我一致性的學術理念，包括知識本質論及其相應的方法學主導之下，所完成的論述。因此，可構成一個大體完整的系統。

當然，一個學者的生命存在與學思歷程不可能靜止不變，因此這六篇論文也有一個既延續又轉變的歷程。大致來說，比較早寫成的〈《文心雕龍》「比興」觀念析論〉，一方面延續我寫《李商隱詩箋釋方法論》時期，對於「比興」所持的認知，仍然殘餘著「五四」之「知識型」的痕跡；不過，另一方面也有所轉變，其中比較明顯的是確認「比興」是一個「開放性」的觀念，同時強調必

須重視論述者所身處的「歷史語境」及其立場、觀點。這一轉變非常重要，已大體觸及研究「比興」觀念之知識「本質論」的基本假定，但還未完全將它顯題化而論定之。

至於稍後寫成的〈從「言意位差」論先秦至六朝「興」義的演變〉，則是我對「比興」觀念之研究，在知識本質論與方法學上，正式的轉變與形成。「言意位差」是我自鑄的關鍵詞，換作一般的話語，其義近似「動態性歷史語境」。其後，就在這一學術理念之下，延續的開拓幾個關於「比興」的論題，終而完成這六篇「詩比興系論」之作，各篇要義如下：

第一篇〈從「言意位差」論先秦至六朝「興」義的演變〉。這篇論文的主題是提出「言意位差」的觀點，以詮釋先秦至六朝「興」義的演變。「言意位差」的觀點意指：在文學總體活動中，不同的論述者從世界、作者、作品、讀者四種不同位置發言，會導致同一議題之論述，其實質涵義卻有頗大的差異；就以這篇論文所處理「興」的議題而言，從先秦到六朝，不同的論述者同樣針對文學活動中，「興」這一議題發言，而在語言形式上使用同一個關鍵詞——興，卻因為論述者所站立的發言位置，有世界、作者、作品、讀者之別，而導致所發表之「言」在文學理論之「意」上，其實質涵義有著頗大的差別。

這一議題所獲致的結論是：先秦時期的「興」，指的是「讀者感發志意」之義；東漢時期，「興」轉變為結合「作者本意」與「語言符碼」的「託喻」之義；六朝時期，「興」又轉變為「作者感物起情」與「作品興象」之義。從先秦以至六朝，孔子、毛亨、鄭玄、王逸、劉勰、鍾嶸諸家所論述的都是「興」，卻因論述者所站立的發言位置，有世界、作者、作品、讀者之別，而導致上述

「興」義展現歷程性的演變，因此「興」義才有其觀念史。

第二篇〈《文心雕龍》「比興」觀念析論〉。前行學者對於《文心雕龍》之「比興」觀念的研究，主要的問題集中在：（一）《文心雕龍》所謂「比興」，什麼是「比」？什麼是「興」？「比」與「興」有何差別？（二）為何「比顯而興隱」？（三）《文心雕龍》中所說的「比興」，在文學創作活動中，究竟有何理論性的意義？也就是它們是一種修辭法？或表現方法？或思維方法？或藝術形象？（四）《文心雕龍》的「比興」之說，在觀念史上，有何所承？又有何所變？（五）《文心雕龍》「比興」之說在文學理論上有何價值？在觀念史上又有何價值？

前行學者們對於上述問題都各自提出若干的解答，而獲致相當程度的研究成果。然而，這些問題卻並沒有因此而得到已夠清楚、明確的答案，甚至滋生了若干觀念上的混淆。所以，《文心雕龍》的「比興」觀念，仍然有待繼續研究。我這一篇論文，就是在反思、批判前人的研究成果之後，針對其失當或空白之處，嘗試提出相對比較確當的解答。

前行學者之論述，有三個偏差：（一）不細讀文本，不精密分析文本，往往離開文本語脈，隨個人望文生義而虛說。（二）不明白「比興」是一個開放性、演變性的觀念。因此，它並沒有一個絕對確當的定義；然而一般學者往往脫離劉勰所處的歷史語境，以及所選擇的立場、觀點，而以自己的當代語境，自己的立場、觀點，做為詮釋、評斷《文心雕龍》「比興」之說的基準。（三）對「比興」觀念史缺乏客觀而正確的理解，因此對《文心雕龍》「比興」之說，在觀念史上的承變，不免誤斷。而由於對價值的不同判準，缺乏清楚的區分，因此對《文心雕龍》「比興」之說的評價，有些也就不免失當。

針對這些偏差，我在這篇論文中，做了幾個比較確當的導向：（一）展示一套文本細讀法，貼切於〈比興〉的文本，掌握其關鍵性詞句，深入上下語脈，分別對「比」與「興」二詞的語義做出精切的訓詁，以及對文本的文學理論性意義做出詳密的分析性詮釋。然後再從通篇大旨，甚至參照《文心雕龍》其他篇章所共構的觀念，做出整合性的詮釋。（二）視「比興」為開放性、演變性的觀念，故而不固持一種自認確當的概念做為基準；而因隨劉勰所身處的「歷史語境」以及所選擇的立場、觀點，相對客觀的詮釋之。（三）對「比興」觀念史先做出確當的理解，以做為參照架構；然後將《文心雕龍》的「比興」觀念置入此一架構中，先詮釋其承變，然後評斷其價值。

整篇論文詳密的分析詮釋過程以及所獲致的結論，有待讀者的細讀。

第三篇〈論詩歌文化中的「託喻」觀念——以《文心雕龍．比興》為討論起點〉。「託喻」是中國詩歌文化中很具傳統意義的一個觀念，它的「意義」並非限定在某一封閉系統的理論性界說，而是在文化實踐的歷史進程中，由於不同時代的人們對它做出不同的詮釋，因而不斷開放、豐富它的意義。這一篇論文的主題，就在於詮釋「託喻」這一觀念，在各時代的詩歌文化中蘊涵著什麼樣的意義。

對於這一論題的研究，我們之所以選擇《文心雕龍．比興》做為討論的起點，第一個原因是：「託喻」此一關鍵詞最早出現在《文心雕龍．比興》：「觀夫興之託喻，婉而成章。」但是這樣說，並不是意謂「託喻」這個觀念乃由劉勰最早提出來。從詩文化的實踐歷史來看，這一觀念從先秦以來便一直存在著，但有實而無名，劉勰經過歷史經驗的反省，乃以「託喻」一詞加以定名，後世亦有沿用者。第二個原因是：劉勰以「託喻」指稱「興」的語言特徵，而《文心雕龍》的〈比興〉正是「興」之觀念承先啟後的第一篇專論。從這篇專論，我們可以看到劉勰依藉「起情」與「託喻」二個概念，向上總結在他之前的「興」義，向下則開啟後世「興」義的新發展。

我們所假定的立場是：「託喻」這一觀念，不僅在詩歌作品本身的語言形式方面具有理論性的意義，更且在與詩歌有關的文化活動中，具有士人階層之「社會互動行為」上的意義。甚至，我們認為僅從詩歌作品本身的語言形式方面，無法完整地理解「託喻」的意義；必須把詩歌的創作、閱讀、應用，總體的視為士人們在文化存在情境中的種種「社會互動行為」，才能從行為者的社會情境、價值意向、媒介形式各方面，充分的理解到它的意義；亦即我們在詮釋「託喻」的意義時，並不把詩歌從社會文化的切實情境中抽離出來，僅將「託喻」定位在作品語言形式的層位上，去分析它在詩學理論上的意義。反之，是將它放置在切實的文化情境中，去理解它在士人階層之「社會互動行為」上的意義；即使所處理的是抽象概念陳述的史料，也得將它置入於當時的社會文化情境中去進行理解。

基於這樣的進路，我們將一方面盡量避免未經理解之前，便引借西方某些特定的理論加以比附，例如把「託喻」完全等同於「隱喻」或「象徵」；二方面盡量避免以現代的學術觀點做為評價判準，在缺欠歷史的「同情理解」之前，便率爾貶斥古人，例如有些學者對漢代毛鄭「興喻說詩」所做的嚴厲批判。

綜合前述第二、三篇，其中很值得指出來的創見，自漢儒混同「比」與「興」以降，一直到現當代學者，還沒有人能不必套借西學，而從中國古代典籍之有關「比興」論述的文本，經由詳密分析詮釋而用精確的概念，區分「比」與「興」之義的差別。而我在這二篇論文中就是這樣做到了，「比」與「興」雖然都有「譬喻」之義；但卻是兩種不同性質的譬喻：「比」是「物性切類」的譬喻，「興」是「情境連類」的譬喻。

第四篇〈《文心雕龍》二重「興」義及其在「興」觀念史的轉型位置〉。「比興」是中國古代最重要的詩學或詩文化觀念。劉勰也在《文心雕龍》中，特立專篇論述「比興」，其中尤以「興」義更為複雜。現代學界，討論劉勰「比興」之說的論文甚多，獨標「興」義而論者比較少。至於從「興」觀念史的脈絡，以探討《文心雕龍》的「興」義究竟居於什麼關鍵性的位置？更是少有學者做出深切的論述。

一般學者論述《文心雕龍》的「比興」之說，都以〈比興〉一篇為依據，所論大多是劉勰因承漢儒箋釋詩騷的傳統，於「興」義所重者在於「託喻」而輕忽「起情」；然而，這僅是《文心雕龍》的第一重「興」義。〈詮賦〉、〈情采〉、〈物色〉等篇章，另有以〈比興〉一篇所謂「起情」之說為主要觀念，而新變出「作者感物起情」的第二重「興」義。學界還沒有人將這二重「興」義並題而論，不僅詮釋其不同的涵義，甚且置入「興」義變遷的脈絡，探討這二重「興」義在「興」觀念史上的轉型位置。

這一篇論文就是以「《文心雕龍》二重「興」義及其在「興」觀念史的轉型位置」做為主題。

首先，詮明二重「興」義的內涵；接著，從《文心雕龍》新舊「興」義並陳的狀況，揭明他在「興」觀念史的轉型位置；最後，從總體社會文化情境的視域，揭明「興」義的變遷，並非孤立進行，而是伴隨著主體觀念、對象觀念的轉型，彼此相依共在，一體適變。

第五篇〈「詩比興」的「言語倫理」功能及其效用〉。近現代有關「詩比興」的研究，大多局限在「純文學」的詮釋視域，將「比興」看作詩歌創作，所操持的形象思維或修辭法則而已。其實，從古代「詩文化」的歷史語境，可以發現士人階層的日常生活，幾乎不能離開「詩」；「詩」就是他們社會互動行為的主要語言形式，因此「比興」也就具有「言語倫理」的功能及效用，而不只是詩歌創作的形象思維或修辭法則。

古代士人階層的社會互動，都必須依循倫理關係；而「倫理」即是以「禮」的精神及形式，所建構的行為規範及秩序。這是士人階層的存在情境，可稱為「禮文化存在情境」；在這情境中，士人們的言語行為，必須遵循誠、微、文、達四個修辭原則；而「比興」是一種最典型的「詩性語言」，其表意方式即是基於這四個修辭原則，普遍「用」之於士人階層的社會互動，表現在各種對待關係的言語行為，以獲致政治上的「諷諫」，或日常生活中的「感通」、「期求」與「回應」。「詩比興」的「言語倫理」功能及其效用，乃是這一篇論文所新拓的詮釋視域。

第六篇〈從應感、喻志、緣情、玄思、遊觀到興會——論中國古典詩歌所開顯「人與自然關係」的歷程及其模態〉。「人與自然的關係」既是群體共對的「存在結構」（existential），也是個體殊歷的「存在體驗」（existentell）。中國古代，詩人們就在不同的歷史時期，就在這個「存在結構」

的基底上，帶著理解存在意義的能動性，而依據個人特殊的才性、遭遇與時代社會文化的共同條件，採取自覺或不自覺的「觀看」立場與角度，將「自然」置入他所能「見」的「視域」中去理解、去詮釋，使它與自己的生命存在形成連接關係，而共顯生命存在的意義。

詩的創作活動，從「感物起情」到「引譬、連類」，都是在「人與自然關係」中創生與表現，故《文心雕龍》特立〈物色〉一篇，詮釋「情以物遷，辭以情發」的創作過程；在〈詮賦〉一篇中，也論及「情以物興」與「物以情觀」，亦即情、物雙向互動的關係。因此，「人與自然關係」這一論題，從詩之創生與表現的實踐歷程而言，必然涉及賦、比、興之為「用」及其效果。

這一篇論文的研究結果，肯斷中國古典詩歌所開顯「人與自然關係」，約有六個時期與模態，即：（一）《詩經》時期，以風、雅所開顯的「應感模態」；（二）《楚辭》時期，由屈騷所開顯的「喻志模態」；（三）東漢、魏晉時期，以〈古詩十九首〉及其後的抒情詩所開顯的「緣情模態」；（四）魏晉時期，尤其是東晉，由玄言詩所開顯的「玄思模態」；（五）六朝時期以山水、行旅、記遊、登覽之詩所開顯的「遊觀模態」；（六）東晉陶淵明至唐代以山水、田園、閒行詩所開顯的「興會模態」。

這一篇論文直接的研究對象雖然不是「比興」；但是，每個模態卻都涉及詩歌創作實踐中，賦、比、興做為創生原理與表現形式的意義，而且這三者並非截然分開，往往相互為用，或興而比，或比而興，或賦而興，或興而賦，可以視為「比興」觀念在第一序創作情境中的實踐性應用。

從「言意位差」論先秦至六朝「興」義的演變

一、緒論

在學術史上，有關「比興」的論述，群言日出，不可勝數。其中尤以「興」義之說，更為繁複。「興」義論述，從歷史進程來看，應當分為二個大時期：

第一個時期是「古典詩歌文化實踐力」尚未衰竭的時期，可稱為「古典詩歌文化實踐期」。所謂「古典詩歌文化實踐力」指的是古典詩歌在社會中被普遍的創作、解讀、使用[1]、論述而所涵具的生命力。這樣的文化情境，我們可以稱它為「古典詩歌文化情境」。在這階段，所有對「興」義發言的人，都還存在於此一情境中，對詩歌文化進行各種實踐；因此，他們的發言都基於對古典詩歌之創作、解讀、使用的切身體驗，去加以省思而作「當下決斷」的論述[2]。這時，由於詩歌文化對他們而言是切身的存在情境，而不是純為認知之客體，故其言說充滿主體性。凡於文化情境中之實踐主體，其言說皆當享有創造之自由，與同一情境中之其他言說相對為義而等待接受詮釋。這一時期之「興」義論述，當作如是觀。

第二時期是「古典詩歌文化實踐力」已漸衰竭的時期。古典詩歌不再是社會中現存的一種普遍文化情境，而是故書堆中的史料，只做為被研究的知識對象。這一時期，可稱為「古典詩歌知識研究期」，多數對「興」義發言者，都已在「古典詩歌文化情境」之外，故其發言都非基於對古典詩歌之創作、解讀、使用的切身體驗，而是擇取古代的文獻當對象，進行分析而綜合的客觀性、系統化論述。這就是現代學術研究下的「興」義。它必須受到文獻證據以及方法學上的客觀限定，絕非可以主觀的自由創說。

社會文化之變遷，其「變」以漸不以頓。因此任何社會文化歷史的分期，都不可能如政治上之改朝換代，以一定點時間為斷限。上述二期的分割，亦大致只能以「五四新文化運動」為分水嶺。

這樣的分期，最主要的用意，乃是為了分辨這二個時期有關「興」義論述，其論述目的、知識性質與方法的差異，從而為處在第二期的現代學者做出發言的定位，讓我們明白，在進行「興」義論述時，必須先確認論述的目的、方法與乎所獲致之知識的性質。

這樣的分期，也並非截然切割二者，以為第一期之中，完全沒有「詩歌知識的研究」；而第二期之中，完全沒有「詩歌文化的實踐」。實則，有關《詩經》、《楚辭》之「興」義的知識研究，漢代以來即已有之；而「五四新文化運動」之後，古典詩歌的創作，仍然沒有完全斷絕；但是，不可否認的，文化做為一種群體性的社會行為現象看待時，同一種社會行為現象在不同的時代情境中，其為主要性或次要性、大眾性或小眾性，確實可以觀察而分辨。而任何時代的某種主要性、大眾性的文化現象，必然是主流的社會階層在現實生活中，經常的、普遍的反覆性社會行為。它滲透並表現在自身或關涉的各種生活形式上，其深層處隱含著某種生命存在價值的觀念系統；因此，涵具著

1　例如春秋時代，交接鄰國，賦詩以言志，就是在「使用」詩，參見顧頡剛，〈周代人的用詩〉，收入《古史辨》（台北：明倫出版社，更名為《中國古史研究》，一九七〇），冊三，頁三二〇—三四五。

2　「當下決斷」意指主體涉身情境中，就其體驗，於當下時空，對存在之意義加以判斷，參見牟宗三，《中國哲學的特質》（台北：臺灣學生書局，一九八四），頁一一。

某一社會階層的普遍主體性。從古典詩歌而言，這一社會階層就是「士人階層」。

「古典詩歌」做為一種群體性的社會行為現象來看待，它在第一期士人階層的現實生活中，一直就是主要性、大眾性的文化，滲透並且表現在自身與關涉的各種生活形式上。所謂「自身」指的是詩歌的創作、解讀；所謂「關涉」，指的是詩的社會性應用，例如賦詩言志、諷諫、酬贈等。甚而其深層處隱涵著生命存在的價值觀念系統，例如詩的本質與功能可以致使人倫和諧、風俗淳厚。在這樣的文化情境中，詩歌的創作、解讀、使用，種種不離現實生活的實踐，才是士人階層從事詩歌文化活動的主要目的。從而詩的知識研究，對他們而言，並不是一種脫離當代社會文化存在情境的客觀認知。因此，論究「比興」，解讀詩騷，雖然也可以說是一種知識研究；但它更重要的意義，卻是士人們經由詮釋歷史以詮釋當代的一種文化承變的創造性行為。「通經致用」、「鑑古知今」，一直就是中國傳統學術的特殊性能，其當下的存在主體性始終鮮活。準此，類如鍾嶸在《詩品·序》中所說：「文已盡而意有餘，興也。」[3]固屬因應當代詩歌文化情境的創發性言說；即使漢儒之詮釋詩騷，其所說「興」義，也不能視為與當代社會文化存在情境無涉，而純為客觀化、系統化的知識研究。因此，相對於第二期來說，第一期在「古典詩歌」相關活動所表現的特徵，應該是「文化實踐」，而不是「知識研究」。

至於在第二期的知識階層中，「古典詩歌」的文化實踐力既已日漸衰微，代之而起的是「新文化運動」後興起的新文學。「古典詩歌」在創作、解讀、使用方面，雖然還未完全斷絕；但是，不可否認的，它已在我們當代社會文化存在情境中，弱化為相當次要而小眾性的文化，甚而逐漸脫離知識階層的生活，而萎縮了它所涵具的普遍主體性。再加上現代學術受到西方理論的影響，追求客觀性、系統性的論述。大多數研究「興」義的現代學者，在生活上都沒有切身的古典詩歌實踐經驗，也沒有因應當代詩文化情境感受的創發性思維。我們所做的其實就是針對文獻去進行研究，以期獲致客觀性、系統性的知識。雖然詮釋歷史，無法避免其主觀性；但是，卻並非如此就可以完全擺脫詮釋的客觀性限制。而這個客觀性，弔詭的卻又不是由純粹認知客體的屬性所決定，也不是由一套預設的理論系統所保證；而是取決於詮釋主體之虛心面對詮釋對象之歷史語境的理解態度，那是在互為主體的理解限定之下，所形成的相對客觀性。一方面避免以為詮釋歷史可以獲致唯一確切知識的「絕對客觀主義」；另一方面也避免以為詮釋歷史可以完全無視於對象的客觀他在性，而任意虛說的「絕對主觀主義」。

第一時期之中，根據趙沛霖的研究，在「詩歌文化實踐期」之前，還有一段「宗教文化實踐期」，它才是「興」的源頭[4]。此說有其見地；但是，由於文化的演變，宗教崇拜中的原始興象，經過歷史積澱，到《詩經》時代之後，「興」義已聚集展現在詩歌文化中，而宗教性的興象就只剩約略的殘跡而已[5]。因此，我們不特別在「詩歌文化實踐期」之前，另立一個「宗教文化實踐期」。

---

3 鍾嶸著、王叔岷箋證，《詩品箋證稿》（台北：中央研究院中國文哲研究所，一九九二），頁七二。

4 參見趙沛霖，《興的源起》（台北：明鏡文化公司，一九八九，臺一版），〈緒論〉及第一章〈原始興象與宗教觀念〉。「詩文化實踐期」與「宗教文化實踐期」，乃本論文概括其義而所起的名稱。

5 同上注，第二、七章。

第一期之興義，若從「詩歌文化」的結構去分析，還可以分析出三個序位：第一序位為詩歌的創作（可以包含詩用）、第二序位為詩歌的詮釋、第三序位為詩學理論。三者之間，層層後設，也就是詮釋乃對創作的後設性論述，而理論又是對創作與詮釋的後設性論述。

第一、二序位的論述，再就其對象的差別，則主要又有「詩經學」與「一般詩學」兩個不同的系統。這兩個系統當然不是涇渭分明。從時間歷程來說，「詩經學」產生在前，「一般詩學」產生在後。後者對前者有所引藉，但是也有所變革或排斥。

本文主要是對於第一時期「興」義的後設性論述，斷取的時程是先秦以迄六朝。針對詩歌文化結構中，第二序位的詮釋層，與第三序位的理論層；涉及的領域包括「詩經學」與「一般詩學」。我們所預設的詮釋觀點是：在文學總體情境的活動中，從世界、作者、作品、讀者四種不同的位置發言，會導致同一議題，使用同一關鍵詞的論述，其實質義涵卻有差異。就以本論文來說，孔子、毛亨、鄭玄、王逸、劉勰等，都曾針對詩歌活動中「興」這一議題發言，並且在語言形式上使用同一個關鍵詞「興」，卻因為他們所站立的發言位置不同，而導致所發之「言」在文學理論之「意」上，形成了實質義涵的差異。本論文中，稱這種論述現象為「言意位差」。

假如這種「言意位差」不僅是個人偶有的發言位置所造成，而是在同一時代的詮釋視域中，被某種文化意識形態所限定，以致諸多發言者皆可能站在相同的發言位置；之後，由於時移世改，文化意識形態改變，詮釋視域也改變，而後一代之諸多發言者所論述之議題及所使用之關鍵詞雖同，卻因發言位置移易了，其所發之言的意義也跟著不同。前後代之間，便由此而形成同一議題的「言意位差」。我們通過這種「言意位差」的觀點，對同一議題進行歷時性的研究，便可以詮釋出其意義的演變，而建構此一議題的「觀念史」。

本論文就是從歷時性的「言意位差」觀點，以詮釋先秦至六朝「興」義的演變，建構了「興」的觀念史。我們之所以採取此一時間斷限，是因為有見於從世界、作者、作品、讀者這四種不同的位置，對詩歌文化中的「興」義發言，其「言意位差」自先秦到六朝已四義周備。六朝之後，只是前四種「言意位差」的延續而加以深化而已。

二、先秦至六朝，在「言意位差」上，「興」義的演變

（一）先秦時期是「讀者感發志意」的「興」義

先秦時期，有關「興」義的論述，最主要的文獻有二個系統：

1.《論語》系統：

〈陽貨〉：

子曰：小子！何莫學夫詩？詩，可以興，可以觀，可以群，可以怨。邇之事父，遠之事君；多識於鳥獸草木之名。[6]

〈泰伯〉：

子曰：興於詩，立於禮，成於樂。[7]

2.《周禮》系統：

〈春官・大司樂〉：

大司樂掌成均之法，以治建國之學政，而合國之子弟焉。……以樂德教國子，中和、祗庸、孝友。以樂語教國子，興道、諷誦、言語。[8]

〈春官・大師〉：

大師掌六律六同，以合陰陽之聲。……教六詩：曰風、曰賦、曰比、曰興、曰雅、曰頌；以六德為之本，以六律為之音。[9]

從學術史的歷程觀之，漢儒解經，〈詩大序〉直引《周禮》「六詩」之說而提出「詩有六義」，其名目及排列順序與〈春官．大師〉無異。同時，毛亨《詩故訓傳》（以下簡稱「毛傳」）解詩，於一一五篇詩首章或二、三章句下特標「興也」[10]。其後，鄭玄注《周禮》，又於「六詩」名目之下，對「賦」、「比」、「興」之義做出確解，並依毛傳而箋《詩經》，進一步細繹毛傳所標「興詩」之義。及至唐代，孔穎達依毛、鄭解詩系統作《毛詩正義》，在疏解〈詩大序〉中的「六義」之說時，徵引鄭玄注《周禮》的「賦」、「比」、「興」義，最後又加入自己的意見，云：

6 何晏集解、邢昺疏，《論語注疏》（台北：藝文印書館，《十三經注疏》景印嘉慶二十年南昌府學重刊宋本，一九七三），頁一五六。

7 同上注，頁七一。

8 鄭玄注、孔穎達疏，《周禮注疏》（台北：藝文印書館，《十三經注疏》景印嘉慶二十年南昌府學重刊宋本，一九七三），頁三三六—三三七。

9 同上注，頁三五四—三五六。

10 毛傳標「興」的篇數，宋代王應麟《詩經考異》引鶴林吳氏之說為一一六篇，朱自清〈詩言志辨〉亦主此數。今據裴普賢的統計，當為一一五篇，參見《詩經研讀指導》（台北：東大圖書公司，一九八七），頁一八九—一九〇。

風雅頌者，詩篇之異體；賦比興者，詩文之異辭耳。……賦比興是詩之所用，風雅頌是詩之成形。用彼三事，成此三事，是故同稱為義，非別有篇卷也。[11]

孔氏之說出後，風雅頌為「詩之三體」、賦比興為「詩之三用」已成定論；而「興」乃三用之一，為具有「諷諭」與「譬喻」性質之詩語。唐代以後，有關「興」義之論，大多針對此一詮釋系統，或表贊成，或表反對。

綜合以上的概述來看，漢代之後的「興」義論述，其歷史源頭是《周禮》的「六詩」之說，會合之流則是毛傳、鄭箋、孔疏的「詩經學」與鄭玄的「周禮學」。而《論語》一系，由孔子所開出的「興」義，反倒乏人紹述。

現在，我們要重新究詰的問題是：《周禮》所謂「六詩」中之「興」義，果如鄭箋、孔疏所說？由這一問題擴而推之，我們接著必須再問一個問題：在時代的文化意識形態之下，先秦人對「興」的論述，最可能有的意義是什麼？

其實，從經典的文本來看，不管是《周禮》的「六詩」或〈詩大序〉的「六義」，對於「賦」、「比」、「興」皆只列其目，而沒有任何詮釋。因此，鄭箋、孔疏之說云云，從他們當代詩文化實踐的切身經驗所導致的主觀創造性詮釋來看，其說自有歷史語境限定下的意義；但是，假如從詮釋的相對客觀性限定來看，鄭箋、孔疏之說賦、比、興，對於原典文本之語脈及其所對之歷史語境，並沒有審慎的考察，直接便斷以己意。因此，我們可以說，鄭箋、孔疏所論之「興」義，自是鄭、孔之意，未必為《周禮》及〈詩大序〉中「六詩」或「六義」之發言者之意。然則，其意為何？由於還有待尋求相對客觀性的限定依據，暫且存而不論。

假如我們承認《周禮》「六詩」中的「興」義必須暫予留白，那麼比較明確能代表先秦時代之「興」義者，當然就是《論語》中孔子所說的「興」。首先，我們進入文本的意義脈絡加以理解、詮釋：

「子曰：『小子！何莫學夫詩？』」這是孔子說「詩可以興」所對的「語境」。他指示門人弟子「學詩」。這裡的「詩」，有些注本直接就認定它指的就是《詩經》，現代標點本者便乾脆在「詩」字加上書名號[12]。「詩」之稱經乃戰國以後的事[13]，而齊、魯、韓、毛所本又自不同。今所見之《詩經》，只是《毛詩》而已。其編次絕非孔子所指之「詩」、「詩三百」。〈泰伯〉云：「興於詩」，「詩」與「禮」、「樂」排比而相對成文。由此皆可見「詩」是一泛稱而非特稱之詞，指的是孔子用以教學生，大約是三百之數的那些詩作，甚而可以包括其他類近的詩作。因此，「詩」為類名而非

11 毛亨傳、鄭玄箋、孔穎達疏，《毛詩注疏》（台北：藝文印書館，《十三經注疏》景印嘉慶二十年南昌府學重刊宋本，一九七三），頁一六。

12 例如蔣潛，《廣解四書》（台北：啟明書局，一九五九）。楊樹達，《論語疏證》（台北：藝文印書館，一九六六）。

13 參見皮錫瑞，《經學歷史》（台北：漢京文化公司，一九八三），斷定經學始自孔子刪定六經，頁一九。然而孔子、孟子皆未稱「六經」，但言「六藝」。「詩」之稱「經」當始自《荀子》。參見本田成之，《中國經學史》（台北：廣文書局，一九九〇），頁四—五。

書名。「學詩」之「學」的目的為何？由下文興、觀、群、怨以及事父、事君，多識鳥獸草木之名的語脈來看，是由對「詩」之「閱讀」而獲致社會人倫道德的啟發與自然知識的認取。換言之，「學詩」的目的不在於「學習如何作詩」，而在於「學習如何由詩中獲得人倫道德的啟發與知識的認取」。綜合而言，孔子說這些話的「用意」，是指示門人弟子：閱讀「詩」這類文化產品，可以獲致興、觀、群、怨等「效果」。「興」是「閱讀效果」之一。

孔子所說的「興」義，必須放在這樣的情境與語脈來理解；那麼，我們可以依此斷定：孔子的「發言位置」是「讀者位置」。在這個發言位置上，「詩，可以興」之「興」所意指的是：由詩所獲致的閱讀效果。

什麼「閱讀效果」？首先從「興」的字義來說，《說文》：「興，起也。」《論語．泰伯》：「民興於仁」，何晏集解：「興，起也。」[14]「起」，可以指一切「往上而動」的現象。接著，從上引「詩，可以興」那一則文獻的語脈來說，所「起」之物，也就是「興」的實質內容應當是事君事父等與人倫道德有關的志意。故朱熹集注把「興」解釋為「感發其志氣」，頗為妥切。

從「詩，可以興」之為判斷句型來看，似乎其語義當是指涉「詩」具有「感發志意」的「功能」。因此，或許有人會認為孔子此語之意在於判斷「詩的功能」。一物之「功能」，乃其「性質」之所發用；故推其原，則孔子此語之意在於指出「詩的本質」。

然而，我們必須再回應前文，要求不得把「詩，可以興」斷章取義，而將它置入完整的語脈、回歸說話者發言時的情境與位置，則孔子發言時的「意向」是對「人」（小子）而不對「詩」。他所側重的是人（讀者）從「詩」所獲致的「感發」效果。一切「感發」的活動，皆為主客交相作用的活動，故「詩，可以興」，能感者為「讀者」此一主體，所感者為「詩」彼一對象。「興」不能視為純是「詩」的客觀屬性。

假如再參照〈泰伯〉：「興於詩」此一敘述句型來看，此句之主詞省略，泛指所有學習者。從文學活動來說，指的就是所有「讀者」。如此，則此句之意所側重的也是「讀者」主體從「詩」所獲致的「感發」。

論述至此，我們可以暫且取得初步結論：《論語》中使用到「興」此一關鍵詞的直接文獻，經過上述的理解，孔子所論述的「興」義，指的是讀者因為讀詩而獲致「感發志意」的「效果」。

接著，讓我們再回到所感的對象——「詩」，去提出一個問題：究竟「詩」具有什麼性質，因而產生「可以興」的功能？這個問題，孔子沒有直接形之於言說；但是理論上，我們說過一切感發的活動是主客交相作用的活動。從能感的主體這一面說，「興」是「閱讀效果」。然而，此一「閱讀效果」要能產生，就必須預設了所感之對象也具有「相應」的性質與功能。準此，這個提問，孔子雖未直接形之於言說而給予答案。但是理論上，我們可以由《論語》中孔子論述「詩」的其他相關資料進行合理的推解。

這個答案是：《論語．為政》孔子所說的：「詩三百，一言以蔽之，曰：思無邪。」能「感發」

14《論語注疏》，頁七一。

讀者「人倫道德」之志意的詩作，當然具有「思無邪」的性質。

「思無邪」指的是詩作內容情志而不僅是形式上的語言。因此，在孔子所論述的「興」義，就「詩」的層面來說，涉及到的相關因素只是詩的內容情志，而未涉及到形式語言之特徵。合理的推解，具有「思無邪」之內容而足以「感發」讀者之「志意」的作品，並不必然非要使用哪一種特定的語言形式去表現不可。賦也好、比也好、興也好；直陳其事也好，譬喻、連類也好，都非決定「感發志意」的必要條件。

另外，我們必須再辨析「思無邪」所可能涉及到「作者」的問題。「思無邪」既然是對「三百篇」所做概括的性質，它描述的當然是孔子由所有詩作直接體會的「共性」。因此，這裡所謂的「思」，其義並非指涉個別的那一篇作品，在特定的時空背景下，個別的某一「作者」為了某一特定的事件或人物而去直陳或暗示的「用意」——「作者本意」或「創作意圖」。準此，則「興」義亦無涉於「作者本意」。

至此，我們又可以再暫且作一結論：孔子所論述的「興」義乃是從「讀者位置」所說的「閱讀效果」義，與「作者位置」的「作者本意」以及「作品位置」的「語言形式特徵」皆無直接而必然的關係。

依循這個結論，我們必須再提一個衍生性的問題：在此一「興」義之下，「讀者」之對詩的「閱讀」態度與意義的獲致，有何相應的方式？

孔子當然也未曾對此一問題做出言說上的直接回答；但我們還是可以從類近的文獻進行合理的

推解。這些文獻也見於《論語》，如下：

〈學而〉：

子貢曰：「貧而無諂，富而無驕，如何？」子曰：「可也，未若貧而樂，富而好禮者也。」子貢曰：「詩云：『如切如磋，如琢如磨』，其斯之謂與？」子曰：「賜也，始可與言詩矣，告諸往而知來者。」[15]

〈八佾〉：

子夏問曰：「『巧笑倩兮，美目盼兮，素以為絢兮。』何謂也？」子曰：「繪事後素。」曰：「禮後乎？」子曰：「起予者商也，始可與言詩已矣。」[16]

這二則文獻記載了子貢、子夏「讀詩」的態度與對意義的詮釋，而孔子非常讚賞，並表示「可

15《論語注疏》，頁八。

16 同上注，頁二六—二七。

與言詩」；這當然也就代表了孔子由讀者位置以「言詩」的基本態度。這個態度是：讀者可以將詩置入自己切身的存在情境中去「會悟」，終而獲致與自身情境可以相互印證的意義，並啟發讀者在人倫道德上的志意。這豈不就是前文所論述的「興」！因此對「詩」的閱讀與詮釋完全繫諸閱讀主體的自由興發，而不受限於「作者本意」或「語言形式」在「符碼」與「符指」上的對應關係。

那麼，能感之讀者主體與所感之詩作對象之間，究竟依循什麼關係而完成「興」的活動。「如切如磋，如琢如磨」是詩中所描寫之一種「現實情境」，這個「情境」是治骨角、玉石者之精益求精的行為。而子貢所對的則是由「貧而無諂，富而無驕」往「貧而樂，富而好禮」之進德的「情境」。這二者之間有其類似性；但是，這類似性並非讀者所對的二種客體在「物性」上的類似，例如「龍鳳」之與「君子」、「鴟鴞」之與「小人」。因此，它們的關係也就不是譬喻性語言形式上「符碼」與「符指」的類比關係，而是主體即在情境之中，由類似的另一情境引觸其心靈聯想而有所感悟的關係。我在另一篇〈論詩歌文化中的「託喻」觀念〉裡，稱它為「情境連類」，已有詳論，茲不贅述[17]。

論述至此，孔子所開出的「興」義及其衍生的觀念，已甚翔實。他是「讀者位置」上的言說，彰彰甚明。其實，從整個春秋時代之前的歷史視域來看，孔子所論述的「興」義正代表了當時的普遍觀念。因為在那個歷史視域下的一般文化意識形態，對於諸多包括詩在內的「文化產品」，士大夫皆不敢以「作者」自居，因為只有「聖人」如堯舜禹湯文武周公才能「作」；「作」就是「創作」。孔子雖被門人弟子尊為「聖人」；但是於堯舜諸先聖所作煥然之文章，亦只敢自許「述而不作」。這就是先秦時期「作者神聖」的觀念[18]。在詩的活動中，士大夫亦皆以「接受」性的讀者身分自期，他們意識到的是如何由現成的詩作有所「感發」或「轉用」[19]。這時期，既乏自覺的「作者意識」，相隨的有關詩之語言形式體製與修辭技巧的問題，當然也就不會被特別去思辨及論述。

從這個歷史視域下的文化意識形態，回頭來理解《周禮》「六詩」之說，其中的「賦、比、興」究為何義？由於文獻不足徵也，很難去作「事實」的確斷，最好當然是「存而不論」。若果必要作一大意之合理推解，應該不是鄭箋、孔疏所說之義。因為鄭、孔之說充滿「作者本意」與「語言符碼」的概念，非先秦人所應有。

至於《周禮．春官．大司樂》中所說之「興道」的「興」，其義與孔子所說無別。「樂語」指的就是「合樂之詩」。鄭玄解釋這一段話，仍是一貫之說。他將興道、諷誦、言語別為六事：

> 興者，以善物喻善事；道讀曰導，導者言古以剴今也。倍文曰諷，以聲節之曰誦。發端曰

---

17 參見顏崑陽，〈論詩歌文化中的「託喻」觀念〉，原刊臺灣成功大學中文系主編，《魏晉南北朝文學與思想學術研討會論文集》第三輯（台北：文津出版社，一九九七），頁二一一—二四四。收入本論文集，頁一六三—二〇八。

18 參見龔鵬程，《文化符號學》（台北：臺灣學生書局，一九九二），第一章〈中國文人傳統之形成：論作者〉。

19 春秋時代之「賦詩言志」即是對「詩」的一種「轉用」，參見顏崑陽，〈論詩歌文化中的「託喻」觀念〉，頁二一一—二四四。

言，答述曰語。[20]

實則興與導、諷與誦、言與語，各字之本義雖略有別，但義屬同類，故連類成詞，而複合為義，不必強作區分。道，讀為導。導，便有「引導」、「開導」之義，《國語．楚語上》：「教之詩而為之導廣顯德，以耀明其志」，韋昭注云：「導，開也。」鄭玄之注，顯然是從「作者」與「語言」的「位置」立義，故有「以善物喻善事」、「言古以剴今」之說。這種說法完全脫離文本之歷史語境的脈絡。文本明言「以樂語教國子」，也就是教國子們「讀詩」，一如孔子教門人弟子讀詩。而怎樣去讀？或讀出什麼效果？言語也、諷誦也、興道也。「言語」即《論語．季氏》孔子警示其子「不學詩，無以言」之反義，也就是「學詩」即可以「言」。它指的是一種將詩如說話一樣念出來的讀詩方式；而「諷誦」則是以聲節之的朗吟。這二種讀詩的方式，其效果皆在於習得政教場合中，以詩「專對」的言語能力，故《論語．子路》孔子亦有「誦詩三百……不能專對；雖多，亦奚以為」之說。至於「興」，固如孔子所說之「興」；與其義相近的「道（導）」，由上引《國語．楚語》的話，也可以證明：教人讀詩的目的，乃在於「導廣顯德，以耀明其志」，也就是開導啟發讀者的「道德意志」。綜合來看，〈周禮．春官．大司樂〉這段話，所謂的「興」同樣是「讀者位置」上的「閱讀效果」之義。此一「興」義對後世詩歌活動的影響，主要不是「創作」而是「詮釋」，例如王夫之即云：

> 詩可以興，可以觀，可以群，可以怨。……「可以」云者，隨所「以」而皆「可」也。……作者用一致之思，讀者各以其情而自得。[21]

王夫之這種詮釋詩的基本觀念即是由孔子「詩可以興」而來。雖然，他也承認有個「一致之思」的「作者本意」；但是，站在「讀者位置」上，詩意的詮釋卻允許「各以其情而自得」。換句話說，找尋特定、絕對、客觀的「作者本意」，實無必要，此蓋得先秦「興」義之真諦。

循此，我們甚至可以判定，《詩經》的毛傳所標示一一五處之「興」，當是直承先秦孔子所說的「興」義而來。鄭玄所說的「興」義，其實是對毛傳的「誤讀」。下一節詳為論證。

（二）東漢時期，「興」轉變為結合「作者本意」與「語言符碼」的「託喻」之義

漢代所論述的「興」義，應當分為二個時期：1.西漢的毛傳時期；2.東漢王逸注《楚辭》、鄭玄箋《詩經》時期。前者主要是先秦「興」義的延續，其間略已產生「語言符碼」上的「譬喻」概念；因而在承先之同時，亦具啟後之功，可視為「興」義之由先秦轉變到東漢的過渡。後者所論述之「興」義，其發言位置則已明顯的由「讀者」轉換到「作者」與「語言」，因而形成了結合「作

20《周禮注疏》，頁三三七。

21 王夫之著、戴鴻森注，《薑齋詩話》（台北：木鐸出版社，一九八二），卷一〈詩釋〉，頁四。

者本意」與「語言符碼」的「託喻」之義——「興」就是「託喻」。

漢代對「興」的論述，主要的文獻有下列幾則，先徵引出來：

1.〈詩大序〉：

詩有六義焉。一曰風，二曰賦，三曰比，四曰興，五曰雅，六曰頌。[22]

2.毛傳在一一五篇詩作的第一、二或三章某句下標示「興也」，例如〈周南．關雎〉「關關雎鳩，在河之洲。」句下，毛傳云：

興也。……后妃悅樂君子之德，無不和諧，又不淫其色，慎故幽深，若關雎之有別焉，然後可以風化天下。……。[23]

又例如〈召南．摽有梅〉「摽有梅，其實七兮。」句下，毛傳云：

興也。摽，落也。盛極則隋落者，梅也。尚在樹者七。[24]

3. 何晏於《論語．陽貨》「詩可以興」句下引孔安國云：

興，引譬連類。[25]

4. 王逸《楚辭章句》於〈離騷經章句序〉云：

〈離騷〉之文，依《詩》取興，引類譬喻，故善鳥香草以配忠貞，惡禽臭物以比讒佞，靈修美人以媲於君子，虙妃佚女以譬賢臣，虯龍鸞鳳以託君子，飄風雲霓以為小人。[26]

5. 《周禮．春官．大師》「教六詩」句下，鄭玄注引鄭眾云：

22 《毛詩注疏》，頁一五。
23 同上注，頁二〇。
24 同上注，頁六三。
25 《論語注疏》，頁一五六。
26 王逸注、洪興祖補注，《楚辭補註》（台北：藝文印書館，景印汲古閣本，一九六八），頁一二。

比者，比方於物；興者，託事於物。[27]

6.同上，鄭玄注云：

比，見今之失，不敢斥言，取比類以言之。興，見今之美，嫌於媚諛，取善事以喻勸之。[28]

7.《周禮・春官・大司樂》「以樂語教國子：興道……」句下，鄭玄注云：

興者，以善物喻善事。[29]

8.劉熙《釋名》卷六〈釋六義〉云：

事類相似，謂之比。與物而作，謂之興。[30]

〈詩大序〉雖然列有「賦比興」的名目，全無解釋。在論據不足之下，我們很難確斷究是何義，後代如孔穎達之說云云，都不能硬將自己主觀理解之義轉嫁於原典，故可存而不論。

西漢「興」義的重點在毛傳。毛傳於「興」並非理論層之概念陳述，而是詮釋層說詩時之直接標示術語。本來從理論概念上，我們也頗難斷言毛傳所謂「興」是何義；但由於他在標「興也」之後，對於該詩所「興」之義為何，有些只做詞義訓詁，而未詮釋全詩之「興」義，例如上舉〈召南・摽有梅〉；有些則除了訓詁詞義，還對全詩之「興」義明白做出詮釋，例如上舉〈周南・關雎〉。因此，從文本語義脈絡，我們就可以得到合理的推解，而不致產生主觀的妄測。

毛傳標「興」之詩有一一五篇，無法俱引，因此，只能做一綜合概述。

毛傳標「興」，其中對所「興」之義有加以解說者計有二十五篇：關雎、谷風（邶）、旄丘、淇奧、竹竿、免爰、山有扶蘇、南山、山有樞、綢繆、葛生、采苓、蒹葭、黃鳥、晨風、東門之楊、鹿鳴、杕杜、菁菁者莪、黃鳥（小雅）、小宛、谷風（小雅）、白華、綿蠻、卷阿。

這二十五篇解說，大致採取「○○，如○○」的陳述形式，例如〈周南・關雎〉傳云：「后妃說樂君子之德，無不和諧，又不淫其色，慎固幽深，若雎鳩之有別焉。」又如〈衛風・竹竿〉傳云：「釣以得魚，如婦人待禮以成為室家。」[31]其中的繫詞「如」，或換為「若」、「猶」、「喻」、「言」等。

27《周禮注疏》，頁三五六。
28 同上注。
29 同上注，頁三三七。
30 劉熙，《釋名》（上海：上海古籍出版社，景印清光緒二十二年王先謙疏證本），卷六〈釋典藝〉，頁三一一—三一二。
31《毛詩注疏》，頁一三七。

這樣的陳述形式，很容易被誤以為「如」、「若」等繫詞前後二項事物的關係，是「比喻」辭格中「喻體」（被比的對象）與「喻依」（作比的材料）的關係。就以上舉二詩之傳文為例，很容易被誤認：「后妃說樂君子之德」、「婦人待禮以成為室家」是「喻體」，而「雎鳩有別」、「釣以得魚」為「喻依」。實則不然，「比喻」修辭格之「喻體」與「喻依」皆必須出現在言內。但「后妃」云云，「婦人」云云，皆詩篇言內之所無。因此，所謂「喻」、「如」、「若」等云云，發言者（毛亨）所站定的「位置」並不在「作品語言」上，也就是其言說的「用意」不是在指陳這些詩作的語言特徵是一種「比喻」修辭格。

那麼，「后妃」云云、「婦人」云云，既不在「言內」，便是在「言外」了。假定它在「言外」，難道就是「作者」寄託的「本意」嗎？「作者」只有一個，「本意」也只有一個；故所謂「作者本意」，在理論上指的是某一個特定的作詩者，在某一特定的時空背景下，為了某人或某事，抱持某一目的而做了某一首詩。以王逸之注〈離騷〉為例，他在前面的序文中，首先確定「〈離騷經〉者，屈原之所作也」，則「作者」為特定之一人。接著斷言「屈原仕於懷王」，本來「王甚珍之」，但是「同列大夫上官、靳尚妒害其能，共譖毀之，王乃疏屈原」，則作〈離騷〉之時空背景以及所為何人何事皆已確定。然後又肯認屈原「憂心煩亂，不知所愬，乃作〈離騷〉……以風諫君也」[32]，則作者的創作目的亦可確定。這就是「作者本意」之義；故以「作者本意」解詩者，必「知人論世」以考知作品之種種「事實」背景與作者之目的動機。詮釋的結果，也必坐實詩義，以特定、客觀之人事作解。

依此，我們詳覈毛傳，除了〈衛風．淇奧〉採取以「特定人事」解詩之外[33]，其他皆以主觀感發性的「志意」泛解詩意，上引〈關雎〉、〈竹竿〉的傳文便是明顯的例子。準此，我們可以獲致合理的推解，所謂「后妃」云云，「婦人」云云，所指陳者實非「作者本意」，而是撰作傳文的「讀者」（毛亨）因「閱讀」該詩而「感發」（興）如此之「志意」。再推衍的說，在漢代「教詩以明志」的「詩教」文化意識下[34]，「后妃」云云、「婦人」云云，也可以視為說詩者「提示其他的讀者們」（尤其是當政者），「閱讀」此詩之時，可以如此的「感發志意」（興）。毛傳中除了〈淇奧〉之外，餘所標之「興」，皆當如是觀。此與子貢、子夏從詩篇以「感發」人倫道德之志意實無二致。

上一節論及，這種「興」乃建立在「能感的主體」與「所感的對象」之間，具有「情境」的類似，故稱之為「情境連類」。以毛傳而言，「能感的主體」指的是毛亨以及同時代的其他讀者（尤其是當政者）；而所處的「情境」，假如是個別情境，則正如王夫之所謂「各以其情而自得」；但漢代五經立為學官，「通經致用」的目的，在於做為政教上的借鑑，即所謂「緒人倫」、「匡衰亂」[35]。詩教之用，也是在此；故賈誼在《新書．道德說》中就指出：「《詩》者志德之理而明其

32 上引〈離騷經章句序〉諸句，參見《楚辭補註》，頁十—十一。

33 〈衛風．淇奧〉「瞻彼淇奧，綠竹猗猗」句下，毛傳云：「武公質美德盛，有康叔之餘烈。」參見《毛詩注疏》，頁一二七。

34 參見朱自清，〈詩言志辨〉，收入《朱自清古典文學論文集》（台北：源流出版社，一九八二），頁二一〇—二一七。

35 參見徐復觀，《中國經學史的基礎》（台北：臺灣學生書局，一九八〇），頁二〇八—二四〇。

旨，令人緣之以自成也。」[36]然則，在這種共同的文化意識下，《詩經》的讀者拿來與作品進行「連類」的「情境」，其側重面應該不是「個別情境」，而是與政教有關的「共同情境」。這個情境乃存在於當下現實世界，我們稱它為「實存情境」。至於「所感的對象」指的就是《詩經》中的諸多作品。這些作品依藉文字而描述了某種情境，它可以是發生於古代或純屬虛構，我們稱它為「作品情境」[37]。假如「作品情境」與讀者所處的「實存情境」具有類似性，則在閱讀之時，便可以產生「情境連類」的「感發」效果。這就是孔子所說的「詩可以興」的「興」，也是毛亨解詩所標示的「興」。凡他標「興」的詩篇，都是有所體會，認為可以和當代的政教情境進行「連類」而「感發」之作，那是一個說詩者對讀者們的「提示」。我們從他解說的篇章來看，其與「作品情境」連類而感發之志意，皆隱隱然和漢初所處的共同政教情境有關。除上舉〈關雎〉、〈竹竿〉所謂「后妃」云云、「婦人」云云而外，比較明顯的例如：

〈邶風．谷風〉：

陰陽和而谷風至，夫婦和則室家成；室家成而繼嗣生。[38]

〈邶風．旄丘〉：

> 諸侯以國相連屬，憂患相及，如葛之蔓延相連及也。[39]

〈秦風．黃鳥〉：

> 黃鳥以時往來，得其所。人以壽命終，亦得其所。[40]

從上舉三詩之傳文來看，由詩篇「作品情境」所「連類」而「感發」者，豈不與漢初高祖欲廢太子、諸侯相繼謀反所隱伏的政權危機，以及秦代以來當政者不安於天年而求神仙等等政教情境隱約有關[41]。說詩者冀望依藉詩教功能，讓當政者讀詩之時能有這些啟發，就如賈誼所謂「《詩》，令

36 賈誼，《新書．道德說》（台北：世界書局，一九七五），第八卷，頁五七。

37 「實存情境」、「作品情境」之說，參見顏崑陽，〈論詩歌文化中的「託喻」觀念〉，原刊臺灣成功大學中文系主編，《魏晉南北朝文學與思想學術研討會論文集》第三輯，頁二一一—二四四。收入本論文集，頁一六三—二〇八。

38 《毛詩注疏》，頁八九。

39 同上注，頁九三。

40 同上注，頁二四三。

41 《詩故訓傳》創始於毛亨，完成於毛萇。亨為大毛公，秦、漢間人。萇為小毛公，漢初人。漢初高祖常欲廢孝惠太子，改立戚夫人之子如意，參見《史記．高祖本紀》。又高祖分封諸功臣為王，卻又相繼謀反被誅，參見《史記．呂后本紀》。又始皇好長生，遣方士徐市等入海求神藥，參見《史記．秦始皇本紀》。

人緣之以自成」。

論述到此，我們可以順帶處理兩個簡單的相關問題：

1. 何晏於《論語．陽貨》「詩可以興」句下引孔安國所云：「興，引譬連類」究是何義？因為這句話是孤立語，沒有發言時的情境與上下語脈可以參解，本來很難確斷其義；但是，假如我們從孔安國與毛亨同在漢初的歷史處境來看，則比較合理的推解，所謂「引譬連類」所指涉的應該不是「作者」創作之時，「構作語言」的一種方式；而是與孔子、毛亨站在同一發言位置，指的是讀詩的時候，讀者可以進行「作品情境」與「實存情境」的「引譬連類」而有所「感發」。

2. 毛傳為什麼只標「興」而不標「比」、「賦」？這個問題，劉勰在《文心雕龍．比興》已提出質疑：

> 毛公述傳，獨標興體，豈不以風通而賦同，比顯而興隱哉！[42]

劉勰對這個問題的解答，是賦、比之義直接或明顯，「興」義則隱微不明，所以毛傳獨標「興」體。劉勰之後，幾乎碰到這一問題的學者都認同此說。然而，假如我們循著以上的論述來看，答案可能就該有些改變。其理由是：毛傳之「興」義乃承《論語》一系而來，與《周禮》「賦、比、興」之說無涉。從「讀者的閱讀效果」這一位置而言，「興」是閱讀當下「情境連類」的「感發」，其要在於「主體」心靈上的「具體解悟」活動，正如王夫之所說「隨所以而皆可」、「讀者各以其情而自得」；所「感發」到的是什麼？隨個人之情境而不同，根本沒有固定的聯想規律可循。因此，它不是語言形式上，總體構作或局部修辭上的法則；但「比」、「賦」卻是。準此，則孔子、毛傳一系的「興」，本非與「比」、「賦」並列為義。讀者的「感發」直對作品，當下即是，與「語言構作」無涉，故孔子只說「詩可以興」，而不說「詩可以比」、「詩可以賦」。毛傳承繼孔子之「興」義而來，當然也就只標「興」而不及於「比」、「賦」。

千古以來，之所以有這樣的疑問，皆從鄭玄對毛傳的「誤讀」開始，不明毛傳的「發言位置」，而將他所說之「興」導入《周禮》「賦、比、興」一系，再經鄭玄的詮釋，便轉移到「作者」與「作品語言」這二個相關的位置上。鄭玄之後，幾乎論述「興」義者，皆在他的籠罩下，自覺或不自覺的站在「作者」與「作品語言」的位置去理解「興」義。「發言位置」既不相應，對毛傳之「興」義，便難免「不解」或「誤解」矣。這就是不辨「言意位差」所造成的意義混淆。

綜合以上的討論，我們可以順理成章的得到一個判斷，西漢時代所論述的「興」義，實仍承繼孔子「詩可以興」的觀念，站在「讀者位置」，於詩歌的詮釋層，大規模的實踐了「感發志意」的「閱讀效果」。

至於相對先秦而言，「興」義的轉變，必待東漢王逸的「楚辭學」與鄭玄的「周禮學」、「詩經學」而後成。

42 劉勰著、周振甫注釋，《文心雕龍注釋》（台北：里仁書局，一九八四），頁六七七。

其轉變的歷史成因，應該有四：1.孟子「說詩」觀念的影響；2.屈原〈離騷〉此一創作典範的啟示；3.毛傳說「興」詩之陳述模式所可能導致的語義誤解；4.《周禮》「賦、比、興」三個名目並列所形成的語義例化。

孟子在〈萬章〉中明確的提出一種「說詩」的法則：

> 說詩者，不以文害辭，不以辭害志。以意逆志，是為得之。如以辭而已矣，〈雲漢〉之詩曰：「周餘黎民，靡有孑遺。」信斯言也，是周無遺民也。[43]

此一說詩法則，顯然完全不同於孔子所謂「詩可以興」。他提出一個孔子所未曾意識到，或認為可以不必去正視的「作者之志」的概念。所謂「不以辭害志」，當指「作者之志」，而且此一「作者之志」並非存在於文辭的表面，也就是往往「意在言外」。準此，孟子雖沒有正式使用「作者本意」、「意在言外」等關鍵詞，但其實他的「說詩」法則根本建立在這些概念上[44]。至此，「作者本意」的觀念已進入詩歌詮釋的活動中了。

至於屈原〈離騷〉之典範性啟示何在？《詩經》中的作品幾乎都無法指明特定作者。屈原是第一個可以指名道姓而沒有爭議的「作者」。他開創了「個人創作」的典範，而且作品中明顯存在著「不可取代」之「自敘性」的「創作我」[45]。至此，明確的「作者意識」在文學活動中浮現。另者，屈原在〈離騷〉中大量而明顯地運用「譬喻」的語言構作方式，使得文學創作中，存乎「世界」

（物）與「作者」之間的表現媒介——語言符碼的地位也被充分彰顯出來。在上引王逸〈離騷經章句序〉中，可以看到「作者本意」與「語言符碼」是二個重要的詮釋基準。

從「詩用」的入路去解讀毛傳，在歷史情境與語意脈絡詮釋基準上，我們的確可以理解到毛傳是站在「讀者位置」上發言，故「興」的要義在於閱讀主體的「感發」。然而，若抽離情境與語脈，只從靜態的「語意」入路去解讀毛傳，則「興也，○○喻○○」的陳述模式，便可能導致把「興」與「喻」的兩個概念結合為一。再加上毛傳標「興」之詩，往往在上二句寫景物，下二句寫情意或事態之處，則語言的譬喻特徵，便被凸顯出來。這對於鄭玄箋詩，必然產生很大的引導作用。這種引導，明顯的造成偏離毛傳本來的發言位置，而轉移到「語言符碼」。

讀者感發之「興」，本身也存在「引譬連類」的性質；但是，未必與語言上的譬喻有關係，是

---

43 趙岐注、孫奭疏，《孟子注疏》（台北：藝文印書館，《十三經注疏》景印嘉慶二十年南昌府學重刊宋本，一九七三），頁一六四。

44 參見顏崑陽，《李商隱詩箋釋方法論》（台北：臺灣學生書局，一九九一），頁一一一—一一二。

45 「創作我」指文學作品中那個被創造出來的「我」。自敘性質之作，作品中的「創作我」與作品外之作者的「現實我」大部分重疊。屈原〈離騷〉為一篇自敘性的文章，篇中皆以朕、余、吾等第一人身指稱詞自謂，是為「創作我」，其與「現實我」大部分重疊。本文所稱「現實我」與「創作我」，參考西方文學理論而來，即所謂「自我中心的自我」與「創造的自我」之分，見於雅克．馬里頓（Jaeques Maritain, 1882-1973）著《藝術與詩中的創造直覺》（*Creative Intuition in Art and Poetry, New York*, 1935），頁一四一—一四五。本文未見原著，轉引自劉若愚，《中國文學理論》附錄〈中西文學理論綜合初探〉所徵引（台北：聯經出版公司，一九八一），頁三一三、三一八。

直述也好，是譬喻也好，只要「思無邪」皆可以「興」。然而，毛傳特別在景句與情句呼應的詩篇中標「興」，也可能已意識到語言形式上景物與情意之間的「引譬連類」關係，只是他還沒有把它當作「興」的發言位置。因此，我們可以認為這是毛傳承繼孔子「興」義，卻已隱伏了轉變契機，搭就先秦至東漢「興」義轉變的橋梁。

《周禮》將賦、比、興並列，雖只存目而無解釋；但是，「賦」、「比」容易「望名生義」，被視為詩歌的語言構作方式。依此用字之義例而推，「興」便被視為和賦、比具有同類的涵義了。

綜合以上的幾個歷史成因，其中涵著二個最主要的概念，那就是「作者本意」與「語言符碼」，兩者結合在一起，就是「託喻」這個概念了[46]。

我們可以嘗試分析王逸與鄭玄所說「興」義文本的語意脈絡。王逸〈離騷經章句序〉中，明顯涵有「作者本意」之概念，已如前述。至於上引「〈離騷〉之文，依《詩》取興，引類譬喻……」云云，則明確的把「興」視為一種「引類譬喻」的修辭方式，而由其所舉之句例，「善鳥香草以配忠貞」等來看。這種修辭方式，其實是「符碼」與「符指」有固定對應關係的局部修辭格式。作者（屈原）依藉這種種特殊的修辭格式，「寄託」了某些創作「本意」。這「本意」總持的說，便是王逸在〈楚辭章句序〉中所謂的：「上以諷諫，下以自慰。」綜合來看，王逸所論述的「興」，乃是結合了「作者本意」與「語言符碼」的「託喻」觀念。

接著，再看鄭玄之說：「興，見今之美，嫌於媚諛，取善事以喻勸之。」句中「見」之上，應該有主詞，只是省略掉了。若問「誰見？」當然是詩歌的「作者」。喻，兼有譬喻及告曉之義。

勸，《說文》：「勸，勉也。」段注：「勉之而悅從亦曰勸。」因此「勸」就是看到某人做好事，加以勉勵，使他繼續為善。這當然是「作者」寫詩的「本意」了。「之」則指所勸之特定對象，也就是詩作的「特定讀者」（多指國君或當權之大夫）。但是，此一「本意」並非直接說出來，因為「嫌於媚諛」，所以採用「譬喻」的方式——「取善事以喻」。鄭玄另在注〈大司樂〉時亦云：「興者，以善物喻善事。」如此，則作比的材料與被比的對象都具有「善」這一類似性。他在注中引鄭眾之語：「託事於物」，除了沒有規定「事」、「物」必須「善」類之外，前鄭、後鄭之以「興」為「託喻」則無二致。而這「託喻」概念，包含了「作者本意」與「語言符碼」二個概念，經由上文的分析，應可確斷。

鄭玄秉持這個觀念，在依毛傳箋詩之時，往往於毛傳標「興」之處，多坐實「作者本意」，以「事」解詩。遂使讀者自由感發之「興」，轉為「作者託喻本意」之「興」。「興」也由「詮釋」之義變為「創作」之義。例如：

〈鄭風．山有扶蘇〉：

46 參見顏崑陽，〈論詩歌文化中的「託喻」觀念〉，原刊臺灣成功大學中文系主編，《魏晉南北朝文學與思想學術研討會論文集》第三輯，頁二一一—二四四。收入本論文集，頁一六三—二〇八。

毛傳云：言高下大小，各得其宜。

鄭箋云：興者，扶胥之木生于山，喻忽置不正之人于上位也。荷華生于隰，喻忽置美德于下位，此言其用臣顛倒，失其所也。[47]

〈齊風．南山〉：

毛傳云：國君尊嚴，如南山崔崔然。雄狐相隨，綏綏然無別，失陰陽之匹。

鄭箋云：興者，喻襄公居人君之尊，而為淫泆之行，其威儀可恥惡如狐。[48]

從上舉毛傳與鄭箋的比較，毛傳泛解，以「情意」為主，可以只是讀者閱讀該詩之時，主觀的感發。鄭箋則由語言符碼與符指的對應關係，例如「扶胥之木生于山，喻忽置不正之人于上位」，以及作者的創作意圖索解，例如「此言其用臣顛倒」；甚至把詩的客觀背景以及所諷諭之對象皆加以指實了，例如「喻襄公居人君之尊」云云。這就由讀者主觀「情意」感發的泛解，轉為作者在客觀事實背景下，確定「本意」的特解了。

鄭玄為了坐實「作者本意」，不但全部採錄「以事解詩」的《詩序》。並且依《詩序》所列各詩的世次，作《詩譜》二卷，指明各詩的時代、地理背景、作者及其創作意圖[49]。

綜合以上的論述，我們可以為本節做個簡要的結論：西漢以毛傳為主的「興」義，繼承《論語》一系，所謂「興」者是指讀者閱讀詩作而感發志意的效果。到了東漢時代，以王逸的「楚辭學」和鄭玄的「詩經學」、「周禮學」為主，承《周禮》「六詩」之名目而詮釋之。其發言位置已由「讀者」轉變為「作者」及「作品語言」。於是結合了「作者本意」與「語言符碼」二個概念，將「興」詮釋為「託喻」。這本是創作論上的「興」義，實為鄭玄箋詩索解「作者本意」的一項觀念預設。

最後，我們要提一下劉熙《釋名》的「興」義。他說「興物而作，謂之興。」顯然，他的發言位置是「作者」，只是並未涉及由「作者」到「讀者」的「創作意圖」，也未涉及語言構作的概念。它涉及到的是語言構作之前，創作主題的思維方式；這個思維方式就是以「物」為對象的「感觸」。「興物而作」，便是對物有感觸而產生的文學創作。這個概念與王、鄭迥異。劉熙的生存年代與鄭玄差不多或略晚。在以王、鄭為主流的「興」義論述下，他的這點聲音雖不甚響亮，卻隱伏著「興」義轉變的契機。

47 參見《毛詩注疏》，頁一七一。
48 同上，頁一九五。
49 鄭玄作《詩譜》，以敘明十五國風、小大雅、三頌諸詩的歷史源流與地理風俗，以及作者之意。原自成卷帙，自孔穎達撰《毛詩正義》，將鄭譜分列在風、雅、頌篇首，原籍遂失傳。歐陽修、戴震都曾考訂補亡，然訛誤仍多。其後，丁晏復為補綴考訂，猶未完善。至胡元儀重加訂正，更為精密，大體可復鄭譜之舊觀。

（三）六朝時期，「興」轉變為「作者感物起情」與「作品興象」之義

六朝時期對於「興」義的論述，從「感發」而言，與西漢、先秦為近；但是，從發言位置而言，則又與西漢、先秦不同。因為西漢、先秦所謂的「感發」是指「讀者」對「作品」的感發。而六朝所謂的「感發」則是「作者」對「宇宙萬物」的感發。其為「感發」一也，但是因為發言位置不同，其實質涵義亦不同，這是「言意位差」最好的明證。

再以六朝與東漢比較來看，其發言雖同樣站在「作者」與「作品」的位置上，但其中卻猶有些差異。這差異主要是由文學活動中，某要素與某要素之間的互動關係所造成。東漢時期，「興」義的發言位置是「作者」；但是與「作者」產生互動關係的是「讀者」，而且是某一被諷諭的特定讀者。一切「創作意圖」的概念，皆隱示著這項文學活動乃是由「作者」到「讀者」的活動。六朝時期，「興」義的發言位置也是「作者」；但是與之產生互動關係的不是「讀者」而是「世界（物）」。至於「語言」位置的發言，東漢時期的「興喻」概念，指的是一種符碼與符指有著固定對應關係的譬喻修辭方式。而六朝時期從「作品語言」位置所說的「興」，則指的是「作品」本身的「興象」具有可以讓讀者體味不盡的效果。

六朝時代有關「興」義的論述，主要的文獻如下：

1. 摯虞《文章流別論》：

《周禮》大師掌教六詩：曰風，曰賦，曰比，曰興，曰雅，曰頌。……興者，有感之辭也。[50]

2. 孫綽〈三月三日蘭亭詩序〉：

情固所習而遷移，物觸所遇而興感。故振轡於朝市，則充屈之心生；閑步於林野，則遼落之志興。[51]

3. 劉勰《文心雕龍．比興》：

比者，附也；興者，起也。附理者，切類以指事；起情者，依微以擬議。起情，故興體以立；附理，故比例以生。比則蓄憤以斥言，興則環譬以託諷。……觀夫興之託喻，婉而成章；稱名也小，取類也大。[52]

50 摯虞，《文章流別論》，參見嚴可均，《全上古三代秦漢三國六朝文》（台北：世界書局，景印光緒甲午黃岡王氏刊本），冊四《全晉文》，卷七十七。

51 參見嚴可均，《全上古三代秦漢三國六朝文》，冊四《全晉文》，卷六十一。

52 劉勰著、周振甫注釋，《文心雕龍注釋》，頁六七七。

4.《文心雕龍．詮賦》：

草區禽旅，庶品雜類，則觸興致情，因變取會……原夫登高之旨，蓋睹物興情。情以物興，故義必明雅；物以情觀，故辭必巧麗。[53]

5.《文心雕龍．物色》

歲有其物，物有其容；情以物遷，辭以情發。……是以四序紛迴，而入興貴閑。……情往似贈，興來如答。[54]

6.蕭統〈答晉安王書〉：

炎涼始貿，觸興自高。睹物興情，更向篇什。[55]

7.蕭統〈答湘東王求文集及詩苑英華書〉：

悟秋山之心，登高而遠託；或夏條可結，倦於邑而屬詞。冬雲千里，睹紛霏而興詠。[56]

8.蕭統〈文選序〉：

詩序云：詩有六義焉，一曰風，二曰賦，三曰比，四曰興，五曰雅，六曰頌。至於今之作者，異乎古者。古詩之體，今則全取賦名……若其紀一事，詠一物，風雲草木之興，魚蟲禽獸之流，推而廣之，不可勝載矣。[57]

9.鍾嶸〈詩品序〉：

詩有三義焉：一曰興，二曰比，三曰賦。文已盡而意有餘，興也。因物喻志，比也。直書其事，寓言寫物，賦也。……若專用比興，患在意深。意深則詞躓。若但用賦體，患在意浮，意浮則文散。[58]

53《文心雕龍注釋》，頁一三八。
54 同上注，八四五—八四七。
55 蕭統，〈答晉安王書〉，參見《全上古三代秦漢三國六朝文》，冊七《全梁文》，卷二十。
56 蕭統，〈答湘東王求文集及詩苑英華書〉，版本卷次同上注。
57 蕭統，〈文選序〉，參見《增補六臣注文選》（台北：華正書局，一九七九），頁一—二。
58 鍾嶸著、王叔岷箋證，《詩品箋證稿》，頁七二。

上列文獻所論述的「興」義，大約可分為三種：第一種是《文心雕龍》的〈比興〉所論述之「興」義；第二種是《文心雕龍》的〈詮賦〉、〈物色〉與孫綽、蕭統文中所論述之「興」義；第三種是鍾嶸〈詩品序〉所論述之「興」義。至於摯虞之說，語義甚簡，並不十分明確。他把「興」放在傳統「六詩」的脈絡去說，但所謂「有感之辭」，卻又不完全切合東漢王逸、鄭玄的論述系統。因為從這句話，我們只可確定「有感」之主體是「作者」。但所感之對象，究竟是政教之治亂或自然景象的變化？而其「辭」是否為連類譬喻？這二個問題在文本之中都沒有明確的答案。因此，我們只能把他看作介乎第一、二種之間的游移之詞。在「興」義的發展上，他與劉熙「興物而作」一樣，具有由東漢過渡到六朝的橋梁性質。

《文心雕龍》的〈比興〉無疑是六朝論述「興」義的專門著作。有關篇中所論：什麼是「比」？什麼是「興」？「比」與「興」有何差別？劉勰所說「比興」，在文學創作活動中，究竟有何理論上的意義？又此一觀念，前有何所承？後有何所變？凡此種種問題，我在另一篇〈《文心雕龍》「比興」觀念析論〉中已有詳細的論述。在那篇論文中，我們認為劉勰「比興」觀念大體上是承繼漢儒之說；但是在局部的觀念內容上，對漢儒有所補充[59]。其中，「起情」觀念的提出，無疑是一項轉機。在〈比興〉中，從文本的文法結構上，並不能確定這「起情」是「讀者」因「作品」而「起情」？或「作者」因「政教治亂」而「起情」？或「作者」因「自然景象」而「起情」？但是，假如從「起情者，依微以擬議。起情，故興體以立；……興則環譬以託諷」，這樣的語意脈絡來看；則他的「起情」之說，似乎結合了「作者」因「政教治亂」而「起情」與「讀者」因「作品」而「起情」二個觀念。換句話說，「作者」因見「政教治亂」而有所感觸，為了達到諷諭的「意圖」，乃採取「依微以擬議」的「環譬」方式來作詩；而那個被諷諭的「讀者」（指在上位者），相對的也可由「作品」而「起情」，亦即閱讀此詩而在情志上有所感發。

由上所說，則劉勰所論述之「興」義應該是總結了先秦到東漢諸說，從繼承傳統而言，〈文心雕龍．比興〉是很重要的代表作。然而，我在那一篇論文中，仍不得不致慨云：

> 本來，六朝對於「感性主體」，以及此一主體所對的自然「物色」，都已形成清楚的觀念。劉勰在《文心雕龍．物色》中也明確地論述到：「春秋代序，陰陽慘舒……情往似贈，興來如答。」這是「感性主體」由自然「物色」所引生的「情意經驗」，從內容上來說，實有異於由「政教」的人文現象所引生的「情意經驗」。換句話說，這是不同於漢代的一種「情」的新觀念。以這個觀念為基準，應該可以產生一種脫離漢代「政教諷諭」的觀念系統，而以「直覺美感經驗」為特質的「興」義。但這個新的「興」義，劉勰不僅沒有將它置入「比興」觀念史中，以取代舊說。……這無疑是劉勰「比興」觀念在理論建構上很大的缺憾。[60]

59 參見顏崑陽，〈《文心雕龍》「比興」觀念析論〉，收入《魏晉南北朝文學論集》（台北：文史哲出版社，一九九四），頁三六九—三九八。又收入本論文集，頁一二一—一六一。

60 同上注，頁三九五。

雖然如此，但「起情」觀念的提出，卻也隱含著一種轉型的契機。實則，《文心雕龍》中的「興」義，應有二種不同的觀念系統。〈比興〉是繼承傳統之論述，此時「興」與「比」並列出現，大致是根柢於詩經學的「興」義。另一個系統的「興」義是六朝新起的一般詩學觀念，此時「興」單獨出現，指的是「作者」因「自然景象」而「起情」。可惜劉勰沒有專篇討論這個觀念，只附帶出現於〈詮賦〉、〈物色〉的論述文脈中。有關這個問題，將來會另撰論文精細處理。

除了《文心雕龍》所述之外，上列孫綽、蕭統之說，所謂「興感」、「潦落之志興」、「觸興」、「睹物興情」、「睹紛霏而興詠」、「風雲草木之興」；這些話語都與〈詮賦〉所謂「觸興致情」、「睹物興情」、「情以物興」以及〈物色〉所謂「四序紛迴，入興貴閑」、「情往似贈，興來如答」，其義相同。

「興」義到了六朝之所以有這種演變，主要是因為整體文化思想變遷的結果。中國文化思想由先秦經兩漢到了六朝，普遍的道德理性主體轉為個殊的氣質感性主體[61]。而原來統攝在道德主體理想價值觀念世界中的自然萬物，也得以還其面目，與感性主體對列為純粹的審美對象，故《文心雕龍》專篇論述「物色」[62]。

這一新起的「興」義，其發言位置也是「作者」；但是，由創作過程而言，他指的是「作者」到「世界（自然物象）」之間的互動關係。這互動關係，簡明的說就是《文心雕龍．詮賦》所謂「情以物興；物以情觀」。自然景物「觸發」了感性主體的「情」；反過來說，感性主體亦以「情」去「觀賞」自然景物。「觀賞」即是一種無關道德、利害的純粹審美活動。其終極便是「情景交融」之境。

從文學創作理論來說，東漢與六朝的「興」義都涉及「創作動機」的觀念；但是，東漢「興」義之下的創作動機，是一種具有「社會行為」性質的「目的動機」[63]，故謂之「創作意圖」；「創作意圖」必然在社會互動關係中，懷抱某種「目的」而指向他人，那個他人就是直接的讀者，例如諷諭、贈與、期求、回應等。因此，它是由「作者」到「讀者」的創作活動。而六朝「興」義之下的創作動機，則是一種不具有「社會行為之特定目的」，而僅在與自然景象接觸時有所感發的「原因動機」[64]；亦即前一刻被自然景象所感動的「經驗」，就是創作一首詩的「原因」。因此，它是由「作者」到「世界」的創作活動。在這種「創作動機」之下，也才有可能創造出自我抒情的作品。

至於鍾嶸〈詩品序〉的發言位置顯然是「作品語言」。這個發言位置與東漢看似沒有差別；但

---

61 道德理性主體與氣質感性主體之說，參見牟宗三，《才性與玄理》（台北：臺灣學生書局，一九七四），頁四八—五一。又余英時，〈士之個體自覺〉，參見《中國知識階層史論》（台北：聯經出版公司，一九八〇）。又龔鵬程，〈從《呂氏春秋》到《文心雕龍》〉，收入《文學批評的視野》（台北：大安出版社，一九九〇），頁四七—八四。

62 參見蔡英俊，《比興物色與情景交融》（台北：大安出版社，一九八六），第三章〈情景交融的理論基礎（下）：「物色」與「形似」〉。

63 「社會行為」指「行為個體考慮到他人的行為，將自己的行為指向他人的行為過程，並對行為賦予主觀意義」。「目的動機」（in-order-to motive），是指一個行為者由於某種指向未來的目的，而導致他產生現在此一行為的動機。參見美國舒茲（A. Schutz, 1899-1959）著、盧嵐蘭譯，《社會世界現象學》（台北：久大、桂冠聯合出版，一九九三），頁一二—一三。又舒茲著、盧嵐蘭譯，《舒茲論文集》（台北：久大、桂冠聯合出版，一九九二），頁九一—九四。

64 同上注，「原因動機」（because motive），是指一個行為者由於過去的經驗，因而導致他之所以產生現在此一行為的動機。

是，東漢「興喻」的觀念，其「語言符碼」必然要與「作者本意」關聯在一起。值得注意的是，鍾嶸「文已盡而意有餘」之說，則解開了這種關聯，讓「作品語言」的地位獨立自足。這時候的「興」便不是一種「譬喻」的語言構作方式，而是「興象」的表現方式。「興象」可以指「作品」表現完成之後整體的意象。它雖是以主體「睹物興情」為創作動機[65]；但是，當「作者」依藉「情景交融」的語言構作方式具現為「作品」之後，「作品」便脫離「作者」的任何創作背景及意圖，其本身獨立為一個可以喚起讀者直覺感性經驗，自由想像而恣情玩味的意象。因此，所謂「文已盡而意有餘」，這個「文」須是「情景交融」的意象；這個「意」，不是「作者本意」，而是「意象」本身所蘊蓄、所引生之意。鍾嶸於此，雖未使用「興象」一詞；但是，理解其說，所謂「文已盡而意有餘」，實為已融合了「作者」之情、自然物色之象，而歸結於「作品」的「興象」之義。從「作品」尚未表現完成之前的語言構作來說，它可以是一種「表現原則」；從「作品」已表現完成之後，所謂的「意有餘」來說，它可以指蘊蓄的藝術效果。準此，則「興象」之於「興喻」，雖同屬語言位置之「興」義；但是，「興象」卻取得「作品語言」本身獨立自足的地位，可以和「作者本意」劃開關係，而成為抒情詩的語言特徵。這不能不說是隨著「作者感物」的觀念而形成的轉變。

總結這一節的論述，我們可以獲致如下的結論：

「興」義的論述，發展到六朝，其發言的基本位置雖然還在「作者」與「作品語言」；但是，二者必然的關係卻被解開。而「作者」位置的「興」義，也由「作者」到「讀者」之間的「創作意圖」義，轉變為「作者」到「世界（自然景象）」之間的「觸物起情」義。「作品語言」亦取得其本身獨立自足的地位，不必淪為「作者本意」的譬喻工具；其「興象」自身便可引觸讀者自由之體味而產生「意有餘」的藝術效果。

三、結論

依藉「言意位差」的詮釋觀點，我們可以看到從先秦以至六朝，在這「古典詩歌文化實踐期」中，諸多對「興」義發言的人，都基於自己當代的歷史視域與文化意識，依據對古典詩歌創作、解讀、使用的切身體驗，以形成主觀的發言立場。因此，雖然所論述為同一議題：有關詩歌的「興」是什麼？在形式上也使用同一關鍵詞——「興」；卻因為「說話者」所設定的發言位置，有世界、作者、作品、讀者之別，而導致其所發之言在文學理論上有不同的涵義，此即「興」義的「言意位差」之理。這一種「言意位差」被論述者身處的時代歷史視域、文化意識形態以及自己選擇的發言位置所主導。這些主導因素、條件改變了，所發「言」之「意」也跟著改變了。因此同一關鍵詞所指涉的「觀念」，其意義乃產生歷時性的演變，而構成「觀念史」；就以「興」義而言，此一演變，從先秦到六朝，便已完成了從讀者、作者、作品到世界四種「言意位差」的轉換。此後有關

65 按鍾嶸在〈詩品序〉的開頭便明示詩歌的創作動機是：「氣之動物，物之感人，故搖蕩性情，形諸舞詠。」參見鍾嶸著、王叔岷箋證，《詩品箋證稿》，頁四七。

「興」義的論述，實為其中某一位置之言說的深化而已。我們可將上文論述歸結為一個「興義言意位差演變圖」：

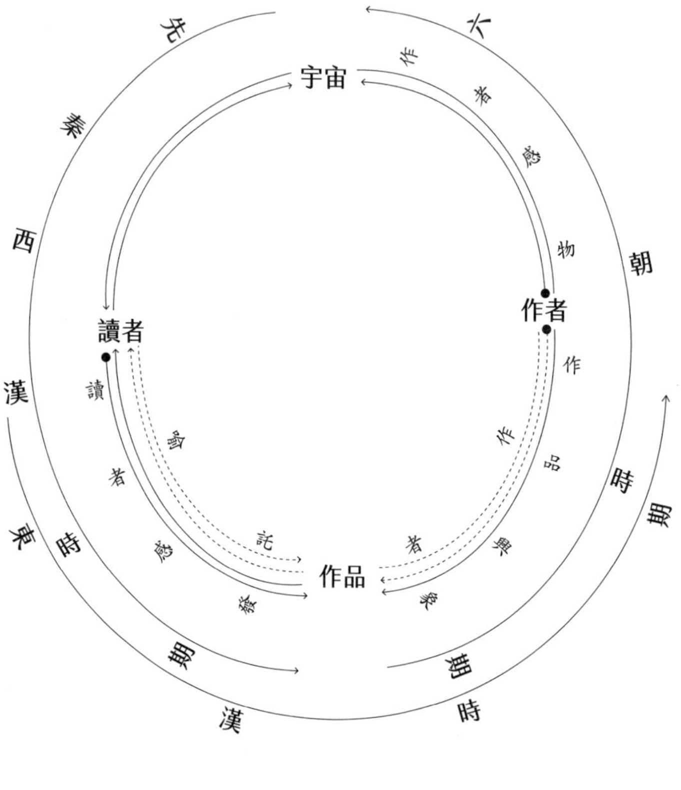

從本文的論述來看，「興」義是一種在詩歌文化實踐過程中，開放性的被不斷論述著的議題，因「言意位差」而造成頗為複雜的涵義。然而，凡於文化情境中之實踐主體，其言說皆當享有創造之自由，與同一情境中之其他言說相對為義而等待接受詮釋。在此一合理的原則下，上述所論之各種「興」義，從「言意位差」的相對觀點來看，並沒有絕對的正謬。

現代學者處在「古典詩歌知識研究期」，對「興」義的論述，既已失去文化實踐中的存在主體性，則其發言位置，不但與鍾嶸等一般詩學者有別，甚且與先秦兩漢諸儒詮釋詩騷也有差異。簡言之，現代學者的發言位置，乃是綜括上述歷代學者對「興」義的論述，以做為研究的對象，而進行「興」之觀念史的詮釋。

詮釋歷史固然沒有一種無立場的主體，因此也就沒有一種無立場的理解；亦即一切歷史詮釋都無法避免主觀性；但是，這並不就意謂詮釋的客觀性可以完全被擺棄。而所謂「立場」，指的是實存性詮釋主體所站定的發言位置，而不是某種理論性的假設。所謂「客觀性」，在引論中，我們也指出它取決於詮釋主體之虛心面對所詮釋對象之歷史情境的理解態度。因此，詮釋歷史實乃主體之實存性與對象之他在性之間的辯證。它的進行，必須充分尊重文本的語意脈絡與其發生的歷史情境。詮釋者絕不能跳過文本，也不能無視於歷史情境，便先入為主的以自己所假設的理論性觀點去進行詮釋，然後反過來又用詮釋所得去證實自己的理論性觀點。因此，詮釋歷史雖然也是某種意義的重新建構；但是，這種建構卻是藉由對歷史性文本的理解而完成，不是離開歷史性文本而僅是理論性的進行抽象概念之思辨而完成。

不管是事實經驗或內在觀念，人類的文化在時間歷程中都是變動的存在，它不是一個固定的、靜止的、永恆的事物。「興」之做為一種詩歌文化的觀念，它的意義絕不能從變動的歷史進程中抽離出來，只用某種單一的、固定的、靜止的抽象概念去詮釋。它必須被歷史的理解、因變的詮釋。

然而，綜觀現代學者對「興」義之論述，不少人卻往往跳過文本而無視於各代的歷史情境，企圖用某種單一的、固定的、靜止的抽象概念，就將一個開放、變動而複雜的觀念史如此「一概而論」。第一期的論者，變動著不同的發言位置，已如上述。但是，第二期的某些現代學者們卻可以站在單一的發言位置上不動，就認為能如此有效的處理複雜的「興」義。這個單一的發言位置是什麼？就是「作品語言」。不少現代學者就將歷代古人所說的「興」一概視為語言的構作方式，「興」就是隱喻、象徵等說法，便成為最常見的詮釋[66]；甚至還有人不肯虛心的對古代若干言說的歷史情境做好同情的理解，只是一味的固持著現代的文化意識形態或理論性概念，便汲汲於批判古人的謬誤[67]。「古典詩歌」對我們而言，已成為歷史文化，我們的任務是去詮釋歷史，而不是站在歷史之外，想當然的提出自以為是的「興」的理論，並反過來獨斷的批判其為歷史原有的多元複雜之義。詮釋歷史，需要隨不同時代文化情境的變遷，而調整理解的視域。文化情境在變，開放性的同一議題其意義也在變，如何能以單一固定的發言位置去進行詮釋或批判？本文所提出「言意位差」不是絕對、單一、固定的詮釋觀點，而是一個相對的、多元視域的、因變的詮釋進路，比較適合運用於觀念史的研究；不但「興」義可以如是觀，其他諸如正變、情志、文氣、文體……等觀念的演變，亦當如是觀。

後記：

原刊臺灣《清華學報》新二十八卷第二期，一九九八年六月。

二〇一六年八月修訂。

---

66 例如王元化，〈釋《比興篇》擬容取心說〉，收入王元化，《文心雕龍創作論》（上海：上海古籍出版社，一九八四）、羅立乾，〈經學家「比、興」論述評〉，收入江磯主編，《詩經學論叢》（台北：崧高書社，一九八五）、艾治平，〈明喻・隱喻・博喻〉，收入艾治平，《古典詩詞藝術探幽》（台北：學海出版社，一九八四）、趙沛霖，《興的源起》（台北：明鏡文化公司，一九八九，臺一版），頁二四六。以上諸說，皆將「興」釋為「隱喻」。而釋「興」為「象徵」者，例如王念恩，〈賦比興新論〉，收入《古典文學》第十一集（台北：臺灣學生書局，一九八〇），頁二一、三一。

67 例如張國風，〈比興別解〉，《學術研究》一九八二年五期。在這篇論文中，張氏即批判：封建詩教對比興觀念產生許多干擾，造成「詩歌表現方式和詩歌教化作用的纏夾」、「藝術自身規律和倫理觀念的糾纏」。又批判：「把詩歌表現方法分為比、興、賦三個概念在邏輯上是不嚴密的。」另李湘，〈《毛詩》系「興」考〉，《江海學刊》一九八四年一期。在這篇論文中，李氏亦批判云：「賦、比、興概念及其界限缺乏確定的標準，毛公系『興』多紕漏，原因即在於此。」以上二氏論文，間接見於趙沛霖《興的源起》，頁二六二—二六三。凡此，皆以「五四」反儒家傳統的文化意識形態，以及取自西方「純文學」理論，單一、封閉、靜態的抽象概念，去看待開放而變動不居的歷史文化現象，並自是其所是，好批判而不求甚解。

《文心雕龍》「比興」觀念析論

一、緒論

在本論文之前，有關《文心雕龍》「比興」觀念的詮釋，已不乏其篇[1]。大體而言，主要的問題集中在：（一）《文心雕龍》所謂「比興」，什麼是「比」？什麼是「興」？「比」與「興」有何差別？（二）為何「比顯而興隱」？上述二個問題常被視為具有相關性。（三）《文心雕龍》所說的「比興」，在文學創作活動中，究竟有何理論上的意義？也就是它們是二種修辭法？或表現方法？或思維方法？或藝術形象？（四）《文心雕龍》的「比興」之說，在觀念史上，有何所承？又有何所變？（五）《文心雕龍》「比興」之說在理論上有何價值？在觀念史上又有何價值？

上列前四個問題是詮釋性的問題，而後一個問題則是評價性的問題。前四個問題之中，第一、二個問題在《文心雕龍．比興》的文本中[2]，其實已被表述出來。學者之所以將它視為主要的研究問題，是因為文本語言非常簡括，而造成文字訓詁上的不確定，以及觀念表述上的留白。前者例如「依微以擬議」，「微」是何義？周振甫訓解為「隱微的含意」[3]，李曰剛訓解為「微物，小物也」[4]。「擬議」是何義？周振甫訓為「比擬」，而李曰剛訓為「擬度議論」。又如「環譬」，周振甫訓解為「委婉的譬喻」，而趙仲邑則訓解為「圍繞所取譬的事物」[5]。這都是關鍵性的詞彙，訓解既異，必然造成對第一、二問題詮釋上的差異。後者例如，劉勰在〈比興〉中提出「比顯而興隱」的說法，以為區分「比」、「興」的判準；但是，他對此一觀念的表述，卻僅此簡括一句，而未再進一步詳確的說明，以致留下許多等待詮釋的空間。基於上述的原因，第一、二個問題的研究目的，乃是依藉訓詁的精確與詮釋的補白，而為劉勰將前述兩個問題，說明得更符合現代學術對概念明確與系統完密的要求。

第三個問題，在《文心雕龍．比興》的文本中，並未被表述出來；但是卻隱涵著，可以說是一個衍生而相關性的問題。因為劉勰雖然並沒有直接去表述「比興」在文學活動中，究竟有何作用？但是，在他為第一、二個問題進行表述時，所謂「附理者，切類以指事；起情者，依微以擬議」，所謂「比則蓄憤以斥言，興則環譬以託諷」；甚至，在他批判漢代以來的辭賦，「諷刺道喪，故興

1 例如黃侃，《文心雕龍札記》（香港：新亞書院出版，台北：文史哲出版社發行，一九七三），〈比興〉第三十六。王元化，《文化雕龍創作論》（上海：上海古籍出版社，一九七九），下篇〈釋比興篇擬容取心說〉。詹鍈，《劉勰與文心雕龍》（北京：中華書局，一九八〇），第七節第四目〈比興篇〉。張文勛、杜東枝合著，《文心雕龍簡論》（北京：人民文學出版社，一九八〇），其中第四章第三節〈關於形象思維和比興手法〉。陸侃如、牟世金合著，《劉勰論創作》（合肥：安徽人民出版社，一九八二），譯注部分〈比興〉。周振甫，《文心雕龍注釋》（台北：里仁書局，一九八四），其中〈比興〉的「注釋」與「說明」。涂光社，〈《文心雕龍》的「比興論」〉，收入涂光社，《文心十論》（遼寧：春風文藝出版社，一九八六）。繆俊杰，《文心雕龍美學》（北京：文化藝術出版社，一九八七），其中〈擬容取心，斷辭必敢——劉勰論「比興」手法的特點〉。其他論文尚多，不俱引。

2 劉勰《文心雕龍》的版本甚多。本文徵引原典概以周振甫，《文心雕龍注釋》為據，不一一附注。

3 周振甫，《文心雕龍注釋》，頁六八〇。

4 李曰剛，《文心雕龍斠詮》（台北：臺灣國立編譯館，一九八二），〈比興〉第三十六。

5 趙仲邑，《文心雕龍譯注》（南寧：廣西教育出版社，一九八五），頁三〇九。

義銷亡」，而「日用乎比，月忘乎興，習小而棄大」。在這些判斷中，都已隱涵了他對上述第三個問題所預設的答案。由於劉勰並未在〈比興〉的文本中對此一問題做直接論述，因此它是從後設性研究中所衍生出來的相關性問題，其解答有待研究者的詮明。

假如說上述三個問題是文學理論的問題，那麼第四個問題便是觀念史的問題，主要在於將《文心雕龍》的「比興」之說置入此一觀念發展的歷史進程中，去觀察他的承變。劉勰在〈比興〉中並沒有明確的表述自己的「比興」觀念，哪些是繼承前代，哪些是自己的創見。然而，他是一個歷史意識非常強烈的文論家，「比興」又是一個已具有歷史傳統的文學觀念。因此，他論述「比興」一則承受了若干前代的觀念，一則因應當代文學思潮與自己的理論體系而有所變革。其所承為何？其所變為何？劉勰既未自己表白，也就有待學者的詮釋。

第五個問題，是在上述四個問題的詮釋基礎上，分別就理論的本身與它在觀念史上的價值給予評估。

以往，學者們對於上述問題都各自提出若干的解答，而獲致相當程度的研究成果。然而，上述問題卻並沒有因此而得到已夠清楚、明確的答案，甚至滋生了若干觀念上的混淆。所以，《文心雕龍》的「比興」觀念，仍然是有待繼續研究。本文就是在前人的研究基礎上，針對上述問題，一方面接受若干確當的答案，一方面對於不夠確當或未被論及的問題，嘗試提出可能的解答。

綜觀前人的論述，其所以不能有效的解答上列問題，原因在於下述幾個缺失：

第一，前二個問題，研究的目的，在於詮釋文本已被表述而又不夠明確的意義。意義的詮釋固然無法完全避免主觀性的理解；但是卻也不能罔顧文本語言的客觀性限制。由於「比興」是一個在歷史中開放而不斷演變的觀念，因此學者在沒有對〈比興〉文本的語意進行比較嚴密的訓解，以及對理論意義比較確當的理解之前，便可能不自覺的操持一種在劉勰之前或之後所產生的觀念去詮釋文本，而強謂之曰：「這就是劉勰所說的比興。」甚至，有些學者更脫離中國文學觀念的歷史語境脈絡，而移植現代西方的某種文學觀念，例如「形象思維」、「隱喻」等，而謂之曰：「劉勰所說的比興就是（或類近）形象思維」[6]，「劉勰所說『興』就是『隱喻』」[7]。既然「比興」是個開放性的觀念，我們當然不能說這些學者的詮釋絕對錯誤；然而是否相對的切合劉勰所謂的「比興」？在缺乏對文本進行比較正確的訓解與精密的分析性詮釋之前，卻很難讓人信服。

針對這種缺失，我們的態度是：我們並不只顧自己想了什麼，說了什麼，因此先不做任何理論的預設，而進入文本內在的意義脈絡中，對〈比興〉文本的語意做比較詳密的訓詁、分析。然後再從通篇大旨上，甚至參照《文心雕龍》其他篇章所共構的觀念體系，而做一綜合的解悟。

第二，有關前述第三個問題。由於「比興」本是一種非常複雜的觀念，它不是某一文學理論家所規創之邏輯系統性的理論，而是古代諸多文士，對世界、作者、讀者、作品諸因素互涉的人文活

6「比興」就是「形象思維」之說，參見張文勛、杜東枝，《文心雕龍簡論》，第四章第三節〈關於形象思維和比興手法〉，頁七九。

7「興」是「隱喻」之說，參見王元化，《文心雕龍創作論》，下篇〈釋比興篇擬容取心說〉及四篇附錄。

動經驗，所產生的體悟與言說。因此，「比興」其觀念實質涵具了上述諸因素，以及諸因素間互涉的關係；但是，古人對它所生發的體悟與言說，由於立場——「觀」的角度——此一選擇性的限制，以及言說——工具性乘載功能——此一不可避免的限制，所以各人之所說，或就「世界」而言，或就「作者」而言，或就「讀者」而言，或就「作品」而言，其實都是「比興」片面的相對義。這也就是為什麼從觀念史的全視域來看，「比興」是一個開放性、演變性的觀念。因此，它並沒有一個絕對的意義。其意義的確當性，都必須回歸到言說者所選擇的立場、觀點與文本語言所乘載的涵義。《文心雕龍》中所說的「比興」，在文學活動中，究竟是二種修辭法？或表現方法？或思維方法？或藝術形象？對這種問題的回答，有些學者一方面仍然只顧自己想了什麼而說了什麼，卻不顧劉勰在文本中說了什麼而想了什麼？另一方面，很多學者認為答案只能有一個，是修辭法就不是表現方法或其他。因此，便彼此是其所是而非其所非，相持不下[8]。

針對這種缺失，我們的態度是：一方面，從文本的訓解去回答問題，而不是以自己的理論預設去給定答案。另一方面，不應該只是選擇單一固定的答案；而是假如文本所顯示涉及二種以上的答案，那麼其彼此之間，在理論上，我們可以為它做出怎樣合理的詮釋。

第三，有關第四、五個問題。這就涉及到整個觀念史比較客觀而正確的理解，並且我們必須明白一種觀念在理論本身與在觀念史上，這二方面所涵具的價值並不必然一致，因此在評價上應該加以區分。以往有些學者對這兩個問題，有的對觀念史缺乏客觀而正確的理解，因此對《文心雕龍》「比興」之說，在觀念史上的承變，就不免誤斷[9]。而由於對上述二種不同的價值判準，缺乏清楚的區分，在評價上，也就不免失當了。

針對這種缺失，我們的態度是：除了正確理解《文心雕龍》的「比興」觀念之外，還要切實對此一觀念史進行比較客觀而正確的理解。並在不同的價值判準上，能做確當的區分。

以下就是依循上述所提的問題以及討論的態度、方法，一一詳作論證。

二、《文心雕龍》所謂「比興」，什麼是「比」？什麼是「興」？「比」與「興」有何區別？

《文心雕龍》所謂「比興」，什麼是「比」？什麼是「興」？此一提問，是為了詮釋《文心雕龍》在〈比興〉中，對「比」、「興」所做的一般性界義。一般性界義所指涉的常是一個「詞」最大外延的概念。

劉勰在《文心雕龍．序志》中，嘗自述所採用的方法，其中有所謂「釋名以章義」，大體用之於〈明詩〉到〈書記〉，對各文體之名稱的界義，例如〈明詩〉：「詩者，持也，持人情性。」《詮賦》：「賦者，鋪也。」這顯然是由訓詁字義，而界定某「詞」的一般性概念。這種方法，其實也

8　參見《文心雕龍簡論》，張文勛所做之論辯。又參見王元化，《文心雕龍創作論》一書中，〈再釋比興篇擬容取心說〉所做之論辯。

9　例如陸侃如、牟世金，《劉勰論創作》，頁一七八。我們將在後文中引述，並加以辨析。

施用於上述〈明詩〉等篇之外的其他篇章，〈比興〉是顯著的例子。他對「比」、「興」的確做了一般性界義，云：

> 比者，附也；興者，起也。

這是《文心雕龍》對什麼是「比」？什麼是「興」？所做最一般概念性的界說。《說文》解「比」字的本義是「密」；「附」應該是它的引申義。「附」，則有「依」、「託」等義。「興」字，《說文》解其本義為「起」，引申而有「引」、「生」等義。

劉勰便以這二個字的訓詁義，做為「比」、「興」在文學理論上的基本概念。它指涉了二種不同的「動作」形態，一種是「依附」，一種是「引生」。文學在本質上是人的主觀情意活動，因此他進而指出這二種「動作」所涉及的對象，一是「理」，一是「情」。合起來說，「比」、「興」分別是文學創作二種不同形態的情意活動，前者是「理的依附」，劉勰稱之為「附理」；後者是「情的引生」，劉勰稱之為「起情」。

從理論上來說，文學活動整個過程可以區分為：（一）世界（包括自然與人文的世界）↓作者，這一階段指作者在使用語言構造作品之前，面對客觀世界所產生種種的情意活動；（二）作者↓作品，這一階段指作者使用語言，將前一階段所產生的情意，賦予特定的符號形式，而具現為作品；（三）作品↓讀者，這一階段指讀者閱讀作品，依循作品的語言形式，而產生種種情意活動；

（四）讀者→宇宙，這一階段指讀者由於前一階段的情意活動而導致他形成某種特殊的世界觀[10]。

所謂文學活動過程，當然是對文學活動所做歷時性的階段區分。另外，當我們取消時間歷程，而從它並時性的橫切面來思考時，便可以理解到，文學活動所涉及的主要因素是：世界現象、作者情意、語言構造、讀者情意；而一切文學理論也就是在詮釋諸因素的性質、發生、作用及相互關係。

我們在前文述及，「比興」是一種非常複雜的觀念，因為它包括了上述文學活動歷時性與並時性的諸多因素。古人對這一觀念提出言說之時，往往只是站在過程中的某一階段或只涉及某一個因素，因此都是「比興」片面的相對義。很少能「一言以蔽之」，為「比興」做一本質的、普遍的界說。

劉勰所謂「附理」、「起情」二語，假如不連接下文「切類以指事」、「依微以擬議」來看，的確已從本質上為「比興」做了最普遍性的界說。因為「附理」、「起情」，它所指涉的正是構成文學的二種不同性質的因素——理與情，以及它們發生、作用的形態——依附與引生。而在這裡，所謂理、情都只是一般抽象概念，並未給定具體事實的經驗內容，也未繫屬特定主體——作者或讀者，甚至某一作者或某一讀者。而所謂「依附」、「引生」也未特定指涉是主體的思維活動或作品語言構造形式所產生的效用。若就文學歷時性的活動過程而言，「附理」與「起情」的概念內容，也未

10 參見劉若愚，《中國文學理論》（台北：聯經出版公司，一九八一），頁一二—一六。

限定為某一階段的情意活動。

綜合言之，劉勰以「附理」、「起情」界說「比」、「興」，的確能有效的給出包攝文學活動各階段及諸因素的一般性概念；而使「比興」具備了文學一般理論所涉及文學本質的原理性意義。

在這一認識的基礎上，我們就可以進一步比較明確的理解，劉勰所謂「比」是什麼？「興」是什麼？「比」、「興」有何差別？

在這裡，我們只做一般概念的討論，暫時不涉及「切類以指事」、「依微以擬議」這項限定。因為加上這項限定，「比興」的意義便被界定在由「作者」到「作品」這一階段，而成為文學創作理論有關語言構造的原則了。這將留待下文再詳作論述。

在一般概念上，我們要為劉勰做更明確解釋的地方是：(一)什麼是「理」？什麼是「情」？也就是「理」、「情」各是什麼不同性質的文學因素？(二)「理」何以「附」？「情」何以「起」？也就是在文學活動中，這兩種不同性質的因素，為什麼必然要有不同的發用形態？

在理論上，文學內容所涉及的「理」，必是一方面即實在之「事物現象」，而一方面即主觀之「意念」的「理」。因此，在文學內容上，並無離「事物」以言「理」者，亦無離「意」以言「理」者。換言之，它不是一種絕對客觀的純粹理性產物。就主體而言是「意」；就對象之形跡而言是「事象」或「物象」；就此「事象」或「物象」之「所以然者」而言是「理」。意、事物現象、理，三者共成一種完整的文學性思維活動。

準此，則所謂「理」，就文學內容而言，指的就是在文學思維活動中，主體即事物現象所發生之經驗，以主觀之意念加以反思而具體解悟其所以然的觀念內容。

文學中的「理」具有相對於主觀意念的客觀性，必須即「事物」而具存，故往往與「事」合義成辭。《文心雕龍》中，常用「事理」一詞[11]。而〈比興〉中，雖未用「事理」一詞；但是在不同句子中，循其上下文的意義脈絡加以理解，卻顯然「事」、「理」二義互涵，例如「附理者，切類以指事」，則所附之「理」涵於所指之「事」中，故「理」不離「事」而獨立。

當然，「理」又具有相對於客觀事物的主觀性，它必須依主觀意念之解悟，才能發而顯之。因此，它是「意」內之物。〈比興〉中，前文云：「附理者，切類以指事」，後文對「比」再作分解性說明時，又云：「且何謂比？蓋寫物以附意，揚言以切事者也」，前謂「附理」，是就客觀性說，後謂「附意」，是就主觀性說，而就完整的文學思維來說，「理」與「意」其實是互涵而足義。

由於文學上的「理」，不離「事物現象」而獨立，所以當其發用之時，必然依附於事物現象。事物現象對於「理」不是外緣引觸的媒介，而是相即為理之具體內容。以劉勰在〈比興〉中所舉的例證來說：「金錫以喻明德。」其例出於《詩．衛風．淇奧》：「有匪君子，如金如錫，如圭如璧。」匪者，斐也，指其德行之光彩。朱熹《詩集傳》云：「金錫，言其鍛鍊之精純；圭璧，言其

11 例如〈銘箴〉：「曾名品之未暇，何事理之能閑哉！」〈雜文〉：「仲宣七釋，致辨於事理。」〈議對〉：「煩而不慁者，事理明也。」〈指瑕〉：「若夫注解為書，所以明正事理。」

生質之溫潤。」[12]則這些詩句所要表現的「理」，是所謂「明德」；然而「明德」不是一種離開「事物現象」而獨立的抽象概念，它依附於「事物現象」而存在。這些「事物現象」就人而言，是「君子」的種種行為表現，就相類似的「物」而言，是金、錫的鍛鍊精純、圭璧的生質溫潤。而反過來說，這種種「事物現象」的特徵，也就是相即為理的具體內容。

準此，從「理」必依附「事物現象」而顯明來說，「附」可以說是「理」之發用（動而顯發）的必然形態。

接著，我們詮釋「情」是什麼？《荀子．正名》曾為它做過很一般性的界說：

> 生之所以然者謂之性……性之好惡喜怒哀樂謂之情。……性者，天之就也；情者，性之質也；欲者，情之應也。[13]

「天之就」，也就是自然生成如此。人之自然生成如此的質性，就是所謂「氣質性」；但「氣質性」是什麼？當它沒有發用成為具體的經驗之前，其自身之存有只能為抽象概念所把握。而當它發用為具體的經驗之時，其實質內容之一，就是「情」；「質」者，實也。「性之質」，就是性的實質內容。因此，「性」之被具體實在的認識到，必須以其發用所表現之「情」為經驗材料。而說「情」，亦是一統括的概念，再分解的說，其內容便是好、惡、喜、怒、哀、樂。然而，「性」如何發用？也就是「情」如何而生？《樂記》有一段話做了確當的解釋：

> 夫民有血氣心知之性，而無哀樂喜怒之常，應感起物而動，然後心術形焉。[14]

「術」者，《說文》解其本義為「邑中道」，指的就是一個區域之內的道路。因此，所謂「心術」就是「心的動向」，也就是上文所謂「哀樂喜怒」，那便是「情」了。因此，「性」動而生「情」；但是，「性」如何動？所謂「應感起物」，正指出「性」動必須以「感物」為緣起條件。王充《論衡．本性》引劉向之言曰：「性，生而然者也，在於身而不發。情，接於物而然者也，形於外。」[15]其說與《樂記》相同。

準此，則所謂「情」，若就其一般性概念，指的就是吾人氣質之性由於接觸外物而引生的內在感覺經驗。在此，我們暫且不去分解所謂「外物」，指的是自然物色、現實生活之物質或人文現象，因此也就不為「情」再作特殊經驗內容的規定，只視為「喜怒哀樂」的一般感覺經驗狀態。

劉勰在《文心雕龍》各篇中，所用的「情」字甚多，有的是一般概念，有的是具有特殊內涵的概念。他對於「情」的一般概念，與上述《荀子》、《樂記》及劉向的概念相近。〈明詩〉云：

12 朱熹，《詩集傳》（台北：中華書局，一九六九），頁三五。
13 荀卿著、楊倞注，《荀子》（台北：中華書局，一九七〇，嘉善謝氏校本），卷十六，頁一——二。
14 鄭玄注、孔穎達疏，《禮記注疏》（台北：藝文印書館，《十三經注疏》景印嘉慶二十年南昌府學重刊宋本，一九七三），卷三十八，頁六七九。
15 王充著、黃暉校釋，《論衡校釋》（台北：臺灣商務印書館，一九六九），冊一，頁一三三。

人稟七情，應物斯感。感物吟志，莫非自然。

七情，就是喜怒哀樂好惡欲，此乃生稟而得，也就是性內之所具；但是，它的發用卻必須是「應物斯感」。

從這「情」的一般概念而言，它與前面所謂「理」的差別，便是：（一）「情」乃直接的感覺經驗，而「理」則是對於經驗再作反思所獲致的觀念。（二）「情」的發生雖必須以「事物現象」為外緣引觸的媒介；但是，它本質上是主體性內所具，故其內容不完全由外緣引觸的事物現象所決定。而「理」已如前述，它必須依附於「事物現象」而具存，並且事物現象對於「理」不是外緣引觸的媒介，而是相即為理之具體內容。

由於「情」是性內之所具，故本質上純然是內在主觀。它與外在客觀事物現象的關係，不是「依附」，而是「引生」。因此，「引生」可以說是「情」之發用（動而顯發）的必然形態。

綜合上述，則「比」、「興」的分別，在一般概念上，實有二端：（一）這二個詞各自指涉了理、情二種不同性質的文學因素。其性質之不同，已如上述。（二）它們又同時指涉了這二種性質各異的文學因素不同的發用形態。

三、《文心雕龍》所說「比興」，在文學創作活中，有何理論上的意義？

劉勰在〈比興〉中，為「比」、「興」分別做了「附理」、「起情」的一般界義之後，緊接著便再分別加上一項限定：

> 附理者，切類以指事；起情者，依微以擬議。

在這項限定之下，「比興」便被安置於作者→作品這一階段，而涵具了文學在語言構造理論上的意義。

〈比興〉的論述重點，很顯然是集中在語言構造這一層面。《文心雕龍》整體的理論系統本就是以「文體」觀念為基礎。「文體」是有關文學語言的結構形式與風格範型的觀念。在這一觀念系統中，「比興」被安置於語言構造的層面，去思考它在理論上所具備的意義，這無寧是《文心雕龍》整體理論系統之下，所必然導致的限定。

「比興」與文學語言的構造有關，這是詮釋《文心雕龍．比興》所要掌握的基本觀點。然而，「語言構造」是一項概指性的觀念，它所指涉的是文學創作中一切構作營造語言的活動本身，以及活動所依循的規律，古人總謂之「法」。而所謂「法」，分解的說，又有基本性原則，總體性方式、局部性技術等不同的層級。基本性原則，所指示的往往是由構成活動規律之原理所衍生出來的基本法則，它是一個普遍性的抽象概念，而非有確定規則的方式，例如《文心雕龍》中，〈定勢〉、〈情采〉所論就是文學創作上語言構造的基本性原則。總體性方式，所指示的是與全篇的立意、結構、韻律有關，而有確定規則的方式，也就是古人所謂的「謀篇」之法，例如《文心雕龍》中，〈鎔裁〉、〈聲律〉所論即是。至於局部性技術，所指示的就是與局部的章節、聯或句、字詞有關的操作技術，一般所謂「修辭法」屬於這一層次。例如《文心雕龍》中，〈章句〉、〈麗辭〉、〈夸飾〉、〈事類〉、〈練字〉等篇所論即是。

那麼，「比興」屬於哪一種層級的「法」？若依〈比興〉被安排在〈麗辭〉之後來看，則劉勰顯然只將「比興」視為局部性技術，只是兩種不同的修辭法而已。

然而，從整個「比興」觀念史來說，劉勰這樣的觀點，實已矮化了「比興」在文學理論上的層級。並且，倘若我們如今重新省察劉勰在〈比興〉之所論，則可以發現「比興」所涵具的理論意義，其實不應該被放在這樣低的層級上，關於這一點，後文再詳作評論。

在這裡，我們要討論的是「比興」在文學創作活動中，有何理論性的意義？這項討論，將分為二個層次來進行。一是對於〈比興〉文本的訓解。這一層次的討論，應該盡量尊重文本的原意。二是將訓解所得的意義，置入文學創作活動中，去判定它在語言構造上所涵具理論性的意義。這一層次的討論，對劉勰的原意會有所修正；但是，這種修正必須是基於對文本的正確理解，並秉持文學理論上的客觀判準。

何謂「切類以指事」？「切」字，有人訓為「切取」[16]，有人訓為「切合」[17]。「類」字，做為形容詞是「相似」的意思，這點並無歧義；但是，做為名詞指的是什麼？就有些不同的說法，有的說「類似的例子」[18]，有的說「同類的事物」[19]，有的說「不同事物間相類似的關係」[20]。將「切」訓為「切取」，只是指涉了「選取材料」的意思，卻不能指涉「比」在語言構造上必要的準則——兩種事物相似性的「切合」，故其義不當。「切」，有迫近、貼合之義。〈比興〉云：「比類雖繁，以切至為貴」，明白指出「比」的構詞準則是「切至」。「切至」，就是「非常切合」的意思；故所謂「切」，以訓「切合」為當。至於「類」，具有「相似」一義；但是，其所指為何？依照〈比興〉將「比」看作譬喻的修辭法，則「類」是指「喻體」與「喻依」。喻體是指被比的對象，喻依是指用來比喻的材料。因為兩者都出現在文句中，都是同屬經驗材料，故將它說成「類似的例子」，其義不當。至於有人說成「同類的事物」。「事物」確是做為創作的經驗材料，其義恰當；然而說是「同類」則非也。「同類」是指不同個體在「類」的屬性上相同，而所謂類的屬性一般指的是較為客觀實在的特徵，例如「人」的每一個體都具有「兩足無毛」的客觀實在特徵，故不同個體都是同類；以同類事物為譬喻，即是以人比人、以虎比虎、以金比金、以玉比玉……毫無譬喻的效果。文

16 參見見李曰剛，《文心雕龍斟詮》，〈比興〉第三十六。
17 參見陸侃如、牟世金，《劉勰論創作》，頁一八〇。
18 參見詹鍈，《劉勰與文心雕龍》，頁七九。
19 參見見繆俊杰，《文心雕龍美學》，頁二一五。
20 參見趙仲邑，《文心雕龍譯注》，頁三〇九。

學創作的「比」，應以「異類相似」為常態，〈比興〉所舉的例子即是「金錫以喻明德，圭璋以譬秀民……」等等，這是以「異類相似」之事物為比。

從理論上說，一切「類比」的目的，都是為了藉由某物與他物的比較，使我們對某物的認識更多，至少是更清楚。因此，它必然築基在兩者之間有「同」有「異」的現象上。若無相同處，則無從比較。若無相異處，則比較只是一種重複，根本不會產生新的認識；故「同類相比」，為顯其「殊異性」，「異類相比」，則為顯其「相似性」。文學中，譬喻性的「類比」，都是「異類相似」，上舉〈比興〉的例子已可為證。綜上所述，「不同事物間相類似的關係」一說最為恰當；但是，語意仍不夠完密，應該在「類似」之下加一「性」字，而修正為「不同事物間相似性的關係」。合起來說，「切類」，就是：將不同的事物依照彼此相似性的關係切合在一起。

「指事」，「指」是「示」的意思，《爾雅．釋言》：「指，示也。」「事」，依據上文的討論，「理」必依附「事物」而具存，故「事」者，「事理」也。「指事」，就是：指示所要表達的事理，這就是譬喻中的「喻意」。

上文已論明，「附」是「比」在一般理論上，用以指涉「理」與「事物現象」之關係的概念，也就是「理」在發用上必然的形態。而「切合」則是由「理」之「依附」性質所衍生出來的概念，指的是在語言構造上，所適宜採用的一種方式。這種方式一方面基於「理」之依附事物現象而存的性質，另一方面基於對「理」的表現上，「切合兩種不同事物的相似性做為類比」，乃是能夠獲致最有效認識的一種修辭方式。因此這種「修辭方式」在理論上被認為「足以為法」。

「切類以指事」這一語句結構所涵具的意指，「切類」是工具性意義，是語言構造的方式；而「指事」則是目的性或效用性意義。從作者主觀的表現意圖而言，是目的。從「切類」這一語言構造方式所達到的效果而言，則是效用；但是，我們前面論及，「比」所涉之「理」，不但「依附」於「事物現象」，並且與主觀之「意」亦無二致。準此，則在「切類」的語言構造方式中，不但工具本身已涵具一定的效用，並且由語言工具而來的效用與作者主觀的意圖也有一致性。

何謂「依微以擬議」？這一句在字詞的訓解上，歧義頗多；而且雖經諸多學者詮釋，全句所涵具的論理性意義，仍然含糊不清，有必要再做精確的分析。

在詞義訓解上，「依微」的「依」字或解為「依照」、「根據」[21]，或解為「依託」[22]。「微」字，或解為「微小」[23]，或解為「隱微」、「曲折微妙」[24]。這一句與上句「切類以指事」對偶，故其意義結構形態也應相同。「依微」就如「切類」一樣，是指語言構造的方式，也就是題材的選擇

21「依」解為「依照」，參見周振甫，《文心雕龍注釋》，頁六八〇。解為「根據」，參見趙仲邑，《文心雕龍譯注》，頁三〇九。

22「依」解為「依託」，參見李曰剛，《文心雕龍斠詮》，〈比興〉第三十六。

23「微」解為「微小」，參見李曰剛，《文心雕龍斠詮》，〈比興〉第三十六。又參見詹鍈，《文心雕龍義證》（上海：上海古籍出版社，一九八九），下冊，頁一三三九。

24「微」解為「隱微」，參見周振甫，《文心雕龍注釋》，頁六八〇。解為「曲折微妙」，參見趙仲邑，《文心雕龍譯注》，頁三〇九。

與安排，還不涉及到作者表現意圖。而「依託」則已包涵了表現意圖，並與下面的「擬」字重複。故當以「依照」、「根據」為恰切，指涉了作者對於題材客觀性質的判斷與安排。至於「微」字，固然可以和下文「稱名也小」一語照應，而訓解為「微小」。「興」的語言構造，若以《詩經》的作品為例，是有取材於「微小之物」的現象，例如劉勰所舉〈關雎〉的「雎鳩」、〈鵲巢〉的「尸鳩」；然而「微小」只是就其所涉之物的外表而言，「興」義真正能夠成立，主要並不依賴「物之微小」這一條件，而是依賴這「微小之物」在「情意活動」上的特性，以〈關雎〉而言，就是朱熹所謂「生有定偶而不相亂，偶常並遊而不相狎」[25]。由於這不是外表明顯可見的「形式特徵」，而是內在隱微難知的「情意特徵」，故「微小」不是「興」之所以成立的要義，「隱微」才是。其實，再照應前文「比顯而興隱」來看，此處「微」字訓為「隱微」或「曲折微妙」，就更可以確定了。當然，它不妨也可以包含「小」義，卻不能以「小」義為充要。

「擬議」的「擬」字，或解為「擬度」[26]，或解為「比擬」、「寄託」[27]。「議」字，或解為「議論」[28]，或解為「含意」、「意思」[29]。「擬度」所涉的是一種揣測思量的心理活動。假如再連接下面「議」字訓解為「議論」，則「擬度」所指的是對自己所要表達的議論加以揣測思量，這顯然是在寫「議論文」時的構思活動了；但是，「擬議」與上文「指事」對照來看，指的是作者的表現意圖以及由「依微」的語言構造方式所具備的效用。再照應後文所謂「託諷」、「託喻」來看，「擬」字解為「比擬」、「寄託」最為恰當。連帶的所謂「議」字，解為「議論」也就顯然不正確了。「興體」的詩歌，絕不直接議論。因此解為「意義」、「意思」，籠統言之，可也；但是，若要更明確的說，則是「諷諭之意」。「議」有「諫諍」之義，故「諫議」複合為詞，古更有「諫議大夫」之官職。在「詩言志」的觀念系統中，詩歌題材表面意義之外，皆「寄託」有作者的「諷諭之意」，這就是所謂「作者本意」。劉勰在〈隱秀〉中，稱它為「重旨」、「複意」，云：「隱也者，文外之重旨者也」、「隱以複意為工」。

學者之所以對這一句的訓解、詮釋含糊不清，乃是由於對劉勰所說的「興」，進而對觀念史中所謂的「興」，缺欠理論意義上明析的思辨。其實詮釋局部字句的意義與詮釋全篇意義及整體觀念系統，乃是一種相互循環的理解過程。這一句對照上一句「切類以指事」，同樣都是包涵了從語言構造方式到工具性效用及主觀表現意圖相互對應的關係。

「依微」是一種語言構造方式，指的是對題材的選擇、安排。「依」之解為「依照」，已如上述。「微」之解為「隱微」、「曲折微妙」，也可以確定；但是，「隱微」是一種狀態的描述，所指涉

---

25 朱熹，《詩集傳》，頁一。

26「擬」解為「擬度」，參見李曰剛，《文心雕龍斟詮》，〈比興〉第三十六。

27「擬」解為「比擬」，參見周振甫，《文心雕龍注釋》，頁六八〇。解為「寄託」，參見趙仲邑，《文心雕龍譯注》，頁三〇九。

28「議」解為「議論」，參見李曰剛，《文心雕龍斟詮》，〈比興〉第三十六。

29「議」解為「含意」，參見周振甫，《文心雕龍注釋》，頁六八〇。解為「意思」，參見趙仲邑，《文心雕龍譯注》，頁三〇九。

的是什麼？將「微」字解為「微小」的學者，說是「微小的事物」。「事物」一詞，固屬籠統，而把「微」字解為「隱微」的學者，例如周振甫說是「隱微的含意」、趙仲邑說是「事物間曲折微妙的關係」，也同樣不清楚。因為所謂「含意」，指的是語言本身或說話者所指示的意義，它已經是取擇經驗題材而以主觀思維統整並加以符號化之後所構成的產物了。在文學創作而言，講「含意」所指的都是「題材」已被賦予特定語言形式，而成為作品之後所具有的意義；但是，「依微」所指涉的卻是「作品」未完成之前，對題材的選擇與安排。這時，「題材」仍在「對象」的階段，它本身有其客觀性。因此，這時所謂「隱微」不是指「含意」，而是指題材特性。假如就二種題材特性的相關情況來說，可以如趙仲邑所說的「關係」；然而「關係」只是「形式」義，很抽象的概念，並不能明確表示出構成「關係」的「實質內容」是什麼。

我們前面說過，「興」是「起情」，它所涉及的是「直接內在感覺經驗的引生」。所謂「內在感覺經驗」，指的不是由外在感官如眼、耳等對色彩、聲音諸表象所引起的經驗，而是指內在心靈對世界萬物生命存在意義的感知，例如〈關雎〉所涉及的就是生命存在意義中「愛」的感知。這種種感知，我們可以稱之為「情意經驗」。「情意經驗」是主觀的，是內含的，是心理的，是個殊的。它不像「比」所涉及的是「依附」於事物現象而客觀的、外現的、質性的、普遍的「理」。這也就是「興」義之所以「隱」而不易有確解的原因。因此，這所謂「微」，明確的說，就是指「事物隱微的情意經驗」。萬物間，「情意經驗」會有其「相似性」，這就是「共感」，例如君子有追求淑女的情意經驗，鳥也有求偶的情意經驗，故見到鳥的情意經驗可以引生吾人的情意經驗。

「比」之所以成立，是依照事物間客觀的「形態或質性相似」；而「興」之所以成立，是依照事物間主觀的「情意經驗相似」。「興」之所以往往帶「比」，就因為「起興者」與「被興者」之間具有「相似性」；但是，它之不同於「比」之為「比」，也就因為它的「相似性」必是繫屬於主觀情意經驗，而不繫屬於對象客觀的形態或質性。並且這「情意經驗」包括創作主體與閱讀主體，故創作主體對著萬物可以「感物而動」，謂之「興」；讀者閱讀作品也可以「感發其志意」，亦謂之「興」。綜上所述，可知「依微」，其明確的意義，便是指語言構造活動中，在方式上，是「依照事物（題材）間隱微之情意經驗的相似關係去安排表現形式」。

「擬」之有「比擬」的義涵，當然是由於前述「依微」所見事物間情意經驗之相似而來。因此，可視為語言構造本身的工具效用。而「擬」之有「寄託」義涵，則是屬於作者主觀的表現意圖。二者是否一致？這是「興」的觀念，從理論到實際批評上最大的難題，留待後文詳論。

對於「議」的意義，諸家所解含混不明，多是因為未能分辨在劉勰「興為託喻」的觀念中，「興」的作品具有二層「意」。一是「題材涵意」，也就是題材表面所顯示的意義。此意內涵於作品語言構造本身，故稱為「言內意」。它所達到的表現效用，就是上述所謂「工具性效用」。二是「作者本意」，也就是作者針對某種特殊經驗情境，懷抱某種特殊寫作目的而形成的意義。從漢代以來的觀念史而言，這層「意」往往與「政教諷諭」有關，因此「議」在實質義涵上有「諫諍」之義。此「意」並不內涵於作品語言構造本身，而是隱藏於言外，故稱為「言外意」，劉勰稱它為「重旨」、「複意」。它所要達到的表現效用，就是上述所謂「作者本意」。因為它不是由語言涵義直接表述出來，反而是「言在此而意在彼」，語言只是做為「寄託」其「本意」的媒介而已，故云「寄託」。合而言之，所謂「擬議」，便是「比擬並且寄託作者所懷抱諷諭的志意」。

綜合以上對於「切類以指事」、「依微以擬議」之詞義的訓詁與理論意義的理解，應該可以明確而客觀的詮釋了文本中，「比」、「興」在語言構造層次上的涵義。接著，我們要判斷這種涵義，從文學創作活動而言，具有什麼理論性的意義。劉勰在〈比興〉的文本中，終結的是將「比興」分別視為局部性的修辭法及整體性的篇法。然而，在他的論述過程中，說到「切類以指事」、「依微以擬議」為止，其理論性的意義，卻不止於此。假如，我們從理論上為他再作一判斷，將會發現，「附理者，切類以指事；起情者，依微以擬議」，在語言構造的理論層級之上，其實更具有「文學創作基本原則」的意義。

依循前文所論，「附理」與「起情」兩個一般性概念，的確能有效的包攝文學活動各階段以及諸因素的性質，因此具有涉及文學本質的原理性意義。而「切類以指事」、「依微以擬議」，便是在這種原理性意義的基礎上引申出來，而落實在作者→作品這一階段，做為語言構造的基本原則。一切行動的基本原則，必然是依照合理性的普遍概念而成立，不依照事實性的個別狀況而成立。並且其概念中，也必然包含了行動的普遍目的以及一般表現方式。「切類以指事」、「依微以擬議」，從前文的分析來看，正是合乎語言構造此一行動的普遍目的以及一般表現方式的基本原則。依照這樣的基本原則，可以實際運用為各種不同的語言形式及技術，不管是全篇的立意、結構，或局部章句的修辭，都是此一「基本原則」的發用。這是文本中，「比興」在語言構造上的第一義。

然而，〈比興〉從「比則蓄憤以斥言，興則環譬以託諷」開始，卻由語言構造理論上的抽象概念，急轉而為具有特定論述立場的觀念史意義。這種意義顯然是接受了漢代的「詩經學」。本來，「比興」做為語言構造理論上的基本原則，並不依事實性的個別狀況而成立，因為事實性的個性狀況涵有個殊的、具體的經驗，雖然可以使得抽象概念涵有實質的經驗內容，卻同時由於經驗內容的個殊性，而縮小它的外延，並失去抽象概念的普遍有效性。漢儒以「美刺諷諭」的經驗內容去詮釋「比」、「興」觀念，實有其特殊的時代政教文化經驗。從觀念史的發展進程而言，必須被認定為「比興」觀念中，一種特殊的時代性意義；卻絕非「比興」在文學理論上，一種超越歷史時空的普遍原則。

從此以下，由劉勰所舉各種例證來看，他的確是將「比」視同「明喻」，只是出現在局部句子中的修辭技術。並且由於是「明喻」，不管是「比類」也好，「比義」也好，其喻體、喻依、喻意都包含在語言的形構之內，它的「理」完全是「依附」於所描寫之「事物現象」本身的外在形態或內在質性。「理」依「事物外在形態」而見，是「比類」；依「事物內在質性」而見，是「比義」；但是，不管哪一種，其「喻意」完全由「喻體」與「喻依」的「切類」關係所決定，它不是作者或讀者很主觀而個殊的「情意經驗」，故從語言描寫之「事物現象」所具備的客觀形態或質性，便可以理解其「意義」。語言之外，並沒有因「作者」個人「用意」所隱含的「重旨」了。因此，劉勰頗為貶低這種局部性的修辭技術，對於詩、騷之後，漢賦作品只顧大量用「比」，而很少使用託喻的「興」，甚為不滿，故云：「辭賦所先，日用乎比，月忘乎興，習小而棄大。」

至於「興」，劉勰則將它視為「總體性表現形式」。這種形式，不是局部句子的修辭，而是「謀篇」之法，也就是與全篇的立意和形式結構有關的一種語言運作方式，劉勰稱之為「環譬」或「託喻」。從形式設計而言，是「婉而成章」，從內容用意而言，是「託諷」。

何謂「環譬」？周振甫說是「委婉的譬喻」，趙仲邑說是「圍繞所取譬的事物」[30]。趙說望文生義，只照字面翻譯，不足以表明「興」此一譬喻的特徵，這種訓解於義不切。周氏之說，呼應下文「婉而成章」，可以描述出「興」之譬喻的特徵，比較確當；然而，「環譬」除了此義之外，應該再增一義：環者，周也，有「整體」的意思。「環譬」，從其形態而言，是全篇整體設譬，例如毛傳之說〈關雎〉：「后妃說樂君子之德，無不和諧，又不淫其色，慎固幽深，若關雎之有別焉。」[31]若，就是好像，就是譬喻。劉勰在〈比興〉中，特別指出：「毛公述傳，獨標興體，豈不以風通而賦同，比顯而興隱哉？」又指出：「興則環譬以託諷。」復指出：「觀夫興之託喻，婉而成章。」然後所舉的詩例，正是「關雎有別，故后妃方德」。依循以上的文本語脈，我們可以斷言劉勰接受毛傳之說「興」，認為毛傳注解〈關雎〉，標為「興也」，「興」就是「譬喻」；而這種「譬喻」不同於「比」之局部修辭的「明喻」，若以〈關雎〉為例，他認為毛傳是將關雎之求偶而有別的「情意經驗」，全篇「整體」的連類譬喻「后妃之德」，這就是「環譬」，這也就是後世所謂「比興體」。朱自清在《詩言志辨》中，指出楚辭的「引類譬喻」形成後世「比」的意念，因而產生四類「比體詩」[32]；不管說是「比興體」或「比體」，就是劉勰解讀毛傳所說的「環譬」。則「環譬」從其語言形式而言，是全篇整體設譬；從其意託言外的表現效用而言，是「委婉」。合而言之，就是一種

「整體而委婉的設譬方式」。在劉勰來看，這種方式，才能真正達到意在言外，寄託作者的志意，而對政教具有諷諭的效用，故謂之「託喻」。因此，他特別推崇「興」義。

然而，在此必須略提一筆，其實毛傳所說之「興」，並非結合「語言符碼」與「作者本意」的「環譬以託諷」之義，而是承繼孔子所說「詩可以興」之「興」，乃是讀者閱讀詩歌所引生的主觀「感發志意」之義，反而比較接近劉勰〈比興〉所說的「起情」。將毛傳所說之「興」解為「環譬」、「託喻」，這不是從劉勰開始，而是從鄭玄之箋釋毛傳開始，鄭玄、劉勰對毛傳「獨標興體」之真意，其實誤讀；但是，古來沒有學者發現，我已撰文針對這個問題，進行精密的文本分析，做出批判，在此不贅細論[33]。

討論至此，我們可以獲致一個判斷，文本中所謂「比」、「興」在語言構造的層面來說，「比」

30「環譬」解為「委婉的譬喻」，參見周振甫，《文心雕龍注釋》，頁六九〇。解為「圍繞所取譬的事物」，參見趙仲邑，《文心雕龍譯注》，頁三〇九。

31 毛亨傳、鄭玄箋、孔穎達疏，《毛詩注疏》（台北：藝文印書館，《十三經注疏》景印嘉慶二十年南昌府學重刊宋本，一九七三），頁二〇。

32 這四類「比體詩」分別是詠史體，以古比今；遊仙體，以仙比俗；豔情體，以男女比君臣；詠物體，以物比人。參見朱自清，《詩言志辨．比興》，收入朱自清，《朱自清古典文學論文集》（台北：源流出版社，一九八二），頁二六九。

33 參見顏崑陽，〈從「言意位差」論先秦至六朝「興」義的演變〉，原刊臺灣《清華學報》新二十八卷第二期，一九九八年六月，頁一四三—一七二，收入本論文集，頁七一—一一九。

是一種局部修辭技術的「明喻」。而「興」則是「總體性構造方式」的「環譬」或「託喻」。這是「比興」在語言構造理論上的第二義，乃是第一義基本原則發用之後所形成的兩種個殊方式或技法。

上述第二義是劉勰在〈比興〉文本中，對「比興」觀念終結性的論斷。而第一義則是論述過程中，文本語言本身所涵的概念，它在理論上所具備的意義，劉勰本意未必有清楚的自覺；但我們可以經過文本語義的解析與對整個比興觀念的理解，而加以詮釋及判斷出來。

最後，我們順帶解答為何「比顯而興隱」？這個問題，若依劉勰的觀念來回答，簡括地說，就是因為「比」是「明喻」，而「興」是「託喻」。假如我們依循前面的論述，還可以做出概念更為精確的說明：

(一)從本質上說，「理」有客觀性與普遍性，衣附事物現象(形態或質性)而具存，有比較明顯而確定的判斷依據；而「情」則是主觀性、特殊性，為個人內在心理經驗，沒有明顯而確定的判斷依據。

(二)從語言構造的方式來說，劉勰將「比」視為局部修辭的「明喻」，喻體與喻依同時出現在句中，其「喻意」便在兩者的相似性，存於言內，明顯可解。而「興」則被劉勰視為全篇整體設譬的「託喻」，言內並無「喻體」與「喻依」明確的對應關係，其「喻意」——即作者本意，隱藏在言外，故難以索解。

四、《文心雕龍》「比興」觀念應有的評價

首先，我們從觀念史的觀點來討論這樣的問題。《文心雕龍》的「比興」觀念，相對於漢代「詩經學」，有所承亦有所變，這是學者一致的定論；但是，究竟他所繼承的是哪些觀念內容以及得自於哪位漢儒之說？這便有不同的論斷了。

那麼，他的「比興」觀念，哪些內容是繼承前代者？陸侃如與牟世金合著《劉勰論創作》，認為「比者，附也；興者，起也。附理者，切類以指事；起情者，依微以擬議」，這個觀念是「對漢人解說的總結」；而「比則蓄憤以斥言，興則環譬以託諷」，這個觀念「把比興方法和思想內容的表達密切聯繫起來，這是劉勰論比興的重要發展」[34]。然而，有些學者所持的看法，卻與陸、牟之說正好相反。他們認為「比則蓄憤以斥言，興則環譬以託諷」乃是繼承漢儒舊說；而「比者，附也；興者，起也。附理者，切類以指事；起情者，依微以擬議」，才是劉勰的創說[35]。

假如我們對劉勰之前的「比興」觀念史能做比較精確的理解，便可以看出上述二種論斷孰是孰非。總觀漢儒解說「比興」，主要有四家，上文皆已徵引過，為便於此處的討論，再次徵引如下：

34 參見陸侃如、牟世金，《劉勰論創作》，頁一七八。

35 例如葉嘉瑩，《中國古典詩歌中形象與情意之關係例說》，收入葉嘉瑩，《迦陵談詩二集》（台北：東大圖書公司，一九八五），頁一四〇。又蔡英俊，《比興物色與情景交融》（台北：大安出版社，一九八六），頁一五七—一五八。

（一）《論語．陽貨》「詩可以興」句下，何晏集解引孔安國云：「興，引譬連類。」

（二）《周禮．春官》在「大師教六詩」句下，鄭玄注引鄭眾云：「比者，比方於物；興者，託事於物。」

（三）同上，鄭玄注云：「比，見今之失，不敢斥言，取比類以言之。興，見今之美，嫌於媚諛，取善事以喻勸之。」又《周禮．春官》「大司樂以樂語教國子」句下，鄭玄注云：「興者，以善物喻善事。」

（四）劉熙《釋名》卷六〈釋六義〉云：「事類相似，謂之比。興物而作，謂之興。」

綜合上述四家之言，可看出漢儒的「比興」之說，主要有下列三個概念：

（一）孔安國、鄭眾、鄭玄都將「比」、「興」視為文學語言構造的方式，其中孔氏只言及「興」，而且他們的說法都與「比喻」有關。就這一層面而言，鄭眾已經從「類比」與「寄託」區分比、興兩者在語言形式上的差異。

（二）鄭玄則很特別的，更從作品實際內容之或善或惡，與作者本意之或「美」或「刺」，去區分「比」、「興」的差異。

（三）劉熙所說，最具有概括性，他並不將「比」、「興」限定在語言構造層面來說。所謂「事類相似」、「興物而作」，可以是指語言構造之前的經驗現象。它包括了做為對象的事物，以及主體的二種思維活動。第一種就是「類比」的思維，能認知事物之間的類似性。以此用於文學創作，便是「比」。第二種是「感觸」的思維，「興物」便是對物有所感觸。以此用於文學創作，便是「興」。因此，劉熙的「比興」之說，實已超越語言構造層面，而碰觸到經驗題材與思維方式的問題，而給予「比興」一般概念的界說。

透過對漢儒「比興」觀念內容切實的理解。我們就可以看出，劉勰的「比興」觀念與前代的承變關係，約有下列四項：

（一）就劉勰將「比」、「興」都視為語言構造上的比喻方式，這個基本概念，與漢儒大體上沒有什麼不同。

（二）就「比」是「類比」性之喻，而「興」是「寄託」性之喻，這個概念也是與鄭眾相近，故黃侃認為劉勰「比興」之分，妙得「先鄭」之意[36]。

（三）就「比」是刺惡，而「興」是美善，所謂「比則蓄憤以斥言，興則環譬以託諷」，這個由作品內容與作者本意來區分「比」、「興」的概念，明顯是來自鄭玄。其中「比則蓄憤以斥言」，「刺惡」之義頗為確定；但是，「興則環譬以託諷」，「美善」之義卻不夠清楚。「環譬」只是語言形

36 參見黃侃，《文心雕龍札記》，〈比興〉第三十六。

式之義，而「託諷」雖涉及內容義；但是，「諷」字之義可訓為「諫」，「諫」是「勸過」。如此，則「興」便未必是「美善」了。綜而言之，以作品內容與作者本意來區分比、興，這個概念大體是來自鄭玄，故范文瀾除了承認黃季剛「妙得先鄭之意」的判斷之外，又認為劉勰解「比興」，兼用「後鄭」之說[37]。不過，在局部的涵義上，劉勰似乎並沒明確的認定「興」必然是「美善」。

（四）就「興」是「起情」這一概念而言，則與劉熙「興物而作」之說頗為接近。其實，「興」與「感物」有關，這種觀念從劉熙以下，便可能已被一般文論家所接受，晉代摯虞《文章流別論》同樣說：「興者，有感之辭也。」

從上述四項比較來看，劉勰「比興」觀念大體來說，都是承繼漢代而來。從情意本質的一般概念，到作品具體內容與作者本意，到語言構造方式，其觀念基礎並沒有多大的改變。因此，前述陸侃如、牟世金將它分為二部分而說前者為承，後者為變，這種判斷顯然偏差。

那麼，從觀念史的角度來看，劉勰的「比興」觀念，究竟有什麼演變？理論上，對於同一種觀念範疇，後代相對於前代，可能有下列幾種演變形態：

（一）基本範疇不變，只就其中局部的內容，或消極性的修正誤謬，或積極性的增補缺漏，或就原有內容採取不同的陳述方式，而使它更清楚而嚴密。

（二）基本範疇不變；但是，在理論和結構上，提高它的概念層級，而尋求更根本的理據或詮釋更深層的意義。

（三）基本範疇不變；但是，對其本質意義的提法完全不同，也就是整個理論的基本立場及思維方式完全改變了。

假如以上述三種演變的形態來看，劉勰「比興」觀念相對於漢代，大約只是以第一種為主，而略及第二種。

從第一種而言，他對漢儒「比興」之說的內容，並無糾謬之舉，例如鄭玄以「刺惡」、「美善」區分「比」、「興」，從《詩經》的作品，便可反證此說的誤謬[38]；但是，劉勰卻仍承之而不疑。至於增補缺漏或將原有概念陳述得更清楚而嚴密，最顯著的地方，就是提出「理」，以指涉「事類相似」之「比」的經驗內容性質，又提出「情」以指涉「興物而作」之「興」的經驗內容性質。更提出「附」與「起」，以指涉這二種經驗發用的不同形態。並用「微」去凸顯「興」所涉「情意經驗」隱微不明的特性。這的確是漢儒雖已粗略觸及；但是，概念卻不夠充分與清楚，劉勰將它補充，並且說得更加明確。

從第二種來說，在理論結構上，劉熙之說已能超過語言構造的層次，而觸及經驗題材及思維方式；但是，「事類相似」與「興物而作」仍然是「用」這一層級的概念，必待劉勰提出「理」與

---

37 參見范文瀾，《文心雕龍注》（台北：臺灣開明書店，一九七〇），卷八〈比興〉第三十六，注3。

38 例如毛傳標〈鄘風〉之〈牆有茨〉一首為「興」，其內容是以惡類惡，故鄭說實不可信。孔穎達在《毛詩注疏》卷一，即辨駁曰：「其實美刺俱有比興者也。」

「情」，才在理論上將「比」、「興」提高到「體」的概念層級了。

綜合上述，則劉勰「比興」觀念大體上是繼承漢儒之說；但是，在局部的概念內容上，的確對漢儒有所補充，在陳述上也較為明確。至於理論結構上，則已將「比」、「興」提升到具有文學本質的原理性意義了。因此，葉嘉瑩認為「劉勰實已採觸到『比』、『興』在感發性質方面有著根本的區分」[39]，這項判斷比較能指出劉勰「比興」觀念承繼漢儒之外所做的發展。然則，從觀念史的立場來評估，劉勰的「比興」之說，其價值是在理論上的「繼末以探本」之功。

這種觀念史的價值，當然也可以說是具有理論本身的價值；但是，理論本身的評價，假如要求它的精確性，就不能僅從觀念史上的創變性來判斷。我們還必須進入理論的內部結構，去分析它對於一種知識是否能提出最具本質意義的說明；以及他的說明，在概念的結構上是否具有完整的系統性。

依據前面的論述，劉勰對於「比」、「興」這一觀念的思考起點，能夠擺脫漢儒歷史文化經驗的限制性觀點，而從「比」、「興」二字的一般詞義，去獲致它的普遍性概念。這樣的概念是抽象的，超越特殊歷史經驗內容的限定，因此也最具有概括性。而以「附理」、「起情」去界說「比」、「興」，兼得體用之義，的確能詮明「比」、「興」在文學本質上原理性的意義。到此為止，從「比者，附也」、「興者，起也」，再推出「附」是「附理」，「起」是「起情」，不但對「比」、「興」知識，能提出本質意義的說明，並且概念的結構也有其一致性，這無疑是很確當的理論基準。

然而，從「起情者，依微以擬議」這一項推論開始，他的理論在內部的概念結構上，便出現了邏輯上的非必然性判斷。前文討論過，「依微以擬議」在語言構造的理論上，具有「基本原則」的意義。基本原則必然依於合理性的普遍概念而成立，不依個別事實狀況而成立，因為個別事實狀況都是偶有的，非必然的。從這個理論基準來看，「起情」概指了人之一切內在直接感覺經驗及發用形態。則「依微以擬議」既然是「起情」所衍生出來的語言構造基本原則，便應該適用於對一切「情意經驗」的表現與感發。「依微」做為一種語言構造方式，所運用的題材包括了一切事物隱微的情意經驗，因此語言構造本身的工具性效用，乃是普泛的，也就是可以引生所有讀者共感性的情意經驗；然而，「擬議」所寄託的卻是作者個別的、主觀的本意，這個「本意」所涉及的「情意經驗」，從性質上來說，特別限定在「政教」上，相對於人之普遍性情意經驗，它是偶有的，非必然的。從事實上來說，它又是作者個人特別針對某一些固定的讀者對象（在上位者）所懷抱的諷諫「意圖」。而所謂「諷諫」，乃是一種具有特殊「意圖」的寫作，它本身就隱含著特定作者、特定讀者、特定事件與特定主題的「特定關係」。這樣一個完全是個殊的主觀性目的，與語言構造中由經驗題材而來的普遍性工具效用，便很難取得明確的一致性。這也就是為什麼，在漢儒及劉勰觀念中「興」的作品，其「託意」往往非一般讀者從「依微」所構作的意象，就能直接「引生」而得，必待「權威性的批評家」費心的「發注而後見」。以〈關雎〉為例，本來由「關關雎鳩，在河之洲」

39 參見葉嘉瑩，《中國古典詩歌中形象與情意之關係例說》，收入葉嘉瑩，《迦陵談詩二集》（台北：東大圖書公司，一九八五），頁一四〇。

的物象引生「窈窕淑女，君子好逑」的一般男女情意經驗，這是所有讀者都可能從語言構造本身的工具性效用獲致的閱讀效果。同時，它也可能就是作者所要表現的主觀情意。因此，即使「情意經驗」比較隱微不明，也可以建立在人類共感經驗的基礎上，而達到主客相即不離的一致性。然而，一旦有所謂作者針對特定對象、事件的「託意」時，〈關雎〉就必然特指讚美「后妃之德」，甚至特指讚美「文王之妃大姒之德」，如此則果然非要毛、鄭這樣「別具心眼」的「權威批評家」才能知解其意了。

因此，劉勰從「起情」而推衍出「擬議」，限定了「情意經驗」內容，以詩之「用」的偶有性事實，而不是概括性原則，去對應詩之「體」的普遍性本質。因此詩之「體」與詩之「用」失去「相即不離」的活性關係，當然也就減損了「依微以擬議」在語言構造理論上的原則性意義了。

本來，六朝對於「感性主體」，以及此一主體所對的自然「物色」，都已形成清楚的觀念[40]。劉勰在《文心雕龍．物色》中也明確的論述到：

> 春秋代序，陰陽慘舒，物色之動，心亦搖焉。……歲有其物，物有其容，情以物遷，辭以情發。……春日遲遲，秋風颯颯，情往似贈，興來如答。

這是「感性主體」由自然「物色」所引生的「情意經驗」，從內容上來說，實有異於由「政教」的人文現象所引生的「情意經驗」。換言之，這是不同於漢儒舊說的一種「情」的新觀念。以這個觀念為基準，應該可以產生一種脫離漢代「政教諷諭」的觀念系統，而以「直覺美感經驗」為特質的「興」義；但是，這個新的「興」義，劉勰不僅沒有將它置入〈比興〉一篇之中，以取代舊說，而構成上述所謂本質意義之提法完全不同的演變。甚至，也沒有將它綜合到舊說中，以擴增「情」的內涵意義，讓它不致被漢儒「政教諷諭」之說所限定。這無疑是劉勰「比興」觀念在理論結構上很大的缺陷。同時，也讓以「直覺美感經驗」為基準的「興」義，遲到唐代，才擺脫漢儒舊說，而得以完成。關於這一點，蔡英俊已有詳確的論述，他認為「興」字所蘊涵創作上情、景交感的問題，在六朝這個階段是以「物色」或「形似」的語詞出現。因此，「興」的內容與意義就必須留待唐朝才有更進一步的發展[41]。不過，我們還是要注意到，〈比興〉雖然以因承漢儒舊說為主調；但是「起情」觀念的提出，畢竟已為「興」義的轉變揭露端倪，再加上〈物色〉一篇，以及〈明詩〉所謂「人稟七情，應物斯感；感物吟志，莫非自然」，〈詮賦〉所謂「觸興致情」、「睹物興情」、「情以物興」、「物以情觀」等片段語句，則相對於漢儒舊說之另一種新變的「興」義，已蘊涵在《文心雕龍》之中了。那麼，我們可以初步的認定，《文心雕龍》實有二重「興」義，展現它在「興」觀念史上的「轉型」位置；至於唐代，乃承繼這一新變的「興」義而完成之。這個問題，有

40 參見蔡英俊，《比興物色與情景交融》，第一章及第三章。

41 同上注，頁一四一。

待另撰專篇，詳做論述[42]。

「依微以擬議」做為語言構造的基本原則，既然已在概念陳述的層面出現對「情意經驗」內容與表現意圖的特殊限定，接著便導致在實際運用層面，劉勰只接受毛、鄭箋詩所展示的「託喻」一種方式。另外，「切類以指事」的「比」，在概念陳述的層面雖沒有缺失；但是，接著將「比」的情意限定在「蓄憤」，也同樣破壞了普遍性原則的理論意義。甚至，在實際運用層面上，其舉例始終限定在局部修辭一種，而未能包攝各種情況，也就不可避免的造成「以偏概全」的判斷，而萎縮了「比」在理論上做為一種基本原則所涵具的普遍性意義。

綜合言之，劉勰「比興」觀念，從理論內部來看，雖能在文學本質上提出原理性的一般概念，並循此而建立語言構造的基本原則；但是，在論述過程中，卻又雜入歷史偶有性的觀念，以及實用偶有性的狀況，並且舉例不夠周遍，因而造成理論系統的不一致與不完整。這當然也就減損了他的「比興」論述在理論上的價值。

五、結論

綜合以上的分析詮釋，我們可以獲致以下幾項判斷：

（一）《文心雕龍》以「附理」、「起情」界說「比」、「興」，的確能有效的給出包攝文學活動各階段及諸因素的一般性概念，而使「比興」具備了文學一般理論上涉及文學本質的原理性意義。

「比」與「興」各自指涉了構成文學的二種不同性質的因素——理和情，以及它們發用的形態——依附與引生。而所謂「理」，就文學內容而言，指的就是在文學思維活動中，主體即事物現象所發生的經驗，以主觀之意念加以反思而具體解悟其所以然的概念內容。由於文學上的「理」，不離「事物現象」而獨立，當其發用之時，必然依附於事物現象而具存，故「依附」是「理」之發用的必然形態。至於所謂的「情」，就文學內容而言，指的就是吾人氣質性由於接觸外物而引生的內在感覺經驗。因為「情」是性內之所具，故本質上純然是內在主觀，它與外在客觀事物現象的關係，不是「依附」而是「引生」。所以「引生」可以說是「情」之發用的必然形態。「理」與「情」在內容與發用形態的差別，也就是「比」、「興」根本的差別。

（二）《文心雕龍》所說「比興」，就文學創作活動層面而言，涵具了語言構造原理上的意義。劉勰將〈比興〉安排在〈麗辭〉之後，本意是將「比興」視為二種不同的修辭法。然而，假如我們從現代文學理論的觀點上去省察他的「比興」觀念，則其所具備理論上的意義並不止於此。「切類以指事」與「依微以擬議」，可以視為二種語言構造的基本原則。「切類以指事」就是原則上，在語言構造活動中，將不同的事物依照彼此相似性的關係切合在一起，以指示所要表現的事理。「切類」是語言構造方式，而「指事」包括了語言構造本身的工具性效用與作者主觀的表現目的。所謂

42 本論文集出版時，此一問題已做專篇論述，參見顏崑陽，〈《文心雕龍》二重「興」義及其在「興」觀念史的轉型位置〉，收入本論文集頁二〇九—二五七。

原則，就是包含了行動方式與效用、目的之間的確當關係。「依微以擬議」就是原則上，在語言構造活動中，依照事物間隱微之情意經驗的相似關係去安排，以比擬並且寄託作者所懷抱諷諭的志意；但是，劉勰並未自覺到此一語言構造的基本原則意義，而終致只將「比」視為一種局部修辭的技術——明喻，將「興」視為一種全篇整體設譬的表現方式——託喻，以寄託作者某種意圖。同時，就因為「比」所涉之「理」客觀的依附事物現象而具存，並以「明喻」表顯之，故「顯」。而「興」所涉之「情意」主觀的隱藏於個人心中，並以「託喻」暗示之，故「隱」。

(三)從觀念史的觀點來看，《文心雕龍》「比興」之說大體都是承繼漢儒的觀念，從情意本質的一般概念，到作品具體內容與作者本意，到語言構造方式，其觀念基礎並無多大改變。劉勰就在這基礎上，提出「理」以指涉「事類相似」之「比」的經驗內容性質；而提出「情」以指涉「興物而作」之「興」的經驗內容性質。更提出「附」與「起」以指涉這二種經驗發用的不同形態，又用「微」去凸顯「興」所涉「情意經驗」隱微不明的特性。相對於漢儒的「比興」觀念，在局部的內容上，劉勰的確做了若干的補充，並且陳述得比較明確。而在理論上，也將「比」、「興」提升到具有文學本質性的意義。然而，就其理論內部的系統結構而言，「起情」本質的概指了人之一切內在直接感覺經驗及其發用形態；但是，依此概念所推衍出來的表現目的「擬議」，卻是很個殊性的「政教諷諭」志意，這就限定了「情意經驗」的內容，以詩之「用」的偶有性事實（不是概括性原則），去對應詩之「體」的普遍性，當然也就減損了「依微以擬議」在語言構造理論上的原則性意義。同時，這樣的限定，也使得六朝所產生以「直覺美感經驗」為基準的新變「興」義，被排除在

「比興」觀念系統之外。接著，實際運用層面由於舉例不周而以偏概全，也造成理論系統的不一致與不完整。這當然就減損了他的「比興」論述在理論上的價值。

後記：

原刊臺灣中央大學《人文學報》第十二期，一九九四年六月。

二〇一六年八月修訂。

論詩歌文化中的「託喻」觀念

——以《文心雕龍·比興》為討論起點

一、緒論

「託喻」是中國詩歌文化中很具傳統意義的一個觀念。所謂「傳統意義」是指文化產物在歷史進程中延續發展而不失其統緒的涵義及價值。「託喻」是中國詩歌文化的觀念性產物，它的「意義」並非限定在某一封閉系統的理論性界說，而是在詩歌文化實踐的歷史進程中，由於不同時代的人們對它做出不同的詮釋，因而不斷開放、豐富它的意義。然則，我們這個研究的性質，顯為詩歌文化中，「託喻」此一觀念史的探討；其目的在於詮釋「託喻」這一觀念，在各時代的詩歌文化中蘊涵著什麼樣的意義。而觀念的詮釋，有時必須以實踐事例做為依據。

我們在這裡使用「觀念」一詞，所指涉的是吾人在文化創造的行為中，其實踐之所以然的價值意向或對此實踐經驗加以反省思辨所獲致具有立場、觀點的理念。因此，「觀念」不僅是在抽象的理論中被陳述，同時也在具體的實踐中被操持。這也就是為什麼本文不將「託喻」僅視為「詩學」上理論性的概念，而將它定位在「詩歌文化」實踐行為所隱涵的觀念。「詩學」所指涉的是對詩歌種種活動經驗加以反省思辨之後，所形成的理論性知識；而「詩歌文化」則更廣泛的涵括了與詩歌有關的一切社會文化活動，例如春秋時代，在外交場合中，「賦詩言志」的行為，它不是一種「詩學」，卻是一種「詩歌文化」的實踐行為。

因此，我們所假定的立場是：「託喻」這一觀念，不僅在詩歌文本自身的語言形式上涵具觀念性的意義，更且在與詩歌有關的文化活動中，具有「社會行為」的意義。甚至，僅從詩歌文本自身的語言形式，無法完整的理解「託喻」的意義，必須把詩歌的創作、應用、解讀，總體的視為一種「社會文化行為」，才能從行為者的文化傳統、社會情境、價值意向、媒介形式各方面，充分的理解到它的意義。

「社會行為」是一種具有「特定動機」並指向於他人的行為[1]。「他人」可以指涉接受行為的特定「個體」或隱匿的「群體」[2]。

這項立場的假定，也就連帶著本文的研究方法，乃取向社會文化的進路，亦即我們在詮釋「託

1 社會學家韋伯（M. Weber, 1864-1920）將「社會行為」定義為：「行為個體考慮到他人的行為，將自己的行為指向他人的行為過程，並對行為賦予主觀意義。」美國社會學家舒茲（A. Schutz, 1899-1959）對韋伯的社會學精心研究，他區分「行動」（action）與「行為」（act）的差別是：「『行動』（action）一詞是指人類行為如同一個不斷前進的過程。……行動是以一個預知的計畫做為基礎。而『行為』（act）一詞則是指這個行動過程的結果。」從過程性的行動之以「預知的計畫做為基礎」而言，「社會行為」皆有「特定動機」。由於我們所研究的是早成過去的「古人」，其行動皆已完成而為「行為」，故將「託喻」視為「社會行為」。參見舒茲著、盧嵐蘭譯，《社會世界的現象學》（台北：久大、桂冠聯合出版，一九九三），頁一二一一三、一六九一一七六。另參見舒茲著、盧嵐蘭譯，《舒茲論文集》（台北：久大、桂冠聯合出版，一九九二），冊一，頁八九。

2 韋伯為「社會行為」之「指向他人」的「他人」，進一步界定：「他人可能是個體，可能是行動者認識的，可能為一不確定的複數，也可能是完全不認識的。」舒茲亦云：「我的這些經驗可能不只是針對一個人，它們有些是明確的個體，有些是隱匿的『人群』。」所謂「隱匿的『人群』」是指非明確個體的一群人，例如：郵差、付錢的人，或者警察等。參見舒茲，《社會世界的現象學》，頁一四、二〇七一二一三。

喻」的意義時，並不把詩歌從社會文化的實在情境中抽離出來，僅將「託喻」定位在文本語言形式的層位上，去分析它在詩學理論上的意義。反之，是將它放置在實際的社會文化情境中，去理解它的意義；即使所處理的是抽象概念陳述的文獻，也得將它置入於當時的社會文化情境中去進行理解。基於這樣的進路，我們將一則盡量避免未經理解之前，便引借西方某些特定的理論加以比附，例如將「託喻」完全等同於「隱喻」（metaphor）[3]，或「象徵」（symbol）[4]；二則盡量避免以現代的學術觀點做為評價判準，在缺欠歷史的「同情理解」之前，便率爾貶斥古人，例如有些學者對漢代毛鄭「興喻說詩」做了嚴厲的批判[5]。

對於這項研究，我們之所以選擇《文心雕龍．比興》做為詩論的起點，第一個原因是：「託喻」此一詩歌文化術語最早出現在《文心雕龍．比興》：「觀夫興之託喻，婉而成章。」但是這樣說，並不是意謂「託喻」這個觀念乃由劉勰最早提出來。從詩歌文化實踐觀之，此一觀念從先秦以來便一直存在著，但卻有實而無名，劉勰經過歷史經驗的反省，乃以「託喻」一詞加以定名，後世亦有沿用者[6]。第二個原因是：劉勰以「託喻」指稱「興」的語言特徵，而《文心雕龍．比興》正是「興」之觀念承先啟後的第一篇專論。從這篇專論，我們可以看到劉勰依藉「起情」與「託喻」二個概念，向上對在他之前的「興」義做一總結，向下則開啟後世「興」義新變的發展。

從這個討論起點的設定，便已顯示了本文的論述程序：首先，詮釋《文心雕龍．比興》所謂「託喻」的意義。其次，追溯劉勰之前，詩歌文化實踐所隱含與反省思辨所表述的「託喻」之義。至於劉勰之後，此一觀念的發展，由於篇幅之所限，將暫不處理。

3《文心雕龍．比興》云：「觀興之託喻，婉而成章。」劉勰以「託喻」解「興」，而現代有些學者在討論《文心雕龍》的「比興」時，卻以「隱喻」為解，例如王元化，〈釋〈比興篇〉擬容取心說〉：「我國的『比興』一詞，依照劉勰『比顯而興隱』的說法，亦作『明喻』和『隱喻』解釋」，收入《文心雕龍創作論》（上海：上海古籍出版社，一九八四），頁一七八。另外，一般詮釋「比興」者，亦有以「隱喻」釋「興」，例如羅立乾，〈經學家「比、興」論述評〉，收入江磯主編，《詩經學論叢》（台北：崧高書社，一九八五），頁三八八。又艾治平，〈明喻．隱喻．博喻〉，收入艾治平，《古典詩詞藝術探幽》（台北：學海出版社，一九八四），頁三五四。又趙沛霖，《興的源起》（台北：明鏡文化公司，一九八九），頁二六四。

4釋「興」為「象徵」者，例如王念恩，〈賦比興新論〉，收入《古典文學》（台北：臺灣學生書局，一九八〇），第十一集，頁二一—三一。

5毛鄭說詩，自宋代起即受經學家之攻擊，歐陽修之《詩本義》、蘇轍之《詩集傳》、鄭樵之〈詩傳辨妄〉、朱熹之《詩集傳》及〈詩序辨說〉、王柏之《詩疑》等，連續反對毛鄭之主《詩序》，參見清代皮錫瑞，《經學歷史》（台北：漢京文化公司，一九八三），頁二四四。近代學者之批判毛鄭者，亦不乏其人，例如鄭振鐸，〈讀毛詩序〉，收入《中國文學研究》（台北：民主評論社，未標示出版時間），頁三—二三。又朱自清，《詩言志辨》，收入《朱自清古典文學論文集》（台北：源流出版社，一九八二），頁二一三、二五四、二六〇。

6例如清代馬位《秋窗隨筆》：「杜詩『萬里戎王子』……殆為明皇寵任祿山，託喻之意。」收入丁仲祜編，《清詩話》（台北：藝文印書館，一九七七），冊下，頁一〇五七。清代陳啟源《毛詩稽古編》：「比、興雖皆託喻，但興隱而比顯。」（台北：臺灣商務印書館，一九八三）。

二、《文化雕龍》所謂「興之託喻」釋義

《文心雕龍．比興》云：

觀夫興之託喻，婉而成章，稱名也小，取類也大。關雎有別，故后妃方德；尸鳩貞一，故夫人象義。義取其貞，無疑於夷禽；德貴其別，不嫌於鷙鳥。明而未融，故發注而後見也。[7]

「託喻」之「喻」，諸本皆作「諭」，唯《古今圖書集成》本作「喻」。周振甫《文心雕龍注釋》從「古今圖書集成本」[8]。「諭」與「喻」，其義可以互通。《集韻》：「諭或作喻」，而諭、喻皆有譬喻、勸諫或告曉之義[9]。那麼，「託」，又是什麼意思？《說文》、《方言》都解「託」為「寄」，故「寄託」常複合為詞。如此，則從字面之義而言，「託喻」就是一種「寄託勸諫或告曉之意的譬喻性語言」。

〈比興〉在「觀夫興之託喻」句前，還有一句「興則環譬以託諷」。「託喻」即是「環譬以託諷」。什麼是「環譬」？我在〈《文心雕龍》「比興」觀念析論〉這篇論文中，已有比較詳細的討論，歸結是：

「環譬」，從其語言形式而言，是全詩整體設譬；從其意託言外的表現效用而言，是「委

婉」。合而言之就是一種「整體而委婉的設譬方式」。[10]

至於「託諷」，「託」為「寄」已如上述，而「諷」又是什麼意思？《集韻》：「諷，或作風」。「諷」與「諭」、「喻」一樣，也有譬喻、勸諫或告曉之義[11]。則「託諷」與「託喻」意同。劉勰之前，班固《漢書．敘傳》，其中〈述司馬相如傳第二十七〉云：「寓言淫麗，託風終始」，顏師古注：「寓，寄也。風讀曰諷。」[12]顏延之〈五君詠．阮步兵〉云：「寓辭類託諷」，劉良注：「詞皆

7 劉勰著、周振甫注釋，《文心雕龍注釋》（台北：里仁書局，一九八四），頁六七七。本論文徵引《文心雕龍》，皆依據周振甫注釋本，後文不一一附注。

8 參見周振甫，《文心雕龍注釋》，頁六七七。按《古今圖書集成》（台北：鼎文書局，一九八五），其中《文學典》收錄《文心雕龍》，〈比興〉云：「觀夫興之託諭」，即作「喻」字。冊六一，卷二。

9 《莊子．齊物論》：「以指喻指之非指」，「喻」即譬喻之義。《一切經音義》卷六：「喻，譬諫也。」，「喻」即譬喻而諫。《玉篇》：「喻，曉也。」則「喻」即告曉。

10 顏崑陽，〈《文心雕龍》「比興」觀念析論〉，原刊臺灣中央大學《人文學報》第十二期，一九九四年六月，頁四五。收入本論文集，頁一四六—一四七。

11 《玉篇》：「諷，譬喻也。」《廣雅．釋詁》：「諷，諫也。」《集韻》：「諷，一曰告也。」

12 班固著、顏師古注、王先謙補注，《漢書補注》（台北：藝文印書館，《二十五史》景印光緒庚子長沙王氏校刊本，未標示出版時間），冊二，卷七十下，頁一七七八。

諷諭寓寄。」[13]劉勰之後，劉知幾《史通・序傳》云：「或托諷以見其情。」[14]是則古人所謂「託諷」，皆指「以譬喻之詞寄託勸諫或告曉之意」。綜合以上的析釋，劉勰所謂「託喻」，涵有三義：一是寄託；二是譬喻；三是勸諫或告曉。

「寄託」是一物依附於另一物，而其「依附」關係之形成，並非全無條件。需要什麼條件？答案是二者的「類似性」，故〈比興〉云：「其稱名也小，取類也大。」「稱名」指的是被形諸語言的事物，劉勰所舉的例子是〈周南・關雎〉中的「關關雎鳩，在河之洲」，與〈召南・鵲巢〉中的「維鵲有巢，維鳩居之」。這些被「稱名」的事物，都卑微不重要，故云「小」。「取類」指的是隱在語言之外的事物，卻與被「稱名」之事物具有「類似性」。這個事物原本「明而未融」。「明」是「拂曉」，「融」是「大明」；「明而未融」是晨光熹微而未十分明亮之時[15]，用以形容「事物隱約可見而未十分明確的狀態」。然則，此一涵在語言之外，隱約可見而未十分明確的事物是什麼？答案是「后妃之德」、「夫人之義」。「德」、「義」都是重要的事物，故云「大」。劉勰乃依從毛、鄭之說詩：以「關雎之有別」譬喻「后妃說樂君子之德，無不和諧，又不淫其色，慎固幽深」[16]。又「鳲鳩因鵲成巢而居有之，而有均壹之德」譬喻「國君夫人來嫁，居君子之室，德亦然」[17]。因為二者具有「類似性」，故後者（后妃之德，夫人之義）依附於前者（關雎有別，尸鳩貞一），形成「寄託」的關係。

這樣說，則「寄託」不就等於「比喻」？不然，「比喻」若是「明喻」，則「喻體」——被比的對象，「喻依」——用以做比的材料，都明確的出現在文本字面上。劉勰在〈比興〉中為了說明

「比興」之「比」，曾舉了好幾個例子，他將「比」分為二種：一種是以具體之事物比喻抽象之情志或德性，稱為「比義」，例如《詩經．衛風．淇奧》：「有匪君子，如金如錫、如圭如璧」、《詩經．小雅．小宛》：「螟蛉有子，蜾蠃負之。教誨爾子，式穀似之。」另一種是以具體之事物比喻具體之事物，稱為「比類」。例如《詩經．曹風．蜉蝣》：「麻衣如雪」、《詩經．鄭風．大叔于田》：「兩驂如舞」。從這些例子來看，其共同特徵是（一）「喻體」、「喻依」及「如」、「似」等文法上的準繫詞，都出現在文本字面。（二）從全詩觀之，這種修辭方式都只出現在片段的句子中，是為局部修辭技術。

至於「隱喻」，則較為複雜，西方由亞里斯多德《修辭學》（*Rhtoric*）論「隱喻」（metaphor）以來[18]，此一觀念不管在理論或創作實踐上，其意義都相當複雜。歸約言之，至少有二大層面：一

---

13 蕭統編著、李善等注，《增補六臣註文選》（台北：華正書局，一九七九），頁三九三。

14 劉知幾著、浦起龍注，《史通通釋》（台北：九思出版公司，一九七八），頁二五八。

15 《春秋左傳．昭公五年》：「明而未融，其當旦乎！」孔穎達疏云：「融是大明。」參見杜預注、孔穎達疏，《春秋左傳注疏》（台北：藝文印書館，《十三經注疏》景印嘉慶二十年南昌府學重刊宋本，一九七三），頁七四四。

16 《詩經．周南．關雎》：「關關雎鳩，在河之洲」句下，《毛傳》的文本，參見毛亨傳、鄭玄箋、孔穎達疏，《毛詩注疏》（台北：藝文印書館，《十三經注疏》景印嘉慶二十年南昌府學重刊宋本，一九七三），頁二〇。

17 《詩經．召南．鵲巢》：「維鵲有巢，維鳩居之」句下，鄭箋的文本，參見《毛詩注疏》，頁四六。

18 亞里斯多德著、羅念生譯，《修辭學》（北京：生活．讀書．新知三聯出版社，一九九一）。

指創作過程中能發現二種完全不相干之物的類似性而將它關聯在一起的感受模式；另一則指修辭學上，文本語言裝飾的一種模式[19]。此一模式即是用此物以喻彼物；但是，字面上省去「如」、「若」、「好像」等準繫詞，與「明喻」相對，修辭學上往往又稱「隱喻」為「暗喻」。前文已舉例論述過，現代有些學者用「隱喻」去指稱《文心雕龍．比興》中所謂的「興」時，並沒有為「隱喻」（metaphor）之義做上述的分辨，以界定自己使用此一術語的指涉義；不過由其文中的論述脈絡來看，則皆指語言修辭上的模式[20]。

我們在這裡，假如也將「隱喻」看作是一種省去準繫詞的修辭，則它與「明喻」同樣是局部字句的修辭，並且喻體與喻依也都出現在文本字面，唯一的差別是「明喻」之句有準繫詞，而「隱喻」則無。劉勰在〈比興〉中所舉做為「比」的證例，多數是明喻，只有馬融〈長笛賦〉：「繁縟絡繹，范蔡之說也」，上句為笛音，下句為人之辯說，劉勰謂之「以響比辯」，句中並無準繫詞，實為修辭上之隱喻。另外，「以容比物」之張衡〈南都賦〉：「坐南歌兮起鄭舞，白鶴飛兮繭曳緒」，亦是隱喻之例。不過劉勰在引詩賦例句，以證述「比」義之時，並未自覺的從修辭學上分辨「明喻」與「隱喻」。在他來看，不管明喻、隱喻，都是局部字面上的「比喻」，喻體與喻依的對應關係十分明確，這僅是「切類以指事」的「比」，並非「依微以擬議」、「環譬以託諷」的「興」[21]。

由是言之，在劉勰的觀念中，「興」的「託喻」，其中涉及「寄託」與「譬喻」，就絕非一般局部修辭上的「比喻」——不管「明喻」或「隱喻」。那麼，二者之差別在哪裡？我們可以透過劉勰所謂「關雎有別，故后妃方德；尸鳩貞一，故夫人象義」的證例，加以分析推論：

《詩經・周南・關雎》：「關關雎鳩，在河之洲。窈窕淑女，君子好逑。」毛傳在次句之下標注「興也」，並詮釋云：

后妃說樂君子之德，無不和諧，又不淫其色，慎固幽深，若關雎之有別焉，然後可以風化天下。夫婦有別，則父子親；父子親，則君臣敬；君臣敬，則朝廷正；朝廷正，則王化成。

《詩經・召南・鵲巢》：「維鵲有巢，維鳩居之。之子于歸，百兩御之。」毛傳於次句下標注「興也」；但是，未詮釋如何「興」。鄭玄為之箋云：

鵲之作巢，冬至架之，至春乃成，猶國君積行累功，故以興焉。興者，鳲鳩因鵲成巢而居有之，而有均壹之德，猶國君夫人來嫁，居君子之室，德亦然。

19 參見John D. Jump主編、顏元叔主譯，《西洋文學術語叢刊》（台北：黎明文化公司，一九七四），冊上，頁八五七—八五九。

20 例如王元化，〈釋〈比興篇〉擬容取心說〉，收入《文心雕龍創作論》、羅立乾，〈經學家「比、興」論述評〉，收入江磯主編，《詩經學論叢》、艾治平，〈明喻・隱喻・博喻〉，收入艾治平，《古典詩詞藝術探幽》、趙沛霖，《興的源起》。

21 有關「切類以指事」、「依微以擬義」以及「比」、「興」之詳義，參見顏崑陽，〈《文心雕龍》「比興」觀念析論〉，收入本論文集，頁一二一—一六一。

一般學者都將毛、鄭視為同一系統[22]，因此姑依他們的觀點，將毛、鄭合稱，一起討論。他們之所以認為毛、鄭以至劉勰所謂「興」即是「隱喻」，乃因為判斷毛亨、鄭玄、劉勰視「興」詩皆以首章第一聯所寫之景物譬喻第二聯所寫之人事。以上舉二詩為例，「關關雎鳩，在河之洲」，以喻「窈窕淑女，君子好逑」。「維鵲有巢，維鳩居之」，以喻「之子于歸，百兩御之」。如此則上聯為喻依，下聯為喻體，而上下聯之間省去準繫詞，故可以說是「隱喻」；但是，這樣一來，不管是喻依、喻體都明確出現在文本字面上，也就是皆為「言內意」。

然而，我們細審毛亨、鄭玄、劉勰之意，詩人所比者並非文本字面可見之「窈窕淑女，君子好逑」、「之子于歸，百兩御之」；而是「后妃說樂君子之德，無不和諧……」云云，「國君積行累功……而有均壹之德，猶國君夫人來嫁，居君子之室，德亦然」。這些意義從字面上完全看不到，也就是「言外意」而非「言內意」。假如只從「言內意」觀之，「窈窕淑女，君子好逑」云云者，「之子于歸，百兩御之」云云者，皆是一般貴族男女求愛與嫁娶的事象而已，並不必然特指后妃、夫人而況其德義；故反對毛、鄭這個說法的人，皆以為這二篇詩並無后妃之德、夫人之義，例如清代吳闓生對〈關雎〉之義的辯說，云：

> 此篇（〈關雎〉）言婚禮，次篇（〈桃夭〉）言歸寧，皆房中樂章所歌，未必定為某人而作。[23]

又對〈鵲巢〉之義的辯說，先批判《詩序》與朱熹之說「既無事實可證，故皆臆度以為之說耳」，然後提出自己的看法：

> 鄙意止是嫁女之樂歌，並無他義。[24]

我們舉吳氏之說，意不在取代毛、鄭[25]，也不是為了去評斷毛、鄭的對錯；而只想在事實上凸顯毛、鄭所說「興者，喻……」，其「所喻者」皆不在言內。唯「所喻者」隱在言外，與那個被藉來譬喻之事物形成「依附」之關係，才特別稱它為「託喻」。因此，這種「寄託式的譬喻」，絕非一般修辭學上所謂的「隱喻」。

然則「所喻者」是什麼？從毛、鄭的說詩來看，是一種對某事所發的感受、評斷，也就是

---

22 毛傳所說之「興」義乃「讀者感發」之義，實繼承孔子「詩可以興」之說；而鄭玄誤讀毛傳，箋文的敘述模式為「興者，喻……」，已將「興」轉為語言符碼與作者本意之義。因此，毛、鄭並非同一系統。這是劉勰以下就已形成的誤讀。詳參顏崑陽，〈從「言意位差」論先秦至六朝「興」義的演變〉，原刊臺灣《清華學報》新二十八卷第二期，一九九八年六月，頁一四三—一七二，收入本論文集，頁七一—一一九。

23 吳闓生，《詩義會通》（台北：河洛圖書出版社，一九七四），頁二。

24 同上注，頁一〇。

25 按吳闓生《詩義會通》雖抨擊《詩序》，卻頗曲意維護毛傳，以為「其文詞高簡，淺識未易驟解」，其中「支離猥僻不可爬梳者，絕非出自毛公」，實後世「迭經喪亂」之故；但於鄭箋，則評為「廣涉異聞，反多牽率迂晦。」是則吳氏揚毛抑鄭，非視毛鄭為一體。參見吳氏〈自序〉頁九—一二。本文以二人合論，故仍權稱「毛鄭」。

「人」之「緣事而發」的「主觀情志」。那麼這個「主觀情志」究屬「作詩者」或「說詩者」？從毛、鄭就詩的文本去詮釋，而說出這許多「言內」所無之「意」，我們可以說那全是「說詩者」自己的「主觀情志」。然而，事實上，毛、鄭並不這樣認為，尤其是鄭玄。因為鄭玄箋詩，大體是依《詩序》之說，而《詩序》每謂「某詩美某」或「某詩刺某」，例如〈召南・江有汜〉之〈序〉云：「美媵也」，〈邶風・雄雉〉之〈序〉云：「〈雄雉〉，刺衛宣公也。」這種「詩有美刺」的觀念，實已隱含了「作詩者之意」了。鄭玄在〈詩譜序〉中，也概括的論明「作詩者」的「美刺」之意：

> 論功頌德，所以將順其美；刺過譏失，所以匡救其惡。26

準此，則鄭玄依毛傳所標「興」詩，而詮釋「興者，喻……」，在他的觀念中，其「所喻者」都是「作詩者」的「主觀情志」。這就是「作者本意」，或稱為「作者用意」。

劉勰〈比興〉中所謂「興之託喻」乃承繼毛鄭的觀念，因為他在文本中，明指「比」與「興」雖「隨時之義不一」；但是，都屬「詩人之志」，而且他也認為毛鄭之注詩，只是在發現「明而未融」的託意，故云「發注而後見」。

綜合而言，則「興之託喻」，其「所喻者」乃是「作者個人主觀的情志」。這和修辭上的「隱喻」顯然不同，在「隱喻」中，不管是喻體（所喻者）、喻依（作喻者），相對於作者個人主觀的情志而言，二者都是客觀對象的經驗材料，只是作者把它們聯想在一起。而在「託喻」中，則「作喻者」由於出現在言內，是客觀對象性的經驗材料；但是，「所喻者」隱在言外，卻是作者個人的主觀情志。這種「主觀情志」並不是文本自身語言形式內所涵有之「意」，而是一種「社會行為」的「意向」，也就是「何以要作這首詩」的「原因動機」以及「作這首詩意圖達到什麼目的」的「目的動機」[27]。這種「作者本意」，必須放在作者「社會文化行為」的經驗情境脈絡中，才可能被理解。《詩序》就是在提供這種經驗情境脈絡，而鄭玄以「知人論世」之法做出《詩譜》，也是為了達到此一箋釋功效。依循前文的論述，毛鄭與劉勰皆認為「詩人之志」亦即「作者本意」，乃在於「美善刺惡」，則「託喻」之詩又必涵有作者在政教上「勸諫或告曉」的特定「目的動機」。抱持勸諫或告曉為目的之言說，必然預設了特定被勸諫或告曉的對象。以詩而言，也就是作者在作詩時，實已預設了特定的讀者，意圖對此「讀者」有所勸諫或告曉。因此，這類「託喻」之詩，不同於無特定讀者對象之自我抒情的泛詠。如此，結合「寄託」、「譬喻」、「勸諫或告曉」才是「託喻」的充要義涵。

論述到此，我們還必須追問一個問題：「託喻」的興體詩，這「作者本意」是如何發生？劉勰

26 鄭玄，〈詩譜序〉，參見《毛詩注疏》，頁四。

27 「原因動機」（because motive），是指一個行為者由於過去的經驗，因而導致他之所以產生現在此一行為的動機。例如他之所以搶錢，是因為他過去成長環境的某些不良經驗。「目的動機」（in-order-to motive），是指一個行為者由於某種指向未來的目的，而導致他產生現在此一行為的動機。例如他之所以搶錢，是為了還賭債。參見舒茲，《舒茲論文集》，頁九一——九四。

在〈比興〉中所提出的答案是：「起情」，所謂「興者，起也」、「起情故興體以立」。「起情」就是吾人氣質之性由於接觸外物而引生內在的感覺經驗。這種觀念與《禮記・樂記》所謂「應感起物而動」之說實有淵源[28]。

劉勰以「起情」去詮釋「興體」得以成立的理由，其說甚為簡括，並未對「情」的內容有直接的界定。假設在理論上，「情」之動必由於「感物」，則所感之「物」的內容又是什麼？劉勰在〈比興〉中亦無闡述。對於這樣的問題，我們也只能從本文中的相關語句去做理解、推論。由於他又說：「起情者，依微以擬議」，「興則環譬以託諷」，我們的理解當然可以推想到他所謂的「情」，不會是〈物色〉中「情以物遷」的「情」。這便涉及到引生此「情」的「物」是什麼。〈物色〉所謂「情以物遷」之物，從文本中可以明確斷定是「春秋代序，陰陽慘舒」的「自然景物」；那麼，由此「自然景物」所決定之「情」，便不以「人事經驗」為內容。而〈比興〉中，雖未明言「起情」之「物」是什麼；但是，由文本全篇意義的理解，我們可以推斷此一「起情」之「物」，必是人文社會的種種現象，簡括稱之為「人事」。相對的，由此人文社會的事物所引生的「情」，當然以人事經驗為內容了。

「物」之一詞在中國典籍的使用中，其義頗為複雜，概括了與「心」相對的種種客觀存在世界的事物；而在不同的語境中，隨文各有所指。以〈樂記〉而言，其所謂「應感起物而動」，此「物」當指人文社會的種種事物，而不指「自然景物」；因為在〈樂記〉的觀念體系中，此一「應感起物而動」之「情」，當其「形於聲」，「聲成文」而為「音」時；這涵有哀樂怨怒之「情」的「音」，便足以反映人文社會中的治亂，故云：

> 治世之音安以樂，其政和；亂世之音怨以怒，其政乖；亡國之音哀以思，其民困。聲音之道，與政通矣。[29]

從「政」到「情」到「音」這個因果系列的關係而言，「物」也就是「政」，指的是人文社會的治亂現象。這個觀念體系，被《詩序》所接受[30]。而毛鄭之說詩本於《詩序》，劉勰〈比興〉也完全繼承這個傳統。準此，我們可以合理的推斷：「興之託喻」的詩篇，其「作者本意」的發生，乃是詩人面對他的社會現象（物），有所感觸而引發。班固在《漢書．藝文志．詩賦略論》中說漢武時代所采的歌謠：「皆感於哀樂，緣事而發」[31]。他所論雖指漢代歌謠；但是，「感於哀樂，緣事而發」之語，卻可以用來適切的描述「興之託喻」的詩篇，其「作者本意」之所以發生的原因。

詩人既對他所處社會的現象有所感觸而產生情志，則他本人便在此一實際之「境」中；此

28 詳參顏崑陽，〈《文心雕龍》「比興」觀念析論〉，收入本論文集，頁一二一—一六一。
29 鄭玄注、孔穎達疏，《禮記注疏》（台北：藝文印書館，《十三經注疏》景印嘉慶二十年南昌府學重刊宋本，一九七三），卷三十七〈樂記〉，頁六六三。
30 上注所引〈樂記〉那段文字，重見於〈詩大序〉，參見《毛詩注疏》，頁一四。
31 《漢書補注》，冊二，頁九〇三。

「境」不是純為不涉主觀感思之客體，其中涵有詩人所感所思之「情志」在。如此主客融合，我們可以稱它為「情境」。這「情境」存在於現實社會中，我們可以稱它為「實存情境」。作者為了表達此一情境，用以對某特定讀者勸諫或告曉，由於必須求其委婉，故採取「寄託式的譬喻」；而被用來做為「託喻」的事物，必是一種與自己所意圖託喻之「實存情境」具有類似性之另一「情境」。此另一「情境」即是作品語言所描述具現之情境，我們可以稱它為「文本情境」。將二個類似之情境連接在一起，我們可以稱它為「情境連類」。這就是劉勰在〈比興〉中所謂的「取類」。同時也讓我們連想到漢代孔安國對「興」的解釋是「引譬連類」[32]。其說簡約，但是假如我們把這句話放在「興體」之作，必須在社會實際情境中「緣事而發」的觀念系統中來進行理解，則孔安國所謂「引譬連類」，應該可以被裡解為是「寄託式譬喻」的「情境連類」。

「比興」之「比」，在劉勰的解釋中，也是一種「連類」，也是一種「譬喻」的語言形式。那又如何與「興」有所區別？這種疑問，也是現代學者對毛鄭說詩，將「興」解「喻」所產生最大的疑問，因為這一來，「興」與「比」不就混淆了嗎[33]？

劉勰在〈比興〉中說「比」是「附理」，是「切類以指事」，是「寫物以附意，揚言以切事」，而「比類雖繁，以切至為貴」。關於劉勰所說的「比」義，我在〈《文心雕龍》「比興」觀念析論〉一文中，已有比較詳細的論證，在這裡不擬重複。那篇論文中，我對「比」之「切類」所提出的看法是：「將不同的事物依照彼此相似性的關係切合在一起。」[34]因此，「比」在劉勰的觀念中，它的「譬喻」形態，是二個不同的事物，它們相對於作者的主觀情志，都可以說是客觀對象的經驗題材，由於彼此具有類似性，作者便將它們連結在一起，形成「喻體」與「喻依」的關係。經過詳細分析論證後，我在那篇論文中獲致一個結論：

> 「比」之所以成立，是依照事物間客觀的「形態或質性相似」；而「興」之所以成立，是依照事物間主觀的「情意經驗相似」。「興」之所以往往帶「比」，就因為「起興者」與「被興者」之間具有「相似性」；但是，它之不同於「比」之為「比」，也就因為它的「相似性」必是繫屬於主觀情意經驗，而不繫屬於對象客觀的形態或質性。並且這「情意經驗」包括創作主體與閱讀主體，故創作主體對著萬物可以「感物而動」，謂之「興」；讀者閱讀作品也可以「感發其志意」，亦謂之「興」。[35]

---

32 孔安國之說見《論語．陽貨》：「詩可以興」句下，何晏所徵引，參見《論語注疏》（台北：藝文印書館，《十三經注疏》景印嘉慶二十年南昌府學重刊宋本，一九七三），頁一五六。

33 例如朱自清〈關於興詩的意見〉：「毛詩傳裡說興詩，太確切，太沾滯，簡直與比無異。」收入《古史辨》（台北：明倫出版社，更名為《中國古史研究》），冊三，頁六八三—六八四。又裴普賢〈詩經興義的歷史發展〉：「（毛傳、鄭箋）比興界限不清，呈混淆現象。」收入《詩經研讀指導》（台北：東大圖書公司，一九八七），頁一九六。

34 參見顏崑陽，〈《文心雕龍》「比興」觀念析論〉，收入本論文集，頁一二一—一六一。

35 同上注，收入本論文集，頁一四三。

依循這個論見，我們可以用二個較具概括性的詞語來做為「比」、「興」的區別。「比」之「比喻」乃是「物性切類」，而「興」之「託喻」則是「情境連類」。凡言「情境」，便非純然只是某一種事物的外在或內在屬性。它是由二種以上之事物，在實際的時空場景中，由於彼此的精神性活動關係，而釀造成一種「情境」。我們在前文中提出「實存情境」與「文本情境」，到此可以再做更為確切的解釋，仍以劉勰所舉〈關雎〉為例：假定毛鄭的箋釋成立，那麼所謂「實存情境」是指詩人在現實社會中，深切的「感悟」到一種「情境」：「后妃說樂君子之德，無不和諧，又不淫其色，慎固幽深」。這個「情境」不是指某一事物之客觀屬性，而是后妃、君子在實際時空場景中，彼此「說樂」、「和諧」；就由這種精神性活動釀造為「實存情境」。至於所謂「文本情境」則是被詩人用語言描寫出來而存在文本中的那個「情境」；它包括了從「關關雎鳩，在河之洲。窈窕淑女，君子好逑」以下整篇所描述的情境。這個「情境」可以是想像虛構的產物，它所指的當然也不是某一種事物的客觀屬性，而是於實際的時空場景中，雎鳩在河洲上求偶鳴叫，而君子、淑女也正在進行愛戀的行為。此一「文本情境」與「實存情境」相類似，故詩人就把它們「連類」在一起，讓言外的「實存情境」依附在言內的「文本情境」中。這樣的「連類」並非局部的修辭，而是整體的寄託，因此才稱為「環譬」。

凡「情境」皆為主體當下涉入之「感悟」，非客體化之抽象思維所能獲致。這也就是為什麼劉勰會解「興」為「起情」，而許多詩論家也大致以「感」去釋「興」的原因[36]。「感」非但是創作的思維方式，也相應的是讀者的思維方式。換句話說，「興之託喻」的詩歌，從文本形成之前的作者，到文本形成之後的讀者，雖以語言之譬喻為媒介；但是，彼此卻都必須在「意象」所構成的「情境」中「相感」，才能獲致意義的理解。就因為如此，我們才認為詩歌的「託喻」，不僅是文本自身語言構造的法則而已，它是一種以詩歌為語言形式的社會文化行為。關於這個道理，尤其是讀者之解詩問題，我們將會在後文詳作論述。

總結這一節的分析論述，我們已頗為充分的詮釋了《文心雕龍·比興》中所謂的「託喻」。下面我們將往上追溯劉勰之前，在詩歌文化中所存在的「託喻」觀念。

三、先秦兩漢以來詩歌文化中所存在的「託喻」觀念

劉勰《文心雕龍·比興》是論述性質的文字，因此我們可以說他通過歷史的反省，對「託喻」做了抽象概念的表述。而他所據以反省的歷史經驗究竟是怎樣的社會文化經驗？我們從〈比興〉中比較明確看到的是，他對毛鄭箋釋《詩經》所涵具「比興」觀念的繼承，尤其「興」是一種語言上的「譬喻」以及義涉「政教諷諫」這二個概念，更為顯著。至於涉及「興體詩」得以成立的「起

36 以「感」釋「興」之例甚多，聊舉數則：晉代摯虞〈文章流別論〉：「興者，有感之辭。」唐代賈島《二南密旨》：「感物曰興。」宋代羅大經《鶴林玉露》：「蓋興者，因物感觸，言在於此而意寄於彼。」清代吳喬《圍爐詩話》：「感物而動則為興。」

情」，以及其中所隱含「託喻」實為「情境連類」的意義，卻非單純直接由毛鄭所表述的概念而來，應該還歸約了某些歷史上的詩歌文化經驗。

我們認為想要理解詩歌「託喻」在歷史文化經驗脈絡中比較早期的「始原形態」，則先秦時代的「詩用」社會文化行為現象，將是最重要的考察範圍。所謂「詩用」，指的是把「詩」當作「社會文化行為」的「語言形式」去使用，以達到詩歌本身藝術性之外的某種社會性目的。這樣的行為，不是個人偶發性的，而是社會上某一階層普遍反覆在操作而又自覺其價值目的模式化行為，故稱之為「社會文化行為現象」[37]。

有關先秦「詩用」的社會文化行為，到目前研究得比較有成果的當推顧頡剛[38]、朱自清[39]、張震澤、章必功等人[40]。其中尤以朱自清最值得推許，他在《詩言志辨》一書中，〈詩言志〉這一部分大量引述了《詩經》、《左傳》、《國語》、《晏子春秋》等典籍的記載，去描述春秋以至漢代的「用詩」狀況。他把這些狀況分為四種：（一）獻詩陳志；（二）賦詩言志；（三）教詩明志；（四）作詩言志。

在前人的研究基礎上，我們已大體明白了先秦時代的「詩用」社會文化行為現象，因此不必再重複描述。我們將在前人的基礎上，擇取其中與「託喻」有關的「詩用」行為，進一層去詮釋這些行為現象背後，所隱含的「託喻」觀念。

什麼樣的「詩用」行為涵有「託喻」的觀念？我們初步的假定是：（一）作詩；（二）賦詩。以下依次論述。

（一）先秦時代「作詩」所隱涵的「託喻」觀念

「作詩」是指詩人自己去寫作詩篇。朱自清蒐集統計了《詩經》中說到「作詩」的有十二處[41]。他從這些文獻的詮釋中，得出一個看法：

> 這些詩的作意不外乎諷與頌，詩文裡說得明白。像「以為刺」、「以訊之」、「以究王凶」、「以極反側」、「用大諫」，顯言諷諫，一望而知。〈四牡篇〉的「『將母』來諗」，《箋》云：「諗，告也。……作此詩之歌，以養父母之志來告於君也。」與〈巷伯〉的「凡百君子，敬而聽之」，〈四月〉的「維以告哀」，都是自述苦情，欲因歌唱以告於在上位的人，也該算在

---

37 如本篇注1所述，「社會行為」是具有特定動機而指向他人的行為；而一種社會行為，假如歷時性或並時性的有多數人反覆操作，形成行為模式，即是「社會文化行為」。當一種「社會文化行為」普遍的發生，即可稱之為「社會文化行為現象」。有關「文化行為」是一種模式化的行為，參見美國菲利普．巴格比（F. Bagby），《文化—歷史的投影》（台北：谷風出版社，一九八八），頁八二—一〇六。

38 顧頡剛，〈周代人的用詩〉，《古史辨》（台北：明倫出版社，更名為《中國古史研究》），冊三，頁三二〇—三四五。

39 朱自清，《詩言志辨》，收入《朱自清古典文學論文集》（台北：源流出版社，一九八二）。

40 張震澤，〈《詩經》賦、比、興比義新探〉，《文學遺產》第三期，一九八三。章必功，〈「六詩」探故〉，《文史》第二十二輯。張、章二文，筆者未能親見。趙沛霖頗為推許，參見《興的源起》，頁二七七—二八一。

41 參見朱自清，《詩言志辨》，頁一九五—一九六。

諷一類裡。《桑柔》的「雖曰『匪予』，既作爾歌」，《箋》云：「女（汝）雖觝距，已言『此政非我所為』，我已作女（汝）所行之歌，女（汝）當受之而無悔。」那麼也諷了。為頌美而作的，只有《卷阿篇》的陳詩以「遂歌」，和尹吉甫的兩「誦」。[42]

由於《詩經》中這些文本，是作詩者直接表述作詩的「本意」，因此至少可以證明，早期的詩歌雖未必每一篇都有特定作者及其「本意」；但是，卻不能否認有若干的詩歌的確是這樣產生。詩人因為在現實社會中，切身感悟於某些事物，所以觸發了他去作詩，以達到「諷」或「頌」的目的。那麼，「興之託喻」中，詩歌創作的社會性「原因動機」與「目的動機」，實已顯著的包涵在此一行為中了。這時，「作詩」是一種「社會文化行為」而不是單純「藝術創作」的個人行為。「語言構作」並非被視為獨立自足的藝術經營，而是被視為作詩者與某特定讀者「雙向表意的媒介形式」。

假如我們再檢視這十二篇詩人自供「本意」的作品，其語言表達方式，的確有些採取「情境連類」的譬喻。毛傳標〈陳風．墓門〉、〈小雅．節南山〉、〈小雅．巷伯〉、〈大雅．卷阿〉、〈大雅．桑柔〉為「興」。而朱熹《詩集傳》所標比較複雜[43]，一篇詩中，各章或「賦」或「比」或「興」，並不一致，例如〈小雅．巷伯〉共七章，朱熹以一、二章為比，三、四、五、六章為賦，七章為興[44]。其中，毛、朱二傳皆認為全篇是「興」詩者為〈陳風．墓門〉。我們便以此詩為例，來看它「情境連類」的譬喻：

墓門有棘，斧以斯之，夫也不良，國人知之。知而不已，誰昔然矣。
墓門有梅，有鴞萃止。夫也不良，歌以訊之。訊予不顧，顛倒思予。[45]

從「夫也不良，歌以訊之」來看，詩人在「實存情境」中對某個「不良之人」的種種行為有切身之感觸，而意圖「歌以訊之」。「訊」，是「告」的意思。「歌以訊之」，鄭箋以為「歌謂作此詩也。既作又使工歌之，是謂之告」。準此，則詩人自供作這首詩的「本意或用意」，是針對某一特定之讀者——不良之人，給予勸告。在這個具體的「實存情境」中，那個「不良之人」應該特有所指；但是，在「文本情境」中卻只是說「夫也不良」，泛指某個不良的男人，那個「實存情境」既未被文獻記錄下來，作者也沒有在文本中或文本外明指「不良之人」為誰，吾人也就不得而知；故《詩序》說是「刺陳佗」[46]，無據。朱熹說：「所謂不良之人，亦不知其何所指也。」[47]準此，則這篇詩前後二章，作品從「墓門有棘」、「墓門有梅」以下，只是描寫了一個「情境」：

42 朱自清，《詩言志辨》，頁一九六——一九七。
43 朱熹，《詩集傳》（台北：中華書局，一九六九）。
44 同上注，頁一四四——一四五。
45 《毛詩注疏》，頁二五四。
46 同上注，頁二五三。
47 朱熹，《詩集傳》，頁八三。

墓門前長了許多荊棘，就該用斧頭把它砍掉。有個壞傢伙，全國的人都知道他不好。雖然他自己也明白大家對他的風評很差，卻仍然不去改過。那麼這個傢伙所幹的壞事，可以說累積很久了。（第二章省略不譯）

這個「情境」是作品所描寫出來的，因為沒有直接指明特定人、事、時、地，所以不能當作就是那個詩人所面對的「實存情境」，而只是一個可以讓那位「特殊讀者」看到之後，就聯想到自己之實況的「類似情境」而已。換句話說，整篇作品所寫的「情境」，與作者和讀者在現實經驗脈絡中所處的「情境」形成「連類」的譬喻效用，藉此「相感」而達到勸告的目的；這就是「託喻」。除了這篇詩之外，其餘毛、朱二傳所標為「興」的作品，也可以作如是觀，不一一論述。

我們這樣的論述，並不是想去證實《詩經》中所有的作品都是如此寫成，事實上那也不可能。我們只是藉這些「作者本意」比較清楚，而語言上又的確使用譬喻的文本，去詮釋在春秋時代，「詩用」的社會文化行為現象中，果然有些詩人是在現實的社會文化情境中，「感於哀樂，緣事而發」；抱持特定的社會性目的——勸諫，針對某個特定的讀者對象，並採用「情境連類」的語言方式，將「實存情境」寄託在「文本情境」中；以此「相感」，期望那個「特殊讀者」能悟其「言外之意」。

先秦時代，像上述這種「詩用」行為，最突出而顯著者，不在於《詩經》中的那些詩人，而在於屈原；從創作的「實存情境」而言，屈原之作〈離騷〉，具有關乎政教諷諭的原因動機與目的動機，此為漢代以來之定論[48]，毋庸贅述。而屈原所採用的表達方式，東漢王逸在〈離騷經序〉中說：

離騷之文，依詩取興，引類譬喻；故善鳥香草以配忠貞，惡禽臭物以比讒佞靈修美人以媲於君，虙妃佚女以譬賢臣，虯龍鸞鳳以託君子，飄風雲霓以為小人。[49]

王逸說〈離騷〉之文是「依詩取興，引類譬喻」，似乎〈離騷〉的表達方式是依仿《詩經》的「興」，而「興」便是「引類譬喻」。然後他舉了許多例子，從這些例子來看，乃是一物比一物，喻體與喻依一一對應，頗為明確。然則，王逸所謂「取興」、「引類譬喻」實為「物性切類」的「比」，而非「情境連類」的「興」。因為一則他已將〈離騷〉從「實存情境」中脫離出來，把文本僅視為語言形式結構。二則他把文本所營造的整體情境拆解為各個零件，美人、香草、惡禽、臭物等，然後一一指定它們所比喻的對象。這樣去看待〈離騷〉，其實已把「作品」與「作者」分割開來，而失去「文本情境」與「實存情境」連類的「興」義了。而朱熹在《楚辭集注》裡也同樣認

48 參見司馬遷，《史記．屈原列傳》（台北：藝文印書館，《二十五史》景印清乾隆武英殿本）。又王逸，〈離騷經序〉，參見洪興祖，《楚辭補註》（台北：藝文印書館，景印汲古閣本，一九六八），頁十—十二。

49 同上注，《楚辭補註》，頁一二。

為：「詩之興多而比賦少，騷則興少而比賦多。」[50]他為〈離騷〉分章標示或賦或比；但是，全篇無一章是「興」者。其實，〈離騷〉篇中有許多章節，根本無法挨句挨詞去一一指其所比喻為何。因為整個章節所寫是一個融貫的「情境」，例如：

余既滋蘭之九畹兮，又樹蕙之百畝。畦留夷與揭車兮，雜杜衡與芳芷。冀枝葉之峻茂兮，願竢時乎吾將刈。雖萎絕其亦何傷兮，哀眾芳之蕪穢。[51]

此一章節是經由想像虛構的整體「文本情境」，以與屈原所處的「實存情境」形成連類；而「實存情境」隱在言外，對「文本情境」形成「寄託」的關係。這是標準的「興」之「託喻」，朱熹卻說它是「比」。因此，要理解「興」的意義，便必須把「文本情境」置入作者所處的「實存情境」中，並訴諸主體之「相感」。而不能把「文本」從「實存情境」抽離出來，只看作語言形式結構體，並對象化去分析拆解。〈離騷〉中，似此情況者甚多，尤其從「朝發軔於蒼梧兮，夕余至乎縣圃」開始，以下頗長的篇幅，馳騁想像，上遊天帝之庭，又歷白水、閬風、瑤臺等仙境，求索虙妃，往見佚女，這整體渾化的情境，不可句摘，不可字解，如何能一一指出何物比喻何物！這只有將「文本情境」置於作者「實存情境」中，主體相感，才能解悟詩人所寄託的情意。劉勰在〈比興〉中說「三閭忠烈，依詩製騷，諷兼比興」，應該也見到〈離騷〉不只「物性切類」的比喻而已。

論述到此，我們要順便辨明一點，一般學者都認為《詩經》中的「興體詩」，其所謂「興」是指詩章的第一聯描寫景物，是為「興」句；第二聯描寫人事，是為「應」句。「興」句必在開端，以景物感發應句中對人事的聯想[52]。形成這種說法的原因，一是《詩經》中許多作品的確呈現這種穩定的語言形構模式；二是毛傳標「興」，皆在首章次句之下。此說僅是複雜的「興」義之一端，可以用來詮釋《詩經》某些文本的語言形構模式；但是，此說卻必然就要排除我們前面依毛、鄭、劉勰這一系統所謂「託喻」的興義。然而，當我們從先秦「詩用」的社會文化行為現象來理解「興」義，則作者在「文本情境」之言外，寄託著連類於「實存情境」的「本意」，也不是全無可能。從「興」那樣不斷開放之複雜的觀念史來看，我們寧可讓上述二義並存，而各有其界限；有些學者認為「興」義只有一種才對，都不免簡化了它。

綜合上述，我們可以證實，不少詩人「作詩」的行為，是一種「社會文化行為」，而不是閉起門來自我抒情的個人創作行為。當時，雖然沒有形諸言論的「託喻」觀念；但是，從詩人的創作實踐上，我們卻可以明顯看到「託喻」的情況；而這個行為現象的背後，當然有使其「所以然」的理

50 朱熹，〈離騷經序注〉，參見朱熹，《楚辭集注》（台北：文津出版社，一九八七），頁二。

51 洪興祖，《楚辭補註》，頁二四—二五。

52 參見朱自清，《詩言志辨》，頁二三九。徐復觀，〈釋詩的比興〉，收入徐復觀，《中國文學論集》（台北：民主評論社，一九六六），頁一一一。裴普賢，〈詩經興義的歷史發展〉，收入裴普賢，《詩經研讀指導》，頁一九一。葉嘉瑩，〈中國古典詩歌中形象與情意之關係例說——從形象與情意之關係看「賦、比、興」之說〉，收入葉嘉瑩，《迦陵談詩二集》（台北：東大圖書公司，一九八五），頁一三六—一三九。

念存在。

（二）先秦時代「賦詩」所隱涵的「託喻」觀念

「賦詩」，指的是在政治外交場合上歌詠某詩篇，以寄託己意的行為。「賦詩言志」是春秋時代頗為普遍的一種外交言語方式，有關其實況的研究，前舉顧頡剛、朱自清等人已論述頗詳，不必贅述。我們將在這基礎上，去詮釋「賦詩言志」此一社會文化行為背後，也與「作詩言志」一樣，隱涵著「託喻」的觀念。

假如說，「作詩」之「用」，是作者本意之用，可以稱之為「詩意的本用」；那麼「賦詩」之「用」，便是賦詩者對「詩意的轉用」了。我們可以先舉一個例子來分析詮釋：

《春秋左傳．昭公二年》：

> 晉侯使韓宣子來聘，……公享之，季武子賦〈綿〉之卒章、韓子賦〈角弓〉。季武子拜曰：「敢拜子之彌縫敝邑，寡君有望矣！」武子賦〈節〉之卒章。既享，宴於季氏，有嘉樹焉，宣子譽之。武子曰：「宿敢不封殖此樹，以無忘角弓！」遂賦〈甘棠〉。宣子曰：「起不堪也！無以及召公。」[53]

〈綿〉是〈大雅〉的詩篇，共有九章，最後一章的大意是稱揚文王有盛德，又得四個賢臣輔佐，因而諸侯歸服者眾[54]。晉代杜預注認為季武子賦〈綿〉卒章的「本意」是：「以晉侯比文王，以韓子比四輔。」[55]〈角弓〉詩在〈小雅〉，共有八章。《左傳》文本未明言韓子所賦是第幾章；但是，由季武子「彌縫敝邑」的回答，應該是斷章取義於「兄弟昏姻，無胥遠矣」。杜預注認為韓子藉此詩向魯國表示：「兄弟之國，宜相親也。」[56]〈節〉這一詩篇，杜預以為是〈小雅，節南山〉[57]；但是，〈節〉與〈節南山〉，題目頗有異文，武子所詠，是否〈小雅〉的〈節南山〉，存疑，姑不予討論。〈甘棠〉出自〈召南〉，這篇詩其義明確，乃為懷念召伯而作。召伯愛民如子，常在舍前的甘棠樹下聽訟，為民解紛。百姓思其人而敬其樹，故詩云：「蔽芾甘棠，勿翦勿伐，召伯所茇。」[58]韓宣子在季氏府中接受宴請，見中庭有樹甚美，便加以稱讚。宣子此一行為，稱樹即是稱人，言外寄託示好之意，故季武子賦〈甘棠〉以報，以召伯的故事類喻宣子。

53《春秋左傳注疏》，頁七一八—七一九。
54《詩．大雅．緜》卒章：「虞芮質厥成，文王蹶厥生。予曰有疏附，予曰有先後。予曰有奔奏，予曰有禦侮。」參見《毛詩注疏》，頁五五一—五五二。
55《春秋左傳注疏》，頁七一八。
56 同上注。
57《春秋左傳注疏》，頁七一八。
58 參見《毛詩注疏》，頁五四—五五。

我們以這一段「賦詩言志」的實例來看，可以深入理解而獲致下列幾個意義：

（一）「賦詩言志」是一種對詩意的轉用，這基本上是「再創造」的行為。假如原作的詩人，我們稱他為「第一作者」；則轉用之人，便可稱為「第二作者」。「第二作者」相對於原作，算是「讀者」，因為他必須能解讀原作詩意；但是，相對於他賦詩之所針對的人——某個新的特定讀者，他卻轉為「作者」了。因為他必須將詩意脫離原作者的情境，而轉入自己當前所對的情境，再賦予這首詩新的意義，這是「語境轉換」的「再創造」行為。因此，在「賦詩」之時，完全不需要考慮「原作者」有何「本意」。甚至可以對「文本」重新加以剪裁——「斷章」，只取其合於「賦詩者」之意。《國語．魯語》記載：公父文伯之母為「欲室文伯，饗其宗老」而賦〈綠衣〉之第三章，師亥聽了批評說：「……詩所以合意，歌所以詠詩也……。」[59]另《春秋左傳．襄公二十八年》記載：盧蒲癸對「賦詩斷章」的效用解釋說：「賦詩斷章，余所求焉，惡識宗！」[60]所謂「余所求焉」就是賦詩者自己所要的意思。「惡識宗」，「宗」指此詩原來之所從出，亦即「作者本意」。準此，則「賦詩」雖非自己作詩，卻是一種「再創造」。其中顯有「賦詩者」的「本意」。

（二）這個「本意」是什麼？如何發生？這個「本意」，從先秦在外交場合上「賦詩言志」的社會文化行為現象來看，顯然不同於陸機在〈文賦〉中所謂「文不逮意」的「意」，或後代詩論中「詩以意為主，文詞次之」此等話頭所謂的「意」[61]。凡此之「意」，皆是從「文本」自身語言形構而言的「言內意」，不必連接於作者在現實社會中「緣事而發」的意向。而先秦的「賦詩言志」根本就是一種「社會文化行為」，故所謂「賦詩者本意或用意」，皆必「緣事而發」，也就是此「意」

為一緣出於「賦詩者」所涉及的經驗情境，涵有行為者的社會性原因動機與目的動機，並且所謂「事」皆與「政教」有關，而「目的」則或「諷」或「頌」。「頌」是讚美，上引案例即為「頌」。至於韓宣子與季武子，彼此引詩而賦，皆寄託「頌」意。至於「諷」是刺惡，最標準的例子，當是《左傳．襄公二十七年》載：齊國慶封出使魯國，因為他的言行失禮，叔孫賦〈相鼠〉以諷[62]。故「賦詩言志」所謂「本意」皆屬於「賦詩者」在「實存情境」中「感悟」而「起情」所產生，這當然是「興」，而此「意」既屬實境，則存乎「言外」。以上引案例而言，季武子賦「綿」，其「本意」乃經由晉國的君臣狀況，與乎韓宣子出使到魯國，對二國關係所帶來的影響這樣的經驗情境而形成。韓宣子宴於季氏，由當下目見嘉樹而讚美之，到武子賦〈甘棠〉，以至宣子答稱「不堪也」，皆明顯的在「賦詩者」（作者）、「聞詩者」（讀者）互動的「實存情境」中產生「本意」。

59 左丘明著、韋昭注，《國語．魯語》（台北：九思出版公司，一九七八），頁二一〇。

60《春秋左傳注疏》，頁六五四。

61 陸機〈文賦〉，參見劉好運，《陸士衡文集校注》（南京：鳳凰出版社，二〇〇七），頁二。「詩以意為主」的話頭，例如宋代劉攽《中山詩話》：「詩以意為主，文詞次之。」收入何文煥，《歷代詩話》（台北：漢京文化公司，一九八三），冊一，頁二八五。又宋代張表臣《珊瑚鉤詩話》：「詩以意為主，又須篇中鍊句，句中鍊字，乃得工耳。」《歷代詩話》，冊一，頁四五五。凡此所謂「意」，皆指「內容意義」，與「文詞」相對為義；此「意」非必為言外託意之「意」。

62《春秋左傳注疏》，頁六四三。

（三）「賦詩者」可以不必顧慮原作者的「本意」；但是，卻不能完全不管「文本」語言內的意義；否則引詩而賦，豈不漫無規律可循！那麼「賦詩言志」時，其引詩有何規律？大體而言，應該遵守一個原則，就是「引譬連類」。而這種「連類」是「情境連類」，亦即「文本」語言中所顯現的「情境」可以和「賦詩者」、「聞詩者」所對的「實存情境」因類似而聯想在一起，形成「言在此而意在彼」的依託關係。故「賦詩者」可以不管原作者本意或用意，卻不能不管文本的語言義。為了讓語言義能更恰當的符合自己賦詩之用意，「賦詩者」可以自由剪裁原作——斷章；但是，不管賦全篇或賦斷章，都必須達到同一效用——「文本情境」與賦詩者的「實存情境」連類以譬喻。以上引案例來看，季武子賦〈綿〉之卒章，「文本情境」是文王盛德，又得賢臣輔佐，故諸侯歸服。由此一情境而聯想到季武子所認為當前晉國之國勢，以及君臣關係的「實存情境」，讚美之意已蘊在其中；以下所賦諸詩，情況皆依此，不俱論。準此，我們可以說，「賦詩言志」是一種「情境連類」的託喻。

（四）此一「賦詩者」之「意」，只能由當事人，即他賦詩所針對之「聞詩者」——特定讀者，在彼此所涉入的「社會文化行為」經驗脈絡中，去就「實存情境」聯想而「感悟」。班固在《漢書．藝文志．詩賦略論》中曾解釋先秦政治外交上，這種「賦詩言志」乃是「以微言相感」[63]。「微言」指出了我們上面所說的「情境連類」的「託喻」語言方式，「相感」則指出了這種「託喻」的言說，其「意」必是由「賦詩者」與「聞詩者」在「實存情境」中，彼此直接感悟而得。因此，當「聞詩者」不明文本之語言義，又對「實存情境」沒有感覺，便不解「賦詩者」的「本意」了，最有名的例子，就是前文曾舉出的《春秋左傳．襄公二十七年》，叔孫賦〈相鼠〉以諷慶封之無禮，而慶封根本「不知也」，亦即完全不懂叔孫賦詩的「本意」。將這一點與上面第二點連結起來看，詩之產生「起情」的功能，必須要有一個條件：作者與讀者雙方都要置入「實存情境」中，直接相感，而不能置身境外，只是把詩當作知識對象去解析。然則，孔子在《論語．陽貨》中所謂「詩可以興」，朱熹《論語集注》詮釋「興」為「感發志氣」[64]，從概念性的語義而言，所釋甚是。假如將孔子此語置入先秦「詩用」的社會文化行為現象中，就更可以得到社會文化經驗情境的印證了。那麼，劉勰在〈比興〉中解「興」為「起情」，便不僅是文字訓詁之義，更有社會文化經驗的脈絡可循。

綜合上面的論述，我們可以明顯的看到，先秦「賦詩」的社會文化行為現象，從它本身的種種特徵而言，都是詩歌上「興之託喻」的具體表現。而這樣的行為背後，當然也就存在著導致這些行為反覆發生而形成模式的某種觀念；這種觀念用劉勰所名之「託喻」來稱呼它，不亦宜乎？

63《漢書．藝文志．詩賦略論》：「古者諸侯卿大夫交接鄰國，以微言相感，當揖讓之時，必稱詩以諭其志。」參見《漢書補注》，冊二，頁九〇二。

64 朱熹，《論語集注》，參見《四書集注》（台北：學海出版社，一九七九），頁一二一。

（三）漢代經學家「說詩」所隱涵的「託喻」觀念

詩歌文化發展到漢代，「詩用」的社會文化行為也隨政治結構的變遷而轉型。「作詩言志」的行為，由於詩歌實際創作的式微，已頗少見或變質了[65]；而轉移到賦家寫作辭賦時仍勉強維持的諷諭精神；但是，實際成果卻連漢代賦家自己都甚表懷疑[66]。至於漢武帝「立樂府而采歌謠」，而有「代趙之謳，秦楚之風」，《漢書．藝文志．詩賦略》中「歌詩」一類所存目錄，自「吳楚汝南歌十五篇」以下，列有各地歌謠數十篇，或係樂府所采之代趙秦楚之謳，但是皆亡佚，無以窺其實[67]，故存而不論。至於「賦詩言志」這種政治外交上特殊的「詩用」行為現象，到漢代以後便不存在了。準此，則探討漢代有關詩的「託喻」觀念，其側重面便在乎經學家的「說詩」了。

漢儒「說詩」之與「託喻」觀念有關者，應有二方面的文獻：（一）實際批評方面，最主要是毛傳、鄭箋對「興詩」之箋釋上操作的狀況；（二）批評理論方面，僅是漢儒在注解經典時，對六義中「比」、「興」一些概念性的詮釋，皆為零散之條文[68]。

關於毛鄭說詩，在詮釋作品時，所使用「興者，喻……」這個敘述模式，其「託喻」之涵義，我們已在第二節中論述甚詳，不再贅述。在此，我們想從觀念之歷時發展這個面向，去理解毛鄭說詩的「託喻」較諸先秦「作詩」、「賦詩」的「託喻」，有何意義上的變遷。

在理解這種變遷的實況之前，我們打算提出二個觀念，做為理解的路徑：（一）「託喻詩」的「私有意」與「共有意」。（二）「託喻詩」讀者的多重性。

「託喻詩」指的是作者緣事而發，抱持特定的社會性目的，並以「情境連類」的語言方式所作的詩。所謂「私有意」，指的是一首託喻詩，作者為了某特定事實，並針對某特定讀者而發，而寄託在言外的「本意」。這一「本意」雖經「情境連類」而依附於作品；但是，其意義卻只有當事人──那位「特定讀者」，置身於「實存情境」中，才能感悟。因此，這層「詩意」實為作者與彼特定讀者之間所私有，故謂之「私有意」。先秦時代之「作詩言志」與「賦詩言志」，所謂「作者本意」，多為此種「私有意」。後人所做之解釋，其實只是參照其事態背景而推想罷了。至於所謂「共有意」，則為非當事人之廣大讀者群，在略知此詩之「實存情境」或全然不知之下，僅由「文本

65 漢代詩人「作詩言志」，西漢高祖有〈大風歌〉、〈鴻鵠歌〉、戚夫人有〈舂歌〉、韋孟有〈諷諫詩〉，至東漢班固有〈詠史〉、酈炎有〈見志詩〉、仲長統有〈見志詩〉，然大約皆「自抒懷抱」而後「歸於政教」，說見朱自清《詩言志辨》，頁二二〇──二二二。

66 揚雄，《法言．吾子》載雄自悔少作，並以為賦雖欲諷而不免於勸，參見汪榮寶，《法言義疏》（台北：世界書局，一九五八），冊上，頁八一。

67 班固，《漢書．藝文志．詩賦略》，參見《漢書補注》，冊二，頁九〇二。

68 孔安國：「興，引譬連類。」見頁九一注25。《周禮．春官．大師》：「大師教六詩」句下，鄭玄注引鄭眾曰：「比者，比方於物；興者，託事於物。」（台北：藝文印書館，《十三經注疏》景印嘉慶二十年南昌府學重刊宋本，一九七三），頁三五六。又同上，鄭玄注云：「比，見今之失，不敢斥言，取比類以言之。興，見今之美，嫌於媚諛，取善事以喻勸之。」又《周禮．春官．大司樂》：「大司樂以樂語教國子」句下，鄭玄注云：「興者，以善物喻善事。」版本同上，頁三三七。劉熙，《釋名》卷六〈釋六義〉云：「事類相似，謂之比。興物而作，謂之興。」

情境」所具之意象、隱喻、象徵作用而詮釋出來的「詩意」，它為廣大讀者群所得以因文本而解悟，故稱為「共有意」。「共有意」乃是特定作者與特定讀者「隱匿」之後，同時特定社會文化行為經驗情境「隱匿」之後，文本自身所涵有的意義，並無絕對客觀性。

由上面的觀點，我們應該可以看到，「託喻詩」其實有「多重讀者」；第一重讀者，是作詩者由其原因動機與目的動機所指向的「特定讀者」，以屈原之作〈離騷〉為例，楚懷王就是「第一重讀者」，我們可稱他為「創作意圖內讀者」。第二重甚至第三重以上的「多重讀者」，則是當文本已脫離原初創作的經驗情境而開放出來，成為社會文化公共產品之後，人人可以讀之。廣大的群眾皆非作者意圖所對之特定讀者而為「泛化讀者」，我們可以稱他為「創作意圖外讀者」。

從這二種觀念來看，詩歌文化變遷，到了漢代，像先秦那樣的「詩用」之風已趨沒落。毛鄭解詩，其實只是在詮釋古人的文本。他們已遠離了作詩時的社會實存情境，相對於那些詩歌原作者「意圖內」的「第一重讀者」，只能算是「意圖外」的「多重讀者」。依理而言，他們之說詩，當為「共有意」，也就是僅由作品語言情境詮釋其「喻意」。

然而，當我們從毛鄭說詩所依據的《詩序》[69]，以及鄭玄之製《詩譜》來看。顯然他們是透過「知人論世」的方法，意圖重塑歷史，認為可以恢復文本所屬的「實存情境」，以確知一首詩是在何種事實背景之下，為何種目的而作。因此，他們便自認所解出來的詩意，乃是符合「作者本意或用意」的「私有意」了。

毛鄭以「創作意圖外讀者」的身分去做出「創作者圖內讀者」的解詩行為，這是一種「讀者身分錯置」的閱讀。另者，「歷史重塑」雖非理論上的不可能，卻是事實上的不可能。發生的事件已成過去，假如親身經歷的當事人或目擊者沒有確實的記錄，時過百千年，再去重塑，皆已失真，甚至虛構。因此，毛鄭之說詩，便在「讀者身分之錯置」與「歷史重塑」之虛幻下，其「興者，喻……」云云，自宋代以來，即廣受抨擊，被認為是穿鑿附會。

事情假如換另一個角度來看，或許我們在批判之餘，也可以有另一種「同情理解」。換什麼角度？簡單的說，就是我們不要將毛鄭說詩當作是從他們的社會文化情境獨立出來，純然只是就詩論詩的「文學批評行為」。而換成將他們的說詩當作是在社會文化情境中，有其原因動機與目的動機的一種「社會文化行為」，亦即漢儒「說詩」，其實與先秦時代之「作詩」、「賦詩」同是「詩用」的社會文化行為現象。

「通經致用」為漢代經學的基本思想，從漢初陸賈對劉邦所作的建言開始，經書義理的最高價值，即被定位在「緒人倫」、「匡衰亂」上。整個漢代經學，雖不少小儒拘於瑣屑之章句；但是，能究天人之際，通古今之變的大儒，例如陸賈、賈誼、董仲舒、揚雄諸輩，卻都能掌握經學的根本精神[70]。其中，以《詩經》而言，漢代諸儒幾乎都把「詩」放在總體社會文化的功用上來看待。陸

69《詩序》之作者，或云子夏、毛亨，或云衛宏等，聚訟紛紛，莫衷一是，參見《四庫全書總目》（台北：藝文印書館，一九七四），其中〈詩類一〉之〈詩序〉條，冊一，卷十五，頁三三〇；但是，不管作者為誰，毛鄭說詩本乎《詩序》，尤以鄭箋所切合者甚多。

70 參見徐復觀，《中國經學史的基礎》（台北：臺灣學生書局，一九八〇），頁二〇八—二四〇。

賈在《新語・道基》中云：「《詩》以仁義存亡。」[71]賈誼在《新書・道德說》中云：「《詩》者志德之理而明其旨，令人緣之以自成也，故曰詩者此之志者也。」[72]劉安《淮南子・氾論訓》云：「王道缺而詩作……《詩》、《春秋》，學之美者也，皆衰世之造也。」[73]董仲舒《春秋繁露・玉杯》亦云：「詩道志，故長於質。」[74]綜合而言，漢代「詩經學」與其他四經之學同樣建立在「緒人倫」、「匡衰亂」的基本思想上。因此，漢儒「說詩」實隱含其因應時代政教的原因動機與目的動機。「說詩」並非一種脫離當代社會文化實踐，而純為文學批評的學術活動。「說詩者」之所以說詩，其實懷抱著指向當代「實存情境」，某種改善政教的「用意」，故而是一種「社會文化行為」。徐復觀曾對《詩序》的價值如此評斷：

> 作《詩序》者的用心，乃在藉《詩序》以明詩教。……每一詩〈序〉，都有教誡的用心在裡面，此之謂藉〈序〉以明詩教。[75]

徐復觀比對了《詩序》所說與文本意義不太切合者，如〈齊風・雞鳴〉、〈秦風・蒹葭〉等二十餘篇。其中，約有十五篇，詩中看不出刺惡之意，而《詩序》則以為「君子思古焉」，即是陳古之義，以與今之惡相對照，乃以古諷今，故仍然把它們看作「刺詩」[76]。徐復觀因此以為漢儒「說詩」，實寄託了對時代政教的諷諭：

> 《毛詩大序》亦可稱《毛詩傳》，其中有來自周室之史的小《序》，再更經過了孔門詩教的久遠傳承，我懷疑也有漢初的影響。《毛詩》與三家《詩》最大的出入，在三家《詩》以〈關雎〉為衰世之詩，而《毛詩》則由正面加以肯定，並通過〈周南〉以特別強調后妃在政治上的重大作用；這雖在周初有根據，我懷疑也受有呂后專政的衝擊，因而思〈周南〉之古，以諷漢初呂后專政幾覆漢室之今的用意在裡面。《小序》僅言「《采薇》，遣戍役也」。《大序》則推到「文王之時」，給予很高的評價。〈六月．大序〉，亦深以「四夷交侵中國微」為懼。這可能來自文、景時代，匈奴猖獗的背景。[77]

徐復觀之說，雖無以證實毛傳之說〈關雎〉、〈采薇〉、〈六月〉，具有諷諭漢初時事之用意；然而，從漢代經學之基本思想，以及周秦「詩教」精神下貫漢代而未絕的此一整體文化情境來理解，

71 陸賈，《新語．道基》（台北：世界書局，一九七五），頁三。
72 賈誼，《新書．道德說》（台北：世界書局，一九七五），頁五七。
73 劉安，《淮南子．氾論訓》（台北：世界書局，一九六五），頁二一三。
74 董仲舒，《春秋繁露．玉杯》（台北：世界書局，景印《皇清經解續編》，一九七五），頁二一。
75 徐復觀，《中國經學史的基礎》，頁一五四—一五五。
76 同上注，頁一五五。
77 同上注，頁一六〇—一六一。

則徐復觀之說未始不是可信的洞見。

其實，漢代非僅「說詩」有此種「託古諷今」之用意，其詮釋「屈騷」，同樣是將對當代之「政教批判」的意圖，寄託於對典籍所做的「文學批評」上；「託古諷今」，其意不難理解[78]。

如是，則漢代毛鄭之「說詩」，在詮釋文本時，所謂「興者，喻……」，其所「興」未必盡為作者之所感發，亦為讀者之所感發，這些讀者包括毛、鄭以及設想中更多的漢代讀者。其所「喻」亦未必盡為作者意圖中之所欲連類者，亦為讀者意圖中之所欲連類者。然則，作者之「實存情境」、文本之「語言情境」、讀者之「實存情境」交相滲透為一「同情共感」的境域。此正是孔子所云「詩可以興」的古義，也是詩歌之創作與閱讀，在未脫離社會行為而獨立成個人專業文學活動之前的一種文化現象；不但作詩是一種「興之託喻」，說詩也是一種「興之託喻」。

準此，則毛鄭之「說詩」，假如從「作者本意」、「歷史重塑」此一角度來看，而認定所解即為絕對客觀之詩意，便難免穿鑿附會之弊；但是，假如解消作者、讀者之對立，而將所謂「作者本意或用意」、「歷史重塑」看作是說詩者之「託古諷今」，則毛鄭之「說詩」，可以視為詩歌文化中，最廣義的「託喻」；但是，為了區別原作者之「託喻」與「賦詩」、「說詩」之再創造性的「託喻」。我們可以稱呼前者為「原託喻」，後者為「轉託喻」。不過，這二者在實際的境域中，並非可以截然分割，了無聯繫。這樣的區分，既不是漢代以至先秦諸賢之意，也不是劉勰之說，而是我們理解歷史所獲致的詮釋。

綜合上述二小節的論述，「託喻」實為先秦、漢代以來，「詩用」社會文化現象中，一種「緣事而發」，「微言相感」的特殊「社會文化行為」模式。它的意義，原不只是詩歌文本語言構作的方式而已。後世學者之所以不能充分理解「託喻」之義，而將它等同於「隱喻」、「象徵」，其因便在於將「文本」從「作者」、「讀者」的社會關係脈絡割離出來，而視「託喻」只是詩歌文本語言的構作方式而已。

《文心雕龍．比興》從它在全書中排列的位置來看，劉勰的「比興」觀念雖總承秦漢以來之舊說；但是，對「比興」之意義似乎仍然理解得不夠深徹，故而僅將它視為修辭之技法，而矮化了它在理論上的層級[79]。連帶的，他雖以「託喻」之「名」概括傳統詩歌文化經驗之「實」；但是，從他在〈比興〉中說「興之託喻」為「婉而成章」、「稱名也小，取類也大」的文脈來看，似乎也偏重在語言構作層面去解釋「託喻」；然而，由〈比興〉整體來理解，他說「興」為「起情」，又特別強調「興體詩」對時代的諷諭作用，稱許屈原「依詩製騷，諷兼比興」，而貶責漢人作賦為「詩刺道喪，故興義銷亡」。準此，則在他整體的觀念中，「託喻」固為一文本語言的構作方式；但是，卻必然要以「起情」、「諷勸」為充要條件，也就是「託喻」的充要意義，一定要置入作者「緣事而發」，並以「微言相感」，亦即「實存情境」與「文本情境」連類的脈絡中，才能獲致理

78 參見顏崑陽，〈漢代「楚辭學」在中國文學批評史上的意義〉，原刊《第二屆中國詩學會議論文集》（臺灣：彰化師範大學國文系出版，一九九四），頁二三八—二四〇。收入顏崑陽，《詮釋的多向視域》（台北：臺灣學生書局，二〇〇一六），頁二〇一—二五二。

79 參見顏崑陽，〈《文心雕龍》「比興」觀念析論〉，收入本論文集，頁一二一—一六一。

解。這也可以見出劉勰「比興」觀念仍存在著若干游移不定之義，有待吾人重新的詮釋與建構。

四、結論

綜合以上的分析詮釋，我們可以獲致下列幾個判斷：

（一）「託喻」這一觀念，不僅在詩歌文本自身的語言形式方面具有理論上的意義，更且在與詩歌有關的社會文化活動中，具有「社會文化行為」上的意義。

（二）劉勰《文心雕龍．比興》中所謂「託喻」，涵有三義：一是寄託；二是譬喻；三是勸諫或告曉。從〈比興〉整體的文意來看，「託喻」雖是一種文本語言的構作方式；但是，它不僅為語言本身的隱喻或象徵，亦即非「譬喻」一義而已。在「興」的總體概念下，它必須整合「寄託」、「勸諫或告曉」二義，始為充分。此二義涉及作者「緣事而發」之原因動機與目的動機；故一切「託喻」之作，必然「緣事而發」，並以「微言相感」。它是在作者之「實存情境」、文本之「語言情境」與讀者之「實存情境」的連類脈絡中，所進行以詩歌為媒介的社會文化行為。

（三）在上述的觀念基礎上，「興」之「託喻」與一般修辭上之「比喻」，不管明喻或隱喻，其最大的差別是：「比喻」只是二個事物之間的「物性切類」，而「託喻」則是二種複合境域之間的「情境連類」。不管對作者或讀者而言，都不能僅視文本所描寫之事物為認知對象而已；亦即作者、讀者之主體必須涉入「實存情境」與「文本情境」所連類融成之情境中，進行當下具體的感悟，始能獲致意義的理解，故古人稱之為「相感」。

（四）「託喻」之名雖始於《文心雕龍．比興》；然而，其實它是劉勰對先秦以來，詩歌文化之實踐與言說的反省總結。先秦時代，詩人「作詩言志」明顯是「緣事而發」、「微言相感」，其行為背後隱涵著「託喻」的觀念，而士大夫於外交場合的「賦詩言志」也是如此。延至漢代，毛鄭之「說詩」，其實也隱涵著「託古諷今」之意圖，是一種廣義的「託喻」。總合起來，先秦以至兩漢「作詩」、「賦詩」、「說詩」皆非詩人或批評家閉門自我抒情或純做學術研究的個人行為，而是在人際互動關係脈絡中的「社會文化行為」。「詩」是這種「社會文化行為」的特殊媒介，而「託喻」即是其運用的模式。我們稱之為「詩用的社會文化行為現象」。

（五）為了在概念上區分原作者之「託喻」，與「賦詩」、「說詩」之再創造性「託喻」。我們可以稱前者為「原託喻」，後二者為「轉託喻」。

（六）「託喻詩」的讀者具有多重性。第一重讀者是作詩者由其原因動機與目的動機所指向的特定讀者，我們可稱之為「創作意圖內讀者」。其他多重之讀者，則是當文本已脫離原初創作之語境脈絡而開放出來，成為社會文化公產，人人可以讀之。廣大的群眾皆非作者意圖所對之特定讀者而是「泛化讀者」，我們可稱之為「創作意圖外讀者」。

（七）「託喻詩」的意義有「私有意」與「共有意」之別。所謂「私有意」，指的是一首「託喻詩」，作者為某特定事實而針對某特定讀者而發，並寄託在言外的「本意」。這一「本意」經由「情境連類」而依附於文本；但是，其意卻只有當事人——彼「特定讀者」，置身於「實存情境」

中，才能感悟而得。因此，這層「詩意」實為作者與彼特定讀者間之所私有，故謂之「私有意」。至於所謂「共有意」，則是指非當事人之廣大讀者群，在略知此詩之「實存情境」或全然不知之下，僅由「文本情境」所具之意象、隱喻、象徵作用而詮釋所得之寬泛的「詩意」，由於非繫屬在特定事件下的「作者本意」，廣大讀者群得以因依文本而解悟之，故稱之為「共有意」。「私有意」唯有第一重讀者可以解之。其他多重讀者所詮釋的都只能是「共有意」，因此並無絕對客觀的確當性。

後記：

原刊臺灣成功大學中文系主編，《魏晉南北朝文學與思想學術研討會論文集》第三輯
台北：文津出版社，一九九七年九月。
二〇一六年八月修訂

《文心雕龍》二重「興」義及其在「興」觀念史的轉型位置

一、緒論

「比興」是中國古代最重要的詩學觀念。「比興」之義不明，則中國古代詩歌的創生、本質、功能、創作與批評的原理、修辭法則等論題，便難有確當的認識。

然而，「比興」卻又不是一時一地一人所提出來，而「定乎一見」的系統性理論。從最遠古之時，「詩」自然發生而「詩學」尚未萌發的「原生情境」開始，「比興」就與「詩」同體而在焉。自此以降，歷代詩歌創作、閱讀、批評之實踐，以及詩學觀念之論述，「比興」也都「卮言日出」，與「詩歌」俱在而被士人們不斷論述，「再創」新義。

因此，「比興」是中國古代詩歌創作、批評史上，一種既「內在」於「詩」，又被提舉出來而「外在」於「詩」，做為「開放性」論述的詩學觀念。然則，在現代學術依據古代文獻，對它做出「系統性理論」的詮釋與建構之前，從先秦以至晚清，「比興」實乃隨著不同的「歷史語境」，而不斷被論述者賦予新義；亦即它是一種在發展歷程中，開放性、動變性的詩學觀念。其中，尤以「興」為甚，更是無法以「一家之言」範概之。因此，現代學術任何脫離「動態性歷史語境」，而將它封限的、靜態的以單一抽象概念，例如象徵、隱喻等，試圖有效的詮釋它、定義它，並自以為可「定乎一見」的說法，其實都是「言不盡意」的片面之論。

「比興」雖複合成詞，但二者原是有分。六詩、六義之說，「比」與「興」分列二目[1]。漢代鄭玄箋詩也以刺惡、美善分釋「比」與「興」[2]。劉勰在《文心雕龍．比興》更將「比」與「興」分開訓解，並詮釋其理論性涵義，待後文詳說。而孔子於詩特重「興」義[3]，《詩經》之毛傳也獨標「興體」，多達一一五篇，卻未標示「比體」[4]。而在歷代的「比興」論述中，「興」的確最多歧義，遠過於「比」。因此，「興」可以與「比」合義而論，也可以是一個獨立的詩學議題。本論文

1 《周禮．春官．大師》：「大師掌六律六同……教六詩，曰風、曰賦、曰比、曰興、曰雅、曰頌。」鄭玄注、賈公彥疏，《周禮注疏》（台北：藝文印書館，《十三經注疏》景印嘉慶二十年南昌府學重刊宋本，一九七三），卷二十三，頁三五四—三五六。〈詩大序〉：「詩有六義焉，一曰風，二曰賦，三曰比，四曰興，五曰雅，六曰頌。」比與興皆列為二目。毛亨傳、鄭玄箋、孔穎達疏，《毛詩注疏》（台北：藝文印書館，《十三經注疏》景印嘉慶二十年南昌府學重刊宋本，一九七三），卷一，頁一五。

2 《周禮．春官．大師》「教六詩」句下，鄭玄注云：「比，見今之失，不敢斥言，取比類以言之。興，見今之美，嫌於媚諛，取善事以喻勸之。」又《周禮．春官．大司樂》「以樂語教國子，興道……」句下，鄭玄注云：「興者，以善物喻善事。」其意：比，刺惡；興，美善。《周禮注疏》，卷二十二，頁三三七。

3 《論語》多言「興」，而不及於「比」。〈陽貨〉：「詩，可以興，可以觀，可以群，可以怨。」〈泰伯〉：「興於詩，立於禮，成於樂。」參見何晏集解、邢昺疏，《論語注疏》（台北：藝文印書館，《十三經注疏》景印嘉慶二十年南昌府學重刊宋本，一九七三），卷十七，頁一五六。

4 《文心雕龍．比興》：「毛公述傳，獨標興義。」參見劉勰著、周振甫注，《文心雕龍注釋》（台北：里仁書局，一九八四），頁六七七。本論文徵引《文心雕龍》，皆據周振甫注釋本，下不一一附注。毛傳標「興」篇數，王應麟《詩經考異》引鶴林吳氏之說為一一六篇。朱自清，《詩言志辨》亦主此數，參見《朱自清古典文學論文集》（台北：源流出版社，一九八二），頁二三六。今據裴普賢的統計，應是一一五篇，參見裴普賢，《詩經研讀指導》（台北：東大圖書公司，一九八七），頁一八九—一九〇。

所處理的議題，有些「比興」合義而言，有些則特別獨取「興」義而論，視文脈語境而別。

從「詩學」的領域而言，即使我們不站在上述「歷時性」的視域，以見「比興」與時俱化的多變意義；而另行站在「並時性」的視域，從「文學總體情境」去觀照，「比興」也不僅是作家構思之「心理層」的「形象思維」，或「語言層」之明喻、暗喻、隱喻的修辭法則，或作品表現結果的「藝術形象」[5]。這些說法都沒有錯，卻都只是「比興」的片面之義。

「文學總體情境」包括世界（或宇宙）、作家（或藝術家）、作品、讀者（或欣賞者）四大要素，缺一則無法構成人類的「文學活動」。美國文學批評家亞伯拉姆斯（M.H. Abrams），在《鏡與燈》（*The Mirror and the Lamp*）一書中，將「文學總體情境的四大要素」構造成以「作品」為中心而向世界、作家、讀者三方輻射的圖式[6]。旅美漢學家劉若愚則將這個圖式改造為圓形，用以解釋中國古代六種文學理論。這個圓形圖式顯示「文學總體情境」中，四大要素在世界——作家；作家——作品；作品——讀者；讀者——世界；這四個階段分別產生不同性質的「文學活動」。順向來看，第一階段是作家面對世界，因感物、緣事而產生創作動機及經驗材料；第二階段是作家運用特定語言形式將所感思的材料表現為作品；第三階段是文學作品傳播給讀者，讀者因閱讀而引發感思，或做出批評；第四個階段是讀者因閱讀文學作品有了心得，而改變觀看世界的態度及視域，產生不同以往的感思。然而逆向來看，這四個階段的每一階段，二個要素之間都形成雙向之互為影響的動態關係，例如第一個階段，作家面對世界，受到客觀事物的感動而產生創作，反過來則作家也以他的情志觀看世界事物[7]。這不正是《文心雕龍・詮賦》所謂「情以物興」與「物以情觀」的主客雙向關係嗎？而其中關鍵就是「興」。

其後，我藉用這一「文學總體情境」的圓形圖式做為框架，詮釋先秦到六朝「興」義的演變；而對「興」義歷時性的觀念史，提出三階段之說：（一）先秦時期的「讀者感發」之義；（二）東漢時期的「作者本意」與「語言符碼」的「託喻」之義；（三）六朝時期的「作者感物起情」與「作品興象」之義。同時，又將上述「興」義「歷時性」的觀念史演變，結合「並時性」之「文學總體情境」的圓形圖式，製作一個「興義言意位差演變圖」。圖中顯示上述四大要素兩兩互涉，在四個階段所產生的文學活動，都與「興」密切關聯。作家感物、緣事，發而為詩，是「興」；作家以連類譬喻的語言形式表現為詩，是「興」；讀者讀詩而感發其志氣，是「興」；讀者因讀詩而對

5 張文勛、杜東枝〈關於形象思維和比興手法〉云：「如果『比』接近於『明喻』，那麼也可以說『興』就接近於『暗喻』。」又云：「詩歌創作用比興手法，不單純是一個簡單的表現手法問題，而是作家進行形象思維的重要手段。」參見二人合著，《文心雕龍簡論》（北京：人民文學出版社，一九八〇），第四章第三節，頁七九、八一、八三。王元化〈釋比興篇擬容取心說〉：「『比興』一詞可以解釋作一種藝術性的特徵，近於我們今天所說的『藝術形象』一語。」又云：「我國的『比興』一詞，依照劉勰的『比顯而興隱』的說法，亦作『明喻』和『隱喻』解釋，同樣包含了藝術形象的某些方面的內容。」參見王元化，《文心雕龍創作論》（上海：上海古籍出版社，一九八四），下篇，頁一七七—一七八。

6 參見艾布拉姆斯（M.H. Abrams，臺灣譯為亞伯拉姆斯）著，酈稚牛、張照進、童慶生合譯，《鏡與燈》（*The Mirror and the Lamp*）（北京：北京大學出版社，一九八九），頁五—六。

7 參見劉若愚，《中國文學理論》（台北：聯經出版公司，一九八一），頁一二—一六。「中國古代六種文學理論」是形上理論、決定理論、表現理論、技巧理論、審美理論、實用理論。上揭書，頁九。

世界產生不同以往的感思，這也是「興」[8]。

甚至，我們更必須暫時超離現代狹窄的「純文學」語境，避免將詩歌從人們總體社會文化存在情境孤立出來，而只當作「背離實用、純粹審美」的意象性產物。當我們經由歷史想像，設身處地的感知中國古代士人們的「言語行為」；在他們的「社會文化」生活中，詩無所不在，故「詩」不只是一種文學創作，它根本就是古代士人社會文化生活的一種「言語行為」方式，我們就稱它為「詩文化」。詩之「體」乃相即於詩之「用」而實現而存在。故「詩是什麼」？這種「詩本質論」的問題，不是抽象概念的純粹理論可以回答；必須貼切於中國古代的歷史語境，從士人們「用詩」的社會互動經驗，才能對這一「詩本質」的問題給予「切實」的回答；並且答案多元而適變，非可絕對化、固定化。此即「循用以明體」，而不能「離用以說體」。從「詩之用」契入，才是我們理解古代「詩之體」的門徑。我近些年所開創的「中國詩用學」，已拓展了這一詮釋視域[9]。

從「詩文化」的觀點、從「詩用學」的視域，我們就可以發現，「比興」不僅是「詩學」的論題；而更是「社會文化學」的論題。中國古代士人階層的「社會互動行為」，於結合「禮文化」與「詩文化」所構成的存在情境中，「比興」具有「溫柔敦厚以致和」的「言語倫理」功能與效用；絕非我們現代所理解，僅是一種詩歌創作的思維方式或修辭法則[10]。

我們上文提出這樣的論述，乃意在指出中國古代士人階層的「詩文化」情境中，「比興」之義非常的複雜，多元而適變；研究「比興」，則「總體情境觀」與「動態歷程觀」是基本的詮釋原則，這是本論文有別於他者的「方法論」。我們絕不能以單一、靜態、抽象的簡化性觀點詮釋之，而自以為盡得其意。「比興」合義而言之，是如此；獨標「興」義而言之，當然也是如此。從詩歌創作、閱讀、批評的實踐，以及觀念的論述而言，「興」都可說是「與詩俱存」，遍在詩歌活動的總體情境中，乃詩之發生與本質的主要因素；同時，它的涵義也「與時俱化」，隨著不同歷史時期之社會文化情境的變遷，被個別的論述者做出既「因」且「變」的詮釋，而賦予新義；故「興」才有其觀念史可言。

關於《文心雕龍》的「興」義，我們就是在上述的觀念基礎上，進行理解及詮釋。《文心雕龍》的「興」義，文本所涵實有二重；一般學者但論其一，而忽略其二。並且，《文心雕龍》二重「興」義並存，在「興」觀念史上，乃居於「既因且變」的轉型位置。哪二重「興」義？後文將做細論。

在論證上揭主題之前，有必要反思前行研究成果。我曾對這一問題做過比較詳細的討論[11]，在

8 參見顏崑陽，〈從「言意位差」論先秦至六朝「興」義的演變〉，原刊臺灣《清華學報》新二十八卷第二期，一九九八年六月，頁一四三—一七二，收入本論文集，頁七一—一一九。

9 參見顏崑陽，〈用詩，是一種社會文化行為模式——建構「中國詩用學」初論〉，臺灣《淡江中文學報》第十八期，二〇〇八年六月，頁二七九—三〇二。

10 參見顏崑陽，〈比興的言語倫理功能及其效用〉，原刊《政大中文學報》第二十五期，二〇一六年六月，頁五—六〇。收入本論文集，頁二五九—三二四。

11 參見顏崑陽，〈《文心雕龍》「比興」觀念析論〉，臺灣中央大學《人文學報》第十二期，一九九四年六月，頁三一—五五。收入本論文集，頁一二一—一六一。

這裡不重複贅述，僅略明其要如下：前行研究者幾乎都合「比興」而論之，並且主要以〈比興〉一篇為討論對象，這類論文略估應該有百篇以上[12]。單獨論「興」的比較少，只有蕭華榮、白靈階、袁濟喜等少數幾篇[13]。大致而言，對《文心雕龍》「比興」之義的論述，主要形態有二：

（一）〈比興〉一篇的文本釋義，問題集中在：1.《文心雕龍》所謂「比興」，什麼是「比」？什麼是「興」？「比」與「興」有什麼區別？這類文本釋義是最基本的研究，大致出現在《文心雕龍》的箋釋、講疏、譯注一類的著作中，看起來很單純，卻對劉勰論述「比興」之文本的某些關鍵句，解釋紛紜，例如「依微以擬議」，「微」是何義？「擬議」是何義？「環譬以託諷」，「環譬」是何義[14]？2.何謂「比顯而興隱」？「比顯而興隱」這個不是很重要的問題，論者竟然不少，卻大多出現在一些辭典之類的工具書，只做簡略的解說而已[15]。

（二）對劉勰或《文心雕龍》的「比興論」或「比興說」提出某些後設性觀點的綜合論述[16]，大多不出王元化所提出「擬容取心」、「藝術形象」、「明喻」、「隱喻」等說法[17]，或張文勛等所提出「形象思維」的說法[18]。其中，常見針對王元化的說法，提出商榷或評論[19]。

至於獨標「興」義而論者，有的也是以〈比興〉為主要對象，以進行釋義[20]；有的則從審美理論的後設性觀點，詮釋「興」義[21]。其中，所謂「興義夾纏」的說法值得注意。「興」義的確非常複雜，各代各家常有不同的詮說；然而，我們前文述及，「興」義原是一個開放性的論題，歧義層出，如果從「定於一說」的觀點視之，就會有「夾纏」之見；如果從「總體情境」與「動態歷程」觀之，則只見其義多元而適變，何「夾纏」之有？

12 參見戚良德，《文心雕龍學分類索引》（上海：上海古籍出版社，二〇〇五），收錄有關《文心雕龍》之「比興」觀念的論文七七篇。如果再加上本書未收錄大陸以外學者的論文，又二〇〇五年之後發表的論文，則總數應有百篇以上。

13 蕭華榮，〈「興」義的演化與夾纏〉，參見蕭華榮，《中國詩學思想史》（上海：華東師範大學出版社，一九九六）；白靈階，〈劉勰「興」義發微——從興的纏夾說起〉，《湘潭師範學院學報》，第二十卷第五期，一九九九，頁八二—八五；袁濟喜，〈「興」與審美理論〉，參見袁濟喜，《興：藝術生命的激活》（南昌：百花洲文藝出版社，二〇〇一）。

14 參見顏崑陽，〈《文心雕龍》「比興」觀念析論〉，收入本論文集，頁一二一—一六一。

15 趙則誠、張連弟、畢萬忱主編，〈比顯興隱〉，參見《中國古代文學理論辭典》（吉林：文史出版社，一九八五）；俞朝剛、張連弟、欒昌大主編，〈比顯興隱〉，參見《中國古代詩歌辭典》（成都：四川人民出版社，一九八九）。另外，童慶炳，〈《文心雕龍》「比顯興隱說」〉，《陝西師範大學學報》，第三十三卷第六期，二〇〇四，頁五—一一。

16 例如繆俊傑，〈「擬容取心，斷辭必敢」——劉勰論「比興」手法的特點〉，參見繆俊傑，《文心雕龍美學》（北京：文化藝術出版社，一九八七）；詹福瑞，〈「比興」與藝術想像〉，參見詹福瑞，《中國文學理論範疇》（保定：河北大學出版社，一九九七）。

17 王元化，〈釋《比興篇》擬容取心說〉，參見王元化，《文心雕龍創作論》下篇，頁一七七—一七八。

18 張文勛、杜東枝，〈關於形象思維和比興手法〉，參見二人合著，《文心雕龍簡論》第四章第三節，頁七九、八一、八三。

19 例如曾祖蔭，〈對〈釋《比興篇》「擬容取心」說〉的商榷〉，《文學評論》第三期，一九七八，頁九五—九六；郭外岑，〈比興概念的形成和劉勰的「比興」論——兼評王元化同志「擬容取心」說〉，《西北師範學院學報》第三期，一九八四，頁一七—二三轉三八。

20 例如白靈階，〈劉勰「興」義發微——從興的纏夾說起〉。

21 例如袁濟喜，〈「興」與審美理論〉。

綜合而言，現當代有關《文心雕龍》之「比興」義的研究，文本細部詮釋頗多歧說；而理論性的詮釋，則明喻、暗喻、隱喻、象徵、藝術形象、形象思維等，大體是主流共識的觀點。凡此諸說，幾乎都將《文心雕龍》所說的「比興」或「興」，定位在作品語言層次及作者心理層次，賦予其義。所謂「心理層次」也是限指在進行創作之際，如何想像、構思的心理活動。從創作心理過程而言，想像、構思已在陸機〈文賦〉所述「慨投篇而援筆，聊宣之乎斯文」之後，而進入「收視反聽，耽思傍訊，精騖八極，心遊萬仞」之始矣[22]，也即是《文心雕龍．神思》所謂「文之思也，其神遠矣」的開端了。這是「臨文」創作之際，心神的想像、構思，已經關聯著語言形式之意象經營，當是「比興」之一義；然而，在這一階段之前，詩人面對自然世界、文化社會，如何「感物」而動，「緣事」而發的心理呢？這是〈文賦〉所說：「佇中區以玄覽，頤情志於典墳。遵四時以嘆逝，瞻萬物而思紛。悲落葉於勁秋，喜柔條於芳春。心懍懍以懷霜，志眇眇而臨雲」的階段[23]；此一階段的心理活動也是「興」。那麼，《文心雕龍》有沒有這樣的「興」義？它與〈比興〉所說的「興」義有何區別與關聯？這些問題都必須納入思辨與論述。

《文心雕龍》的「興」義實有二重，第一重「興」義聚焦於〈比興〉一篇，其主要觀念大致因承傳統而來，劉勰當然自覺其理論性的意義，故專立〈比興〉一篇，以「顯題」而論之。這一重「興」義也為現當代學者所明察，因而成為研究《文心雕龍》之「比興」義的聚焦性論題。前文所做研究成果的反思，已簡要述明。相對而言，第二重「興」義，可能劉勰沒有自覺其理論性的意義，故未曾專篇「顯題」而論之，只伴隨「詮賦」、「物色」的論題而呈現。這一重「興」義，劉勰雖未自覺而建立特定的理論；然而，從文本的隱涵意義而言，我們做為現代讀者，當可從其深層處，詮釋而揭明之，並以後設性的觀點賦予理論性的意義。劉勰雖未自覺其義，然而這是時代變遷，整體文化轉型過程中，同一世代士人之「群體意識」的「漸化」，日常實踐而不自覺，必須延後幾十年，甚至百年以上，才會經由後起之有識者的反思而揭明其義，進入「觀念」層次，而顯題化成為新興的理論。唐代士人之論「興」，其中已頗多此義，例如題為賈島所著的《二南密旨》，所謂「感物曰興……」云云[24]，顯然承繼六朝這種新起的「興」義而正式加以理論化了。自此以後，「興會」、「興象」等詞語就成為詩歌本質的同義詞[25]。

因此，這第二重「興」義，論者大多忽略，雖偶爾涉及，也未能將它顯題化而做為聚焦性觀點，不但詮明其理論性意義，更且從「總體情境觀」與「動態歷程觀」，論定這一重「興」義，在「興」觀念史的脈絡中，究竟居於什麼樣的轉型位置？而這正是本論文所擬定的主題。針對這一主題，我們從社會文化之「總體情境觀」的視域，可以洞察到某一種「觀念」的改變，並非孤立的進行，而是在總體社會文化的結構系統中，各種相關的「觀念」交互作用，相伴而變。

因此，我們可以理解到第二重「興」義，為何會在〈詮賦〉與〈物色〉二篇中，伴隨性的呈

22 陸機，〈文賦〉，參見劉好運，《陸士衡文集校注》（南京：鳳凰出版社，二〇〇七），頁六、九。
23 同上注，頁六。
24 賈島，《二南密旨》，參見張伯偉，《全唐五代詩格彙考》（南京：鳳凰出版社，二〇〇五），頁三七二。
25 參見蔡英俊，《比興物色與情景交融》（台北：大安出版社，一九八六），頁一四四—一四五。

現。我們要特別注意到，這二篇同時都涉及到文學「總體情境」中，「作家」這一主體的「情性」，以及「世界」這一對象的「物色」；也就是社會文化變遷，到了六朝時期，已逐漸脫離「道德意識」之統攝，因而個人「情性主體」與自然世界的「物色」乃一體朗現，「興」義也隨之脫離漢儒箋釋詩騷所建構的「比興」傳統，轉型出新變之義；甚至，這種轉型，明顯由讀者的立場、觀點轉向作家的立場、觀點，「興」也轉而側重「創作論」的意義。這與漢代以降，士人階層興起，詩文創作逐漸專業化有關[26]；「如何創作」這個問題，便成為士人關懷的重心。社會文化的轉型必然是總體逐漸推進，內外各因素交涉為用，因此不宜孤立一個因素，單獨論述之；然則這第二重「興」義之變，必須在這一基本假定上，才能獲致完整而適切的詮釋。

二、《文心雕龍》的二重「興」義

《文心雕龍》的「興」義有二重。第一重主要表達於〈比興〉一篇；前行學者的論述很多，似乎應該已經詮釋明確，事實卻未必然。前文述及，前行研究者在文本的詮釋上，就有很多歧說。這當然是因為《文心雕龍》以駢體行文，很多意象美詞，簡約蘊蓄；讀者理解既各有心得，再加以轉成現代抽象概念的話語去說明，歧義當然產生。其中關鍵在於很多學者仍然習慣傳統綜合直觀的讀法，大略於語言表層粗有所見，便直陳主觀心得；而很少能在《文心雕龍》總體語境、各篇互文及當篇語脈的深讀體悟中，洞識其義；然後，經由文本細讀之法，精密分析各個關鍵詞、句，以相對客觀而有效的詮釋所深讀體悟之理，庶幾不落於望文生義的空說。

上述問題，我已做過反思批判，檢討重要的諸家之說，並經由文本細讀、分析的詮釋方法，針對《文心雕龍》的「比興」之義，做出重新的詮釋，而有效的處理下列問題：（一）《文心雕龍》所謂「比興」，什麼是「比」？什麼是「興」？「比」與「興」有何差別？（二）為何「比顯而興隱」？（三）《文心雕龍》所說的「比興」，在文學創作活動中，究竟有何理論性的意義？亦即比、興是二種修辭法？或表現方法？或思維方法？或藝術形象？這明顯為了解決前行研究者各執一說而自以為定見的爭論。（四）《文心雕龍》的「比興」之說，在理論上有何價值？在觀念史上，有何所承？有何所變？又有何價值[27]？

這些問題，前行研究者也都處理過；但是，雖有些確當之論，卻更多偏謬之說。我們經由批判，找出問題所在，駁謬以正義，而提出不同於舊說的論述。其詳細的文本分析、詮釋、論證的過程，不必在這裡複述。我們僅綜攝幾個簡要的結論[28]：

（一）「比」與「興」各自指涉了構成文學作品意義的二種不同性質的因素——理和情，以及它們發用的不同形態——依附與引生。「理」與「情」在內容與發用形態的差別，也就是「比」與

---

26 參見龔鵬程，《文化符號學》（台北：臺灣學生書局，一九九二）。

27 參見顏崑陽，〈《文心雕龍》「比興」觀念析論〉，收入本論文集，頁一二一—一六一。

28 同上注，詳細論證過程及主要結論，參見〈《文心雕龍》「比興」觀念析論〉，收入本論文集，頁一二一—一六一。

「興」根本的殊異。「比」之所以成立，是依照事物間客觀形態或質性的相似；而「興」之所以成立，是依照事物間主觀情意經驗的相似。「興」之所以往往帶「比」，就因為「起興者」（主體）與「引興者」（情境對象）之間具有「相似性」；但是，它之不同於「比」之為「比」，也就因為它的「相似性」必是繫屬主觀情意經驗（包括創作主體與閱讀主體），而不繫屬於對象物客觀的形態或質性。

（二）《文心雕龍》所說的「比興」，就文學創作活動層面而言，涵具詩歌文本語言構作原理的意義，而不僅是二種修辭法；但是，劉勰將〈比興〉置於〈麗辭〉之後，的確只將它看作二種修辭法；尤其「比」為「明喻」，僅被視為一種局部修辭技術。這不免矮化「比興」在理論層次上的意義。

（三）從觀念史的因變而言，《文心雕龍》的「比興」之說，大體因承漢儒箋釋詩、騷的觀念而創變之。因承者，仍是從「託喻」以釋「興」。創變者，劉勰已將「比興」提升到語言構作原理的層次，實具一般理論意義，這就不同於漢儒只是針對詩騷所做文本箋釋的「比興解碼」而已。

其後，我在上述的基礎上，再以《文心雕龍．比興》為討論起點，論述中國古代詩歌文化中的「託喻」觀念。其中，論述到「比」是什麼？「興」是什麼？我們原則上盡量避免在未曾深度理解原典文本之意前，就套用西方理論而穿鑿附會作解，例如以明喻、隱喻或象徵詮釋「比興」[29]。我們認為：如何使用中國古代原有的詞彙，而加以重釋，賦予新義，並轉成現代話語，這應該是比較可行的作法。因此，我沿用孔安國箋釋《論語．陽貨》：「詩可以興」一句的用語「引譬連類」，再經由《文心雕龍．比興》之文本的分析詮釋，而正式提出以「物性切類」釋「比」，而以「情境連類」釋「興」[30]。

「物性」指的是事物外在形體或內在性質的特徵，這是事物靜態性存在的性相。《文心雕龍・比興》所舉「或喻於聲，或方於貌，或擬於心，或譬於事」的幾個例子皆是「物性切類」之「比」；「情境」則是包括人在內的某個特定事物，身處實在的時空中，所感知種種事物活動的境域，這是事物動態性存在的情境。「感知」必須有客觀外在的對象物，同時也必須有主體內在的「情意經驗」；如此主客融合，才能構成「情境」。《文心雕龍・比興》對於「興」的「託喻」，劉勰所舉「關雎有別，故后妃方德」的例子，就不是純為詩人創作主體所對客體事物，更不只是這些客體事物的外在形體或內在性質特徵的相似，故非「物性切類」之「比」。「關關雎鳩，在河之洲」是一個「動態性的情境」：春天河邊的沙洲，這是具體實在的時空場所。雎鳩關關啼叫，以求偶繁殖，這是自然界生物的活動現象。這二者融合為整體，當然是一種「情境」。這「情境」被君子、淑女

29 以明喻、暗喻、隱喻、象徵詮釋「比興」，這已是現代中文學界的常談。除了上舉王元化、張文勛及杜東枝之說外，還可以王念恩，〈賦比興新論〉為例。這篇論文藉用西方各種比喻、寓託、象徵之說，進行中西相互詮釋。他將賦、比、興分析詮釋為：三種寫作技巧、三種創作方式、三種美學特徵、三種詮釋方式。而不管上列哪一種詮釋，賦比興都是限定在「文學」的本位上，尤其是從語言層作解。收入《古典文學》（台北：臺灣學生書局，一九九一），第十一集，頁四三—五五。

30 顏崑陽，〈論詩歌文化中的「託喻」觀念〉，臺灣成功大學中文系主編，《第三屆魏晉南北朝文學與思想學術研討會論文集》（台北：文津出版社，一九九七），頁二一一—二五三，收入本論文集，頁一六三—二〇八。

所「感知」而「興發」類似性的「情意經驗」，相求而為匹偶，故云「窈窕淑女，君子好逑」，這當然也是一種「情境」。這二種「情境」有其類似性，興而帶比，被詩人所感知而「連類」成文。這連類者，於「情境」而言是指二者的類似性；於詩人「主體」而言是心理的感知與聯想。這不能簡化的等同語言層次的隱喻或象徵修辭技法。假如，詩人果真以此寄託某種政教諷諭的目的，則更是隱微難明的「作者本意」了。因此，「興」義也就特別複雜而不明確，故劉勰云「比顯而興隱」。

如此複雜的「興」義，實在無法藉用暗喻、隱喻或象徵這類西方修辭理論的概念作解。葉嘉瑩已明確指出：「比興」之義包含了古典詩歌中形象與情意的各種關係，其義甚為多元而複雜，不是以西方所謂隱喻、象徵就可解釋得盡[31]。這是現代中文學界有關「比興」研究，最能貼切「比興」觀念之歷史語境的見解。

從《文心雕龍．比興》來看，「興」有二個基本要義：一是「起情」；二是「環譬以託諷」（或說是「託喻」）。「環譬」不是局部字句的譬喻性修辭，而是「整體設喻」，乃「興體」的語言形式特徵。而所謂「整體設喻」是將二個「情境」因其「相似性」而加以「連類」。這二個「興」的基本要義，在漢儒詮釋詩騷的傳統中，當是「環譬以託諷」為優先，因為這關聯到作者「有所為而為之」的「本意」，漢儒認為這才是「興體」之詩的終極意義；「起情」只做為「環譬以託諷」的經驗題材基礎而已。

綜合上述，對於《文心雕龍》第一重的「興」義，我已在上引二篇論文中，做過詮釋，故在這裡不重複細論；不過，其中還有二個留白的問題，與本論文的主題相關密切，下文將一併處理，在此先做簡要提示：

（一）劉勰於〈比興〉的論述中，主要定位在文本語言層次以詮釋「比興」，而涵具一般性詩歌語言構作原理的意義。這與漢儒主要定位在箋釋詩騷文本的實際批評不同。漢儒對「比興」的關懷重點是：如何閱讀、詮釋詩騷文本，解開「比興」的「語言符碼」，而獲致「作者本意」，或稱為「作者用意」。因此，他們的發言位置是讀者如何閱讀、詮釋的立場及觀點，而不是作者如何創作的立場及觀點；所謂「比興託喻」、「作者本意」，只是漢儒所持不證自明之詩騷本質論的基本假定；至於「比興」本身在文本語言構作層次所涵具的原理法則，不在漢儒的問題視域中。

劉勰論述「比興」卻定位在文本語言構作層次，這一理論性的問題視域；而文本的「語言形式」乃是作者與讀者雙方會集之地。作者進行創作，必須構作語言以表達情意，即《文心雕龍・知音》所謂「綴文者情動而辭發」；讀者進行閱讀也必須詮釋語言以知會情意，即《文心雕龍・知音》所謂「觀文者披文以入情」。兩者會集在「語言形式」之地，進行「意義」的交談。因而，劉勰在因承漢儒箋釋詩騷之讀者立場、觀點的基礎上，已將「比興」轉變出作者如何構作語言的觀點，故涵具「創作論」的意義。

其實，很多學者就是「理所當然」的將《文心雕龍》的〈比興〉一篇，從「創作論」的觀點進

31　葉嘉瑩，〈中國古典詩歌中形象與情意之關係例說〉，收入葉嘉瑩，《迦陵談詩二集》（台北：東大圖書公司，一九八五），頁三二五—四〇四。

行研究；然而，劉勰「比興」之論何以會有這樣的轉變？在學術上，不能將它看作「理所當然」、「事本現成」的產物，而必須詮釋其原因、評斷其價值。另外，在《文心雕龍》的〈比興〉一篇中，因承漢儒箋釋詩騷的「讀者立場與觀點」，還有「殘餘」的成分嗎？這些問題，尚無學者仔細思辨、討論過。因此，劉勰「比興」之說，在觀念史上的位置，仍有待詮評。

（二）《文心雕龍》的〈比興〉一篇中，劉勰以「起情」釋「興」，云：「興者，起也。……起情故興體以立。」這「起情」之說，不但切中「興」字的本義，更是越過漢儒箋釋詩騷，而遙契《詩經》文本所隱含詩歌發生性原因之義。前文指出，在第一重「興」義中，「環譬以託諷」是〈比興〉一篇優先性的基本要義；而「起情」只是做為「環譬以託諷」的經驗題材。然而，「起情」在我們所要討論第二重「興」義的語境中，卻反而比「環譬以託諷」更具有理論的優先性，必須另做處理。

第二重「興」義，由於在《文心雕龍》的文本中，沒有被顯題化而專篇論述；故一般學者都未特別重視，也就未能持與〈比興〉對觀，從而揭明它的理論性意義，並據此詮定《文心雕龍》之「興」義，在觀念史上的轉型位置。本論文正是以此為論述重點。

第二重「興」義主要在〈詮賦〉、〈物色〉二篇，伴隨劉勰對賦體、物色的論述呈現出來。〈明詩〉、〈情采〉亦稍涉及之，可為輔證。

我們先將幾處文本引述如下：

〈詮賦〉云：

……至於草區禽族，庶品雜類，則觸興致情，因變取會。

又云：

原夫登高之旨，蓋睹物興情。情以物興，故義必明雅；物以情觀，故詞必巧麗。

〈物色〉云：

春秋代序，陰陽慘舒。物色之動，心亦搖焉。……物色相召，人誰獲安？

又云：

歲有其物，物有其容；情以物遷，辭以情發。一葉且或迎意，蟲聲有足引心。

又云：

詩人感物，聯類不窮。流連萬象之際，沉吟視聽之區。寫氣圖貌，既隨物以宛轉；屬采附聲，亦與心而徘徊。

又云：

四序紛迴，而入興貴閑；物色雖繁，而析辭尚簡。

又云：

山沓水匝，樹雜雲合。目既往還，心亦吐納。春日遲遲，秋風颯颯。情往似贈，興來如答。

在詮釋這些文本之前，我們先以「互文詮釋」的原則，照應到第一重「興」義，也就是〈比興〉的文本。依循前文所特別指出的「起情」說，我們先從〈比興〉確認「興者，起也」這一個基本概念。《說文》解釋「興」字的本義就是「起」，引申而有「引」、「生」等義。「起情」就是「引生情感」；而「情」者「性」之動也。此「性」為血氣所生具的「情性」；情性者，情之性也。其本體為「靜」，必須「感物」而「動」，才會產生喜怒哀樂好惡欲的「七情」之象，故《禮記．樂記》云：「夫民有血氣心知之性，而無哀樂喜怒之常，應感起物而動，然後心術形焉。」[32]所謂「應感起物」就是應接外物而引發感覺，感覺所生的喜、怒、哀、樂等情緒，就是「心」的動向，謂之「心術」。劉勰明顯因承這種「感物」的觀念，從而詮釋「詩」的發生原因。我們可以互文照應到〈明詩〉，云：

人稟七情，應物斯感；感物吟志，莫非自然。

準此，「興」就是「感物」而「起情」；而此「物」又是何義？在中國古代文化思想的經典中，「物」是一個具有理論義涵的術語；但是，往往被現代學者籠統含糊的使用。它的基本概念即是《莊子．達生》所做的界義：「凡有貌象聲色者，皆物也。」[33]再從它被使用的語境而言，可有二個基本義涵：一是與「道」相對而成義。「道」是先驗的形上本體，「物」則是形下經驗界的一切存有物；二是與「心」相對而成義。「心」是主體內在的心靈，可有情欲之心、認知之心、道德之

32 鄭玄注、孔穎達疏，《禮記注疏》（台北：藝文印書館，一九七三，《十三經注疏》景印嘉慶二十年南昌府學重刊宋本），卷三十八，頁六七九。
33 郭慶藩，《莊子集釋》（台北：河洛圖書出版社，一九七四），卷七上，頁六三四。

心、審美之心等。而「物」則是「心」之所對，一切外在客觀的存有物。當然，這些存有物大體都在經驗現象界之內，因此與前一義涵並非截然二分。

那麼，在經驗現象界中，「物」的實質內容是什麼？它並沒有固定唯一的義涵，必須在不同的語境中，相對於不同主體性的「心」而定：如果相對於情欲主體，「物」便是情欲之心所感覺、欲求的對象；如果相對於認知主體，「物」便是認知之心所判斷的對象；如果相對於道德主體，「物」便是道德之心所判斷的對象；如果相對於審美主體，「物」便是審美之心所判斷的對象。

在上述〈樂記〉的語境中，「物」的實質義涵，乃情欲主體之所對，主要是社會文化世界中，《老子》第十二章所謂：五色、五音、五味等「難得之貨」；故「應感起物」而動的「情欲」，一是「喜怒哀樂」的情緒，二是「好惡」的意向，即「欲求」或「排拒」；這不僅是直覺感受的情緒，而是有價值判斷的「意向」了。此種「情欲」反應，雖出於天生的「血氣心知」之性，不能滅絕；但是如果任其放縱而無節制，必有害於社會；故而〈樂記〉在儒家文化思想的語境中，「物」是「情欲主體」的對象，實有負面價值之義；而「情」既與「欲」混合不分，則「情」同樣有負面價值之義，必須經由道德理性之「逆覺」作用，加以節制，這就是〈樂記〉所謂「反情以和其志」[34]。而伴隨著儒家文化思想中，這種可能背反道德理性之「情」與「物」的觀念，漢儒箋釋詩騷時，就像〈詩大序〉那樣，總是特別強調詩歌必須「發乎情，止乎禮義」；故而詩歌之「興」，雖由於「感物起情」，卻不能順隨「血氣心知」之性，直接發乎「情」以付諸吟詠；而必須在「先王之澤」下，以「禮義」加以制約，使得詩歌之用，能符合「溫柔敦厚」之義；故而對政教之得失雖有勸諭，也必須採取「環譬以託諷」的「興體」以為之。這是漢儒箋釋詩騷所建構的第一重「興」義，到了六朝已是既成的傳統。在這一傳統中，「興」最優先的要義是「環譬以託諷」，而不是「起情」。

第二重「興」義，主要是詩人「感物起情」而發乎吟詠。〈明詩〉說：「感物吟志，莫非自然。」似乎將詩的發生原因歸諸人性之「感物起情」，乃自然而然的表現。〈情采〉所謂：「風雅之興，志思蓄憤，而吟詠情性……。」似乎也宣告了「為情而造文」的《詩經》文本，它實際的發生原因，也是人們感物而動，「志思蓄憤」之「情」的自然流露。上引〈詮賦〉：「觸興致情」、「睹物興情」、「情以物興」等話語，似乎同樣表明了「賦」乃「感物起情」之作。

上述這類話語，斷章取義而解之，都涵具了第二重「興」義。然而，從這二篇文本的整體語境來看，〈明詩〉在「原始以表末」的論述脈絡中，所謂「順美匡惡，其來久矣」、「四始彪炳，六義環深」、「匡諫之義，繼軌周人」，這類話語都表明儒家詩觀仍是劉勰所因承的主要傳統。而〈情采〉在「吟詠情性」之下，接云「以諷其上」，也表明儒家「政教諷諭」的詩觀仍為劉勰所因承。至於〈詮賦〉之批判「蔑棄其本」、「愈惑體要」的賦作，實乃「無貴風軌，莫益勸戒」，則表明劉勰對於「賦體」，並未全然放棄儒家「政教諷諭」的觀念。

不過，在上述這幾篇的語境中，儒家「政教諷諭」的傳統固然是劉勰所因承的觀念基礎；但

34 詳參顏崑陽，〈從〈詩大序〉論儒系詩學的「體用觀」——建構「中國詩用學」三論〉，臺灣政治大學中文系主編，《第四屆漢代文學與思想學術研討會論文集》（台北：新文豐出版公司，二〇〇三），頁二八七—三二四。

是，「感物起情」的「興」義，卻也在文本中，伴隨著劉勰對詩、賦之發生性原因的論述，而被凸顯出來。並且從文本的語境來理解，在〈詮賦〉中，「感物起情」之「興」義，其優先性已有明顯的強化。這種現象，即使劉勰並非刻意將此一「興」義顯題化；但是，我們從文本詮釋的視域觀之，這是值得特別關注的訊息。當劉勰做為齊梁這一時代最精敏的文學理論家，除了因承傳統之外，某些由社會文化之變遷所鋪展的當代存在處境，其中隱蓄的群體文化意識形態，也可能已悄悄的滲進劉勰這個論述主體的心靈，而自然展露在他的話語脈絡中。上述《文心雕龍》那種「感物起情」與「環譬託諷」並陳，而優先性互有消長的文本話語，其實已演示了在六朝社會文化轉型時期，「興」義也正漸漸的隨之而轉型了。

這一轉型現象，在〈物色〉一篇中表達得更為明顯。從前文對〈明詩〉、〈詮賦〉、〈情采〉的論述來看，就已顯示第二重「興」義，幾乎都在「感物」與「起情」之論述的「局部」語境中呈現。及至〈物色〉一篇，「全部」語境都已切合在「感物起情」之說了。整篇文本即使未必處處出現「興」字；但是，所論卻都是：氣之動物——物之四時變化——人之感物——情以物遷——辭以情發，這整個過程就是「興」義。而這種「興」義與〈比興〉一篇的「起情」之說相關，卻與「環譬以託諷」截然不同。

〈物色〉云：「春秋代序，陰陽慘舒。物色之動，心亦搖焉。……物色相召，人誰獲安？」這段文本要義在於：陰、陽二氣互為消長，以生四時物象之變化。而四時物象之變化感動人心，詩由此而生。其中，陰陽二氣之說，明顯源自《周易》的宇宙論；而在這一宇宙論的基礎上，衍生出

「氣感」之說。萬物不但生於陰陽二氣合和，並感乎陰陽消長而變化，而且物與物之間也同氣相應、同類相召。人為萬物之一，當然也在這「氣感」的動態結構中。人為萬物之靈，其「心」有「能感」的主動力；因此由宇宙萬物之「氣感」推演到人之「感物」，故云：「物色之動，心亦搖焉」。《周易》以降，這是孔孟道德心性論之外，另一討論自然宇宙及其與人之存在關係的論述傳統。《呂氏春秋》以至漢代諸子，都有這一類「氣感」之論；而影響所及，六朝詩學大致也在這一論述傳統的語境中，詮釋詩的發生與本質意義。鍾嶸〈詩品序〉所謂：「氣之動物，物之感人，故搖蕩性情，形諸舞詠。」[35]以及《文心雕龍．物色》上引那段文本，就是最典型之論[36]。

接著，在這「氣感」、「感物」的觀念基礎上，〈物色〉進一步推演到詩歌創作的過程，由「歲有其物，物有其容」的創作處境，說明了「自然物色」供應著客觀經驗題材；到「情以物遷」，也就是「感物起情」之「興」，說明了「情」供應著主觀經驗題材；然後，推到「辭以情發」，這才進入以特定語言形式表現情感而實現作品的階段。值得注意的是，劉勰在「辭以情發」的關鍵點上，完全沒有限定「辭」就是「環譬以託諷」。甚至接下去所說「一葉且或迎意，蟲聲有足引心」，都是指出自然物色直接「迎意」、「引心」。所謂「詩人感物，聯類不窮」，這裡的「聯類」也

35 鍾嶸著、曹旭注，《詩品集注》（上海：上海古籍出版社，一九九六），頁一。

36 參見龔鵬程，〈從「呂氏春秋」到「文心雕龍」——自然氣感與抒情自我〉，收入龔鵬程，《文學批評的視野》（台北：大安出版社，一九九〇），頁四七—八四。

不是「環譬託諷」的「興」義；而是身處自然變化之中，「流連萬象之際，沉吟視聽之區」，而獲致對個殊「物色」感覺經驗的「類似聯想」。然後，「辭以情發」之時，也是直接的意象表現：「隨物以宛轉」、「與心而徘徊」。那麼，在這種「興」的情境中，詩人面對四季變化無窮的「物色」，須是「入興貴閑」；這說明了詩歌乃是從容悠遊的感興之作，如何從繁雜的物色，運作簡約的言辭，以經營情味無窮的意象？這就成為創作的要則了。而所謂「興」者，乃詩人在山水雲樹、春日秋風的「物色」間，進行著「目既往還，心亦吐納」而「情往似贈，興來如答」的體驗，這完全是從感官直覺到心靈想像的審美活動。當此之時，政教的美善刺惡以及語言的環譬以託諷，就不再是詩人優先的考量。

這完全是有別於漢儒所建構「比興」傳統，一種新變轉型的「興」義了。魏晉六朝漸興而唐代之後大盛，與「政教諷諭」無涉的「個人抒情詩」，就是以這一「興」義為觀念基礎。而這種「興」，其語言形式就未必「言在此而意在彼」的「託喻」不可。詩人「感物起情」而直「賦」其景、直寫其物，作品所營造的「意象」可觸引讀者「起興」，這就是「興而賦，賦而興」的個人抒情詩。所謂「興而賦」是從「創作」而言，指的是詩人感物起情，而將感覺經驗所生的意象以「直賦」的形式去表現，沒有「言在此而意在彼」的「比興託喻」之意，唐代的個人抒情詩大多如此；所謂「賦而興」是從「閱讀」而言，指的是讀者從詩歌文本的「直賦」意象引生情感，而不必考索言外有何「比興託喻」的「作者本意」，唐代的個人抒情詩大多應該如此閱讀。故而不管從創作或閱讀來看，「直賦」意象的個人抒情詩，往往含有這第二重「興」義的「起情」效用；「興」未必都要有「託喻」之意了[37]。

「感物」與「起情」，在文學四大要素所構成「總體情境」的圖式中，乃居於「世界——作者」之間，這是創作處境以及動機產生的階段。詩的發生原因都應該從這一階段尋求詮釋，故而「感物起情」之說，正是中國古代對詩之發生原因，所建構最主要的創作理論。「感物起情」就是《文心雕龍》的第二重「興」義，這種「興」的觀念關聯著中國詩歌的「發生論」與「本質論」，乃是「第一序」的詩學。因為這一階段「前」於「作者——作品」之間的「語言構作」，所以詩人設想如何構作「託喻」的語言形式，這種屬於「第二序」的詩學，在第一序的階段還不成為議題。因此〈物色〉一篇中，語言構作之「興」幾乎不顯其義，顯義的是「感物」與「起情」。「感」是「情性主體」天生所具之能力，「物」是所感的對象；而「情」則是主客相接所「引生」的內在心理經驗。詩歌之所以發生的主客觀因素，都涵在這一種「興」義之內。

《文心雕龍》的語境中，承自漢儒所建構的「比興」傳統，被劉勰顯題化而專篇論述，因此我們說它是第一重「興」義；而未被專篇顯題化論述之「感物起情」，我們說它是第二重「興」義。假如跳出《文心雕龍》的語境，在一般理論上，從詩的生產過程觀之，第二重「興」義反而在先，

37 有關「興而賦，賦而興」的說法，詳參顏崑陽，〈從應感、喻志、緣情、玄思、遊觀到興會——論中國古典詩歌所開顯「人與自然關係」的歷程及其模態〉，原刊臺灣《輔仁國文學報》第二十九期，二〇〇九年十月，頁六四—六五，又頁七四。收入本論文集，頁三五八—三七〇。

它才是關乎詩歌發生原因的第一序詩學；而第一重「興」義卻是第二序的詩學，它關乎「後起」的語言構作與政教意圖的設想。「興」觀念史的發展，如果只從漢儒箋釋詩騷所建構的「比興」談起，可能會有這樣先後序位的錯亂。然而漢儒之前，孔子時期所謂的「興」義，甚至孔子時期之前，隱含在《詩經》文本中，那種「前觀念」、「前論述」的「興」義，這都必須做出適切於歷史語境的詮釋；而「興」的觀念史也才能獲致完整的建構。

三、《文心雕龍》二重「興」義在「興」觀念史的轉型位置

「比興」觀念史的研究已不少成果，毋庸在這裡贅說。我們所要處理的是獨標「興」義而詮釋其觀念變遷的歷程。這個觀念變遷的歷程，從先秦直到六朝，大致已形成一種時序化的動態性結構體系；六朝之後，就依循這個體系做出一些局部性的衍義。前文述及，我曾在〈從「言意位差」論先秦至六朝「興」義的演變〉一文中，將這變遷歷程分為三個階段；但是，於今反思，頗覺三個階段之說，猶未完足。其中關鍵，一般學者也不易察知，這怎麼說？歷來有關「比興」或「興」觀念的探討，大都只聚集在賦、比、興三義已經命名而成為「顯性觀念」，並被概念性語言所論述的文本，例如前舉《周禮．春官．大師》的「六詩」之說、孔子所謂「詩可以興」之說、〈詩大序〉的「六義」之說等；但是，這種種開放性的論述，其共同根源其實都來自對《詩經》文本的詮釋；而《詩經》文本的詩人們並沒有對「比」、「興」做出命名，也沒有當作「顯性觀念」去論述。遠古的

詩人們，在詩歌自然吟詠而發生的當下，「比」與「興」其實就是他們與生俱存而不自覺的原始思維方式，我們可稱它為「隱性意識」。這種「隱性意識」就蘊涵在《詩經》的文本中。我們將這個層次的「興」義，稱為「詩原生型興義」。

準此，我將以上述〈從「言意位差」論先秦至六朝「興」義的演變〉那篇論文為基礎，再加上本文所新提出的「詩原生型興義」，而在宏觀視域中，大體將「興」觀念的變遷分為四個時期的五種類型：（一）《詩經》文本生成時期的「詩原生型興義」；（二）春秋戰國「用詩」時期的「讀者感發型興義」；（三）漢代箋釋詩騷時期的「文本解碼型興義」；（四）六朝詩歌創作時期的「作者感物起情型興義」與「作品興象型興義」。

第一種「詩原生型興義」，指的是中國現存最早詩歌總集《詩經》文本的生成時期，詩文本中所蘊涵與詩之生成而一體俱存的「興」義。生成者，發生而形成。這一類型的「興」義，具有詩的「本質義」。徐復觀曾經反思「比興在傳注中的糾結」，尤其是「興」義，而將「比興」從語言層次的表現方法，提升到「從詩的本質來區別賦比興」，而以情感的「觸發」說「興」，並斷言賦、比、興三者，乃以「興」為勝義，它正是詩的本質[38]。此說能直探「興」義之本，不過我們必須對徐復觀這一說法，略做補充。「本質論」通常會流於「先驗」之說，而與經驗層次的「發生論」截然為二；但是，我們必須強調「詩」是文化產物，一切文化產物都是人們在實存經驗情境中的創

38 徐復觀，〈釋詩的比興〉，收入徐復觀，《中國文學論集》（台北：民主評論社，一九六六）。

造，因此「本質」必是相即「發生」而存在，彼此無法切割為二。

我曾經在一篇論文中，提出「興」義構成的「三域」因素之說，認為「興」義必須整合三域因素去理解，才得以完備：（一）從「實在域」來看，不管「自然域」或「社會域」，眾多事物原就存在著形質的「類似性」，因此而可以相互「感應」或「類比」。這是文化建構中，「分類」、「歸類」之所以可能的存有論或宇宙論基礎；「興」之「連類」也是以中國遠古人們由觀察宇宙萬象所獲致的理念為基礎，這個理念就是《易傳》所謂「同聲相應，同氣相求」；而這種說法，在先秦典籍中頗為常見，是一種通行的「宇宙觀」。（二）從「心理域」來看，「興」是人類天性中「感知」而「連類想像」的心理機能。（三）從「語言域」來看，「興」是「引譬」的語言形式，故孔安國合「引譬」與「連類」以釋「興」。分別言之，「連類」乃結合上述實在域與心理域的因素而言，「引譬」則就語言域的因素而言[39]。

準此，這種「詩原生型興義」根本就是遠古詩歌之「生成」，其自身所內含的「本質」。這本質是由三個元素所融合而成：一是主體所生具「感知」、「連類想像」之「心理機能」，故「興」字的本義是「起情」。二是對象物所生具之「類似性」。三是語言的「譬喻形式」。在遠古時代，人們感物而動，連類想像，發為吟詠，自然而然以譬喻形式的語言表現之。當時，他們並不自知這就是「比興」，只是隱涵在「吟詠性情」的行為中，是為「隱性意識」，故詩人們雖不做贅言論述，而「比興」已與詩而俱存。如果獨標「興」義而言，這就是「詩原生型興義」。

至於第二、三類型的「興」義，我在前引〈從「言意位差」論先秦至六朝「興」義的演變〉一文中，已做了比較詳細的分析性詮釋，在這裡不重複詳論，僅概說其要如下：

首先，我們討論什麼是春秋戰國「用詩」時期的「讀者感發型興義」？這一時期主要的「詩」活動，不是創作，而是「讀詩以致用」。「文學創作」在周代不是士人關懷的普遍問題；因為，當時所謂「作」就是「創造」，而所創造的都是「文化產物」，不是近現代所謂的「文學作品」。凡是作八卦、演周易、制禮作樂等，都是「聖人」才做得到的創造行為，故《中庸》云：「作之者聖，述之者明。」以孔子之聖，也自謙說：「述而不作。」在這種「神聖性作者觀」的時代[40]，「如何作詩」並非士人所關懷的問題；他們所關懷的主要問題是「如何讀詩以致用」。因此，研究先秦文學，不能以我們當代語境之「文學創作」的視域，去詮釋先秦的文學活動，包括六詩、六義之說，以及孔孟諸子之引詩、說詩等；他們這種種言說，幾乎都是讀者、用詩者的立場、觀點，而不是作詩者的立場、觀點。因此，這時期的「興」義，必須從「如何讀詩以致用」的觀點才能獲致適切的理解。

所謂「讀者感發型興義」，指的就是讀詩而感發其志氣，那就是「興」。《論語．陽貨》孔子云「詩可以興」，「興」是何義？朱熹《論語集注》解釋最為適切：「感發志氣。」[41]準此，則在文學總體情境中，孔子這裡所說的「興」，其義的側重面不在詩人如何進行創作？如何形象思維？如何使

39 顏崑陽，〈從應感、喻志、緣情、玄思、遊觀到興會——論中國古典詩歌所開顯「人與自然關係」的歷程及其模態〉，原刊臺灣《輔仁國文學報》第二九期，頁六五—六六。收入本論文集，頁三四三—三四四。

40 先秦「神聖性作者觀」的詳況，參見龔鵬程，《文化符號學》，頁八一—二十。

41 朱熹，《論語集注》，參見《四書集注》（台北：學海出版社，一九七九），卷九，頁一二一。

用隱喻、象徵的語言形式？而在士人們讀詩之後，如何從詩文本得到感發而興起志氣？那麼，這種由閱讀、感發進而詮釋的「興」，當然就是任隨讀者之主觀感知而皆可，沒有如何進行「比興解碼」而找尋「作者本意或用意」的問題。王夫之接續朱熹之後，對孔子所說「詩可以興」，從「讀者」立場、觀點做了很適切的詮釋：

> 詩可以興，可以觀，可以群，可以怨。……「可以」云者，隨所「以」而皆「可」也。……作者用一致之思，讀者各以其情而自得。42

王夫之詮釋「詩可以興」，其「興」義明顯是讀者居於主位。如何詮釋詩意？隨讀者之所「以」而皆「可」。以者，因也，用也。「讀者各以其情而自得」，則「興」就是每個讀者個別從「文本情境」與「自身存在情境」所做感知、連類想像，而得到的啟發。閱讀的目的，不在「作者本意或用意」的索解，而是從文本「起情」以自得其意。

這一型「興」義與前一型相較，顯然都涵有「起情」之義，這是「興」字的本義。只是，我們要注意，在「詩原生型興義」中，做為「起情」的對象，是實在世界的事物，尤其是自然景象，也就是遠古詩人在素樸的存在經驗世界中，面對自然景象而感物起情、連類想像，這就是「興」；故《詩經》的文本有一種常見的敘述模式，很多詩篇的首聯都是描寫景物，「詩經學」上稱為「興句」，接著次聯抒情或敘事，稱為「應句」。上下兩聯之間，以興句之景物，引起「應句」之情事，彼此具有「譬喻」的關係[43]。這是「興」在詩文本中所呈現最原初的形態，「起情」之義甚為顯明。至於「讀者感發型興義」，則做為「起情」的對象，已由存在經驗世界轉為「詩文本」，因此這是讀者從已被創造完成的文本情境，引起感發。這二型所感之對象有異，而其為「起情」則同，所重者都在「主體」與「對象」之間，感知及連類想像的關係；故《文心雕龍．比興》就是以「起情」釋「興」，這層「興」義非常重要，是不可「忘」的基本義。它顯示「詩」與「人之存在經驗」相即不離的關係；而不只是作詩的思維方式或修辭法則。如果我們將「興」簡化成文本語言層次的暗喻、隱喻或象徵，正落入劉勰之所譏：「日用乎比，月忘乎興。」

接著，我們討論什麼是漢代箋釋詩騷時期的「文本解碼型興義」？這是由兩漢儒者「解經學」所建構出來的「興」義。「三百篇」到秦末漢初被「經化」而名為《詩經》，這是眾所熟知的經學史知識。〈離騷〉在漢代也因為被王逸等詮釋為「依託五經以立義」，而被「經化」了；故王逸《楚辭章句》稱為〈離騷經〉。不管是《詩經》或〈離騷經〉都是隱含著古聖先賢依藉「比興符碼」寄託「政教諷諭」的「本意或用意」。

因此，如何針對文本以「解碼」而索解「作者本意」，乃成為漢代箋釋詩騷的要務。不過，我們必須特別指出，毛傳在《詩經》一一五篇文本獨標「興也」，仍是因承孔子「詩可以興」之義，

42 王夫之著、戴鴻森箋注，《薑齋詩話箋注》（台北：木鐸出版社，一九八二），卷一〈詩譯〉，頁四。

43 參見朱自清，《詩言志辨》、裴普賢，《詩經研讀指導》。

提示讀者於所指「興也」之處，可以用心「感發」，以悟詩意而致用。一般論者往往將毛傳與「鄭箋」統合為一系，其實這是對毛傳所標之「興」沒有深入理解之故[44]。準此，兩漢箋釋詩騷所建構「文本解碼型興義」，主要是鄭玄之箋詩與王逸之注騷。鄭箋將毛傳標「興」的文本皆確解為「興者，喻……」[45]，亦即以「譬喻性符碼」寄託言外的「作者本意或用意」，這就是「詩經學」上所稱的「興喻說」。同時，如前文所引述，鄭玄對「興」的基本概念也做了明確的界義，云：「興者，以善物喻善事。」又云：「興，見今之美，嫌於媚諛，取善事以喻勸之。」至於王逸箋注〈離騷〉，他在〈楚辭章句序〉與〈離騷經序〉中，做了二個基本假定：「上以諷諫，下以自慰。」這是屈原作〈離騷〉的「本意」；「〈離騷〉之文，依詩取興，引類譬喻。」這是屈原作〈離騷〉的語言形式，因承《詩經》之「興」而採取引類譬喻的符碼。

準此，漢代主流性的「興」觀念，就是如何解讀詩騷之「引類譬喻的符碼」，而索解「作者本意」。表面看起來，這是「作者」立場並連帶「語言形式」的觀點。其實，深層處仍然是「讀者」的立場、觀點，也就是「讀者」如何箋釋經典，做好「文本解碼」以索解作者所「託喻」之本意；所謂「比興符碼」與「作者本意」，只不過是讀者詮釋策略上所做的基本假定。這就是漢代「文本解碼型興義」，其關鍵也是在於「讀者」與「文本」的關係；但是與前一「讀者感發型興義」有些不同，二者的「對象」雖然都是「文本」；但是，「讀者感發型興義」之「讀者」具有「能動」的「主體性」，於文本自由感發；而「文本解碼型興義」之「讀者」卻沒有這種「能動」的「主體性」，其閱讀必須受到「文本解碼」的限制，而所獲致的閱讀效果，也不在於自我主觀的「感發志氣」，而是索解被假定為客觀存在的「作者本意」。至此「興」的「起情」基本義，已隱匿不顯了。其實近現代對「比興」的研究，很多學者顯然頗受漢儒箋釋詩騷的詮釋視域所遮蔽，因而往往看不到其他四個類型的「興」義。

最後，論述六朝時期二型的「興」義。「作者感物起情型興義」，前文已經由《文心雕龍》相關篇章的文本分析而詮釋清楚了。至於「作品興象型興義」，主要以鍾嶸《詩品・序》為代表，所謂「文已盡而意有餘，興也」[46]。鍾嶸的發言位置顯然是「文本語言」；但他與漢儒「「文本解碼型興義」不同，無須關聯到「作者本意」而構作「比興託喻」的語言形式。鍾嶸所謂「文已盡而意有餘」，可以是文本自身的「興象」所含具的表現效果，讓讀者經由直觀而體味無盡，這就是鍾嶸所說的「興」，我們稱他為「作品興象型興義」[47]。

44 參見顏崑陽，〈從「言意位差」論先秦至六朝「興」義的演變〉，收入本論文集，毛傳的問題參見頁九二—九九。

45 《詩經・周南・關雎》，毛傳在「關關雎鳩，在河之洲」句下，標示「興也」，鄭玄於此建立義例云：「興是譬喻之名，意有不盡，故題曰興，他皆放此。」《毛詩注疏》，卷一，頁二十。以下毛傳所標之興，鄭箋都解為「興者，喻……。」例如《詩經・周南・樛木》，在「南有樛木，葛藟纍之」句下，毛傳標示「興也」，鄭箋則解釋說：「興者，喻后妃能以意下逮眾妾……。」《毛詩注疏》，卷一，頁三五。其他皆仿此。

46 鍾嶸著、曹旭集注，《詩品集注》，頁三九。

47 詳見顏崑陽，〈從「言意位差」論先秦至六朝「興」義的演變〉，收入本論文集，作品興象之興義，參見頁一一三—一一五。

我們以上述「興」觀念史之四個時期、五種類型的詮釋系統做為基礎，主要論旨在於詮釋、評斷《文心雕龍》二重「興」義在「興」觀念史上的轉型位置。其中以〈比興〉一篇為主據所展現的第一重「興」義，我們前文已經詮明；但是，它在觀念史上的因變位置，則尚未盡其義，有待補述。從觀念史的觀點而言，這第一重「興」義，大體因承漢儒箋釋詩騷的觀念而創變之。其因承者是以「託喻」釋「興」，所謂「環譬以託諷」，就是漢儒箋釋詩騷所抱持的基本觀念。至於其創變者有三：

（一）漢儒所說「比興」，是特別針對詩騷文本所做的箋釋，乃實際批評的話語，不具一般理論之義。劉勰的「比興」之說，則是針對「比」與「興」，分別詮明二者在語言構作上的原理，已具備一般理論之義。

（二）漢儒箋釋詩騷，其發言位置是讀者立場及觀點，也就是讀者如何詮釋「比興符碼」，而索解「作者本意」；劉勰「比興」之說，開始雖曰「毛公述傳，獨標興體」，似猶「殘餘」讀者立場、觀點的痕跡；但是，其主要論述內容顯然定位在語言層次，並且明白指認「詩人比興，觸物圓覽」，其言說立場、觀點已轉向作者立場及觀點，因此具有「創作論」的意義。

（三）劉勰釋「興」為「起情」，這是漢儒所隱蔽之「興」的基本義，卻被劉勰揭顯出來。「起情」之說，在〈比興〉中，雖不是最優先的要義，其實卻已暗接〈詮賦〉、〈物色〉的第二重「興」義；而值得我們格外注意的是，從〈比興〉到〈詮賦〉、〈物色〉，所謂「起情」都是作者立場、觀點的創作論之義，與春秋戰國時期的「讀者感發型興義」有所不同。

綜合上述，《文心雕龍》在〈比興〉中的第一重「興」義，從「興」觀念史變遷的視域觀之，已顯示「因」與「變」並陳的論述形態。其中所創變者，如果從作者立場、觀點與「起情」之說這二點來看，到〈詮賦〉、〈物色〉所表達的第二重「興」義，便已明顯做了完全的轉向。其中「起情」之說，更是超越漢儒「文本解碼型興義」與先秦「讀者感發型興義」，而遙契「詩原生型興義」，表現出一種新變的「作者感物起情型興義」。不過，它與「詩原生型興義」略有差別；「詩原生型興義」乃與詩俱存，是詩人的「隱性意識」，並未被揭明為「顯性觀念」而以概念性語言陳述之；至於「作者感物型興義」，在六朝雖未形成詩學專論，卻已在《文心雕龍》的文本中，或其他士人的日常書寫中[48]，呈現了「顯性觀念」的陳述；也就是劉勰等人已在觀念上，覺知到「作者感物起情」之「興」，乃是創作的動力因，而加以陳述。

比較六朝這種「作者感物型興義」與先秦及漢儒所說的「興」義，其差異處可得而言之：先秦及漢儒所說的「興」義都是讀者立場、觀點，所對的都是「詩文本」的閱讀；在前文所說「文學總體情境」的圖式中，應是「作品——讀者」、「讀者——世界」這二個階段的「興」義；而《文心雕龍》第二重「興」義則已轉向作者立場、觀點，故與先秦同為「起情」的「興」義，所對的卻是

48 例如孫綽〈三月三日蘭亭詩序〉：「情固所習而遷移，物觸所遇而興感」、蕭統〈答晉安王書〉：「炎涼始貿，觸興自高。睹物興情，更向篇什。」分別參見嚴可均，《全上古三代秦漢三國六朝文》（台北：世界書局，一九八二，景印光緒甲午黃岡王氏刊本），其中〈全晉文〉卷六十一、〈全梁文〉卷二十。

自然世界而不是詩文本；從而衍生到表現為作品時，所產生心理的形象思維與語言的刻畫描寫，此即〈物色〉所云：「詩人感物，聯類不窮。流連萬象之際，沉吟視聽之區。寫氣圖貌，既隨物以宛轉；屬采附聲，亦與心而徘徊。」因此在「文學總體情境」中，應是「世界——作者」、「作者——作品」這二個階段的「興」義。

《文心雕龍》的文本中，從第一重「興」義到第二重「興」義，其轉型的軌道有跡可循；但是，劉勰似乎並未自覺，因此沒有將第二重「興」義顯題化而特立專篇討論，只是伴隨著「賦」體「睹物興情」，以及「物色之動，心亦搖焉」的論述，才談到「詩人感物」、「情以物遷，辭以情發」等話語，而披露了一種與先秦、漢代不同類型的「興」義。這可以看作是文化轉型期，士人群體在顯題化的傳統知識籠罩中，另一種隨著存在情境的改變而悄然滋生之新型的「興」義，卻還未積澱充足而全面反思，因此也就還未被顯題化論述，以形成特定的觀念系統。其實，第二重「興」義新興於六朝，除了上述《文心雕龍》的文本之外，其他例如上舉孫綽、蕭統等六朝知識分子日常的書寫中，往往也觸及此義。這種情況，我過去曾經做過比較翔實的論述[49]，故在此不復贅說。

綜合言之，《文心雕龍》的二重「興」義，明顯展示他正好站在「興」觀念史的轉型位置上，故新舊「興」義並陳。從變遷歷程的時間軸線來看，他既因承漢儒箋釋詩騷所說「託喻」的「興」義，又創變了六朝新興「感物起情」的「興」義；而這一「興」義，其實展現了「反本歸源」的趨向，遙契「詩原生型興義」，而在觀念層正式詮明詩歌生成的根源性因素，也因此將詩的意義從政教諷諭之意識形態的牢籠中解放出來，個人乃得以自由興感而作。再從「文學總體情境」的圖式觀之，第二重「興」義的轉型，是將「興」義由「作品——讀者」、「讀者——世界」這二個階段的位置，轉到「世界——作者」、「作者——作品」這二個階段的位置，而賦予詩歌「創作論」的意義。

最後的餘論，我們要略做簡要概括性的說明：六朝之後，有關「興」的觀念發展，大體是在這五個類型的基礎上，歷代因應社會文化或文學情境的變遷，而做出因變或融合的衍義，有的從主體創作心理而提出興會、靈感、妙悟、有意無意之間等觀念；有的從主客心物關係而提出思與境偕、情景交融等觀念；有的從作品本身而提出意境、境界、興象、可解與不可解等觀念；有的從讀者閱讀、理解、詮釋而提出感發、意會、直觀神悟等觀念。諸多衍義，其深層性的基礎觀念，都是「興」。有關六朝之後，「興」觀念史的衍義，可詳參蔡英俊、黃景進等學者的論著[50]。

四、《文心雕龍》「興」義轉型所關聯的社會文化因素

讓我們再略微回顧前文，在「緒論」中，我們述及：從社會文化之「總體情境觀」的視域，可以洞察到某一種「觀念」的改變，並非孤立的進行，而是在總體社會文化的結構系統中，各種相關

49 參見顏崑陽，〈從「言意位差」論先秦至六朝「興」義的演變〉，收入本論文集，頁一〇六—一一五。

50 蔡英俊，《比興物色與情景交融》、黃景進，《意境論的形成》（台北：臺灣學生書局，二〇〇四）。

的「觀念」交互作用，相伴而變。因此，我們可以理解到第二重「興」義，在〈詮賦〉與〈物色〉二篇中，伴隨性的呈現，其中應該關聯到與「興」義俱變的其他社會文化因素。這些因素是什麼？宏觀的理解，應該是「作者」這一文學「主體」的觀念，在社會文化變遷中，產生巨大的改變，以及「世界」這一文學「對象」的觀念，同時也產生巨大的改變。這二個與「興」義彼此關聯的因素，到了魏晉六朝時期，產生什麼樣的改變呢？

首先，我們關注魏晉六朝的文學「主體」觀念如何改變？「文學」是社會文化總體情境中，一種特殊的精神創造活動。它本身就是文學家之社會文化存在經驗與價值觀的表現。因此，討論文學「主體」觀念的改變，必須置入總體社會文化情境中，去理解人之現實存在的「主體」觀念，隨著時代變遷而有何改變？關於這種論述，前人討論甚詳，大致都認為漢代乃承繼周代以禮樂為基礎的道德理性文化傳統，士人普遍抱持著「群體意識」而存在，普遍性的「道德價值」是人之生命存在意義之所本，這是一種理性的「道德主體」；而魏晉以降，「個體意識」的自覺，使得因依個體氣質才性而來的生命存在意義，被士人階層普遍重視。因此，人的「主體」觀念遂由「道德理性」轉變為「氣質才性」[51]。

先秦兩漢到魏晉這種「主體」觀念的改變，其中最重要的是對於「情」的認知，已由「道德」的價值負面義轉為「非道德」的價值中立義。道德的價值負面義指的是「情惡」的觀念。「非道德」不等於「不道德」，指的是與道德的善惡無關，也就是不屬於道德範疇內的事物或行為，例如遊山玩水、飲酒品茗、彈琴弈棋等。這種種日常生活美趣，都是「非道德」的事物或行為，其本身無善無惡，是另一種「審美」範疇；而「情」之所感者，往往就是緣於這些「非道德」的事物或行為。魏晉六朝士人對於「情」，在觀念上，已覺悟到它的「非道德」性質。因此文學創作活動，「情性主體」也隨之而朗現。

「情惡」的觀念其來已久。孔孟主要關懷在道德心性，對於「情」則存而不論，並沒有「正視」如何處理「情」的問題。至於《荀子》、《呂氏春秋》以及漢代的《淮南子》、《春秋繁露》、《白虎通》、《論衡》等，則已對「情」有了「正視」的態度，而直接提出論述，故《呂氏春秋》專立篇章以論「情欲」。不過，《荀子》以下這一系，幾乎都將「情」與「欲」混同，「欲」是「惡」的動力因，「情」也同之而「惡」，正如《荀子．性惡》云：

> ……生而有耳目之欲，有好聲色焉，順是，故淫亂生而禮義文理亡焉。然則從人之性，順人之情，必出於爭奪，合於犯分亂理，而歸於暴。52

在荀子的論述中，「情」與「欲」二字可以置換而用，而皆出於人性，都是「惡」的動力因。

51 這種由先秦兩漢時期的「群體意識」轉向魏晉六朝時期的「個體意識」，而道德主體觀念也轉向才性主體觀念，大意如此，參考余英時，《中國知識階層史論》（台北：聯經出版公司，一九八〇）。

52 荀卿著、楊倞注，《荀子》（台北：臺灣中華書局，一九七〇），卷十七，頁一。

及至漢代，更將人的「性情」結合「陰陽」二氣的觀念，用以解釋道德的善惡之因，而形成「性善情惡」之說，例如許慎《說文》訓解「情」字，云：「情，人之陰氣有欲者。」而《白虎通．性情》更明確提出「陽氣仁，陰氣貪」而「性善情惡」的說法：

> 情生於陰，欲以時念也。性生於陽，以就理也。陽氣者仁，陰氣者貪。故情有利欲，性有仁也。[53]

這種性陽情陰，性善情惡的觀念，在兩漢頗為流行[54]。因此，文學創作上的「情性主體」完全被遮蔽，個人抒情詩當然也無由產生。而在儒家詩學觀念的傳統中，「詩」始終固鎖在道德中心的存在情境中，必具「政教諷諭」的功能及效用，才合乎它應有的本質。漢代詩人所固持的就是這樣的「道德主體」。

這種觀念到了魏晉時期，由於東漢末季又再次的禮崩樂壞，士人的生命存在意識得以脫離道德中心的政教牢籠，「個體意識」覺醒，而氣質才性所生具的人「情」，在觀念上也因而與「欲」分開，被視為和「道德」無關而與「審美」有涉的感覺經驗。劉義慶《世說新語．傷逝》所載王戎喪子而「悲不自勝」，回答山簡的質問云：「情之所鍾，正在我輩！」[55]這段名言經常被引用、討論。魏晉六朝人在觀念上，淨化了「情」原先所混雜的「欲」，而視為人之氣性「感物而動」的內心經驗，這已是眾所共識的文化思想史知識，毋庸在此細論。我們所要指出的是，在這總體社會文化情境中，文學創作的「情性主體」也因之而朗現[56]，雖沒有完全取代原先的「道德主體」，卻無疑的已成為這一時期的主流性觀念。

接著，我們關注魏晉六朝的文學「對象」觀念如何改變？伴隨「情性主體」觀念的朗現，主體所對的世界，尤其是自然世界，其觀念也跟著改變。在劉勰以「物色」一詞為篇名，當作特定涵義的批評術語，以指涉自然景物之前；「物色」一詞並不經常被使用，所用或指祭祀之犧牲物，牛、羊等動物的「毛色」，例如《禮記．月令》：「是月也，乃命宰祝，循行犧牲，……瞻肥瘠，察物色。」[57]這裡的「物色」指犧牲物的「毛色」；或指人的形貌，范曄《後漢書．嚴光傳》：「光隱身不見，帝思其賢，乃令以物色訪之。」[58]這裡的「物色」指的是人的「形貌」。然則，「物色」一詞

53 班固著、陳立注，《白虎通疏證》（台北：廣文書局，一九八七，影印光緒元年春淮南書局刊本），冊下，卷八，頁四五一。

54 參見龔鵬程，〈從「呂氏春秋」到《文心雕龍》——自然氣感與抒情自我〉，《文學批評的視野》，頁五六—六三；顏崑陽，〈從〈詩大序〉論儒系詩學的「體用觀」——建構「中國詩用學」三論〉，頁三六—三七。

55 劉義慶著、余嘉錫注，《世說新語箋疏》（台北：華正書局，二〇〇三），冊下，頁六三八。

56 蔡英俊，《比興物色與情景交融》提出「抒情自我的發現」之說，與本文「情性主體的朗現」之說相近，頁三〇—四三。

57 《禮記注疏》，卷十六，頁三二五。

58 范曄著、李賢注、王先謙集解，《後漢書集解》（台北：藝文印書館，《二十五史》景印乙卯長沙王氏校刊本，未標示出版時間），卷八十三，頁九八六。

到了《文心雕龍．物色》，才由劉勰賦予特指文學「對象」的理論意義，而成為專業術語[59]。魏晉六朝之前，在文化思想上，用以指涉某種認識的「對象」，則大多採取單詞「物」，此義前文已述及，不贅。

前文同時也談到，如果是「欲望主體」所對，則「物」便成為被欲望所希求、占有、侵吞的「對象」。這個對象指的幾乎都是令人目盲耳聾的五色、五音等物質，在道德上當然涵有負面價值的可能性。至於劉勰在《文心雕龍》所論述的「物色」，卻是審美之「情性主體」所對的自然萬物。它讓主體感動而起「情」，此「情」無涉乎「欲」；因此「物色」不是被希求、占有、侵吞的欲望對象，而是被感覺、觀賞的審美對象，即所謂：「詩人感物，聯類不窮。流連萬象之際，沉吟視聽之區。」這完全是一種心靈的審美經驗。「對象」相應於「主體」，「主體」觀念改變，「對象」觀念也跟著改變；二者相互依存，伴隨而轉型。這種相應於「情性主體」的「對象」，劉勰以「物色」指稱之。「情性主體」所觀照的自然物色，非僅沒有「欲望」的色彩，也沒有「道德」的框架；自然就是自然，詩人感物而興情，而物也在「情」的直覺觀照中，呈現主客交融的意象，就如〈詮賦〉所云「情以物興」而「物以情觀」。我們可以稱這種自然觀為「興象自然觀」；然而，六朝這種自然觀，並非從先秦以來都是如此，它是一種新起的自然觀。在魏晉六朝之前，從先秦到兩漢，仍延續著「周型文化」，在這個以禮樂為基礎的人文傳統中，「道德」是人之存在的普遍價值，自然萬物皆可攝入「道德」此一「價值觀念」的視域內，與人的存在同其體而通其用，因此自然萬物幾乎都被「符碼化」為道德價值或種種人格的象徵；我們可稱之為「道德自然觀」，它與「興象自然觀」明顯不同。《論語・雍也》：「智者樂水，仁者樂山。」智者之所以樂水，因其人格類同於水之性；仁者之所以樂山，因其人格類同於山之質。以「道德主體」觀物，物皆成「道德」之象徵符碼，孔子此言為「道德自然觀」做了最好的示範。這樣的觀念普遍流行於先秦兩漢間，其中董仲舒的〈山川頌〉可為典範性文本[60]。而屈原作〈離騷〉更是大規模的將這種道德自然觀，實踐到他的作品中，許多自然景物都被虛化為象徵道德人格之善惡的符碼，故王逸箋釋〈離騷〉就依循這樣的道德自然觀以解碼，〈離騷經序〉云：「善鳥香草以配忠貞，惡禽臭物以比讒佞。……虯龍鸞鳳以託君子，飄風雲霓以為小人。」[61]不只王逸如此，漢儒箋釋《詩經》也都依循這一道德自然觀的傳統；而自然萬物在這種視域中，被建構成一個龐大的象徵符碼系統，自然「物色」也就失其本來面目。

漢代時期，「道德主體」將自然萬物都視為「道德性」的「對象」，而形成龐大的象徵符碼系統，當然相應的也就產生「文本解碼型興義」。同一歷史時期的文化思想，其內在諸多觀念都非孤立而生，獨自而存，往往隱含著相依共在的關係網絡，而構成一種特定的文化觀念模式。等到時移

59《文心雕龍》開始賦予「物色」在文學批評上的理論性意義，參見蔡英俊，《比興物色與情景交融》，頁五三—一〇四。

60董仲舒之〈山川頌〉以「山」為「仁人志士」之象徵，又以「水」為「力者」、「持平者」、「察者」、「知者」、「知命者」、「善化者」、「勇者」、「武者」、「有德者」的象徵。參見董仲舒著、蘇輿注，《春秋繁露義證》（北京：中華書局，一九九二），卷十六，頁四二三—四二五。

61王逸注、洪興祖補注，《楚辭補註》（台北：藝文印書館，影印汲古閣本，一九六八），卷一，頁十二。

世改，這些相依共在的觀念，也非孤立而改，獨自而變。魏晉六朝社會文化轉型，自然物色脫離「道德」的符碼系統，士人階層普遍由兩漢的「道德自然觀」轉變為「興象自然觀」。這種自然觀當然是伴隨著由「道德主體」轉為「情性主體」而一體變遷；毋庸置疑的，「作者感物起情型興義」也是這一體變遷中，伴隨而變的一環；而《文心雕龍》二重「興」義並陳，正好就站在「興」觀念史轉型的位置上，展示這種觀念變遷的軌跡，因此在「興」觀念史的研究上，具有重大的意義。

五、結論

《文心雕龍》的「比興」之說，一向是學者所關注的議題，這類論文粗估應在百篇以上。然而，大多只是以〈比興〉一篇為據，或訓解文本，以釋比、興之義，或後設的引藉西方理論，將「比興」解釋為藝術形象、明喻、暗喻、象徵、形象思維等，其義大致在語言形式與心理活動二個層次。其中，較少學者獨標「興」義而論。至於從「興」觀念史的脈絡，論述《文心雕龍》的「興」義究竟居於什麼關鍵性的位置？更是少有學者做出深切的論述。而《文心雕龍．比興》之中，論「興」明顯重於論「比」，而其所論「興」義也比較複雜，學者爭議大多在此。

假如，我們暫離《文心雕龍》的文本語境，擴大視域來看，「興」義更是非常複雜。在文學總體情境中，從「世界——作家」、「作家——作品」、「作品——讀者」到「讀者——世界」，這四個階段分別所產生不同性質的「文學活動」，都與「興」有關。因此，「興」義多元而適變，是一個在詩學發展歷程中，開放性、動變性的觀念，無法以任何一家之言做為定論。故本論文特標「興」義而論之，並且還將《文心雕龍》所論的「興」義，置入觀念史的脈絡中，揭明其轉型的地位。

一般學者論述《文心雕龍》的「比興」之說，既以〈比興〉為據，則所論大多是劉勰因承漢儒箋釋詩騷的傳統「比興」觀念，於「興」義所重者在於「託喻」而輕忽「起情」，實無新見；然而，這僅是《文心雕龍．比興》因承傳統的第一重「興」義而已。假如，我們能與〈詮賦〉、〈情采〉、〈物色〉等篇章，進行互文詮釋，即可發現其中另有魏晉六朝新變的第二重「興」義，乃以〈比興〉所說的「起情」為基本觀念，這才是劉勰在因承傳統之餘，隨著六朝總體社會文化的轉型，不自覺的表現有別於漢儒傳統，而新變的「興」義。因此，本論文就是以《文心雕龍》二重「興」義，及其在「興」觀念史的轉型位置，做為主題以深究之。

〈比興〉一篇雖大致因承漢儒傳統；但是，我們格外要注意的是，其中已隱含三個創變：

（一）漢儒所說「比興」，只是實際批評的話語。劉勰的「比興」之說，其要義則在於語言構作原理，已具備一般理論之義。

（二）漢儒箋釋詩騷，其發言位置是讀者立場及觀點，也就是讀者如何詮釋「比興符碼」而索解「作者本意」。劉勰「比興」之說，已由漢儒的讀者立場及觀點，轉向作者的立場及觀點，因此具有「創作論」的意義。

（三）劉勰釋「興」為「起情」。這是被漢儒所隱蔽之「興」的基本義，卻被劉勰揭顯出來。「起情」之說，已暗接〈詮賦〉、〈物色〉而新變出「作者感物起情型」的第二重「興」義。

第二重「興」義，在《文心雕龍》中並沒有被劉勰顯題化而立專篇討論。其因應該是在社會文化轉型期，這一新起的觀念積澱未深，只是群體的「隱性意識」，故還未進入反思而顯題化論述的階段。這一重「興」義只是伴隨劉勰對賦體、物色的論述而出現；但是，其觀念的特徵卻已甚明：一是情性主體；二是沒有欲望及道德色彩的自然物色；三是感物；四是起情；五是連類。這是構成這一重「興」義的五個因素條件。

「興」義的變遷歷程，從先秦以至六朝，大致已形成一種動態歷程的結構性體系；六朝之後，就依循這個體系做一些局部性或融合性的衍義。我們就將這一動態歷程的結構體系分為四個時期、五種類型：（一）《詩經》文本生成時期的「詩原生型興義」；（二）春秋戰國「用詩」時期的「讀者感發型興義」；（三）漢代箋釋詩騷時期的「文本解碼型興義」；（四）六朝詩歌創作時期的「作者感物起情型興義」與「作品興象型興義」。

綜合而言，《文心雕龍》新舊並陳的二重「興」義，正好站在「興」觀念史，由第三時期到第四時期之間的轉型位置上，完整的展示從漢代「文本解碼型興義」變遷到魏晉六朝「作者感物起情型興義」的軌跡。因此在「興」觀念史的研究上，其意義特別重大。而且，在漢儒以讀者立場進行詩騷文本的「比興解碼」之後，《文心雕龍》的第二重「興」義，卻展示著「反本歸源」的趨向，遙契《詩經》文本所隱涵的「詩原生型興義」，而在觀念層正式詮明詩歌生成之根源性因素，也因此將詩的意義從政教諷諭的意識形態牢籠中解放出來，個人抒情詩乃得以自由興感而作。

假如從「文學總體情境」的圖式觀之，第二重「興」義的轉型，是將「興」義由「作品——讀者」、「讀者——世界」這二個階段的位置，轉到「世界——作者」、「作者——作品」這二個階段的位置，而賦予「感物起情」在詩歌「創作論」上的意義。魏晉六朝直到唐宋以降，無關政教的個人抒情詩也因此興起而大盛。

我們還要特別強調，同一歷史時期的文化思想，其內在諸多觀念都非孤立而生，獨自而存，往往隱含著相依共在的關係網絡，而構成一種特定的文化思想模式。當時移世改，這些相依共在的觀念，也非孤立而改，獨自而變。因此，第二重「興」義的轉變，並非孤立進行。從文學創作而言，這一種「興」義乃是伴隨著漢代「道德主體觀」轉向魏晉六朝「情性主體觀」，以及「道德自然觀」轉向「興象自然觀」；亦即感物起情之興觀、情性主體觀、興象自然觀三者彼此相依共在，一體適變。

後記：

原刊臺灣中山大學《文與哲》第二十七期，二〇一五年十二月。
二〇一六年八月修訂。

「詩比興」的「言語倫理」功能及其效用

一、緒論

近幾十年來，臺灣中文學界的古典詩學研究，大致延續「五四」新文化運動所建構的主流「知識型」（Épistème）[1]，即以「純粹性審美」做為古典詩歌的詮釋視域。這一詮釋視域的特徵，是將詩歌孤立在古代人們社會文化生活之外，看作是一種「靜態化」的有機性語言形構，而藉由聲律與意象引發讀者審美經驗的客體；必須是「無關實用」而以表現「自身之美」為目的之詩，才是藝術性的「純詩」，當然也才是有價值的好詩。因此，作品本身之聲律、修辭、結構、意象的技巧與美趣，是詮釋的重要主題。這就是學界一般所謂「內部研究」。至於，一碰觸到詩與社會文化的關係，尤其事涉政治、道德，這種被學界認為「外部研究」的問題，站在「純粹性審美」觀點而致力於「內部研究」的學者，往往只需幾句話就可將問題排除掉：「以詩為實用工具，缺乏藝術性！」[2]

這種詮釋視域的形成，主要有二個歷史因素：第一是從晚清新知識分子追求現代化，以至「五四」新文化運動所形塑「反儒家傳統」的文化意識形態，凡涉政治、道德教化的文學，都被負面化，甚至排除於歷史之外；第二是受康德（Kant, 1724-1804）以降，歌德（Goethe, 1749-1832）、席勒（Schiller, 1759-1805）、克羅齊（B. Croce, 1866-1952）等唯心主義美學，以及李普斯（T. Lipps, 1851-1914）、谷魯斯（K. Groos, 1861-1946）等實驗心理學派美學的影響[3]。這些西方美學，主要由朱光潛所引介進來，一時成為眾所遵奉的理論。他們所持關鍵性的概念乃是審美主體的感性直覺、審美客體的表象形式、背實用的審美經驗、審美對象孤立、內模仿與感情移入[4]。

這種「純粹性審美」的詮釋視域用之於中國古代詩歌，究竟能有多少詮釋效用？又有何局限？近數年來，我開始對上述的詮釋釋域，提出反思批判，從而揭顯在古代士人階層的社會活動場域中，「詩」無所不在；士人們普遍的將「詩」當作特殊的言語形式，「用」於各種社會「互動」行為。因此，「詩之用」是中國古代既普遍又特殊的社會文化現象。所謂「純粹性審美」的詩歌，即

1 「知識型」（Épistème）是傅柯（M. Foucault, 1926-1984）《詞與物》（*Les mots et les choses*）一書的核心概念。他考察了文藝復興、古典主義以及近現代幾個歷史時期所建構的知識，發現在同一個歷史時期之不同領域的科學話語之間，都存在著某種「關係」。那就是在同一歷史時期中，人們對何謂「真理」，不同科學領域的話語，其實都預設了某種共同的本質論及認識論，以做為基準及規範，從而建構某些群體共同信仰的真理，以判斷是非，衡定對錯。「知識型」指的就是這種不同科學之間，本質論與認識論的集合性關係，也就是西方某一歷史時期人們共持的思想框架。參見傅柯著、莫偉民譯，《詞與物——人文科學考古學》（上海：三聯書店，二〇〇一）。

2 參見顏崑陽，〈用詩，是一種社會文化行為模式——建構「中國詩用學」初論〉，臺灣《淡江中文學報》第十八期，二〇〇八年六月，頁二八〇—二八二。又〈當代「中國古典詩學研究」的反思及其轉向〉，臺灣《東海大學文學院學報》第五十三卷，二〇一二年七月，頁二〇一—二一一。

3 顏崑陽，〈用詩，是一種社會文化行為模式——建構「中國詩用學」初論〉，臺灣《淡江中文學報》第十八期，頁二八一—二八二。又〈當代「中國古典詩學研究」的反思及其轉向〉，《東海大學文學院學報》，第五十三卷，頁二〇一—二一一。

4 參見朱光潛，《文藝心理學》（台北：臺灣開明書店，一九六九）。又參見朱光潛，《西方美學史》（台北：漢京文化公司，一九八二），卷下。

使有之，其數遠不如「詩用」之作。因此，「純粹性審美」的視域，用於詮釋中國古代詩歌，其效用非常有限。基於這樣的認識，我開始進行「中國詩用學之建構」，找出一種不同於上述歷史時期之「知識型」的詮釋取向。至今，已發表了幾篇有關「中國詩用學」的論文[5]。其中，〈用詩，是一種社會文化行為模式——建構「中國詩用學」初論〉一文，對中國古代士人階層的「詩用」現象，曾做了概要的描述如下：

在中國古代，「詩」不只是一種文學「類體」，而且更是一種不離社會生活的「文化」現象或產物，可稱為「詩文化」。尤其從先秦以至漢代的詩學，其思考、發言的位置，都是「讀詩者」或「用詩者」的位置；「詩之用」才是顯題，所論述的都是「如何讀詩」、「如何用詩」的問題；而且不僅論述，更重要的是「詩」乃整體社會文化的一個面向，也是士人階層不可脫離的存在情境；這個歷史時期，「讀詩」、「用詩」根本就是士人們一種社會文化實踐的方式。至於「詩之體」反而只是隱涵性的預設；故而「什麼是詩」？循「用」以知「體」，這個問題的答案，就在詩歌「日用」之間的體會而已。這一類型的詩學可稱為「文化詩學」。在這裡，我們必須特別指出，西方一九八〇年代興起「文化詩學」的思潮；我們所說的「文化詩學」，自有上述中國古代詩歌文化語境的涵義，並非套借西方理論而來[6]。

魏晉之後，以辭章寫作為專業的文人階層興起，而「文體」觀念也在歷史反思中形成。這歷史時期才開始轉而從「作詩者」的位置去思考、發言，將「詩之體」顯題化，去論述「如何作詩」、「如何作好詩」的問題；以及「詩之體有何特徵」、「詩之體對創作與批評有何規範作用」的問題。

5 顏崑陽，〈論詩歌文化中的「託喻」觀念〉，臺灣成功大學中文系主編，《魏晉南北朝文學與思想學術研討會論文集》第三輯（台北：文津出版社，一九九七），頁二一一—二五三。收入本論文集，頁一六三—二〇八。又〈論唐代「集體意識詩用」的社會文化行為現象〉，臺灣成功大學中文系主編，《第四屆唐代文化學術研討會論文集》（臺灣：成功大學出版，一九九八），頁二七—六七。又〈論先秦「詩社會文化行為」所展現的「詮釋範型」意義——建構「中國詩用學」二論〉，臺灣《東華人文學報》第八期，二〇〇六年一月，頁五五—八八。又〈從〈詩大序〉論儒系詩學的「體用觀」——建構「中國詩用學」三論〉，臺灣政治大學中文系主編，《第四屆漢代文學與思想學術研討會論文集》（台北：新文豐出版公司，二〇〇三），頁二八七—三二四。又〈用詩，是一種社會文化行為模式——建構「中國詩用學」初論〉，臺灣《淡江中文學報》第十八期，二〇〇八年六月，頁二七九—三〇二。

6 一九八〇年代以降，西方開始流行「文化詩學」。這一關鍵詞及其概念首由美國新歷史主義學者葛林伯雷（S. Greenblatt），於一九八〇年代在〈通向一種文化詩學〉一文提出。他揭顯文化人類學的視域，主張從整體文化的觀點去研究文學，而不能將文學從中孤立出來看待。因此，歷史學、人類學、藝術學、政治學、經濟學、文學等學科界限必須打破，無所謂前景、背景之分。它們都融整在「文化」的有機體中，構成彼此關聯的隱喻系統。文學研究必須從這樣的視域，去詮釋政治、經濟、社會、藝術等各種因素如何與文學彼此滲透、交相影響而形成文本。參見張京媛主編，《新歷史主義與文學批評》（北京：北京大學出版社，一九九七），頁一—一六。這種思潮，大陸學界已多所引介，一九九〇年代開始提出「文化詩學」的研究路向，二〇〇〇年之後已成熱潮。這類著作為數不少，例如張孝評，《詩的文化闡釋：關於文化詩學構想》（西安：陝西人民教育出版社，一九九三）、李咏吟，《詩學解釋學》（上海：人民出版社，二〇〇三）、童慶炳主編，《文化與詩學》（上海：上海人民出版社，二〇〇四）、胡金望主編，《文化詩學的理論與實際研究》（北京：中國社會科學出版社，二〇〇四）、李春青，《詩與意識形態》（北京：北京大學出版社，二〇〇五）、馬大康《詩性語言研究》（北京：中國社會科學出版社，二〇〇五）、蔣述卓主編，《文化詩學：理論與實踐》（北京：人民文學出版社，二〇〇五）；但是何謂「文化詩學」？至今尚無一致的界義。我所提出「中國詩用學」並非此一思潮影響下的產物；本論文所用「文化詩學」乃是在中國古代詩歌文化的語境中所做的界義，而非套借西方的理論。

這一類型的詩學可稱為「文體詩學」；但是，「文體詩學」產生了，甚至成為主流；「文化詩學」卻仍然延續未絕，只是恍惚被「文體詩學」所遮掩了[7]。

「詩用學」也可以稱為「社會文化行為詩學」。對於這一論題，我們所做的基本假定是：「用詩，是中國古代士人階層一種特殊的社會文化行為方式；而詩，就是這種行為方式的中介符號。」這不是「美學」中有關詩歌「純粹審美」的論題，而是「社會學」中有關個人在社會群體中的「互動」（interaction）行為方式及其意義詮釋（interpretation）的論題。而且必須注意到，這種「互動」行為乃以「詩式語言」做為符號，是士人階層所特有的「社會文化行為方式」，並非庶民日常性的社會互動。我們稱它為「詩式社會文化行為」[8]。

在「詩用學」體系中，涵有一個系列性的基本問題，即各類「詩式社會文化行為」，雙方以「詩」的「符號形式」彼此互動；則這套「符號形式」有何形構特徵？如何形成？如何運作？能達到什麼效用？這一系列的問題，都關聯到中國古代詩文化中「比興」的語言表達式。「比興」究竟只是近現代學界從「詩歌創作論」，所揭明的「思維方式」及「語言形式」的「修辭」法則而已呢？或者，更涵有社會文化互動行為中，「語言倫理的功能及效用」的意義呢？這是非常值得研究的問題。

近現代中文學界有關「比興」的研究，其成果非常豐碩，後文會有比較詳細的評述。在這裡，我們先大體言之，有關「比興」的前行研究成果中，除了陳世驤、葉嘉瑩、趙沛霖、葉舒憲、蔡英俊、顏崑陽、鄭毓瑜等少數學者之外；大多將「比興」限定在「經學」或「文學」的本位，以詮釋它的意義。

其中，尤以「文學」本位的詮釋，對「比興」之義更是嚴重的窄化。學者們往往只是引藉西方的文學理論，將「比興」視為作品語言形式層的「隱喻」、「象徵」，或作家心理層的「形象思維」。這類的論著非常多，難以一一檢討，僅舉幾篇為例：

（一）、將「比興」等同西方所說的「明喻」與「隱喻」，例如王元化〈釋比興篇擬容取心說〉。他先將「比興」一詞解釋為：「一種藝術性的特徵，近於我們今天所說的『藝術形象』一語。」接著又說：「我國的『比興』一詞，依照劉勰的『比顯而興隱』的說法，亦作『明喻』和『隱喻』解釋，同樣包含了藝術形象的某些方面的內容。」[9]那麼，依照王元化的觀點，將「比興」解釋為「一種藝術性的特徵」、「近於『藝術形象』」，然而這二個關鍵詞確指什麼？其概念頗為籠統含糊；並且，將「比」解釋為「明喻」而「興」解釋為「隱喻」，分別僅是一種修辭技巧，這也是對「比興」之義的簡化。

（二）將「比興」視為西方所說的「明喻」、「暗喻」，並且是作家「形象思維」的手段，例如張文勛、杜東枝《文心雕龍簡論》第四章第三節〈關於形象思維和比興手法〉。這篇文章認為「比興」與「形象思維」有關係，卻不同意有些學者把「比興」與「藝術形象」及「形象思維」等同起

7　顏崑陽，〈用詩，是一種社會文化行為模式——建構「中國詩用學」初論〉，臺灣《淡江中文學報》第十八期，頁二八五。

8　同上注，頁二八四。

9　王元化，〈釋比興篇擬容取心說〉，收入《文心雕龍創作論》（上海：上海古籍出版社，一九八四），下篇，頁一七七—一七八。

來（可能暗指上述王元化的說法）。不過，他們也沒有特別的新說，僅是常談的認為「比興」是語言層面的表現手法，云：「如果『比』接近於『明喻』，那麼也可以說『興』就接近於『暗喻』。」然後又認為：「詩歌創作用比興手法，不單純是一個簡單的表現手法問題，而是作家進行形象思維的重要手段。」[10]他們所說的「比興」，雖然略微觸及心理層面的所謂「形象思維」，卻不是「形象思維」的本身，而是「形象思維」的「手段」。因此，其說主要從詩歌的「創作」立論，而且限於語言層面的表現手法。這當然也是窄化了「比興」複雜的意義。

（三）將「比興」等同西方所說的「比喻」、「寓託」及「象徵」，例如王念恩〈賦比興新論〉。在這篇文章中，王念恩旁徵博引中國歷代各種對賦、比、興之說，以及西方各種比喻、寓託、象徵之說，進行中西相互詮釋。他將賦、比、興分析詮釋為：三種寫作技巧、三種創作方式、三種美學特徵、三種詮釋方式。而不管上列哪一種詮釋，賦比興都是限定在「文學」的本位上作解。賦，可以姑且不論。他對「比」與「興」的解釋，做為「寫作技巧」，「比」是「比喻」，「興」是「象徵」；做為「創作方式」，「比」是「寓託」，「興」是「象徵」；做為「美學特徵」，「比」也是「寓託」，「興」也是「象徵」；做為「詮釋方式」，「比」是「寓託的解讀方式」，「興」是「象徵的解讀方式」[11]。王念恩從文學的四個層面去分析詮釋「比」與「興」的意義，的確比王元化、張文勛等學者「明喻」、「隱喻」或「暗喻」之說繁複得多，還不至於簡化；但是，就古代士人階層總體社會文化的存在情境而言，這種說法仍然限定在「文學」的本位上作解；而且，引藉西方的文學理論做為詮釋依據，與中國古代的「詩文化」歷史語境並不切合。

從文學「總體情境」所涉及世界、作家、作品、讀者四大要素而言[12]，王元化、張文勛等學者的說法，「比興」之義都只限於作家及作品層次，而完全未及於世界及讀者，這於「興」義而言，甚為簡化。王念恩則除了作家、作品之外，已涉及讀者，「比興」之義已較廣延；但還是局限在「文學」本位。這是由於現代學者已存在「文學專業化」的情境中，文學「創作」與「批評」就是「全部」的詩歌詮釋視域，此即「文體詩學」的「知識型」。至於古代，尤其漢代之前的「文化詩學」，這些學者們的見識實不及於此。他們缺乏中國古代詩歌歷史語境的同情理解，未能理解到中國古代士人存在的社會文化情境中，詩歌無所不在，它是一種不離知士人階層之社會生活的「文化」現象或產物；而不僅是文學專業的「創作」與「批評」的行為而已。因此，「比興」的意義也

10 張文勛、杜東枝，〈關於形象思維和比興手法〉，參見二人合著，《文心雕龍簡論》（北京：人民文學出版社，一九八〇），第四章第三節，頁七九、八一、八三。

11 王念恩，〈賦比興新論〉，收入《古典文學》第十一集（台北：臺灣學生書局，一九九一），頁四三—五五。

12 美國文學批評家亞伯拉姆斯（M.H. Abrams），在《鏡與燈》（*The Mirror and the Lamp*）一書中，提出「文學總體情境的四大要素」，包括世界（宇宙）、藝術家（作家）、作品、欣賞者（讀者），並且製成一個圖式，作品居於中心位置，輻射向外連結到世界、藝術家、欣賞者。參見〔美國〕艾布拉姆斯（臺灣譯為亞伯拉姆斯）著，酈稚牛、張照進、童慶生合譯，《鏡與燈》（北京：北京大學出版社，一九八九），頁五—六。旅美漢學家劉若愚曾將它改造為圓形圖式，四大要素沒有哪一個居於中心位置，依序由是世界、作家、作品到讀者，都同在圓周上。他就以這個圓形圖式所展示的「文學總體情境」，解釋中國古代的文學理論。參見劉若愚，《中國文學理論》（台北：聯經出版公司，一九八一），頁一二—一六。

就不僅局限在「文學本位」，必須轉向古代士人階層以「詩」做為「社會文化行為」之「語言形式」的「詩用學」視域，才能將「比興」從「文學本位」解放出來，拓展它更為豐富的意義。

本論文的主題擬定為〈「詩比興」的「言語倫理」功能及效用〉，即意圖將「比興」從「文學本位」轉到「詩用學」，即「社會文化行為詩學」的詮釋視域；而特別針對它在士人之「社會文化行為」的「言語倫理」上，具有什麼「功能」？又能達到什麼「效用」？以揭明長期被「純文學」的詩觀所遮蔽或誤解的意義。

二、基本假定與「比興」的前行研究成果評述

（一）二個基本假定

本論文這一主題，涵有二個基本假定：一是「詩式社會文化行為」；二是「言語倫理」。因此，我們必須為這二個基本假定做出明確的界說。

首先，我們界說「詩式社會文化行為」這一基本假定。西方詮釋社會學家韋伯（M. Weber, 1864-1920）將「社會行動」（social action）界定為「行動者的主觀意義關涉到他人的行為，而且指向其過程的這種行動」[13]。這種行動（或行為）的特徵就是有其「意向性」，不同於心理學上將人從群體孤立出來，僅單純看作個體本身「刺激——反應」的制約性行為。在韋伯的界義中，還沒有

區分「行動」（action）與「行為」（act）。其後，美國社會學家舒茲（A. Schutz, 1899-1959）依據韋伯的界義為基礎，進一步將二者區分開來。他將「行動」界定為兼具目的性與計畫性而正在進行過程中的行為；而「行為」則界定為已完成的行動[14]。並且將韋伯所說的「動機」分析為「原因動機」（because motive）與「目的動機」（in-order-to motive）。前者指的是使得此一行為之所以產生的過去性原因；後者指的是使得此一行為產生的未來性目的[15]。這也就是所謂的「行為意向」。由於我們論述的是古人已完成行動的所謂「行為」，故使用「行為」這一概念。又美國文化學家菲利普·巴格比（F. Bagby），將「文化行為」（cultural act）界定為並時性或歷時性而多數人在反覆操作所形成模式化的行為[16]。中國古代士人階層以「詩式語言」進行互動，既是具有「意向性」的「社會行為」，又是並時性甚而歷時性多數人反覆操作的「文化行為」；故我們將它複合為「詩式社

13 〔德國〕韋伯（M. Weber, 1864-1920）著、顧忠華譯，《社會學的基本概念》（桂林：廣西師範大學出版社，二〇〇五），頁三。

14 〔美國〕舒茲（A. Schutz, 1899-1959）著、盧嵐蘭譯，《社會世界的現象學》（台北：久大、桂冠聯合出版，一九九三），頁三六—三七。又參見同上作者、譯者，《舒茲論文集（上）——社會現實的問題》，出版者同上，一九九二，頁八九—九〇。

15 《社會世界的現象學》，頁九一—九四。

16 〔美國〕菲利普·巴格比（F. Bagby）著，夏克、李天綱、陳江嵐譯，《文化——歷史的投影》（台北：谷風出版社，一九八八），頁八七—九九。

會文化行為」（poetry as sociocultural act）這一概念。

接著，我們界說「言語倫理」這一基本假定。「言語倫理」並不是「社會語言學」（Sociolinguistics）所探討的議題。「社會語言學」是利用社會學與心理學，以研究「語言」的社會與文化性質及其功能。它研究的主要對象是「語言」的本身，社會學提供的只是理論基礎及研究進路。「言語倫理」所涉及的是「人」在社會互動關係中，所發生之「言語行為」的「倫理」原則。「言語行為」的研究，在西方的「日常言語哲學」（Ordinary Language Philosophy）及「詮釋社會學」（Interpretive Sociology）的領域中，是一個常受討論的議題；不過，很少從涵有「道德」價值的「倫理」觀點進行詮釋；而「言語行為」也沒有形成一種特定的學科。

當代由於傳播媒體發達，言語氾濫無所節制，經常產生攻訐、誹謗、謠傳等言語暴力；因此從道德價值的「倫理」觀點探討「言語行為」，這一議題在有關傳播媒體的論述中，頗受關懷。此外，從學術研究而言，學界有關「言語倫理」的探討，則多集中在先秦典籍，尤其儒家的語言思想，被當作一個重要的議題，而結合「語言學」與「倫理學」，試圖建構一套「語言倫理學」[17]；晚近正有些學者頗為關注這門新興的學科。大陸學者陳汝東對這個學術狀況有詳細的說明[18]。

言語行為（speech act）是「社會文化行為」中最為經常、普遍的行為，指的是「一切使用言語進行、完成的社會行為」，例如傳達、溝通、期求、許諾、贈言、答謝、勸諫、頌揚、詛咒、祝福等。「言語行為」不管使用口頭說話或文字書寫，都必然發生在某種特定的實在情境中，雙方互動，持續進行，終而完成，此謂之「語境」（context）；而這種「語境」並非處在靜止而沒有變化的狀態中，故謂之「動態語境」（dynamic context）。在任何一個「言語行為」事件的「語境」中，必然存在「雙向」的「說話者」與「受話者」；而這二者也都各有相對的「社會身分」或「角色」，形成特定的「社會關係」，例如夫妻、父子、師生、君臣等。中國古代對於這種種「社會關係」，都以「道德」為核心價值，依尊卑、長幼制定其合宜的秩序，是為「倫理」。從「倫理」的秩序去規範「言語」的合宜性，即是「言語倫理」。

本論文的主題就是依據上述的基本假定，將「詩比興」置入「社會文化行為」中的「言語倫理」情境，探討它具有什麼特殊的表意「功能」？以及在彼此傳達、溝通的互動關係中，能獲致什麼合乎「目的」的「效用」？「功能」指的是一種事物由於它本身的性質、形構所具備的「作用力」；「效用」則指的是具備此一「功能」的事物，被實際使用之後，符合使用者的「目的」所產生的「效果」。

（二）「比興」之前行研究成果的反思、評述

「比興」是中國古代「詩文化」之創生而體用相即之存有的「原生形態」。我們將「原生形態」

17 例如吳禮權，《中國修辭哲學史》（台北：臺灣商務印書館，一九九五），第一、二、三章。又王海霞，《先秦典籍語言倫理探究》（南京：林業大學碩士論文，二〇〇七）。

18 陳汝東，〈語言倫理學：一門新興的交叉學科〉，參見：http://www.china-review.com/cat.asp?id=15305，瀏覽日期：2016/6/7。

定義為某事物之發生與本質相即不分、一體存在的本然狀態。從遠古以降，歷代的「詩文化」現象，從人們之實存層的作詩、讀詩、用詩等「實踐」行為，到語言層的觀念性「論述」行為，莫不以「比興」為核心。

「比興」在詩歌的創作實踐，從詩騷以降，文本繁多而俱在，可先存而不論。我們在這裡所要處理的是語言層的觀念性「論述」。近現代以來，這個論述層還可區分為二：

一是「五四」新文化運動以前，古典詩仍是多數士人「在境」的創作實踐；他們站在「創作」的言說位置，針對「比興」做出主觀性的論述，例如王闓運云：「詩……貴以詞掩意，托物寄興，使吾志曲隱而自達……。」[19]譚獻云：「詩者，古之所以為史，託體比興，百姓與能。」[20]這幾個傳統士人能詩能文，仍在詩歌創作實踐的情境中。他們論及「比興」，實以創作的主觀經驗及其所因承的傳統觀念為依據。論述目的也是為詩的創作法則立言，顯然與現代化的客觀學術研究有別。

二是新文化運動以後，古典詩已逐漸不再是士人普遍的「在境」創作實踐。同時，現代化的學術研究興起，很多學者並不擅於古典詩的創作，僅是為了「學術研究」，而針對「比興」此一論題，蒐集古代詩論的文獻，進行「離境」的客觀性專業論述。

我們比較二者的差異，前者之「在境論述」，不離第一序的創作實踐，其言說主體所站立的位置，先於現代學術研究，乃是現代學者們所要研究的對象；而後者之「離境論述」，則已不關乎第一序的創作實踐，故其言說主體所站立的位置，乃在前者之後而與本論文同屬第二序；因此，他們的論述就是本論文所要反思、評述的前行研究成果。

近現代學者有關「比興」的論文非常多，難以一一遍說，只能舉其要者加以綜合評述；歸約言之，主要有四個系統，概說如下：

一是「詩經學」的「比興」研究。《詩經》與《楚辭》乃是詩歌以「比興」為形式，所表現兩大「原生形態」的經典文本。以「比興」讀詩、釋詩、用詩甚至論詩，都從這兩種經典為開端、為依據。近現代學界有關「比興」的研究，也都立基在「詩經學」與「楚辭學」。

「詩經學」的「比興」研究，其重要者例如朱自清《詩言志辨》專節討論〈比興〉[21]。他先詮釋了「毛詩鄭箋釋興」，指出毛傳釋「興」有二義，一為發端，二為譬喻，並舉例說明，從而討論到「興」所寄託的「作詩者之意」，而認為：「毛傳所謂興，恐怕有許多是未必切合『作詩者之意』的。」又指出鄭箋說興詩，以為「《詩》之興」是「象似而作之」，而毛傳說「興也」，鄭箋則大多數說「興者喻」，故「『興』『喻』名異而實同」。接著，他又從春秋時期的「賦詩言志」，做了「興義溯源」，再推到《周禮．大師》、〈詩大序〉、王逸《楚辭章句》、孔穎達《毛詩正義》、朱熹《詩集傳》、陳奐《詩毛氏傳疏》等，各種典籍的論述，而處理了「賦比興通釋」；最後推演到劉勰

---

19 王闓運，〈湘綺樓論詩文體法〉，原刊《國粹學報》第三十三期，一九〇六年十月。收入王雲五編，《景印國粹學報舊刊全集》（台北：臺灣商務印書館，一九七四），冊六，頁二八六九。

20 譚獻，〈古詩錄序〉，收入羅仲鼎、俞浣萍點校，《譚獻集》（杭州：浙江古籍出版社，二〇一二），頁一六。

21 朱自清，《詩言志辨．比興》，參見《朱自清古典文學論文集》（台北：源流出版社，一九八二），頁二三五—二八四。

《文心雕龍．比興》、鍾嶸〈詩品序〉、魏慶之《詩人玉屑》、朱熹《楚辭集注》、張惠言《詞選》、陳沆《詩比興箋》等，他們如何的「比興論詩」。這已由「詩經學」、「楚辭學」推擴到影響所及的一般詩學了。

朱自清綜理繁多的史料，以漢代毛傳、鄭箋的「詩經學」為主，推及「楚辭學」與「一般詩學」，而為「比興」的研究建立宏大的規模。他處理了「什麼是賦比興」、「漢儒如何以比興釋詩」、「比興釋詩所關聯『作詩者之意』能否得到解答」、「比興觀念的發展」、「一般詩學如何以比興論詩」。歸結而言，這些問題就是：「比興」的基本觀念及其發展、「比興」在《詩經》文本中所表現的形構、後儒如何以「比興」釋詩、「詩經學」的「比興」觀念與詮釋原則如何影響一般詩學等。

其後有關「比興」的研究，大致在朱自清所開出的論域，再做拓展與深化，例如徐復觀〈釋詩的比興〉。他反思了「比興在傳注中的糾結」，尤其是「興」義，而歸納出三個問題：「第一，興對於詩的主題，是有意義的聯結？還是無意義的聯結？其次，若是有意義的聯結，則它與比有何分別？若是無意義的聯結，則它在詩的構成中有何價值？」處理了這些問題之後，他主要的論點是將「比興」從語言層次的表現方法，提升到「從詩的本質來區別賦比興」；而以情感的「觸發」說「興」，並斷言賦、比、興三者，乃以「興」為勝義，正是詩的「本質」。最後，從《詩經》到一般詩歌，論述「興義的發展」[22]。

除了上述朱、徐二家之論，還有些「詩經學」的「比興」研究，不一一詳說，例如張震澤〈《詩經》賦、比、興本義新探〉[23]、李湘〈《毛詩》系「興」考〉[24]、羅立乾〈經學家「比、興」論述評〉[25]、裴普賢〈詩經興義的發展歷史〉[26]等。

二是「楚辭學」的「比興」研究，大致都屬實際批評，以文本之「比興」語言形式的詮釋、分類為主。例如大陸學界游國恩〈論屈原文學的比興作風〉，大體依照王逸《楚辭章句．離騷經序》所示，分從「以栽培香草比喻延攬人才」、「以眾芳蕪穢比好人變壞」、「以善鳥惡禽比忠奸異類」、「以舟車駕駛比用賢為治」……等十類，詮釋屈原所建構的「比興符碼」[27]；湯炳正〈屈賦修辭舉隅〉，將屈賦文本拆句分類，以詮釋其「修辭」技巧。其中，與「比興」有關者，約為「譬喻」、「借代」、「比擬」三類，每大類之下再分若干小類[28]，頗為翔實，卻也相當繁瑣。

至於臺灣學界，例如彭毅〈屈原作品中隱喻和象徵的探索〉，在理論上，從西方的隱喻與象徵解釋屈騷的「比興」之義；然後以「隱喻」為基準，把屈騷文本中的符碼分為植物、動物、自然現

22 徐復觀，〈釋詩的比興〉，收入徐復觀，《中國文學論集》（台北：民主評論社，一九六六），頁九一—一一七。

23 張震澤，〈《詩經》賦、比、興本義新探〉，《文學遺產》一九八三年第三期。

24 李湘，〈《毛詩》系「興」考〉，《江海學刊》一九八四年第一期。

25 羅立乾，〈經學家「比、興」論述評〉，江磯編，《詩經學論叢》（台北：崧高書社，一九八五）。

26 裴普賢，〈詩經興義的發展歷史〉，收入裴普賢，《詩經研讀指導》（台北：東大圖書公司，一九八七）。

27 游國恩，〈論屈原文學的比興作風〉，收入游國恩，《楚辭論文集》（台北：九思出版公司，一九七七），頁二〇五—二一〇。作者改為游澤承，以避政治禁忌。

28 湯炳正，〈屈賦修辭舉隅〉，收入湯炳正，《屈賦新探》（台北：貫雅文化公司，一九九一），頁二八四—三三一。

象、人物、器用、歷史神話、其他七類；每類舉一、二句群為例，大概解說而已[29]。又廖棟樑〈寓情草木──〈離騷〉香草喻的詮釋及其所衍生的比興批評〉，這篇論文指出屈騷「比興」的特點是：以「興」為「喻」與引類譬喻；並強調「引類譬喻」這一類型的表現手法，既不同於西方文學認為意象具有摹仿性與虛構性，也不同於《詩經》上的一般意義的譬喻。它強調「類」，因而成為一種象徵。而在屈騷的文本情境中，這種「引類譬喻」所適用的範圍，大體是以君臣關係以及此一關係所蘊涵的倫理德性為主。這是一種「比德」的思維方式，以自然物象折射主體人格精神的審美觀照。接著，他又從作者的觀點處理了〈離騷〉本身「香草喻的形成」、從讀者的觀點處理了「香草喻的詮釋」；最後推及「楚辭學」之外，影響所及於一般詩學的「比興批評」[30]，這篇論文以〈離騷〉文本的實際批評為基礎，卻能經由類型化、抽象概念化，而對《楚辭》系統的「比興」，建構了理論性的意義。

三是「一般詩學」的「比興」研究。這方面的論述，前文檢討了王元化、王念恩、張文勛與杜東枝等人的著作，而指出他們的論述大致在「文學」本位上，只將「比興」之義，局限在「創作」或「閱讀」的語言形式與心理思維層次，此處不復贅述。

在一般詩學的「比興」研究中，與上述諸家相較，有幾篇論文的詮釋視域更為開闊，例如：葉嘉瑩〈中國古典詩歌中形象與情意之關係例說〉，明確指出：「比興」之義不僅是隱喻或象徵而已，更包含了古典詩歌中形象與情意的各種關係，其義甚為多元而複雜，不是以西方所謂隱喻、象徵就可解釋得盡[31]。

蔡英俊更採取「比興」觀念史的進路，從先秦、兩漢下貫到明清，對「比興」觀念做了演變歷程的多義性詮釋[32]。

顏崑陽〈《文心雕龍》「比興」觀念析論〉以及〈論詩歌文化中的「託喻」觀念——以《文心雕龍·比興》為討論起點〉，針對《文心雕龍》之〈比興〉篇進行精密的文本分析，而以「物性切類」釋「比」、「情境連類」釋「興」，解決學術史上比、興分辨不清的問題[33]。又〈從「言意位差」論先秦至六朝「興」義的演變〉，由「興」的觀念史進路，詮明從先秦到六朝，三個歷史時期不同的「興」義演變：先秦至西漢時期，「興」是「讀者感發志意」之義；東漢時期，「興」轉變為結合「作者本意」與「語言符碼」的「託喻」之義；六朝時期，「興」又轉變為「作者感物起情」與

29 彭毅，〈屈原作品中隱喻和象徵的探索〉，《文學評論》第一集（台北：書評書目出版社，一九七五），頁二九三—三三五。收入彭毅，《楚辭詮微集》（台北：臺灣學生書局，一九九九），頁一—四二。

30 廖棟樑，〈寓情草木——〈離騷〉香草喻的詮釋及其所衍生的比興批評〉，收入廖棟樑，《靈均餘影：古代楚辭學論集》（台北：里仁書局，二〇一〇），頁二七一—三一〇。

31 葉嘉瑩，〈中國古典詩歌中形象與情意之關係例說〉，收入葉嘉瑩，《迦陵談詩二集》（台北：東大圖書公司，一九八五），頁一一五—一四八。

32 蔡英俊，《比興物色與情景交融》（台北：大安出版社，一九九〇）。

33 顏崑陽，〈《文心雕龍》「比興」觀念析論〉，臺灣中央大學《人文學報》第十二期，一九九四年六月，頁三一—五四，收入本論文集，頁一二一—一六一。又〈論詩歌文化中的「託喻」觀念〉，臺灣成功大學中文系主編，《魏晉南北朝文學與思想學術研討會論文集》第三輯，頁二一一—二五三。收入本論文集，頁一六三—二〇八。

「作品興象」之義。這篇論文最後更依「文學總體情境」，製定了「興義言意位差演變圖」，指認從「宇宙→作者」、「作者→作品」、「作品→讀者」到「讀者→宇宙」，這四個文學活動階段，都關涉到「興」而各有不同的涵義[34]。

總結上述三種「比興」研究，大體是在「比興」詩歌文本的語言形構、創作與詮釋，以及「比興」觀念的涵義及其演變的論域中，進行相關問題的探討。總體而言，乃是文學本位上，關於「比興」本身內在性意義的研究。

四是「文化詩學」的「比興」研究。前述三種是關於「比興」本身內在性意義的研究；而這第四種研究，則明顯轉向人們的「文化社會存在情境」，探討「詩比興」，尤其是「興」，它在什麼樣的文化社會因素條件下發生或起源；相對來說因依「比興」所生產的詩歌，在人們的文化社會存在情境中，有何「功能性」的價值及意義。這是「詩比興」與「文化社會」之「雙向關係」的研究。

前文述及大陸學界受到西方理論的影響，一九九〇年代興起「文化詩學」。「比興」的研究，也轉向這個視域。其實，「文化詩學」之名雖在一九八〇年代，才由美國學者葛林伯雷（S. Greenblatt）正式提出；但是，陳世驤發表於一九六九年間的〈原興：兼論中國文學特質〉，已開啟從文化人類學及字源學的進路，探討「興」的起源[35]，實頗接近「文化詩學」。一九八〇年代之後，大陸學界趙沛霖《興的源起》已從文學本位推向更遠古時代的宗教、社會情境，探詢「興」的起源[36]。其後，葉舒憲〈詩可以興——神話思維與詩國文化〉，也從遠古時代的社會文化情境及神話思維的視域，對「興」義做了超乎語言形式層次的詮釋[37]。

臺灣學界，對於「詩比興」的研究，也同樣有了「文化社會」視域的開拓。顏崑陽提出「詩用學」的理論，在〈論詩歌文化中的「託喻」觀念〉一文中，也從文學本位推擴到「詩文化」的視域，對「比興」做了的新的詮釋[38]。鄭毓瑜近些年以「比興」的始義「引譬連類」做為基本概念，而引入西方身體論述、人文地理學等現代知識，整合身心主體層、語言符號層、實在世界層，重探「比興」多面向關聯的複雜意義，對「比興」有其新拓的論述[39]。

綜觀以上幾個系統有關「比興」的研究，陳世驤、趙沛霖、葉舒憲、顏崑陽、鄭毓瑜等學者的論述，展現了有關「比興」之義的詮釋，已從文學本位轉向「文化社會存在情境」的視域，以獲致

34 顏崑陽，〈從「言意位差」論先秦至六朝「興」義的演變〉，原刊臺灣《清華學報》新二十八卷第二期，一九九八年六月，頁一四三—一七二。收入本論文集，頁七一—一一九。

35 陳世驤，〈原興：兼論中國文學特質〉，《陳世驤文存》（台北：志文出版社，一九七二），頁二一九—二六六。

36 趙沛霖，《興的源起》（台北：明鏡文化公司，一九八九，臺一版）。

37 葉舒憲，〈詩可以興——神話思維與詩國文化〉，收入《詩經的文化闡釋》（武漢：湖北人民出版社，一九九四），頁三九一—四三八。

38 顏崑陽，〈論詩歌文化中的「託喻」觀念〉，收入《魏晉南北朝文學與思想學術研討會論文集》第三輯，頁二一一—二五三。

39 鄭毓瑜〈《詩大序》的詮釋界域〉一文，提出「『引譬連類的世界觀』」，收入鄭毓瑜，《文本風景》（台北：麥田出版，二〇〇五），頁二三九—二九二。又《引譬連類》（台北：聯經出版公司，二〇一二），其中〈重複短語與風土譬喻〉、〈替代與類推〉、〈類與物〉等章節，都將「比興」之義關聯到相對客觀的文化社會世界進行詮釋。

「詩比興」在世界（包括自然、文化、社會的世界）、作家、作品、讀者的「總體動態情境」中，多元要素之間相互辯證的詮釋。而本論文也就在這個基礎上，將「詩比興」置入「社會文化行為」的「言語倫理」視域中，進行研究，以開拓「詩比興」另一種未曾被前行研究所揭顯的意義。

三、古代士人階層在「倫理關係」情境中，言語行為的基本原則

我們對「詩比興」之前行研究成果的反思中，已指認傳統多站在「文學本位」的詮釋視域，以詮釋「比興」之義；甚至有些學者將「比興」窄化為語言層次的隱喻、象徵與心理層次的形象思維。因而僅將「比興」當作詩人「孤立」在社會文化情境之外，閉門作詩的一種思維方式及語言形式的修辭法則。

然而，當我們經由中國古代「詩文化」之歷史語境的同情理解，想像的回歸到古代士人階層的社會文化存在情境，就會明白「詩歌」並非像我們今天少數所謂「詩人」的純文學創作。從先秦以降，歷代的士人階層都生活在普遍的「詩文化」情境中，詩無所不在，根本就是士人階層日常「社會互動」所共同使用的語言形式，作詩不只是為了單純的「文學創作」，而是為了社會互動的表情達意。因社會互動的表情達意而作詩，「比興」乃成為一種最主要的符號形式。

社會互動必然要依循文化所建構的「倫理」秩序；故「比興」就不只是一般文學創作的表現原則或修辭技巧而已，乃具有「言語倫理」的功能與效用。準此，「比興」的研究必須置入這種「社

會文化行為」的歷史情境中，從「言語倫理」的觀點，才能理解進而詮釋這種特殊的符號形式，在士人階層的社會互動行為關係中，有何「適分性」的表情達意功能與效用。

前文對於「言語行為」的「動態語境」，以及在這語境中，「雙向」的「說話者」與「受話者」，各自相對的「社會身分」或「角色」所形成特定的「社會關係」，已做了明確的界說。並且指出中國古代士人階層對於各種「社會關係」，都以「道德」為核心價值，依尊卑、長幼制定其合宜的秩序，是為「倫理」；進而從「倫理」的秩序去規範「言語」的「適分性」，即是「言語倫理」。

因此，「『詩比興』的『言語倫理』功能與效用」這一論題，首先就得建立古代的「歷史語境」。這「歷史語境」可分為普遍性的「常態語境」與單一言語行為事件發生時的「特殊語境」。後者能在個案的詮釋中，經由相關事實的考察而建立。前者，即「常態語境」，乃是古代士人階層所處普遍性的社會文化存在情境。其中最關係到「言語倫理」的情境，就是「禮文化」。因此，在論述步驟上，必須先建立此一普遍性的「常態語境」，以做為個案之「言語倫理」事件的詮釋基礎。

中國古代在「禮文化」的規範中，「言語倫理」是一種極為重要的觀念及社會實踐行為規範。其中，「詩比興」又是「言語倫理」之「實踐」的最主要「符號形式」，故形成士人階層非常特殊而又普遍的「詩式社會文化行為模式」。這種「詩式社會文化行為模式」，不僅在先秦兩漢時代非常普遍；即使到了魏晉六朝之後，「詩」的創作已成為士人的專業，「詩式社會文化行為模式」依然普行不輟。因此，在中國古代，「詩」不能只看作士人階層一種文學創作的「文體形式」；而應該在更廣大的視域中，看作士人階層社會存在之「言語倫理」的「文化形式」。

因此，我們必須先掌握中國古代「言語倫理」的觀念，以建立「常態語境」的基礎知識。接著，我們才能去探討「詩比興」在「言語倫理」上，有何形構特徵及表意功能？又能達到什麼溝通的「效用」。這一「常態語境」，可以約化為古代士人階層在「倫理關係」情境中，其社會互動的言語行為，必須遵守四個基本原則。

（一）「誠」是古代士人階層「言語倫理」的「主體心態原則」

《周易．乾．文言》對君子在「言語倫理」上，以「誠」為修辭要則而提出明確的規定：「修辭立其誠，所以居業也。」[40]此一要則始終是士人階層「言語倫理」的「主體心態原則」。這個原則是以道德人格做為價值基準；因此，「修辭」並不只是一般百姓日常生活中的「言辭修飾」而已，何以然？

君子者，乃古代有才德學問而位居官職的士人。在這一語境中，「修辭」不是一般庶民日常生活的說話，而是關乎「政教」的言語行為，故孔穎達疏云：「辭謂文教。」當然，「言語行為」除了所說的內容之外，也包含了形式上適當的「言辭修飾」；只是「言辭修飾」是末節，不能失去根本的誠意而流為巧言，故《論語．學而》記載，孔子批判「巧言令色」者「鮮矣仁」；《論語．公冶長》也批判「禦人以口給」者「屢憎於人」。

「業」指的是「功業」，故孔穎達疏云：「辭謂文教，誠謂誠實也。外則修理文教，內則立其誠實。內外相成，則有功業可居。」內，是言說主體的存心，必須誠實而不欺罔。外，是待人接物的態度。內外合一，則是君子在「文教」情境中，與長上、同僚、部屬及民眾的互動關係，所表現「言語行為」的主體心態。「言為心聲」是中國古代士人階層普遍共識的言語觀。因此，言說行為最重要的不是修辭技巧，而是主體心態的投射；當然，言與行必須合一，都以「誠實」為本。「誠實」的言行才能動眾，而獲致文教的效用。君子自身的榮辱也繫乎其言行，故《周易．繫辭上》云：

> 君子居其室，出其言，善則千里之外應之，況其邇者乎；居其室，出其言，不善則千里之外違之，況其邇者乎！言出乎身，加乎民；行發乎邇，見乎遠。言行，君子之樞機。樞機之發，榮辱之主也。[41]

在中國古代士人階層的存在情境中，「言語」是一種待人接物之「道德行為」與當機應對之「智慧」的表現，從不曾被當作可以離開人之社會互動的「倫理關係」語境，而孤立討論它的修辭技巧。這與離開社會文化的動態語境，而只在言語形式層次歸納出各種修辭格式的現代「修辭學」

40 王弼、韓康伯注、孔穎達疏，《周易正義》（台北：藝文印書館，《十三經注疏》景印嘉慶二十年南昌府學重刊宋本，一九七三），卷一，頁一四。以下徵引《周易》，版本皆仿此，不一一附注。

41 《周易正義》，卷七，頁一五一。

完全不同[42]。現代這一類「修辭學」只是無關乎言說主體之存在經驗及意義的格套化知識而已。古典修辭文化的淪喪，其實是修辭學的退化，因此現代人雖熟識各種修辭格式，於「言語行為」有失倫理分位者多矣。

我們可以說，在中國古代士人階層的「常態語境」中，社會互動關係的一切言語行為，都被認定具有「倫理性」的價值意義，而「誠」就是「主體心態原則」；因此，以「詩」做為社會文化行為的符號形式，不管所用的是「賦」或是「比興」，都具有「言語倫理」的功能與效用。將「比興」當作純為「文學創作」的語言表現方式，說是「隱喻」也好，「象徵」也好，都是學者站在遠離「詩文化」的現代語境中，缺乏主體切實的存在經驗，而僅是概念化、客觀化的文學知識研究而已。

(二)「微」是古代士人階層在「言語倫理」情境中，因境制宜的「表意方式原則」

「微」是曲折隱微之義，「微言」乃非直陳其事、直論其理的表意方式；而是以「曲折隱微」的連類譬喻，讓受話者從意象性言語「感知」而「自悟」。這種表意方式，並非在任何「事件情境」中，都可以使用，因此必須「因境制宜」；這個「境」就是說話者與受話者可以「雙向對話」的語境，其語境條件包括前文所述及雙方的身分、知識程度、彼此關係、當下事件情境。《呂氏春秋・精諭》記載孔子與白公的一段對話，正可以用來說明「微言」語境中，說話與受話雙方主體所具備的「知言」條件：

白公問於孔子：「人可以微言乎？」孔子不應。白公曰：「若以石投水奚若？」孔子曰：「沒人能取之。」白公曰：「若以水投水奚若？」孔子曰：「淄、澠之合者，易牙嘗而知之。」白公曰：「然則人不可以微言乎？」孔子曰：「胡為不可？唯知言之謂者為可耳。」白公弗得也。[43]

這段對話的要義在於人與人之間的言語行為，可不可以使用「微言」的表意方式。孔子的回答，原則上「可以使用微言」，卻要有一個條件：必須對方是「知言之謂者」。這似乎就是鍾子期與伯牙的「知音」關係，由音樂轉到言語的翻版。同時也讓我們聯想到《左傳．襄公二十七年》所載「齊大夫慶封聘於魯」的事件，慶封車服雖美，卻於宴席間言行無禮，頗失大夫的身分，故而魯大夫叔孫氏賦〈相鼠〉以諷之；但是慶封「不知」也[44]。「賦詩」以「專對」是一種「微言」的表意方式，而慶封卻非「知言之謂者」，因此叔孫之「辭」不能達意。準此「微言」乃是古代士人階層在「言語倫理」的情境中，一種雖是普行卻又必須「因境制宜」的表意方式。

42 現代這一類以修辭格式為主的「修辭學」著作甚多，舉其代表者，陳望道，《修辭學發凡》（台北：臺灣開明書店，一九五七）。又黃慶萱，《修辭學》（台北：三民書局，一九七九）。

43 呂不韋編著、陳奇猷校釋，《呂氏春秋校釋》（台北：華正書局，一九八五），冊下，卷十八，頁一一六七。下文徵引《呂氏春秋》，版本皆仿此，不一一附注。

44 左丘明著、杜預注、孔穎達疏，《春秋左傳注疏》（台北：藝文印書館，《十三經注疏》景印嘉慶二十年南昌府學重刊宋本，一九七三），卷三十八，頁六四三。下文徵引《左傳》，版本皆仿此，不一一附注。

其實，春秋時期，外交專對，「賦詩言志」以「微言相感」乃是士人階層普行的表意方式。《漢書．藝文志．詩賦略論》：「古者諸侯卿大夫交接鄰國，以微言相感。當揖讓之時，必稱詩以喻志，蓋以別賢不肖而觀盛衰焉。」[45]這已是眾所熟知的「詩文化」現象；則這種「微言相感」實有其發生的語境條件，它之「為何如此」的原因，應該是諸侯卿大夫「交接鄰國」，為了維持「禮之用，和為貴」，避免外交辭令由於直言不當而引起衝突，故而採取這種「微言相感」的表意方式。它之「可以如此」的條件，乃是在周文化教育的過程中，士人階層已經由詩、禮、樂配套的教養，而熟習這種表意方式，也就是對「微言相感」的相關知識，已「建構預理解」；並且在外交專對的場域中，「當揖讓之時，必稱詩以喻志」的這種表意方式，凡是合格的士人都已形成一種「情境共定」的語境[46]。因此，《論語．季氏》孔子才會訓示其子孔鯉：「不學詩，無以言。」

除了這種特殊外交場域，或士人階層平常的社會交往，往往使用「微言」以相互「感通」，或彼此「期應」之外[47]。最重要的是臣之諷諫其君，必以「微言」為之，就如〈詩大序〉所謂「主文而譎諫」，期待獲致「言之者無罪，聞之者足以戒」。為何如此？一方面是因為從「言語倫理」來說，君惡不宜「直言」，故曲折隱微以「比興」託諷，讓國君感知而自悟；二方面君威難測，勸諫之臣為自身之安危，曲折隱微以「比興」託諷，可避免「直言」而招禍。

（三）「文」是古代士人階層在「言語倫理」情境中，適度的「言語修飾原則」

周代封建宗親、制禮作樂，創建「周型文化」，使得這個時代由殷商依賴武力、巫術統治的部落社會，轉向以封建、禮樂建立尊卑、親疏之倫理分位而崇德互敬的人文社會。因此，「文」之一詞可以概括周代時期，人之存在的總體情境。《廣雅．釋詁》：「文，飾也。」故「文化」乃人之變化自然而創造的存在情境；人們須經「教化」以習成各種合宜的行為方式，故必有人為「修飾」。《尚書大傳》：「周人之教以文。」鄭玄注：「文，謂尊卑之差制也。」這是「道德倫理」的教養，也就是「禮」，也就是「文化」。

中國古代「文化」的觀念，最適切的解釋就是「人文化成」之義；從周文化的存在情境而言，「人文化成」所賴者，孔穎達認為是「詩書禮樂」[48]。然則「人文化成」，乃是每個貴族，甚至居於

45 班固著、顏師古注、王先謙補注，《漢書補注》（台北：藝文印書館，《二十五史》景印光緒庚子長沙王氏校刊本），冊下，卷三十，頁九〇二。下文徵引《漢書》，版本皆仿此，不一一附注。

46 春秋時期的外交專對，「賦詩言志」之所以可能，乃依賴周文化的教育方式，所形成的「建構預理解」，以及賦詩現場的「情境共定」，此說詳參顏崑陽，〈論先秦「詩社會文化行為」所展現的「詮釋範型」意義——建構「中國詩用學」二論〉，臺灣《東華人文學報》第八期，頁五五—八七。

47 顏崑陽將中國古代知識階層的「詩用」行為方式，區分為「諷化」、「感通」、「期應」三類。「諷化」是指政教場域中，君與臣民之間，「下以風刺上，上以風化下」的「詩式社會文化行為」；「感通」則是親友間以詩彼此贈答，感通情意。「期應」是指親友間，基於某種現實生活的需要，而彼此以詩表示期求與回應之意。參見顏崑陽，〈用詩，是一種社會文化行為模式——建構「中國詩用學」初論〉，臺灣《淡江中文學報》第十八期，頁二九〇—二九二。

48 《周易．賁卦．彖》：「文明以止，人文也。」又云：「觀乎人文以化成天下」。王弼注：「止物不以威武而以文明，人之文也。……觀人之文，則化成可為也。」孔穎達疏：「觀乎人文以化成天下者，言聖人觀察人文，則詩書禮樂之謂，當

鄉黨的「國人」[49]，經由詩書禮樂的教養薰陶，啟發道德理性、修飾待人接物的言行，而將本性質野之人「化成」為「文質彬彬」的君子；集合眾多「文質彬彬」的個體以成群體，則倫理秩序得以建立，社會情境得以「和諧」。而士人們之「人文素養」的表現，就是言、行二端。準此，在古代士人階層「言語倫理」的情境中，「文」是「適度」的言語修飾原則，乃士人文化教養的「身分」表徵，以及言語行為傳播效用的保證。

依此，呼應下文的「辭達」之說，則所謂「辭達」並非「不文」。相反的，言語粗鄙「不文」者，非但不合「禮」而有失士人的「身分」；同時，這種「不文之辭」往往「不達」，無法獲致「有效性」與「適分性」的溝通或傳播效用。所謂「文」指的當然不是言語之「虛浮的修飾」，而是「適度的修飾」，也就是「文雅」之辭。這樣的言辭或文辭，不但能「有效」而「適分」的表情達意，也才具有充分溝通或傳播廣遠的影響力。《左傳．襄公二十五年》就記載到孔子對此一「言語修飾原則」的論述：

> 仲尼曰：《志》有之：言以足志，文以足言；不言，誰知其志？言之無文，行而不遠。[50]

孔子徵引《志》的話語，表示這不僅是孔子個人的觀念，而是當時士人階層普遍的認知。另外〈詩大序〉對於詩歌的言語形式也強調了「文」的修飾原則：「主文而譎諫」，孔穎達疏引陸德明音義解釋云：「主文，主與樂之宮商相應也。譎諫，詠歌依違不直諫。」[51]回應上文所說「微」的表意方式，既「不直諫」，則其辭以「比興」委婉之言，隱曲以諫。這當然是在「言語倫理」的情境中，「文」的適度修飾原則；故言語「微」者必「文」也。

（四）「達」是古代士人階層在「言語倫理」情境中，適分的「表意效用原則」

「達」是古代士人階層在「言語倫理」的情境中，所要求「適分的表意效用原則。《論語．衛靈公》記載孔子對這一「表意效用原則」的認定是：「辭，達而已矣。」[52]

法此教而化成天下也。」參見《周易正義》，卷三，頁六二，則人文素養所賴者詩書禮樂的學習、薰陶。

49 依《周禮．地官》所載的鄉遂制度，周天子與諸侯所管轄的區域，分為「國」與「野」二部分。「國」指都城及其四郊近畿，「野」指此外之地區。「國」的都城之外，四郊近畿百里內劃分為六個行政區，是為「六鄉」；百里外則分為六個行政區，是為「六遂」。鄉遂所居者乃天子、諸侯本人之外的貴族們，以及為他們服務的百工、身分自由的農民。參見鄭玄注、賈公彥疏，《周禮注疏》（台北：藝文印書館，《十三經注疏》景印嘉慶二十年南昌府學重刊宋本，一九七三），卷九，頁一三八—一四六。下文徵引《周禮注疏》，版本皆仿此，不一一附注。另外，《左傳》、《國語》等史籍，稱這些鄉黨之民為「國人」。「國人」有受教育的機會，故有庠序鄉校的制度，乃文化養成之教也。

50 《春秋左傳注疏》，卷三十六，頁六二一。

51 毛亨傳、鄭玄箋、孔穎達疏，《毛詩注疏》（台北：藝文印書館，《十三經注疏》景印嘉慶二十年南昌府學重刊宋本，一九七三），卷一，頁一六。下文徵引《毛詩注疏》，版本皆仿此，不一一附注。

52 何晏集解、邢昺疏，《論語注疏》（台北：藝文印書館，《十三經注疏》景印嘉慶二十年南昌府學重刊宋本，一九七三），卷十五，頁一四一。下文徵引《論語》，版本皆仿此，不一一附注。

我們依循孔子說這句話的語境，可以理解到「辭」特別指的是士人階層在政教場域中，因政教任務所為應對進退之「言辭」，或因政教任務所為之「文辭」，尤其是使於四方的外交專對。古代士人極少有不涉足政教場域而身負任務者，上引《周易．繫辭上》：「言行，君子之樞機。」可知「言」是士人從政最重要的行為之一。「言」出於口語，是為「言辭」；形於文字，是為「文辭」；總稱為「辭」。先秦時期，尚無離政教實用的文學創作，〈離騷〉的文學性可謂極致；然而司馬遷《史記．屈原傳》明指他的創作意圖是「悟君」與「改俗」[53]，王逸《楚辭章句．離騷經序》也確認他的作意是在「風諫君」[54]。這都說明〈離騷〉之作，乃以政教功用為意圖，因此也是一種政教場域之倫理關係語境中的「文辭」。

然則，我們可以說在古代士人階層中，「言辭」或「文辭」之能，乃「君子」必備之德行。《周禮．春官．大祝》云：「大祝……作六辭，以通上下、親疏、遠近。一曰祠，二曰命，三曰誥，四曰會，五曰禱，六曰誄。」依據鄭玄注，這「六辭」都分別因應各種政教事件或任務所為之言辭或文辭，而它們的功用是「通上下、親疏、遠近」，完全是「言語倫理」的意義及價值[55]。《詩經．鄘風．定之方中》：「終然允臧」句下，毛傳云：「建邦能命龜，田能施命，作器能銘，使能造命，升高能賦，師旅能誓，山川能說，喪紀能誄，祭祀能語。君子能此九者，可謂有德者，可以為大夫。」[56]這九種君子「可以為大夫」之「能」，都是在各種政教場域中，分別因應任務所需而必具的「言辭」或「文辭」技藝。

孔子所說的「辭」，必須在這語境中，才能確定其義。這既不是一般日常生活的閒談，也不是後世專事詩文之創作。而所謂「達」，就是「通曉」，指「適分的表意效用原則」。在這語境中，所謂「通曉」，不能從後世個人單向靜態的寫作詩文，其遣詞用字是否通透明曉來理解；而是在執行政教任務的實際情境中，置身於神與人、人與人之間，因依上下尊卑或同儕平行的「倫理關係」，進行雙向動態的應對言語，而考量「說話者」所表述的言辭或文辭，能否讓受話者「通曉」並「接受」，終而達成言語行為的「目的」。

這是雙向動態語境的「辭達」之義，涉及說話者與受話者雙方的身分、知識的程度、彼此的關係、當下的事件情境等複雜因素；故而所謂「辭達」乃是處在「言語倫理」的情境中，士人們之對「神」（祭祀），或彼此應對之言語，所必須遵循的表意效用原則。它強調的是雙向言語行為之表意的「適分性」與「有效性」。「分」指說話者與受話者彼此對待的倫理分位，如何達到適分的表意。這完全隨境而視雙方的身分、知識程度、彼此關係、當下事件而選擇適當的表意方式；表意必須「適分」，才能被對方「接受」，也才能「有效」；故「適分性」乃「有效性」的條件。總合而言，

53 司馬遷著、〔日本〕瀧川龜太郎注，《史記會注考證》（台北：藝文印書館，一九七二），卷八十四，頁九八四。下文徵引《史記》，版本皆仿此，不一一附注。

54 王逸注、洪興祖補注，《楚辭補註》（台北：藝文印書館，影印汲古閣本，一九六八），卷一，頁一一。下文徵引《楚辭》，版本皆仿此，不一一附注。

55 《周禮注疏》，卷二十五，頁三八四—三八五。

56 《毛詩注疏》，卷三，頁一一六。

「辭達」就是適分的「表意效用原則」。這是「言辭」與「文辭」的活法而不是死法，不能執泥於任何一端。後代學者已處在專事寫作詩文的語境中，對孔子「辭達而已」之說，詮釋幾乎都不切其義。何晏《論語集解》引孔安國云：「凡事莫過於實，辭達則足矣；不煩文豔之辭。」[57]此說將要義定在「辭」之質實或文豔，而以為孔子之意是「辭」僅須質實而能通曉的表意就可以了，故反對「文豔之辭」。其後，學者大致都循孔安國之說以作解，例如朱熹《論語集注》亦主此義，云：「辭取達意而止，不以富麗為工。」[58]這種說法都是缺乏「歷史語境」的觀念，將孔子這句話從歷史語境抽離出來，僅從語言表層義訓解；而把要義聚焦在「辭」的「修飾」問題。這就是以後代專事文章寫作的經驗，執泥在語言修辭一端而死解。如果孔子主張「辭」必須「質實」而反對文豔、富麗，則又為何強調「不學詩，無以言」、「言之無文，行而不遠」？

孔子「辭達」之說當以日本學者竹添光鴻的詮釋最切其義。他首先揭顯孔子此說的語境，而認為：

> 此辭乃專對之辭，使人之應答言語是也。若其他言語文字，雖理不外乎此；然非本章所及也。當時辭令浮誕華縟，靡然成風，無有誠實。考之左氏春秋，可見矣。[59]

我們認為「此辭」雖非一般日常生活的言談，也不是專事的詩文創作，卻未必如竹添光鴻所說，僅限於外交「專對」；而應該包括士人階層在政教場域中，一切應對之「言辭」或「文辭」，此義前文已說之甚詳。不過，竹添光鴻所說「專對之辭」，的確包含在政教之「辭」內。又所謂「其他言語文字，理不外乎此」，指的當是漢代以降，士人專事詩文的創作。蘇東坡即對於「辭達」之說，從詩文創作的法則，另出推演之論，實非孔子「辭達」之說的原意[60]；故竹添光鴻云：「若乃後人引此，專就文章而言；則後世論者借以抒己見，非以解經。」[61]至於當時辭令靡然成風，「考之左氏春秋，可見矣」，竹添光鴻另有《左傳會箋》，則此說有據。我們認為他解釋春秋時代的辭令之弊為「無有誠實」，乃切中要義。因此，所謂「當時辭令浮誕華縟」，不單純是語言修辭的文豔富麗之弊而已，更根本的是言說主體的心態之不誠實，這就關聯到上述「修辭立其誠」之「言語倫理」的「主體心態原則」了。因此，孔子「辭達」之說的要義不在於反對言語修辭之富麗，進而主張「不文」之「直言」。竹添光鴻引中井氏（應是中井積德），云：

57《論語注疏》，卷十五，頁一四一。

58 朱熹，《論語集注》，參見朱熹，《四書集注》（台北：學海出版社，一九七九），頁一一二。

59〔日本〕竹添光鴻，《論語會箋》（台北：廣文書局，一九九九），冊下，頁一〇三六。下文徵引此書，版本仿此，不一一附注。

60 蘇東坡〈與謝民師推官書〉：「夫言止於達意，則疑若不文，是大不然。求物之妙，如係風捕景，能使是物了然於心者，蓋千萬人而不一遇也；而況能使了然於口與手乎？是之謂詞達。詞至於能達，則文不可勝用矣。」此說並非孔子原意，而是文章創作的表現效果之論。參見《蘇東坡全集》（台北：河洛圖書出版社，一九七五），冊上，續集卷十一，頁三五九—三六〇。

61《論語會箋》，頁一〇三七。

中井氏曰：或謂辭命直語可也，不當作微婉，是亦矯而過者。蓋可直則直，可婉則婉，意達斯已，不當過作華縟而已矣。以其直語不足以喻意，或事理有不可直語者，故借微婉以濟之耳。其歸為在於達意矣。夫子嘗云：「不學詩，無以言。」可知直語亦非所尚也。[62]

「或謂」是指「有人如此認為」，上引蘇東坡〈與謝民師推官書〉也有「夫言止於達意，則疑若不文」的說法。這是對孔子「辭達」之說，從「而已矣」的語氣所推衍的誤解，故竹添光鴻指出：「此言所貴於辭者，惟其達而已矣。如曰辭既達則可已矣，便落下一層。」[63]因此，孔子此說的要義在「達」，也就是「適分的表意效用原則」，至於言語修辭之或質或文、或直或婉，並無偏執一端的硬性規定；正如中井氏所言「可直則直，可婉則婉，意達斯已。」言語修辭完全是在雙向關係之言說的「動態語境」中，隨機擇定；而不變的原則就是：誠實而合乎言語倫理的適分性，以獲致有效性的「達意」。

依循上述，古代士人階層在「言語倫理」的情境中，其言語行為的「表意效用原則」即是「達」。知識分子在政教場域中，彼此互動應對，言說或為文以表意，為了獲致「達」的有效性與適分性，或直言或委婉，全視當時情境而定；而古代士人階層的言語表意行為，普行的符號形式之一，就是「詩」。上文已說明這就是一種特殊的「詩式社會文化行為」。賦、比、興，詩之法也，則在「詩式社會文化行為」中，或直言之「賦」或委婉之「比興」，都涵具「言語倫理」的功能與效用，而不僅是後世所謂詩文創作的修辭法則、心理思維的形式而已。

綜合上述，古代士人階層的「常態語境」中，其社會互動的言語行為，實有著誠、微、文、達的四個基本原則。其中，「誠」是對處在「言語倫理」情境中的「主體」，所做道德性的規範。道德的實踐必須是在「倫理關係」的互動行為情境中展現；故屈原〈離騷〉的「比興」，司馬遷《史記》稱他：「其文約，其辭微；其志絜，其行廉。」[64]上贊其文辭，下褒其志行。言為心聲，二者內外相符，故又云：「其志絜，故其稱物芳。」這當然是「修辭立其誠」的表現。廖棟樑認為〈離騷〉的「比興」是一種「比德」的思維方式，給香草賦予道德意義。這種思維方式是「建立在以自然物象折射主體人格精神的審美觀照上」[65]。從語言層次、自然世界層次、心理思維層次與作者主體人格的關係，詮釋〈離騷〉之「比興」符碼系統的構成，其說確當。不過，我們還是要從這種文學本位的思考，轉入社會互動關係的「言語倫理」情境中，指出古代對士人言語行為的「道德」要求，不僅是主體孤立存在之內在人格精神單向的符號化而已；他必須被置入具體實在的「事件」語境中，從倫理互動關係的道德實踐，才能揭明諸多「比興」意象在「言語倫理」情境中的意義。

至於「達」則是對於士人的「言辭」或「文辭」，在「言語倫理」之社會互動的情境中，所建

62《論語會箋》，頁一〇三七。

63 同上注。

64《史記會注考證》，卷八十四，頁九八三。

65 廖棟樑，〈寓情草木——〈離騷〉香草喻的詮釋及其所衍生的比興批評〉，收入廖棟樑，《靈均餘影：古代楚辭學論集》，頁二七六。

立「適分性」的表意效用原則。屈騷以「比興」之言，在司馬遷《史記》所說「悟君」與「改俗」，或王逸〈楚辭章句序〉所稱「上以諷諫」，這些言說「意圖」，如以「結果」論，則其辭實「未達」也。因為楚懷王「非知言之謂者」，故「微言」不足以相感；但是，從「君臣倫理」的「適分性」而言，即使班固在〈離騷序〉中批評他「責數懷王」[66]；但是古今一般的論斷，對屈騷以「比興」諷諫，而不「直言」以顯君惡，都肯定其言語倫理的「適分性」。

古代士人階層的「詩式社會文化行為」，以上三個「常態語境」中的基本原則，都顯示「詩比興」不僅是文學本位上，語言或思維層次的象徵、隱喻、形象思維的意義而已，必須置入「倫理關係」的情境中，才能揭顯他在言語行為上的功能與效用，而這就是「詩比興」多元意義之一，不能被忽略。

不過，我們必須再次回應前文，將「比興」定位為中國古代「詩文化」之創生而體用相即之存有的「原生形態」。「原生形態」指的是某事物之發生與本質相即不分、一體存在的本然狀態。因此，古代詩歌從發生開始，其動力因就是「感物」、「緣事」而發，形式因則是「連類」、「譬喻」，這就是「比興」，完全出於人與世界互動而「自然生發，形諸歌詠」的產物；故而感物、緣事與連類、譬喻的「比興」也就自然而然的成為中國古代詩歌的本質，這就是我們所謂中國古代「詩文化」體用相即之存有的「原生形態」。其具體的產品就是遠古歌謠，但是多散佚或有傳衍之偽作，例如《呂氏春秋．古樂》所載葛天氏、黃帝、顓頊、帝嚳等古樂[67]；今文獻所存者也就是「三百篇」。

文化總是在「原生形態」既成之後，經由長期發展、積累、反思而逐漸形成自覺性的「觀念」，反過來做為同類行為的「規範」。因此，賦、比、興做為作詩之法，乃是後世對「原生形態」詩歌的反思、歸納所形成「觀念性」的「規範」。徐復觀對這問題的論點，可與本文相發明。他認為並不是先規定出賦比興三種作詩的方法，詩人再按它來寫成《詩經》那些詩；而是後人根據《詩經》那些詩，歸納出賦比興三種作法。因此，賦比興與詩的本質不可分[68]。詮釋「比興」，必須要有這種「動態性觀念史」的認知。因此，我們在這裡所處理「比興」做為一種「曲折隱微」的表意方式的原則，已是春秋戰國以降所形成的「觀念」，及其在「言語倫理」實踐上的意義。

我們就在這一觀念基礎上，進而論述「詩比興」做為一種特殊符號形式，它在「微」與「文」的表意方式及語言修飾原則上的特質。「比興」是眾所共識的「詩性言語」。「詩性言語」廣義而言，不僅限定在「韻文體」的詩歌，也可以包括讓聽受者「自悟」的一切「意象言語」，例如神話、歷史故事、寓言等。不過，其中還是以「詩歌」最為大宗。而「詩歌」之「曲折隱微」的言語形式不只一種；但是，無疑的以「比興」最具「廣用性」與「永續性」，是中國古典文化學或詩學中，綿遠傳遞之作詩、讀詩、用詩的實踐形式，以及觀念論述的複雜議題。

「比興」是一種最典型的「詩性言語」。其表意與修辭的原則即是「微」、「文」；而其中，「曲

---

66 班固，〈離騷序〉，參見嚴可均纂輯，《全上古三代秦漢三國六朝文》（台北：世界書局，一九八二），冊二《全後漢文》，卷二十六。

67 《呂氏春秋校釋》，頁二八四—二八六。

68 〈釋詩的比興〉，參見徐復觀，《中國文學論集》，頁九五—九六。

折隱微」的表意方式原則之得以成立，從質料因與形式因言之，乃建立在世界、心理、語言三層界域的「連類」關係上；而從動力因言之則是「應感」與「聯想」[69]。「世界」是人們實踐社會文化行為的場域，「自然世界」也必須接合到「社會文化世界」而與人的存在經驗及價值發生關聯，才有其意義。

整合上述質料因、動力因、形式因來看[70]，世界一切「物」及「事」本就具有「類似性」，而可以被「連類」；「物」顯其「性相」；「事」顯其「情境」。故「比」為「物性切類」而「興」為「情境連類」。所謂「物性切類」指的是某些事物，其外在特徵或內在性質，彼此具有非常「切合」的「類似性」，因而取此以「喻」彼，或取彼以「喻」此，這是常見的「比喻」的修辭技巧。《文心雕龍．比興》就稱它為「切類以指事」，並舉《詩經》的例子：「金錫以喻明德，珪璋以譬秀民……。」[71]因此「比」是事物之間，靜態的「類似性」關係。所謂「情境連類」，「情境」必然是某些事物在特定的時空場域中，彼此互動而產生內在的「情意經驗」，例如愛慕、憎恨、快樂、哀傷等，因此「情境連類」指的是某些事物在特定時空場域中所產生的情意經驗，由於彼此有「類似性」而連接在一起，以此「興發」彼，或以彼「興發」此。例如《詩經．關雎》，「關關雎鳩，在河之洲」，這是一個「情境」，春天到了，河邊的沙洲上，雎鳩鳥正在求偶而鳴叫著；「窈窕淑女，君子好逑」，這是另一個「情境」，好品德的君子愛慕著美麗貞靜的淑女。這兩個「情境」有一「類似性」的「情意經驗」，就是兩性之愛的追求。因此，由自然界雎鳩求偶的「情境」，而「興發」人事界君子好逑淑女的另一個類似的情境[72]。

這當然是「語言層」的表達方式，是一種「譬喻」的符號形式；但是這種表達方式之所以能夠成立，除了世界諸事物本具的「類似性」之外，還必須經由人之「心理」的「應感」與「聯想」能力，才能被「連類」在一起。然後，將種種「連類」所致，以「譬喻性」的「言語」表現出來。

「比興」做為一種典型的「詩性言語」，其表意與修辭原則之得以成立的因素有如上述。這也是「比興」的「言語形式」本身之所以具有「曲折隱微」形構特徵及表意「功能」的原因。然而，在本論文中最重要的還有「比興」之所以「廣用」在中國古代士人階層的社會文化行為中，言說者的

69　參見顏崑陽，〈從應感、喻志、緣情、玄思、遊觀到興會——論中國古典詩歌所開顯「人與自然關係」的歷程及其模態〉，原刊臺灣《輔仁國文學報》第二十九期，頁六五—六六。收入本論文集，頁三四三—三四五。

70　形式因（或譯為式因）、質料因（或譯為物因）、動力因（或譯為動因），再加上後文所提到的目的因（或譯為極因），合為「四因」。「四因」之說，參見亞里斯多德，《形而上學》（台北：仰哲出版社，一九八二），卷（A）一，第三章，983a24-984b23，頁五—八。此「四因」之說，為亞里斯多德所創，用以詮釋宇宙萬物創生、演變的根源性因素。此說雖非專為文化的創造、演變而提出的理論；但是，在學術史上，已成為廣被應用的「詮釋模型」，用以詮釋文化之創生、演變的根源性因素。

71　劉勰著、周振甫注釋，《文心雕龍注釋》（台北：里仁書局，一九八四），頁六七七—六七八。

72　「比」與「興」之別，在於「比」是「物性切類」而「興」是「情境連類」，兩者之義各異。參見顏崑陽，〈《文心雕龍》「比興」觀念析論〉，臺灣中央大學《人文學報》第十二期，頁三八—四六。收入本論文集，頁一二七—一三四。又〈論詩歌文化中的「託喻」觀念〉，臺灣成功大學中文系主編，《魏晉南北朝文學與思想學術研討會論文集》第三輯，頁二二二—二二四。收入本論文集，頁一八〇—一八三。

的存在情境，才能獲致貼切的理解。「達」兩個原則的基礎上，從「言語倫理」的功能及效用的觀點，將「詩文化」整合到「禮文化」「目的」何在？這是它得以被實踐的「目的因」。解釋這一「目的因」，就必須在上述「誠」與

四、古代士人階層所處「禮文化存在情境」與「詩比興」的關係

先秦時期的周文化就是禮樂文化。在這文化存在情境中，詩之用不離禮樂。詩與樂，漢代之後已漸分離；而「禮文化」的存在情境始終與詩俱在；故後文只處理「詩」與「禮文化情境」的關係。

顧頡剛考察先秦時期，周代人的用詩場合，歸納出四種：一是典禮；二是諷諫；三是賦詩；四是言語[73]。其中，典禮、賦詩的情況，禮、樂、詩同一場合呈現，顧頡剛已引用很多文獻做了切實的詮釋[74]。外交專對的賦詩，詩與禮、樂俱陳，我也已專文論述甚詳[75]。其中，我們必須強調的是，春秋時期，國與國的卿大夫「交接」，當「揖讓之時，必稱詩以喻志」，乃是在他們所共同建構的「禮文化情境」中進行。因此，所賦之「詩」往往有高下階層之分，不能誤用以致違背「身分」而失禮，最典型的例子是《左傳．襄公四年》記載：穆叔如晉，晉侯享之，席間，金奏〈肆夏〉，不拜；工歌〈文王〉，又不拜；歌〈鹿鳴〉，拜[76]。所謂「拜」是領受而回禮。為什麼歌〈肆夏〉、〈文王〉，穆叔不拜？因為穆叔知禮，前者是「天子享元侯」之詩歌，穆叔是魯大夫身分，出

使晉國；晉侯也不是天子，奏此歌詩，乃僭越身分。而〈文王〉則是「兩君相見之樂」，也不合當下這場宴會雙方的身分。《鹿鳴》則正是諸侯宴請大夫所用的詩歌，符合當下的「禮文化情境」，所以穆叔欣然領受而回禮。

至於以詩諷諫，《左傳．襄公十四年》有「自王以下，各有父兄子弟以補察其政：史為書，瞽為詩，工誦箴諫，大夫規誨，士傳言，庶人謗」的記載[77]。《國語．周語》也有記載：「天子聽政，使公卿至於列士獻詩，瞽獻曲，史獻書，師箴，瞍賦，矇誦……。」[78]以及《國語．晉語》亦稱：「使工誦諫於朝，在列者獻詩使勿兜，風聽臚言於市，辨祅祥於謠，考百事於朝，問謗譽於路。」[79]這些獻詩、獻曲、誦箴以諫，有時必須合樂。我們更要揭顯的是，以詩諷諫，雖然不一定都依著套

---

73 顧頡剛，〈《詩經》在春秋戰國間的地位．周代人的用詩〉，《古史辨》（台北：明倫出版社，更名為《中國古史研究》，以避政治禁忌），冊三，頁三二〇—三四五。

74 顧頡剛，〈周代人的用詩〉，《古史辨》，冊三，頁三二一—三三六。

75 顏崑陽，〈論先秦「詩社會文化行為」所展現的「詮釋範型」意義——建構「中國詩用學」二論〉，臺灣《東華人文學報》第八期，頁五五—八七。

76《春秋左傳注疏》，卷二十九，頁五〇三—五〇五。

77《春秋左傳注疏》，卷三十二，頁五六二—五六三。

78 左丘明著、韋昭注，《國語》（台北：九思出版公司，一九七八），卷一，頁九—一〇。下文徵引《國語》，版本皆仿此，不一一附注。

79《國語》，卷十二，頁四一〇。

式的禮儀進行；但是君臣以「詩」做為表達時政美惡的符號形式，卻必然在倫理關係中進行，不可能任意為之。

「言語」是指一般言談的引詩，這在先秦典籍中，是一種普遍現象而眾所熟知。何以先秦士人階層在言談中，常引詩以表達心意？我們認為原因有二：

一是因為詩歌是一種具有音樂性的特殊言語形式，其「音聲」就如〈詩大序〉所言，可以「動天地，感鬼神」；因此從遠古以來，「詩歌」就是人神交通的媒介形式，《尚書．舜典》云：「詩言志，歌永言，聲依永，律和聲。八音克諧，無相倫奪，神人以和。」[80]我們必須特別注意，「神人以和」指的是詩歌能達致神人之間，倫理和諧的效用。因此「詩」做為一種不同於日常說話的特殊言語形式，自古都肯認它的「神聖性」。有關「詩作為人神關係語境的言說」，大陸學者李春青已有詳切的論述[81]，可以參考。

二是有些詩歌在傳衍的過程中，若干嘉句已逐漸「格言化」，因而常被引用。顧頡剛曾統計先秦典籍中，士人階層的一般言談，常被引用的詩句大約一百之數。這些詩句約略歸納其意，不外讚美、罵詈、悲嘆、勸誡及陳述幾類[82]。我們觀察這些引詩都出現在士人階層的社會互動關係中，具有言語倫理的功能與效用，並非一個人單獨的自我抒情。其中讚美、罵詈、勸誡及陳述，固然如此；即使「悲嘆」，也是在倫理情境中發出，例如《左傳．宣公二年》記載：趙穿攻殺晉靈公於桃園。趙盾覺得這事很難處理，想一走了之，避到他國去，卻又半途而返；但是，他既沒有營救國君，也沒有討賊，故太史書曰：「趙盾弒其君。」趙盾辯稱：「不然」。太史指責：「子為正卿，亡不越境，反不討賊，非子而誰？」趙盾引詩而悲嘆云：「烏呼！『我之懷矣，自貽伊慼』，其我之謂矣！」[83]這是一個君臣倫理事件，趙盾引詩就在這情境中，含蓄的表達自己有苦難言。

綜合前述，先秦士人階層於言談中引詩，乃因為當時的士人們認為詩歌有其「神聖性」，而若干詩句已經「格言化」，具備「權威」的力量，可以含蓄的使人感知而信服。

周文化就是禮樂文化，而「詩」於這一文化情境中，經常在各種場合被使用，成為一種具有實踐性的「詩文化」。漢魏之後，專業化的文人興起[84]，詩也因而成為專業化寫作的文體；前述二種歷史語境顯然不同。先秦時期，詩與禮樂結合而構成士人階層的存在情境，並非偶然；而是經由周文化所建立的教育方式，政策性的養成。《周禮．地官．保氏》：「保氏……養國子以道，乃教之六藝。」[85]國子，就是公卿大夫之子弟。這「六藝」中包含了「五禮」與「六樂」。「五禮」是吉、凶、軍、賓、嘉之禮。賓禮，以親邦國；嘉禮，以宴饗四方賓客。這些「禮文化」，都用以養成

80 孔安國傳、孔穎達疏，《尚書注疏》（台北：藝文印書館，《十三經注疏》景印嘉慶二十年南昌府學重刊宋本，一九七三），卷三，頁四六。

81 李春青，《詩與意識形態》（北京：北京大學出版社，二〇〇五），頁六一—六九。

82 顧頡剛，〈周代人的用詩〉，《古史辨》，冊三，頁三四一—三四二。

83 《春秋左傳注疏》，卷二十一，頁三六五。

84 參見龔鵬程，《文化符號學》（台北：臺灣學生書局，一九九二），頁二一八—二三三。

85 《周禮注疏》，卷十四，頁二一二。

「國子」未來交接鄰國，使於四方的能力。「六樂」是音樂的「六律六同」之教。《周禮．春官．大師》：「大師掌六律六同，以合陰陽之聲……教六詩，曰風，曰賦，曰比，曰興，曰雅，曰頌，以六德為之本，以六律為之音。」[86]準此，詩與樂的教育顯然一起進行，而值得注意的是這種詩、樂的教養，皆以「德」為本，乃是道德人格的養成教育，不是什麼純文學、純藝術的學習。在這種政策原則之下，國子的教育有一定的學程，《禮記．內則》云：「十年，出就外傅，居宿於外，學書記。……十有三年，學樂、誦詩……二十而冠，始學禮。」[87]這樣的教養歷程，詩、樂、禮既是士人階層的道德人格、專業學識、社會實踐能力的養成，同時也就建構了他們的文化存在情境。「詩」之體用，必以「禮文化」為存在基礎。

從以上的論述，我們可知先秦「詩」之「用」，幾乎都在「禮文化情境」中實踐。這種「禮文化」漸成士人階層的傳統，先秦以後，即使詩與樂分，外交專對的「賦詩言志」不再延續，而獻詩、獻曲、誦箴以諫，也不復做為朝政的定制；但是，「詩」與「禮」的關係，卻沒有完全分離。因為士人階層在朝政的「君臣倫理關係」之外，日常生活其實都是在「禮文化情境」中，彼此進行社會互動。

「禮文化情境」就是以「道德」為核心價值所建構的「倫理」關係；而「倫理」即是以「禮」的精神及形式所建構人際、物際的秩序，其貴在「和」，故《論語．學而》記載：「有子曰：『禮之用，和為貴，先王之道，斯為美。』」[88]「和」是整個中國文化最重要的精神，前人的論述頗多[89]，此不詳論。簡要言之，「和」是宇宙間二元對立或多元並立之異質性事物的和諧統一[90]；落實來說，即是人際、物際的秩序之美[91]。而「言語行為」就是「社會秩序」是否「和」的關鍵之一。「言語暴力」往往就是引發「社會衝突」（social conflict）而破壞秩序的要因；故周代士人階層的教育，「言語」是其中的要項，《禮記．少儀》記載國子的養成教育，明白規定：「言語之美，穆穆皇皇。」孔穎達疏，指出這裏的「言語」是「與賓客言語」，乃是在倫理互動中的行為；而「穆穆皇皇」則是「美大之狀」[92]。那麼，如何做到「穆穆皇皇」的「言語之美」？「詩教」是其中要務；而詩教的成果即是《禮記．經解》所說的「溫柔敦厚」，云：「孔子曰：『入其國，其教可知也。其

---

86 《周禮注疏》，卷二十二，頁三五四—三五六。

87 鄭玄注、孔穎達疏，《禮記注疏》（台北：藝文印書館，《十三經注疏》景印嘉慶二十年南昌府學重刊宋本，一九七三），卷二十八，頁五三八。下文徵引《禮記》，版本皆仿此，不一一附注。

88 《論語注疏》，卷一，頁八。

89 「和」的文化精神或哲學觀念之論文。專著，例如袁濟喜，《和，審美理想之維》（南昌：百花洲文藝出版社，二〇〇一）；張立文主編，《和境——易學與中國文化》（北京：人民出版社，二〇〇五）；鄭涵，《中國和文化意識》（上海：學林出版社，二〇〇五）。有些專著部分的內容，也論及「和」的文化精神，例如徐復觀，《中國藝術精神》（台北：臺灣學生書局，一九六六），第二章。顏崑陽，《莊子藝術精神析論》（台北：華正書局，一九八五），頁一二七—一四三。

90 徐復觀，《中國藝術精神》，第二章；又顏崑陽，《莊子藝術精神析論》，頁一二七—一四三。

91 顏崑陽，〈論先秦儒家美學的中心觀念與衍生意義〉，臺灣淡江大學中文系，《文學與美學學術研討會論文集》（台北：文史哲出版社，一九九一），第三集，頁四〇五—四四〇。

92 《禮記注疏》，卷三十五，頁六三二。

為人也溫柔敦厚，詩教也。』」[93]「溫柔敦厚」除了「民性」之義外，當然也指這種「民性」所表現的「言語行為」及其「言語形式」。而「言語」中，最為「曲折隱微」而涵具「溫柔敦厚」的表現「美善刺惡」之「倫理功能」者，就是「詩比興」。其所獲致的「效用」就是整個社會人際、物際「和諧」的秩序之美。

因此，我們可以說在古代士人階層之「禮文化」的存在情境中，「詩比興」不僅是我們現代語境中，做為詩歌創作之語言層的隱喻、象徵或心理層的形象思維的意義而已；我們更必須將「比興」置入實存世界層，從古代士人們所身處的存在情境，理解他們社會互動的言語行為，何以經常使用「詩比興」的表意方式？而「詩比興」在「言語倫理」的情境中，又有何特殊的表意功能及效用？

五、「詩比興」在二層「言語倫理」關係中的實踐

我們理解了古代士人階層的言語行為，有其眾所同遵的表意原則，同時也理解了他們「禮文化」的存在情境。在表意原則的限定下，以及禮文化的存在情境中，士人階層為了維持以「和」為貴的人際、物際秩序之美，故而採擇「曲折隱微」而「溫柔敦厚」的符號形式，那就是「比興」。然則，「詩比興」的「言語倫理功能及其效用」，明切的實踐在哪一些社會文化行為呢？這就得回應到「詩用學」的論述系統。前文已述及，我們曾將「詩式社會文化行為」區分為「諷化」、「感通」與「期應」三類。依此三類，從倫理關係可以區分為二個層次：第一，「君臣」或「君民」的

「上下對待關係」，「諷化」一類屬之。這是政教場域中的「言語倫理」行為。第二，士人階層彼此的「平行對待關係」，「感通」與「期應」二類屬之。這第二層次的「言語倫理」行為，可以發生在政教場域，也可以發生在日常交往的場域。至於宗族長幼的倫理，不管事涉勸諫、訓誡，或感通、期應，都可權且歸入第一層倫理關係處理之。

（一）用之於「上下對待關係」的「詩比興」

第一層次，臣之與君或民之與君，「上下對待關係」之「言語倫理」的「詩比興」實踐。其中，最為重要的是「下」之對「上」，用於政教場域中的「諷諫」行為。其餘「下」之對「上」的「頌美」，以及「上」之對「下」的恩賜或教化，本文暫不處理。

古代士人階層的「言語行為」不僅是表現在一般日常生活中，更重要的是表現在無可規避的政治事業中，他們必須承擔的二個主要任務：一是「外交專對」的「微言相感」；二是對國君的「諷諫」。

外交專對之「微言相感」，也就是「賦詩言志」，這正是「詩比興」最明切的「言語倫理功能與效用」，前文已大要論及，也提到顧頡剛以及我本人這方面的研究成果。同時，一方面這種特殊場合的「賦詩言志」，春秋以降就已不復存在；二方面這種「言語倫理」實踐多屬「平行對待」；

93《禮記注疏》，卷三十五，頁六三一；卷五十，頁八四五。

故而於此不做處理。我們在這裡主要處理的是臣民對待國君，身處「政教」情境中，他們所實踐「以詩諷諫」的「言語倫理」行為。

從歷史情境而言，漢代以前沒有專設「諫官」的職務，自公卿大夫至於工商，無不得諫者[94]，這幾乎就是全民的公共事務。因此，先秦時期，以禮樂所建立的周文化，「君」以「德」立位，一旦失德，自公卿大夫以至庶民皆可「諷諫」之；故「諷諫」不是官制內的專職，而是政治上一種普遍的「諷諫文化」。前文引到《左傳》、《國語》對於這種政治之「諷諫文化」的記載，有二點值得注意：第一，這是天子以下，從公卿大夫以至庶民都可以從事的行為，故《左傳・襄公十四年》有「庶人謗」的記載；而《國語・晉語六》也有「風聽臚言於市……問謗譽於路」之說，韋昭注云：「風，采也。臚，傳也。采聽商旅所傳善惡之言。」這幾近現代所謂「輿論」。第二，言語方式，其中最重要的是詩、曲、箴這類韻文。從這種「諷諫文化」的歷史情境，我們才能了解，何以諷詩在先秦那麼盛行；不管作詩或獻詩，都是依藉「聲音意象」與「情意意象」融合的詩歌[95]，以使其君「感知」而「自悟」；故很多論者經常引用《詩經》的作品，以證詩人作詩意圖在於「諷諫」，例如《魏風・葛屨》：「維是褊心，是以為刺。」《小雅・節南山》：「家父作誦，以究王訩。」《小雅・何人斯》：「作此好歌，以極反側。」這類「以詩諷諫」的確是先秦士人階層普遍的「詩式社會文化行為」。

那麼，在這種「諷諫文化」的存在情境中，屈原做為楚國王族的大夫，在關懷時政，忠而被謗的遭遇中，作〈離騷〉以諷諫其君，那是很當然的行為。王逸對屈原之忠諫，在箋釋東方朔《七諫》的序文中，有一番論述：「諫者，正也，為陳法度以諫正君也。古者，人臣三諫不從，退而待放。屈原與楚同姓，無相去之義，故加為七諫。殷懃之意，忠厚之節也。」[96]此說明指古代人臣有「三諫」之義；屈原是王族近親，秉其慇勤、忠厚的情意節操，加強至於七諫。〈離騷〉多以「比興」為之，當然是在君臣倫理關係的語境中，所選擇最適當的言語形式。

另外，齊國晏子也以善諫而盡其臣道。劉向校定《晏子》，在〈敘錄〉中稱云：「其書六篇，皆忠諫其君，文章可觀，義理可法。」[97]今本《晏子》內篇第一卷、第二卷共五十篇，所載皆晏子

94 司馬光〈諫院題名記〉：「古者諫無官，自公卿大夫至於工商，無不得諫者。漢興以來，始置官。」參見司馬光，《傳家集》（台北：臺灣商務印書館，景印文淵閣四庫全書本，一九八三），冊一〇九四，卷七十一，頁六四八。

95 「詩」以「意象」表現其意義。先秦詩歌與詩學，所重視的文本意義，不僅是文字的「情意意象」，同時兼備「聲音意象」。音聲含有喜怒哀樂好惡之情，可直接感人，謂之「聲感」；審音辨政，治亂形焉，故謂「治世之音安以樂，亂世之音怨以怒，亡國之音哀以思」。這是先秦士人階層所普遍信仰的詩樂合一之理；此理見諸〈樂記〉。明代因承這一詩觀，所重「詩文辨體」，極力倡導「詩以聲為用」，意圖恢復宋詩所喪失的「聲音意象」。參見余欣娟，《明代「詩以聲為用」觀念析論》（台北：花木蘭出版社，二〇一一）。

96 《楚辭補註》，卷十三，頁三八八。

97 劉向，〈晏子敘錄〉，參見嚴可均，《全上古三代秦漢三國六朝文》（台北：世界書局，一九八二），冊一《全漢文》，卷三十七。

諷諫齊國莊公、景公之事蹟[98]。其中有些引詩以諫[99]，正如前文所述，期能依藉經典之詩句的神聖性及格言性，以達諷諫的效用。有些自作歌詩以諫[100]，期待國君聞歌而感悟。不管引詩或自作詩，皆是「比興」的言語方式，不直刺君過也。

我們以屈原、晏子為範例而綜合觀之，不管屈原或晏子，他們「以詩諷諫」都是基於忠君之心，故謂「忠諫」；忠諫，修辭立其誠也。其諫皆預設雙向言語行為之表意的「有效性」與「適分性」，即「辭達」也。「有效性」是言說目的，這涉及對方能否「感悟」，故沒有客觀保證。「適分性」則是「君臣倫理」的適當性，不管屈原之對懷王，晏子之對景公，其以「比興」諷諫，皆適分也。而諷諫以「詩比興」，皆文以足言也、微言相感也。因此，我們可以斷言屈、晏做為「諷諫」的典範，都是在「禮文化情境」中，基於「言語倫理」而依誠、達、文、微的基本原則，所實踐的「詩式社會文化行為」。

古代這類諷諫行為，何以常採「詩比興」而為之？從歷史語境的理解，我們的詮釋認為其因應有三端：一為照應君臣道德性的倫理關係；二為避免國君威權危及諫臣的人身安全；三為讓受諫的國君從情境感悟而改行。

關於這幾種原因，古人略有詮釋。鄭玄〈六藝論〉云：

> 詩者，弦歌諷諭之聲也。自書契之興，朴略尚質。面稱不為諂，目諫不為謗，君臣之接，如朋友然，在於懇誠而已。世道稍衰，奸偽以生，上下相犯。及其制禮，尊君卑臣；君道剛

嚴，臣道柔順。於是箴諫者希，情志不通，故作詩者以誦其美而譏其惡。[101]

鄭玄這段論述，認為詩歌本質就具有「頌美」與「刺惡」二種相對的功能。弦歌，就是頌美；諷諭，就是刺惡；但是，上古時期，人性純樸，故君臣關係如同朋友，當面稱讚不會被看作諂媚，當面勸諫也不會被視為誹謗，因為君臣相待誠懇，所以可直言不諱。這似乎就用不著「曲折隱微」的「詩比興」。到了世道衰微，君臣相犯，雖制定禮儀，但在權力結構中，君尊臣卑，君威臣順，故箴諫者越來越少。君臣情志不通，因此就必須賦詩、作詩，而以「曲折隱微」的言語，頌其美而譏其惡。那麼，「詩比興」之用，就是在衰世的君臣道德倫理與權力結構中，為了獲致「頌美」與「刺惡」的「言語倫理」效用，因而採取之「曲折隱微」的表意方式。

鄭玄也就在這種君臣倫理關係變遷史的觀念基礎上，詮釋「比興」之義。《周禮・春官・大師》：「大師教六詩」句下，鄭玄注「比興」云：「比，見今之失，不敢斥言，取比類以言之。

98 鄒太華輯注，《晏子逸箋》（台北：中華書局，一九七三）。

99 例如「景公飲酒酣，願諸大夫無為禮，晏子諫」，引《詩經・鄘風・相鼠》；又「景公愛嬖妾，隨其所欲，晏子諫」，引《詩經・小雅・采菽》等。參見《晏子逸箋》，頁七、二九。

100 例如「景公冬起大臺之役，晏子諫」，晏子自作歌以諫；又「景公為長庲，欲美之，晏子諫」，亦自作歌以諫。參見《晏子逸箋》，頁九五、九八。

101 鄭玄，〈六藝論〉，參見〈詩譜序〉中，孔穎達疏所徵引。《毛詩注疏》，頁四。

興，見今之美，嫌於媚諛，取善事以喻勸之。」[102]後世一般學者批評鄭玄以「頌美」釋「興」，以「刺惡」釋「比」，不合《詩經》作品的義例：頌美者未必為「興」，刺惡者也未必為「比」。但是，假如不計較這種區分是否符應《詩經》作品的義例，而複合「比興」以觀之，則臣之對君，不管頌美或刺惡，為了照應君臣道德性的倫理關係，以及為了避免國君威權危及諫臣的人身安全，「詩比興」的確最具有君臣倫理之間，主文譎諫而溫柔敦厚以致「和」的功能及效用。

其中，尤以「刺惡」最為難事，也最為後世詩學所關注。如果直言而刺，一方面顯露「君惡」，不符合君臣倫理，諫者反而招致非議。屈原作〈離騷〉，即使「比興」以諷諫，都不免受到班固〈離騷序〉的指摘，認為他「責數懷王」而「露才揚己」，何況直言以諫者！二方面直刺君惡，在君威臣順的權力結構中，常會招致殺身之禍；故有些諫者事先已存必死之決心，謂之「死諫」。尤其春秋戰國之世，真所謂世道衰微，奸偽並生，上下相犯；而士人之臣道，「諷諫」乃不讓之責，忠節者多履其行；但是，諷諫而冒犯國君，以致貶逐甚而斧鉞加身者，史不絕書。《韓非子．說難》羅列人臣之對其君，會有好幾種「諫說談論」以致「身危」的情況，故最後警示為臣者：國君如龍，「喉下有逆鱗徑尺，若人有嬰之者則必殺人」[103]。戰國時期，士人階層普遍以「詩比興」及「寓言」做為「曲折隱微」的言語方式，自有其時代的因素。

這種「詩比興」以「諷諫」的表意方式，先秦以降漸成文化傳統，歷代未絕，稱為風雅、風騷或騷雅遺緒，每受詩人所提倡；故諸詩家多有「諷諭」之作，例如漢代賈誼、枚乘、司馬相如、東方朔、揚雄、張衡等；魏晉六朝王粲、曹植、阮籍、劉琨、郭璞、鮑照、庾信等；唐代陳子昂、張九齡、李白、杜甫、元稹、白居易、元結、劉禹錫、張籍、杜牧、李商隱等，其作多少皆有「諷諭」之義。這種文化傳統之所以形成，清代程廷祚〈詩論〉承繼鄭玄之意而做了合理的解釋：

> 夫先王之世，君臣上下有如一體；故君上有令德令譽，則臣下相與詩歌以美之，非貢諛也，實愛其君有是令德令譽而欣豫之情發於不容已也。或於頌美之中，時寓規諫，忠愛之至也。其流風遺韻，結於士君子之心，而形為風俗；故遇昏主亂政，而欲救之，則一托於詩。[104]

這段話前半承自鄭玄〈六藝論〉之意，後半則指出「流風遺韻，結於士君子之心，而形為風俗」，也就是先秦以降，「詩比興」已成文化傳統，也成為士人階層表現政教關懷之一種模式化的「文化意識形態」。在這一歷史語境中，「詩比興」始終都在君臣互動的關係中，做為美刺之「言語倫理」的實踐方式。

至於「詩比興」用於「諷諫」，而讓受諫的國君從情境感悟而改行，其中也隱含「君臣倫理」之義；何以然？厥有二端可說：第一，在上述道德性的君臣倫理與政治性的君臣權力結構情境中，

102《周禮注疏》，卷二十三，頁三五六。

103 韓非著、陳奇猷集釋，《韓非子集釋》（台北：華正書局，一九八二），卷四，頁二二一—二二四。

104 程廷祚，〈詩論〉之十三〈再論刺詩〉，參見《青溪集》（合肥：黃山書社，二〇〇四），頁三八。

不宜直刺君惡，故須「曲折隱微」言之，此所謂「譎諫」也；第二，一個人之言行的善惡，根本在於「自覺」，非可強制；何況「君道」可受「幾諫」而不可受「訓誡」，故「改行」在於「感悟」。比者，譬喻也；興者，起情也，感發也，情境連類也。比興的言語形式，即是以連類譬喻，創造意象性的文本情境，使讀者（國君）聯想、起情、感發而自悟，因而付諸實踐以改行，終竟達到「諷諫」之效用。悟者，身在情境體驗中，有所感受而綜合直覺其「理」。孔子所謂「詩可以興」的效用，何謂「興」？朱熹注云：「感發其志氣。」此說非常切當。這正是從「讀者感發」觀點建立的「興」義[105]。

準此，「詩比興」在君臣倫理與權力結構之語境中，做為「諷諫」的表意方式，其「辭達」的「有效性」乃建立在讀者即受諫者之「悟」的結果；故而讀者之「悟」，在「詩比興」的論題中，是一個必須思辨的重點。我們應該關注到司馬遷《史記・屈原傳》所說屈原作〈離騷〉之意：「冀幸君之一悟、俗之一改。」因感發而「悟」理，因「悟理」而改行，這是「詩比興」在「諷諫」行為中，二個連續性階段之「辭達」所獲致的「有效性」。然而，這種「有效性」不是諫者單向意圖所能保證，還必須受諫者能悟、能改才足以完成，否則即成「殘念」；而致使此一「諷諫」行為雖有其「適分性」，卻終乏「有效性」，不免遺憾。故「詩比興」以諷諫的「有效性」，沒有通例，完全視雙方關係的「條件」而定。這裡所謂「條件」指的是君臣雙向互動的語境中，彼此「信任」的關係基礎、「比興符碼」的可理解性、訊息傳遞管道的暢通性、受諫者知識程度以及悟性的高低。若以屈原與晏子做一比較，顯然屈原之「諷諫」最終缺乏「有效性」，故《史記》云：「懷王之終不悟也」；而上舉晏子之以詩諷諫景公，結果景公都能醒悟而改行，最終獲致「有效性」。這種差別，主要原因是晏子與景公雙方的關係，上列「條件」俱足；而相對的屈原與懷王雙方的關係，上列「條件」幾乎都不足。

另外，《左傳．昭公十二年》記載周穆王好遠遊，想要「周行天下」；祭公謀父「作〈祈招〉之詩以止王心」[106]。穆王想必「悟」而「改行」，最終還能在皇宮崩殂，而沒有死於旅途中，這也是「有效性」的「諷諫」。在《左傳》、《國語》這一類先秦典籍中，「詩比興」的「諷諫」，從其「有效性」與否，還可以找到很多案例，值得研究。

（二）用之於「平行對待關係」的「詩比興」

「平行對待關係」，包括親情關係的「夫婦」、「兄弟」，同僚、同學或同輩關係的「朋友」。這是古代君臣、父子之外的三個倫理關係。古代士人階層在這幾種「平行對待關係」的社會互動行為中，何以常用「詩比興」？又能獲致什麼「言語倫理」的效用？

首先，我們回答「古代士人階層在這幾種『平行對待關係』的社會互動中，何以常用『詩比

105 「讀者感發義」之「興」，參見顏崑陽，〈從「言意位差」論先秦至六朝「興」義的演變〉，原刊臺灣《清華學報》新二十八卷第二期，頁一四七—一五四。收入本論文集，頁七六—八九。

106 《春秋左傳注疏》，卷四十五，頁七九五。

興』？」在回答這個問題之前，我們先回應前文「詩用學」體系中，所歸納「詩式社會文化行為」，其中有「感通」與「期應」二類；這二類行為，大多是發生在「平行對待關係」的社會互動情境中。然而，以詩相感通，可以直抒其情，未必使用「比興」，而「期應」也是如此。那麼，何以必須使用「曲折隱微」的「比興」？合情合理的推想，當然是因為言說者實有「難言之隱」。那麼又何以會有「難言之隱」？這就必須想像的涉入古代「禮文化」的歷史語境中，設身處地的進行同情理解。

「禮」者，宜也；合宜的言行即是「禮」。「言行」乃是人之「心性情欲」表現於外的身體形式，故司馬遷《史記・禮書》云：「緣人情而制禮，依人性而作儀。」[107]人之情性表現於群體的社會互動，就產生針對各種事事物物的「言行」。然而《史記・禮書》云：「事有宜適，物有節文」[108]，那麼言行之發必須有其適宜之節度，否則群體必由爭奪而至於紊亂無序。將群體言行共同遵循的節度客觀化、形式化為規範，就是「禮」之儀文。而聖人如此制禮，其「用」無非為了建立群體秩序之「和」，故「禮之用，和為貴」。在正常的社會情境中，群體秩序和諧，而「人情」也得乎「正」，平和安樂，是謂「情之正」；反之，禮之「用」失常之時，則群體秩序混亂，而「人情」也失乎「變」，哀傷怨怒，是謂「情之變」[109]。這種「情之變」有起因於個別夫婦、兄弟、朋友之倫理失和者，夫婦反目，兄弟相殘，朋友互欺；也有起因於群體共處亂世，夫妻、兄弟、朋友離散，以致哀傷愁怨者，或社會失序導致人倫混亂，彼此欺詐爭奪，以致憤怒仇恨者。這就是〈詩大序〉所謂「王道衰，禮義廢，政教失，國異政，家殊俗；而變風、變雅作矣。」變風、變雅表現「一國之心」的「情之變」，都是哀傷怨怒之情。

禮做為社會群體言行之適宜的規範，除了上述由倫理情境所生的「情之正」與「情之變」而外，還有「情之私」與「情之公」的分別。「禮」是「公領域」的言行規範，因此所表現的「人情」為受到道德理性所規範而可以「公開」的言行，是為「情之公」；假如出於獨自或極少數群體之間，以情緒或欲望為意圖的言行，即屬「私領域」，不可「公開」為之，乃是「情之私」。

上述因於個別夫婦、兄弟、朋友之倫理失和者所生的「情之變」，與出於獨自或極少數群體之間，以情緒或欲望為意圖的言行，即「私領域」的「情之私」，這都可能懷有「難言之隱」，若表現於詩，往往採用「曲折隱微」的「比興」。故凡屬上述三種倫理之間，彼此的衝突、怨憎、悲憤、勸戒、嘲諷、詈責、哀求諒解或接納等，這類「情之變」；或二人、少數人私領域的互動，例如男女戀情、閨房之愛，以及士人之間的干求、拒絕、乞憐、黨同伐異、相互標榜阿諛等，這類「情之私」。凡此情意，都可能懷有「難言之隱」，如以詩歌表現，則在「平行對待關係」的語境中，基於「言語倫理」的需要，往往藉「比興」表現之；其作詩之意圖多在於彼此的「感通」或

107《史記會注考證》，卷二十三，頁四一〇。
108 同上注。
109〈詩大序〉與鄭玄〈詩譜序〉都有「變風、變雅」之說。〈詩譜序〉另有「正經」之名，指的是《周南》、《召南》之風，《鹿鳴》、《文王》之雅，雖未正式稱為正風、正雅，其實如此。詩者，吟詠性情也。本論文體察風雅正變之說，而以正風、正雅所吟詠之情，稱為「情之正」；相對的，變風、變雅所吟詠之情，稱為「情之變」。

「期應」。

其中，應該特別注意的是在古代「禮文化情境」中，男女之情於道德倫理上所定位的「夫婦」關係，假如是「相敬如賓」，不涉情欲、不違禮教的理性言行，而可歸諸正常的「公領域」者，其表情達意都沒有什麼「難言之隱」，就未必使用「比興」。古代常見夫婦間的「贈答詩」，多是此類，例如東漢晚期秦嘉與其妻的「贈答」之作，直賦者多，而少用「比興」之言[110]。如果是男女不合「夫婦」之倫理關係，而私相畸戀之情；或雖合「夫婦」之倫理關係，卻描寫「私領域」的「閨房之樂」，那就有「難言之隱」，不宜直賦其事、直抒其情，往往以「比興」為之。若有直賦之作，箋釋者在「詩比興」之「文化意識形態」的框架下，也常做言語模式的轉化，從「賦」轉為「比興」以作解，認為這類作品是以「男女之情」託喻「君臣之義」或「官場上下之誼」。最典型的例子，就是清代朱鶴齡、馮浩之箋釋李商隱的「無題詩」[111]；以及清代張惠言之箋釋溫庭筠詞[112]。

夫婦關係的「情之變」，典型的例子是《詩經．邶風．谷風》，歷來的箋注，皆認為「棄婦之詩」。朱熹《詩集傳》云：「婦人為夫所棄，故作此詩，以敘其悲怨之情。」人心之常，這一「情之變」雖有聞諸於前夫以通其「悲怨」，表達「如為夫婦者，不可以其顏色之衰，而棄其德音之善」之不滿情緒；但在古代「禮文化情境」中，婦怨其夫，畢竟非事之宜適者，實有其「難言之隱」，故以「比興」為之。這是「發乎情，止乎禮義」的表現。朱熹在首章注云：「比也」、次章注云：「賦而比也」、三章注云：「比也」、四章注云：「興也」、五章注云：「賦也」、六章注云：「興也」[113]。這一篇詩有六章，其中五章為「比興」的言語形式。其他凡此夫婦「情之變」的哀怨，託以「比興」者，雖求感通而又不違背「禮文化情境」，都可以藉這首詩做為參照，不一一細論。

同僚朋友「情之變」，典型的例子是《詩經．鄘風．相鼠》。《毛傳》的〈詩序〉雖然過度坐實，明指衛文公能正其群臣，而今在位的同僚，承先君之化，卻猶有無禮儀者[114]。不過，假如去其坐實之義，而泛解為「刺無禮者」，則詩意適當。朱熹《詩集傳》即作泛解，而對三章之詩，都標

110 秦嘉〈贈婦詩〉：「人生譬朝露，居世多屯蹇。憂艱常早至，歡會常苦晚。念當奉時役，去爾日遙遠。遣車迎子還，空往復空返。省書情悽愴，臨食不能飯。獨坐空房中，誰與相勸勉。長夜不能眠，伏枕獨輾轉。憂來如循環，匪席不可卷。」其妻徐淑〈答夫詩〉：「妾身兮不令，嬰疾兮來歸。沉滯兮家門，歷時兮不差。曠廢兮待覲，情敬兮有違。君今兮奉命，遠適兮京師。悠悠兮離別，無因兮敘懷。瞻望兮踴躍，佇立兮徘徊。思君兮感結，夢想兮容暉。君發兮引邁，去我兮日乖。恨無兮羽翼，高飛兮相追。長吟兮永嘆，淚下兮沾衣。」參見徐陵，《玉臺新詠》（台北：中華書局，一九八五，據長州程氏刪補本校刊），卷一。二詩多直賦，而少比興。

111 朱鶴齡箋注，《李義山詩集》（台北：臺灣學生書局，一九六七）；馮浩，《玉谿生詩集箋注》（台北：里仁書局，一九八一）。李商隱十幾首描寫男女豔情的「無題詩」，朱鶴齡在序文中，明指「男女之情，通於君臣朋友。」而馮浩在〈玉谿生詩箋注發凡〉則認定都是李商隱向令狐綯「屢啟陳情之時，無非借豔情已寄慨。」這種箋釋模式，可詳參顏崑陽，《李商隱詩箋釋方法論》（台北：里仁書局，二〇〇五年修訂版）。

112 張惠言選溫庭筠詞十餘首，舊說皆以為男女豔情。張氏改持「比興寄託」觀點箋釋之，則處處都有「感士不遇」之怨。參見張惠言編著、李次九校讀，《詞選續詞選校讀》（台北：復興書局，一九七一）。

113 上引朱熹注文，參見《詩集傳》（台北：中華書局，一九六九），頁二一。

114 《毛詩注疏》，卷三，頁一二二。《鄘風．相鼠》之〈詩序〉云：「相鼠，刺無禮也。衛文公能正其群臣，而刺在位承先君之化，無禮儀也。」

示「興也」[115]。同僚朋友之間，一方失禮，彼此情誼不可能和諧，故而互有衝突。這畢竟是「情之變」，因此出於「諷刺」。人心之常，這一「諷刺」之言，當然希望傳給對方，以通其意，此無非「忠告」之道，願其省悟而改行。但是，在「禮文化情境」中，這畢竟會破壞同僚彼此的「和諧」關係，實有「難言之隱」，乃託之以「比興」。凡此朋友倫理關係的「情之變」，怨憎、勸戒、嘲諷等「難言之隱」，雖期於「感通」而又不違背「禮文化情境」者，都可以藉這首詩做為參考，不一一細論。

男女「情之私」的愛戀，朱熹《詩集傳》箋釋衛、鄭、齊諸風，多指為「淫奔之詩」，自屬「情之私」的作品。其中頗多標為「賦也」，民歌直賦男女私情，此禮教所未嚴防。不過，託以「比興」者也有之，例如《鄭風．山有扶蘇》，朱熹釋為「淫女戲其所私者」，而標示二章之詩皆為「興也」[116]；又《齊風．南山》，朱熹釋為「襄公之妹，魯桓公夫人文姜，桓公通焉者也」，前二章之詩標示為「比也」，後二章之詩標為「興也」[117]。這類男女「情之私」的愛戀，其託諸「比興」者，都屬「難言之隱」。漢代以降，男女之防越趨嚴緊，則男女「情之私」基於「言語倫理」之需，託諸「詩比興」者就更多了，不一一細論。

至於兄弟、友朋之間的「情之私」，在士人階層的社會互動行為中，基於「私利」之干求、拒絕、標榜等詩，不管「感通」或「期應」，在「禮文化情境」中，也多屬「難言之隱」，不宜直賦其事，故往往託諸「比興」。唐代士人階層在功名利祿上，即使「干謁」成風；但這種行為畢竟是干謁者與受干謁者雙方「私領域」之事，同時為避「利益勾結」之嫌，恐有害社會觀感，故多以

「比興」為之，最典型的例子就是朱慶餘〈近試上張水部〉及孟浩然〈望洞庭湖贈張丞相〉[118]。前者是唐代士人面臨科舉，在長安城與聲望崇隆之文士或掌握科舉權力之官長攀交的「溫卷」之作，朱慶餘期望能得陪考官張籍的賞識，故進謁而呈上此詩，全詩整體以男女豔情託喻，是為「比興體」。後者是孟浩然干求前丞相而被貶荊州長史的張九齡，給予賞識提拔的詩作，前半篇直賦望洞庭湖所見的景象，後半篇以「欲濟無舟濟」、「坐觀垂釣者，徒有羨魚情」的意象，似實而虛，隱喻希求張丞相給予提攜之意。這二首詩都是涉及「私領域」，而針對個人利益之事，希求他人的拔擢，實不宜「公開」直賦其事，因而皆以「詩比興」為之，屬於「期應」一類的「詩用」行為。至於張籍〈節婦吟寄東平李司空師道〉[119]，乃因跋扈專橫的節度使李師道想要徵辟張籍為僚屬，張籍

115 朱熹，《詩集傳》，頁三三一。

116 同上注，頁五二。

117 同上注，頁六〇。

118 朱慶餘〈近試上張水部〉：「洞房昨夜停紅燭，待曉堂前拜舅姑。妝罷低聲問夫婿，畫眉深淺入時無。」參見彭定求等編，《全唐詩》（台北：文史哲出版社，一九七八），冊八，卷五一五，頁五八九二。孟浩然〈望洞庭湖上張丞相〉：「八月湖水平，涵虛混太清。氣蒸雲夢澤，波撼岳陽城。欲濟無舟楫，端居恥聖明。坐觀垂釣者，徒有羨魚情。」參見李景白，《孟浩然詩集校注》（成都：巴蜀書社，一九八八），頁二七二。

119 張籍〈節婦吟寄東平李司空師道〉：「君知妾有夫，贈妾雙明珠。感君纏綿意，繫在紅羅襦。妾家高樓連苑起，良人執戟明光裡。知君用心如日月，事夫誓擬同生死。還君明珠雙淚垂，恨不相逢未嫁時。」參見《全唐詩》，冊六，卷三八二，頁四二八二。

既不喜其為人，又因與對方在「權位」上頗不對等，假如輕易得罪，恐怕招致危厄，則當如何謝絕？這也是個人「私領域」之「期應」的詩用行為，不宜「公開」直賦其事，直表其志；故整首以男女豔情做為譬喻，委婉「拒絕」之，與朱慶餘那首〈近試上張水部〉，同屬「比興體」之作。

在「中國詩用學」的理論建構中，我們分出了「感通」、「期應」二種次類型。這二種次類型的詩作，從《詩經》以降，歷代詩歌所展示最多的產品，應該就是「酬贈詩」或「贈答詩」。而這類的詩作，如果所書寫的乃是「情之變」與「情之私」，則由於在「禮文化情境」中，不宜直賦其事、直抒其情，故往往託以「比興」；也就是依照說話者與受話者雙方的身分及親疏、尊卑的倫理關係，例如父子、夫妻、師生、兄弟、朋友、同僚等，以及互動的場合、事況、行為意向，而以「曲折隱微」的語言表達愛憎、勸戒、嘲諷、期求、拒絕等情意。那麼這一類「詩比興」，能獲致什麼「言語倫理」的效用？無非就是以「溫柔敦厚」的文化涵養以及表意方式，既達到人際感通、期應的「意向」，而又能維持彼此「和諧」的倫理關係。

六、結論

我們反思、批判過去學界有關「詩比興」的論述，大多局限在現代所謂「純文學」的視域，將古代「詩歌」由社會文化情境中切割出來，「孤立」的進行研究；相應的，「比興」也被看作「純詩」的一種修辭法則而已。其實，當我們回歸中國古代「詩文化」的歷史語境，就可發現古代的士人階層，其日常生活幾乎不能離開「詩」；「詩」就是他們社會互動的主要符號形式，因此「比興」也就具有「言語倫理」的功能及效用，不只是「純文學」創作的修辭法則而已。

總結本文的論述，其旨意就在於掌握中國古代「言語倫理」的觀念，以做為歷史語境的基礎知識；進而基於「禮文化」的存在情境，以及士人階層在「倫理關係」情境中，言語行為的基本原則，展開「詩比興」之「言語倫理」功能及其效用的探討。這絕非單純只是將「比興」視為詩人關起門來，獨自進行創作之形象思維以及隱喻、象徵的修辭法則而已。

經由前文的論述，我們可以得到簡要的結論：中國古代士人階層之「言語倫理」的修辭原則，乃是：誠、微、文、達。而「比興」是一種最典型的「詩性語言」，其表意方式也是基於這些法則，普遍「用」之於士人階層的社會互動，表現在君臣之「上下對待關係」，最主要是「諷諫」的言語行為；以及表現在夫婦、兄弟、朋友之「平行對待關係」，最主要是表達「情之變」與「情之私」的感通、期應的言語行為。何以如此？因為，「言語」是最常態的一種「社會關係」形式，人們日常都以「言語」做為符號，進行彼此的互動。中國古代的「社會關係」，是以「道德」為核心價值所建構的「倫理」；而「倫理」即是以「禮」的精神及形式所建構人際、物際的秩序，其貴在「和」；故以「比興」做為社會互動的符號形式，假如眾人多能「溫柔敦厚」的表情達意，就可避免「言語暴力」，也就不會導致「社會衝突」。如此，則社會秩序也才能維持「和諧」，這就是「詩比興」的「言語倫理」功能及效用。

依循本文的論述，我們可以斷言，古代士人階層在「禮文化」的存在情境中，其作詩、讀詩、用詩所形成的「詩文化」，「比興」乃是「詩文化」之發生性與本質性相即存有的「原生形態」。其總體性的意義非常複雜而豐富，實乃多元素、多面向、多層次辯證融合而存在，不能截取一、二部分而簡化以論之。從上述士人階層歷史存在的語境觀之，「詩比興」最重要的意義就是這種「言語倫理」的功能及其效用。此一意義其實是綜合作詩者、符號化文本、讀詩者、社會文化世界，這四種詩文化總體情境的要素，彼此辯證性、動態性的交涉、混融所形成的「意義結叢」。這種「意義結叢」在當代純文學觀念的語境中，已淪失殆盡；故現代學者之詮釋古代詩歌，往往僅得語言形構之平面化、靜態化的表象之義，而廣涵歷史文化縱深之「情境」意義則已不復見矣。

我們很期待中文學界更多學者能充分理解這個論題的要義，而共同參與、延展這一研究進路，以期待本論文所開拓這一創發性之「詩比興」的詮釋視域，能有更為豐富的研究成果。

後記：

原刊《政大中文學報》第二十五期，二〇一六年六月。

二〇一六年八月修訂。

從應感、喻志、緣情、玄思、遊觀到興會

——論中國古典詩歌所開顯「人與自然關係」的歷程及其模態

一、緒論

中國古典詩歌中，由先秦到唐代所開顯「人與自然的關係」，從其歷程與模態觀之，約有六個時期與模態，即：（一）《詩經》時期，由風、雅所開顯的「應感模態」；（二）《楚辭》時期，由屈騷所開顯的「喻志模態」；（三）漢魏時期以降，由〈古詩十九首〉及其後的抒情詩所開顯的「緣情模態」；（四）魏晉時期，尤其是東晉，由玄言詩所開顯的「玄思模態」；（五）六朝時期，由山水、行旅、記遊、登覽之詩所開顯的「遊觀模態」；（六）東晉至唐代時期，由山水、田園、閒行詩所開顯的「興會模態」。

這六個時期及模態所開顯「人與自然的關係」，皆有其共同與差異的性相，也有其承續與變遷的階段性社會文化因素，並隱含各階段詩人對生命存在意義的詮釋。同時，每一個模態所開顯「人與自然的關係」，不管是主體所對的實在世界、心理思維或語言形式，都關聯到賦、比、興的表現原理；而且這三者往往交相為用，或興而比，或興而賦，或賦而興；下文每一個模態的論述，都會切合賦、比、興之交相為用，做出比較詳細的詮說。因此，本論文雖非專論賦、比、興，卻以各種模態的範型文本，分析詮釋歷代的詩歌創作實踐，詩人們如何自覺或不自覺的運用賦、比、興原理，以展現他們那一個歷史時期所詮釋「人與自然關係」的圖像。

「自然」（nature）一詞，其概念可有下列幾種指涉：（一）從靜態說，指涉一切存有物之非人為而生具的天性與特徵；天性內涵而特徵外顯；（二）從動態說，指涉一切存有物皆依其天性、特徵而活動、變化，因而其活動、變化自有非人為操控之歷程以及秩序，這就稱為「自然律」（natural law）；（三）在上述二義的基礎上，則「自然」也用以指宇宙間一切依天性而存有、動變之事物的整體，這就稱為「自然界」（natural world）。在中國古代典籍中，上述「自然」之義，往往以「天」一詞去表示[1]。不過，「天」的觀念並不完全等同「自然」，它還有更為廣延的涵義[2]；但是，因為與本論題非密切相關，故在此不詳細討論。

「人」的生命也有其生具之天性、特徵，並且此一生物性徵同樣必須隨從「自然律」，故而「人」當然也是「自然界」的存有物之一；但是，人之為人而不同於他物，卻在於人擁有「精神」（spirit）能力，可自覺地依其意志以擇定自己，因此他又不完全受自然律的支配，得以主動地規

1 例如《莊子．齊物論》：「……敢問天籟。」郭象注：「天者，萬物之總名。」成玄英疏：「夫天者，萬物之總名，自然之別稱。」則「天」為「自然界之萬物」。《莊子．秋水》：「牛馬四足，是謂天；落馬首，穿牛鼻，是謂人。」則「天」指「存有物非人為而生具之天性與特徵」。以上參見郭慶藩，《莊子集釋》（台北：華正書局，二〇〇五）。以下引用《莊子》，版本皆同此，不一一附注。又例如《荀子．天論》：「天行有常，不為堯存，不為桀亡。……大天而思之，孰與物畜而制之；從天而頌之，孰與制天命而用之。」則「天行」指非人為操控之自然規律，而「天」就是「自然存有」的總稱。參見王先謙，《荀子集解》（台北：世界書局，一九七一）。以下引用《荀子》，版本皆同此，不一一附注。前引《莊子》、《荀子》之「天」義，皆近於上述三種「自然」義。

2 馮友蘭將中國古代經典中，「天」字的涵義分為五種：物質之天、主宰之天、運命之天、自然之天、義理之天。參見馮友蘭，《中國哲學史》（台北：臺灣商務印書館，一九九三），第一編第三章。其區分未必是唯一切當之說，然於此可見中國古代「天」之觀念的複雜。

劃、創造，而形成「文化」。不過，中國文化一向不強調人與自然的「對立」；相反的，其所強調的是人與自然的「和諧」。人類雖創造了非自然的「文化」；但是「文化」不違「自然」。故「人」為「三才」之一，理當體察「自然」本身的「倫理性」——道，而宜以參贊「自然」之化育。道家更明白的以「自然」為宗，強調應當消解人為情識造作，使一切事物歸本於「自然」[3]。因此，在中國古代的文化語境中，「自然」一詞還有第四義：以消解人為主觀之情識造作的虛靜心靈，直觀萬物而朗現「物物各在其自己」的存在「境界」。《老子》五十一章：「道之尊，德之貴，夫莫之命而常自然。」[4]《莊子．應帝王》：「遊心於淡，合氣於漠，順物自然而無容私焉。」而人之主體也必須先消解人為之情識造作，而後能直觀自然萬物之天性。這就是《莊子．達生》「梓慶削木為鐻」寓言中所謂：「以天合天」。故牟宗三即指出道家所說之「自然」為「境界形態之自然」[5]。

本文的論旨既在：「人與自然的關係」，則「自然」一詞有二層義，第一層義指尚未與「人」產生「關係」之先的「自然」，即非人為而且是在還未做為「人」之主體所感覺、認知、想像、希求的「對象」之前的「客體」；此一客體係一未經主體意識作用而直接顯現它自己，即所謂「基料」(given)。當然，此一「客體」義，僅是認識論上，為了與進入主體之所感覺、認知、想像、希求的「對象」加以區分，而必要的理論性假定。實際上，當人之主體意識發生作用之始，客體即相對於主體之或為感覺，或為認知，或為想像，或為希求等，而成為各自不同的「對象」。故「自然」一詞的第二層義，即指已成為某一主體之「對象」的「自然」。而「對象」乃因不同之主體意識而形成與主體不同之「關係」。「關係」指的是一存有物與另一存有物彼此間以某種秩序所形成的聯結，而此一聯結秩序乃兼有著「形式」與「內容」。

準此，本論文所稱「人與自然的關係」，也就是指客體性之「自然」在進入主體之或為感覺，或為認知，或為想像，或為希求而成為不同「對象」之後，主客彼此實際以不同的「形式」及「內容」所形成的秩序聯結。而「人與自然」諸種不同秩序聯結的「關係」，既經由主體不同的意識作用而構成，也就表現了不同歷史時期，人們對生命存在意義的詮釋。而「自然」也只有在與「人」的生命存在發生「關係」，它才具有意義。循此，我們將「存在境域」定義為：人的生命主體所存在相對客觀而具有實際地域性及歷史性的自然處境與社會文化處境。

從以上的論述而言，在經由主體意識並依藉各種符號形式去表現的文化產物，絕不存在純為客體的自然。「前文化」的「自然」只是理論性的假定，而道家所祈嚮之「自然」，乃既在「文化」存在境域中經由修養功夫而「回歸」的精神境界，當然不可能是純為客體的自然，亦即並非人與一切可經驗事物之「前文化」的原始狀態。因此，在人類的文化存在境域中，「自然」的意義都只能置

3 司馬遷，《史記・老莊申韓列傳》：「太史公曰：莊子散道德放論，要亦歸之自然。」（台北：藝文印書館，《二十五史》景印清乾隆武英殿刊本），卷六十三。以下引用《史記》，版本皆同此，不一一附注。

4 王弼，《老子註》（台北：藝文印書館，古逸叢書本，一九七一）。以下引用《老子》，版本皆同此，不一一附注。

5 牟宗三認為：「以自足無待為逍遙，化有待為無待，破『他然』為自然，此即是道之境界，無之境界，一之境界。『自然』是繫屬於主觀之境界，不是落在客觀之事物上。……故莊子之『自然』是境界，非今之所謂自然或自然主義也。」《才性與玄理》（台北：臺灣學生書局，一九九三），頁一七九。

入人類生命存在的「歷史性」（historicality）去理解——這是本論文關鍵性的基本假定。「歷史性」不等同於「歷史事件」，它指的是使得所發生的事件能成為「歷史」的存在基礎。我們可以進而了解到，現實世界中所發生的事件要能成為「歷史」，則必須是這些事件乃出於行為者精神能力對其價值意義所做自覺的理解、選擇與實踐。這樣的精神能力，惟人有之，故只有人類才是「歷史性」的存有者。其所行所為，都是對其生命存在價值意義的理解、選擇與實踐。而本論文的詮釋對象是中國古代從先秦以至唐朝的詩歌；詩歌都是經由不同詩人的主體意識並依藉特定語言形式所表現的文化產物，而且發生於不同的歷史時期，形成不同的「模態」；則文本中所開顯的「自然」，當然不是「前文化」的純客體；而其意義也只能置入其發生時期之詩人們生命存在的「歷史性」去理解。

本文所謂「模態」，指的是一種「模型性的樣態而樣態性的模型」，亦即中國各歷史時期詩歌文本中所顯現「人與自然的關係」之某種「有內容的形式」。「模型」一詞，不管是哲學上所說的form或社會學上所說的mode，也不管其所指涉的是存有的本質與現象，或是主體思想與意志對外的表示，它都是普遍性的「形式」之義，是概念化或範疇化的存有物。「樣態」一詞不是學術上習用的專業術語，我們將它定義為一種事物所具體顯現的樣貌姿態。本文將二個概念合鑄為「模態」一詞，用以表示一種事物融整了形式與內容而顯現「即個殊即普遍、即普遍即個殊」的存在性相。個殊，由於其實現而有具體之樣貌姿態；普遍，由於此樣貌姿態為同類事物所共顯之性相；二者相互依存而「在」。

「模態」不是純為客觀經驗之完全歸納的命題；而是以主客「視域融合」為原則的詮釋性建

構。客觀經驗之完全歸納的方法，用之於橫亙千年，抒寫人之主觀情意經驗而浩如煙海的詩歌文本，非但不可能，而且也缺乏詮釋性的意義。因此，本論文在方法學上的取徑，乃是詮釋性的建構；詮釋，皆為主觀、涉入的理解；然而，於文本的歷史他在性的意義卻必須相對客觀的照應。因此，我們的論述，在方法上，主要有二：一為建立「形態學」的詮釋框架；一為文本分析性詮釋。前者是以上述《詩經》以至唐代的詩歌為對象，總體宏觀的類分幾種模態，建立基本的詮釋框架，設定對各模態之性相特徵以及發生因素、變遷歷程的詮釋觀點；後者則以範型性的文本，進行細部微觀意義的分析性詮釋，以精確論證前揭由「形態學」所設定的詮釋觀點。二者通過「詮釋循環」的互濟操作，完成本文的論述，終而整合建構為系統性的意義。

「模態」的建構既非歸納性命題，然則它的意義就不在於概括此一「模態」出現之歷史時期的所有詩歌文本；而在於表徵此一歷史時期的詩人們，以一種具有「模態性」的詩歌文本，去體現他們對生命存在意義的詮釋，而這種詮釋乃是從「人與自然的關係」這個基本的存在境域契入。因此每一種「模態」都可視為每一個歷史時期的某些詩人們詮釋生命存在意義的表達式。而當一種新的「模態」在某一歷史時期出現，即是某些詩人們在此一存在境域的基礎上，對於生命存在意義做出一種新的詮釋，並以一種新的「模態」表達之。然而，新的「模態」並不就完全取代了舊的「模態」；而是新舊並存。只是，從「模態」的變遷而言，相對於一個新的歷史時期，新的「模態」比較能夠表達某些先進的詩人們對於生命存在意義的創造性詮釋。而本論文就是旨在「詮釋的詮釋」，取徑於「形態學」及「詮釋學」，通過「模態」的類別、文本的分析，以詮釋中國古典詩歌中，人們從「人與自然的關係」之存在境域契入，表達了何種對生命存在意義的詮釋，以及諸種詮釋的發生、變遷歷程。

在「人與自然的關係」這一詮釋框架中，「人」無疑具有理解存在意義的能動性；他就站在「主位」上，採取自覺或不自覺的「觀視」立場與角度，而將「自然」置入他所能「見」的「視域」中去理解，使它與自己的生命存在聯結關係，而共顯生命存在的意義。因此，我們提出「域」的概念，並把「域」定義為事物存在之可經驗或可想像其邊界的限定性空間。以此指認上述六個時期、六種模態，在典範性文本中，人們究竟將「自然」置入什麼限定性的「域」中去觀視，而理解它與人之生命存在關聯的意義。

本論文對中國古典詩歌「人與自然的關係模態」之建構，不套借西方一家之說的系統性理論，而是直接理解中國古典詩歌歷史性的文本，洞觀其內在所隱含某種秩序性的結構與歷程性的規律，從而提舉之，並進行意義之詮釋與系統之建構；我們稱之為「內造建構」。近幾年，我深覺中國古典文學的研究，一定要通過「內造建構」，才能生產自身可再運用的「詮釋典範」，而與西方學術交流過程中，也才能建立可以平等對話的「主體」。

二、「應感模態」的發生因素、性相特徵與存在意義之詮釋

「應感模態」是由《詩經》風、雅之範型性文本所開顯。從《詩經》風、雅之詩來看，人與自

然之關係幾乎都發生在素樸的「現實生活域」中。因此，《詩經》一般都被認為具有「寫實」的色彩。所謂「現實生活」當然包括了「物質」與「精神」兩個層面。

我們很容易就發現，風、雅之詩涉及到對草木蟲魚鳥獸的描寫，經常多出現在「現實生活域」的「資取」與「即目」的行為境域中。「資取」是指物質生活所需資源的取用。「即目」，我們一則要說明的是舉「目」而概括其他耳、鼻、舌、身的「官能」；二則「即目」指的就是切近日常生活域中的聞見。

「資取」自然物質的描寫在風雅中最常見的是對花草菜蔬的「采」、「刈」，以及對樹木的「伐」。這種情況實在太多，為了解其模態，我們可略舉數例如下：

〈周南．關雎〉：

參差荇菜，左右采之。

〈周南．葛覃〉：

葛之覃兮，施于中谷。維葉莫莫，是刈是濩。

〈周南・卷耳〉：

采采卷耳，不盈頃筐。

〈周南・芣苢〉：

采采芣苢，薄言采之。采采芣苢，薄言有之。

〈召南・采蘩〉：

于以采蘩，于沼于沚。

〈召南・采蘋〉：

于以采蘋，南澗之濱。于以采藻，于彼行潦。

〈周南・汝墳〉：

遵彼汝墳，伐其條枝。

〈小雅・伐木〉：

伐木丁丁，鳥鳴嚶嚶。[6]

至於「即目」的聞見，幾乎都非遠求，往往是日常生活所可視聽而得的自然物象。這種「即目」所聞見之「自然」，完全不同下述「遊觀模態」中，東晉以降士人離開「現實生活域」而刻意遠遊名山勝水所觀視之「自然」，可舉數例如下：

〈周南・關雎〉：

關關雎鳩，在河之洲。

6 參見毛亨傳、鄭玄箋、孔穎達疏，《毛詩注疏》（台北：藝文印書館，《十三經注疏》景印嘉慶二十年南昌府學重刊宋本，一九七三），上引諸詩，分見頁二一、三十、三三、四一、四七、五二、四三、三二七。以下引用《詩經》，版本皆同此。

〈周南・葛覃〉：

葛之覃兮，施于中谷，維葉萋萋；黃鳥于飛，集于灌木，其鳴喈喈。

〈周南・桃夭〉：

桃之夭夭，灼灼其華。

〈邶風・燕燕〉：

燕燕于飛，差池其羽。

〈邶風・北風〉：

北風其涼，雨雪其雱。

〈王風・黍離〉：

彼黍離離，彼稷之苗。

〈秦風．蒹葭〉：

蒹葭蒼蒼，白露為霜。[7]

從上舉諸多對自然物質之日常實用的「資取」與非實用的「即目」來看，我們可以說《詩經》風、雅之詩所呈現的「自然」乃是「現實生活域」中的自然。人與自然的關係就發生在日常的「現實生活域」中。不過，其彼此的關係不能僅從物質生活的「資取」與表象性的「即目」聞見去理解。更重要的是必須從「精神生活」層面去理解：這時期的人們基於什麼因素而與「自然」建立關係？《詩經》學者早已指認風、雅諸篇表現一種規則化的敘述模式：一篇的開端必有一聯或二聯描寫自然物象，學者稱此為「興句」；緊接著下文就敘事、抒情，學者稱此為「正句」或「應句」，有「興」而有「應」[8]。例如〈周南．關雎〉：「關關雎鳩，在河之洲。窈窕淑女，君子好逑。」

7 參見《毛詩注疏》，上引諸詩，分見頁二十、三十、三七、七七、一〇四、一四七、二四一。

8 參見朱自清，〈詩言志辨〉，收入《朱自清古典文學論文集》（台北：源流出版社，一九八二），頁二四一。朱氏稱發端之「興句」下的詩句為「正句」；又裴普賢〈詩經興義的發展〉：「詩中發興之句，我們稱之為『興句』，其下相應之句，我們稱之為『應句』。」收入裴普賢，《詩經研讀指導》（台北：東大圖書公司，一九七七），頁一七七。

〈秦風．蒹葭〉：「蒹葭蒼蒼，白露為霜。所謂伊人，在水一方。」兩例發端二句描寫自然物象，是為「興句」；接續二句敘事、抒情，是為「應句」。關於這個敘述模式，詩經學上已討論甚多，此不贅述。因應本文的論旨，我們要指認的是：（一）在這敘述模式中，應句以下所敘述有關人的情事，是什麼實質內容的情事？（二）興句所描寫的自然物象與應句所敘述人的情事有何關係？（三）兩者的關係依循什麼規則構成？

第一個問題很容易回答，只要理解風、雅諸篇應句所敘述的情事，就可以歸納出諸多情事無非是人們在社會世界的「現實生活」中，包括性別之間、倫常之間與階層之間，社會交往的「情意」經驗。第二、三個問題比較複雜，我們將以「興」即是「應感」這個複合性的概念去進行詮釋。

「應感」一詞借自《禮記．樂記》：「夫民有血氣心知之性，而無哀樂喜怒之常，應感起物而動，然後心術形焉。」所謂「應感起物」[9]，「應」者「相和」也。《易．乾卦．文言》：「同聲相應，同氣相求。水流濕，火就燥。」[10]是則事物之間常以同類之質性產生「相和」的互動關係。「起」是引生，「起物」即是由物所引生。「應感起物」就是指主體「血氣心知之性」本具「感」的能力，故會相應於某種「物象」而引生喜怒哀樂之情。「感物而動」是〈樂記〉詮釋音樂之所以創生的「人性論」基本假定。

本論文借用「應感」一詞，只取上述之基本義，而不從〈樂記〉的語境，襲用其理論性涵義；故所謂「應感模態」指的是主體依其「感思」與所對之自然物象產生「類應」的聯結關係。這個「類應的聯結關係」，我們可藉何晏《論語集解》引孔安國注〈陽貨〉：「詩可以興」之「興」義的一句話來指稱，即「興，引譬連類」[11]。因此，中國最早時期詩歌的「應感模態」，所開顯人與自然的關係，即是「引譬連類」。這種關係是以「興」為動力因、質料因與形式因所建立出來。風、雅之詩，以「興」為主要的表現原理，故毛傳獨標「興」體[12]，而朱熹在〈離騷經序注〉中也指出：「詩之興多而比賦少，騷則興少而比賦多。」[13]

「比」與「興」之義，先秦的詩論中，本有區分；否則「六義」何需分立比、興二名？然而，自鄭玄箋詩、王逸注騷，即混而為一。其後，「比」與「興」聯用而複合為「比興」一詞，歷代詩論中常見。實則二者可以分辨，「比」指客觀的「物性切類」，「興」指主觀的「情境連類」[14]。「情

9 鄭玄注、孔穎達疏，《禮記注疏》（台北：藝文印書館，《十三經注疏》景印嘉慶二十年南昌府學重刊宋本，一九七三），卷三十八，頁六七九。

10 王弼、韓康伯注、孔穎達疏，《周易正義》（台北：藝文印書館，《十三經注疏》景印嘉慶二十年南昌府學重刊宋本，一九七三），頁一五。

11 參見何晏集解、邢昺疏，《論語注疏》（台北：藝文印書館，《十三經注疏》景印嘉慶二十年南昌府學重刊宋本，一九七三），卷十七，頁一五六。以下引用《論語》，版本皆同此。

12 《文心雕龍．比興》：「毛公述傳，獨標興體。」參見劉勰著、周振甫注釋，《文心雕龍注釋》（台北：里仁書局，一九八四），頁六七七。按，毛傳所標示「興也」之詩篇共計一一五。

13 朱熹，〈離騷經序注〉，參見《楚辭集注》（台北：文津出版社，據宋理宗端平乙未朱鑑所刊本點校，一九八七），卷一，頁二。

14 參見顏崑陽，〈《文心雕龍》「比興」觀念析論〉，原刊臺灣中央大學，《人文學報》第十二期，一九九四年六月，頁三

境」是指：主體所感思「存有物在時空場域中的生命活動經驗境況」。舉例言之，興句「關關雎鳩，在河之洲」是一個「自然情境」，應句「窈窕淑女，君子好逑」則是一個「人事情境」。這兩個「情境」因其「類似性」而被主體所「感」並「聯想」在一起，是為「情境連類」，具體的表現了人與自然之間「應感起物」的動態關係。風、雅之詩甚多這樣的敘述模式，素樸地顯示了遠古人們之與自然情境「應感」的經驗次序與敘述次序的同構狀態。「經驗次序」是指現實世界中，經驗發生的時間順序；而「敘述次序」則指在語言文本中，事件被敘述出來的順序。在敘事文學中，這二者的結構，其順序往往未必同一。

不過，若以〈關雎〉為例，可以明白看出，自然物象中雎鳩關關鳴叫以求偶，並且「生有定偶而不相亂；偶常並遊而不相狎」[15]，此一「情境」之與「窈窕淑女，君子好逑」彼一「情境」之間，的確存在「類似性」，因而在「心理域」中，可以「應感」而加以「聯類」。我們稱此為「類比聯想」；因此，「興」往往帶有「比」的性質，故而「毛傳」標為「興」的詩篇，「鄭箋」進而解釋其義，往往將「興」視為「譬喻」[16]。「朱傳」也將某些詩篇標示為「興而比」[17]。然而，風、雅詩中的「興」並非都是如此，有些被「毛傳」標為「興」的詩篇，興句與應句之間，即自然物象與人的情事之間，並不存在情境的類似性；而「朱傳」標示「興」與標示「比」的詩篇或詩章，大多數分開，標示「興而比」者極少；並且概念上認為「詩之興，全無巴鼻」[18]，也就是從興句而連接應句，沒有什麼來由，此為另一種形態的「興」。這一種「興」，例如〈召南．殷其雷〉：「殷其雷，在南山之陽。何斯違斯，莫敢或遑。」興句之自然物象與應句之情事，並無類似性。蘇轍在

〈詩論〉中列舉〈召南・殷其雷〉、〈邶風・北門〉、〈唐風・揚之水〉、〈小雅・瞻彼洛矣〉、〈小雅・采綠〉等篇，而認為「若此者皆『興』也」。並且批判前人將〈周南〉的〈關雎〉、〈樛木〉、〈漢廣〉這類帶有「比」義的詩篇也說是「興」，故駁云：「彼不知夫《詩》之體固有比也，而皆合之以為興。」他對上舉〈殷其雷〉這類「純興」之詩，提出解釋：

> 夫「興」之為言，猶曰：其意云爾，意有所觸乎，當此時已去而不可知，故其類可意推，而不可以言解也。〈殷其雷〉曰：「殷其雷，在南山之陽。」此非有所取乎雷也，蓋必其當時之所見，而有動乎其意。故後之人，不可以求得其說，此其所以為「興」也。[19]

八—四六。收入本論文集，頁一二一—一六一。又參見顏崑陽，〈論詩歌文化中的「託喻」觀念〉，原刊臺灣成功大學中文系主編，《魏晉南北朝文學與思想研討會論文集》第三輯，頁二二一—二二四。收入本論文集，頁一八〇—一八三。

15 朱熹，《詩集傳》（台北：中華書局，一九六九），引文參見〈周南・關雎〉「君子好逑」句下注，卷一，頁一。

16 《詩經・周南・關雎》「關關雎鳩，在河之洲」句下，鄭箋云：「興是譬喻之名。意有不盡，故題曰興。他皆放此。」參見《毛詩注疏》，卷一之一，頁二十。

17 例如朱熹，《詩集傳》，將〈周南・漢廣〉、〈唐風・椒聊〉等詩，標示為「興而比」，分見卷一，頁六，及卷六，頁七〇。

18 黎靖德編、王星賢點校，《朱子語類》（北京：中華書局，一九八六），冊六，卷八十，頁二〇七〇。

19 蘇轍，〈詩論〉，收入《欒城應詔集》，參見陳宏天、高秀芳點校，《蘇轍集》（北京：中華書局，二〇〇四），冊四，卷四，頁一二七二。

這種「興」，我們可以稱之為「經驗聯想」[20]。如果，我們只從文本的語言，又以上一種物象與情事間存在類似性的「興」義為基準來看，則這一種「興」的物象描寫只能算是「賦」句。朱熹《詩集傳》就將〈秦風．蒹葭〉：「蒹葭蒼蒼，白露為霜。所謂伊人，在水一方。」標示為「賦」[21]。如此，則所謂「興」也就不能從「引譬連類」去解釋，而只能解釋為「起情」。我們可將它視為「賦而興」或「興而賦」，也就是「由景生情」。其實，〈古詩十九首〉所開顯的「緣情模態」可說是這一形態之「興」的發展。而劉勰《文心雕龍．物色》所謂「情以物遷」也是理論的詮釋了這種「賦而興」或「興而賦」的形態[22]。這在漢魏六朝是一種新起的「興」義，一直發展到唐詩。後文再作詳論。

然而，我們也可以從風、雅詩中，這種看似沒有連類的文本之外，就理論做出另一層解釋：這種「經驗聯想」其實是人之「心理域」，因為曾經在某一特殊之物象所形成之「境域」中，發生某一深刻的情事經驗；當事過境遷，此一經驗便成為「記憶」而被儲存於深層意識中，而那個「境域」印象也被「符號」化；當在另一個場所，又遇見雖為不同卻有「類似性」的「境域」，則「境域」的符號性便產生「喚回記憶」的效用。不過，這種聯想，前後「境域」中的物象都只是心理經驗發生的外緣背景性的條件；我們可稱之為「境域性條件」。準此，則「經驗聯想」也隱藏著「類似性」，只是這種「類似性」不是「物象」與「情事」之間直接可察的類似性，而是以心理經驗去連接的前後二個「境域」中，其外緣背景之物象的「類似性」。也就是人們存在經驗中不斷出現的各種物象，被記憶建構為「連類性」的符號系統；而形成聯想的脈絡。只是，有些「符號」建立在

「共同經驗」的基礎上，表徵著群體的「共同記憶」；而有些符號則建立在「個別經驗」的基礎上，僅能表徵著個人的記憶。從這個觀點來看，這種「經驗聯想」的「興」仍然可以視為「應感連類」。

風、雅詩中的「興」，上述兩種狀況都有；但是不管如何，「經驗聯想」之「興」再合著「類比聯想」之「興」而言。「應感連類」是「興」的基本義，也是《詩經》那個時期所建構一種「模式化」的思維。「應感模態」所涵「人與自然的關係」之性相特徵乃由此開顯。上文所提出的第二、三個問題也可由此而得到回答。

綜合而言，「興」之為義，必須整合三個「域」去理解，才得以完備：

（一）從「實在域」來看，不管「自然域」或「社會域」，眾多事物原就存在著「類似性」，並因此而可以相互「通變」。這是文化建構中，「分類」、「歸類」之所以可能的存有論或宇宙論基礎；「興」之「連類」也依據中國遠古人們由觀察宇宙萬象所獲致的理念，上引《易傳》「同聲相應，同氣相求」即是此義；而這種說法，在先秦典籍中頗為常見，是一個通行的「宇宙觀」。

20 有關這種「經驗聯想」形態的「興」，詳參顏崑陽，《李商隱詩箋釋方法論》（台北：里仁書局，二〇〇五），第二章第二節，頁一三五—一三六。

21 朱熹，《詩集傳》，卷六，頁七六。

22 劉勰《文心雕龍．物色》：「歲有其物，物有其容；情以物遷，辭以情發。」參見周振甫，《文心雕龍注釋》，頁八四五。

（二）從「心理域」來看，「興」是人類天性中「應感」而「連類」的心理機能，也就是現代心理學所謂的「聯想」能力。

（三）從「語言域」來看，「興」是「引譬」。孔安國合「引譬」與「連類」以解「興」，已盡此二義；再加上第一個意義，「興」義便可獲致完整的理解。

因此，風、雅之詩以「興」所開顯「應感模態」的性相，乃呈現著「自然域」、「社會域」、「語言域」之間，以「心理域」之「應感連類」為動力所形成「人與自然」彼此「類應」的關係。在這「類應」關係中，「人」既與「自然」對列卻又依藉「應感」而「和諧」的「連類」為整體；故客觀「自然域」諸物象，須經由主觀「應感」而顯現。

「應感」是因依感性經驗而引生的類比聯想，故在文本語境中所顯現之「物」多為「實象」。即文本中的「敘述我」多在語境中的「現場」，當下由實在的自然物象以起「興」。而這「現場」往往就在「現實生活域」中，而「自然域」與「社會域」混然未分，反映了尚未都市化的早期農業社會的生活形態，「自然」與「人」同在。由此，我們就可以回應前文，解答此一「應感模態」發生的因素，一為實在域中，因物質生活而「資取」於自然或「即目」於自然的事實經驗；二為精神生活上，因社會交往關係而產生的種種「情意」經驗；三為由「類應」的宇宙觀與生具「應感連類」的心理機能，將上述二種經驗連接在一起。

風、雅之詩的時間與空間跨距都非常大，是一個民族在廣闊的地域上，經過漫長時間的累積所形成；而竟然表現了非常相似的思維與敘述模式。這當然反映了一個民族的群體意識，從「人與自然關係」這個基點上所感受到的生命存在經驗以及對存在意義的詮釋。此一詮釋簡要的說，就是宇宙萬物既以群分，又以類應，依藉「通感」，萬物雖分而不失為一和諧的整體，而有其混而不亂的秩序。故先秦早期，「同」與「和」是文化建構中最為重要的二個觀念[23]。同，是萬物以其「相似性」而成群類聚；和，是萬物以其「差異性」而共生並存。人之生命的存在也必須置於此一「境域」中，與自然萬物「應感連類」才能實現其意義。

三、「喻志模態」的發生因素、變遷軌跡、性相特徵與存在意義之詮釋

「喻志模態」是由屈騷的範型性文本所開顯。「喻志」一詞借自鍾嶸《詩品・序》：「因物喻

23 先秦「辨和同」之論頗為常見，例如《左傳・昭公二十年》載晏子對齊景公分辨「和」與「同」之差別。參見杜預集解、孔穎達疏，《春秋左傳注疏》（台北：藝文印書館，《十三經注疏》景印嘉慶二十年南昌府學重刊宋本，一九七三），以下引用《左傳》，版本皆同此。又《論語・子路》亦載孔子云：「君子和而不同，小人同而不和。」另外，先秦典籍中，例如《國語》、《老子》、《莊子》、《易傳》、《荀子》、《樂記》等，分別各論「和」或「同」之義者，亦頗多見。尤其「和」更是文化思想中極為重要的觀念，有關「和」在中國古代文化思想中的意義，可詳參徐復觀，《中國藝術精神》（台北：臺灣學生書局，一九七三），第一、二章。又顏崑陽，《莊子藝術精神析論》（台北：華正書局，一九八五），第三章第一節。又李澤厚、劉綱紀，《中國美學史》（台北：里仁書局，一九八六），第二章第一節。又張立文主編，《和境——易學與中國文化》（北京：人民出版社，二〇〇五）。

志，比也」[24]。鍾嶸對於「比」所做的界說，正可用在本論文，以描述由屈騷所開顯人與自然之關係，其「喻志模態」的性相特徵。

前文述及，朱熹認為「騷則興少而比賦多」。其中，尤以「比」更是騷的語言最顯著之特徵。王逸〈離騷經序〉云：

> 〈離騷〉之文，依詩取興，引類譬喻。故善鳥香草，以配忠貞；惡禽臭物，以比讒佞；靈修美人，以媲於君；宓妃佚女，以譬賢臣；飄風雲霓，以為小人。[25]

王逸已為屈騷的比興符碼描繪一個大體的系統。後世的學者在這基礎上，開展出很豐實的研究成果，不詳贅述。在這裡，我們要特別指出的是，王逸在詩、騷因變關係的建構上，認定「〈離騷〉之文，依詩取興，引類譬喻」；然後從他下文所列舉「善鳥香草，以配忠貞」等範例來看，顯示他將「比」與「興」混為一談。「興者，喻也」，是漢儒詮釋《詩經》的基本概念，尤其鄭箋；故詩經學者稱此為「興喻說」[26]。王逸注《楚辭》，也同樣以「興」為「喻」。這大致是漢儒箋注詩騷所共同建構的詮釋典範。然而，「興」的「連類」固然也含有「譬喻」的性質；但是，「興」所含之「譬喻」，卻與「比」有所不同。我們可以說，「興」的第一義不在「語言域」中的「譬喻」，而在主體「心理域」中的「應感連類」與「實在域」中眾物間的「類似性」；此義已在上一節論明。總而言之，「興」與「比」可以區分；而詩之「興」所開顯的「應感模態」與騷之「比」所開顯的

「喻志模態」，二者對於「人與自然的關係」之詮釋性建構，其性相特徵也明顯有別。

鍾嶸釋「興」為「文已盡而意有餘」[27]。此說頗異於漢儒，甚至與同時代的劉勰也不同；這與本節所要討論的問題關係不大，可略而不表。我們的論旨，將集中在借用鍾嶸「因物喻志，比也」之說，以詮釋屈騷所開顯人與自然之關係的「喻志模態」。「因物喻志」，即指示了「比」做為一種詩歌的表現方式，主體之「志」必已「先在」，而後藉「物」為「喻」。其「先在之志」都非由物象所直接感發，而是由政教經驗之反思及其價值觀所生成。如此，則在文本語境中的「物」僅是做為「譬喻」主體之「志」的符碼；符碼是「物」從「實在域」中抽離出來而取其共類之普遍性相，以做為人之情志的比喻或象徵，故為「虛象」；此與前一個「模態」以「興」為動力所產生的「實象」顯然不同。

前引王逸的〈離騷經序〉，所謂「善鳥香草」、「惡禽臭物」云云，都非現實世界中的作者或文本語境中的敘述者當下由直覺感性經驗所生之「實象」；而是經由想像、思辨以抽離物類的某一共性，造作而成的「虛象」，並與「先在」的主體之「志」構連為「比喻」關係；因此，諸物之「虛象」，便只是「價值觀念域」中做為「喻志」的符碼，而不必是「實在域」中可感覺經驗的物象。

---

24 鍾嶸著、王叔岷箋證，《鍾嶸詩品箋證稿》（台北：中央研究院中國文哲研究所，一九九二），頁七二。

25 王逸注、洪興祖補注，《楚辭補註》（台北：藝文印書館，景印汲古閣本，一九六八），卷一，頁十一。

26 裴普賢，《詩經研讀指導》，頁一七三—一九六。

27 王叔岷，《鍾嶸詩品箋證稿》，頁七二。

司馬遷在《史記．屈原傳》中所謂：「其稱文小而其指極大，舉類邇而見義遠。」應可由此一觀點去理解。從創作的觀點而言，「舉類見義」是一種以物類性相為符碼的「託喻」。從閱讀的觀點而言，其言外之「義」，也是必須讀者經由思辨才能理解的價值意向。我們可舉一、二文例以見其大概。

〈離騷〉云：

> 余既滋蘭之九畹兮，又樹蕙之百畝。畦留夷與揭車兮，雜杜衡與芳芷。
> 冀枝葉之峻茂兮，願竢時乎吾將刈。萎絕其亦何傷兮，哀眾芳之蕪穢。[28]

又云：

> 掔木根以結芷兮，貫薜荔之落蕊。矯菌桂以紉蕙兮，索胡繩之纚纚。[29]

〈離騷〉的敘述模式與《詩經》不同，在直接抒情、敘事或議論，即「賦體」的句群之間，穿插著以物象做為符碼的「比體」句群。上列的句群，都以自然物象為符碼，它與上下文抒情、敘事或議論的「賦體」句群之間，並無由感思而引生的「類應」關係；這與風、雅之詩，「一興句、一應句」的敘述模式顯然不同。而這些符碼所「喻」之「志」寄託於言外，是作者由政教經驗之反思與道德價值觀所「先」已生成的意向。因此，在文本中或隱或顯的有一「群體意識」的「意志自我」做為表現的主導性動力。我們說這是「群體意識」，因為從屈原「履忠被譖，憂悲愁思」的遭遇而言，固然是個別經驗；然而，從他對生命存在價值意識的自覺而言，卻是一「士志於道」的群體意識。這一「意識」的實質內涵就是政教道德的普遍性價值；故屈騷文本中所描述的蘭、蕙、留夷、揭車、杜衡、芳芷、薜荔、菌桂、胡繩等芳草，都非當下實在的「自然域」中，所感覺經驗到的「實象」，而是從實在經驗現象抽離物類之某一普遍性相，以「譬喻」自我道德人格或觀念的「虛象」符碼。而文本中敘述者「余」之所作所為——滋蘭、樹蕙、擥木根、貫落蕊、矯菌桂、索胡繩等，也就不是事實性的行動。因此，諸事物皆非「現場性」的經驗。其整體意象全是虛構，用以託喻「先在」之「道德價值觀念」。「自然」與「人」不復是「實在域」中對列而應感、連類的關係，而是以人之「意志」為中心，將「自然」攝入「道德價值觀念域」內，被虛化為譬喻的符碼。因此，「喻志模態」中所呈現之「自然」乃是「道德價值觀念域」中的「自然」。「自然」與「人」的關係，不是「應感模態」那樣同處於「實在域」中，既對列又和諧；而是被虛化為隱喻或象徵符碼，只存在於「道德價值觀念域」中。這就是屈騷所開顯之「喻志模態」的性相特徵。

理解此一模態的性相特徵之後，我們就可以試問：此一「喻志模態」的發生因素與變遷的軌跡

28 洪興祖，《楚辭補註》，頁八—九。
29 同上注，頁一〇—一一。

為何？這一模態與前一模態很大的差別是，前一模態乃長期而廣域之群體文化建構的產物。反映著人們基於共同的現實生活經驗、心理機能與宇宙觀，而對「人與自然的關係」所構成之普遍思維模式；而「喻志模態」的發生因素，從表層觀之，卻是屈原個人在「政教」上的特殊遭遇經驗。如此個殊性的創造，何以會成為普遍性的模態？這就不能不往深一層去理解其更為複雜的發生因素；其因素應有二個：

（一）「士志於道」的價值意識自覺。這可以合理的推因到孔子對於「士」之精神的哲學性反思與重新的定義。「士志於道」是孔子的自許也是對「士」階層的期勉[30]。屈原的政教實踐與〈離騷〉諸作都一貫的表現這種「士」的精神。孔子所開顯此一「士志於道」的觀念，使「道德」被士人自覺地規定為一切生命存在的本質，因而自然萬物都可攝入此一以「道德」為內涵的「價值觀念域」，同其體而通其用。《論語．雍也》：「智者樂水，仁者樂山」，就是這種觀念明切的表徵。這樣的觀念傳衍過孟子以至漢儒，莫不將「自然」攝入「道德價值觀念域」去理解，而自然物象也因而都被虛化為象徵道德的符碼。董仲舒的〈山川頌〉就是其中的範型性文本[31]，而漢儒箋注詩騷也都依循這一傳統。在孔子建構這一傳統的流衍過程中，屈原應該也是這一傳統的承受者。

（二）「比」在風雅中雖然較「興」為少，卻還是「詩」的表現方式之一，甚至也出現了全詩為「比」的文本，例如〈小雅．鶴鳴〉，全篇二章皆寫自然物象，如有所「譬喻」；但是，所譬喻之情志，卻都在言外，故朱熹《詩集傳》云：「比也……此詩之作，不可知其所由，然必陳善納誨之詞。」[32]這種「因物喻志」的「比體」之作，屈騷和它非常接近。因此，假如我們分清「比」與

「興」，則王逸說〈離騷〉之文是「依詩取興」，比較精確的說法應該是「比」而不是「興」。而劉勰在《文心雕龍》的〈辨騷〉、〈比興〉二篇中，乾脆「比興」複合為詞，而斷言屈騷的表現方式乃是「比興之義」、「諷兼比興」[33]。不管如何，屈騷的表現方式繼承風雅而變之，於「比」更是推而廣之；其變遷實有軌跡可尋。這大抵是詩騷學者的共識。

綜此而言，屈騷之「喻志模態」的發生因素，乃融合了個人經驗與文化傳統，而創造出一種「即個殊即普遍」的範型性文本，廣為後代所宗法，而形成傳統。個殊，源自於他特別的遭遇與獨

30《論語．里仁》：「士志於道，而恥惡衣惡食者，未足與議也！」又〈憲問〉：「士而懷居，不足以為士矣。」又〈衛靈公〉：「志士仁人無求生以害仁，有殺身以成仁。」而曾子、子張在孔子思想的基礎上，對「士」也有類似的期許，〈泰伯〉：「曾子曰：士不可以不弘毅，任重而道遠。仁以為己任，不亦重乎！死而後已，不亦遠乎！」又〈子張〉：「子張曰：士見危致命，見得思義。」先秦儒家由「哲學的突破」（philosophic breakthrough），而提出「士志於道」的觀念，亦即「士」此一知識階層明覺的以「道」的承擔自居，有關這一文化思想的發展，詳參余英時，《中國知識階層史論——古代篇》（台北：聯經出版公司，一九八一），頁三〇—五七。

31 董仲舒之〈山川頌〉以「山」為「仁人志士」之象徵，又以「水」為「力者」、「持平者」、「察者」、「知者」、「知命者」、「善化者」、「勇者」、「武者」、「有德者」的象徵。參見董仲舒著、蘇輿注，《春秋繁露義證》（北京：中華書局，一九九二），卷十六，頁四二三—四二五。

32 朱熹，《詩集傳》，卷十，頁一二一。

33 劉勰，《文心雕龍．辨騷》：「虬龍以喻君子，雲霓以譬讒邪，比興之義也。」又〈比興〉：「楚襄信讒，而三閭忠烈，依詩製騷，諷兼比興。」參見周振甫，《文心雕龍注釋》，頁六四、六七。

創的文本敘述模式；普遍，一則源自於他「士不遇」與「道德人格」的典範性；二則原自他對儒家傳統精神與風雅表現方式的繼承。而其中，由「人與自然的關係」顯現於敘述模式之轉變，也可清楚地見出從「應感模態」到「喻志模態」，「自然」已由「現實生活域」被攝入「道德價值觀念域」，成為一種系統性的譬喻符碼。

就此一模態，我們也可理解到，以屈原為表徵的「士」階層，從「人與自然的關係」這個基礎而對生命存在意義之詮釋：「自然」不再是現實生活中做為物質希求與精神應感的對象，而是與「社會」形成混然未分的「存在境域」。此一模態之對待「自然」，乃是以「人」為中心，宇宙萬物一切生命存在都被規定以「道德」為本質，自然物象必須被納入這個本質去理解，才能顯現其存在意義。而包括人在內的萬物，其生命存在意義的實現，則完全由於人之道德價值的自覺與踐履。

四、「緣情模態」的發生因素、變遷軌跡、性相特徵與存在意義之詮釋

「緣情模態」是由漢魏時期〈古詩十九首〉及其後之「抒情詩」的範型文本所開顯。「緣情」一詞借自陸機〈文賦〉：「詩緣情而綺靡。」緣，可以理解為因依、順隨。在陸機〈文賦〉的語境中，「緣情」的脈絡義乃在於說明詩歌是因依著人們的情感而產生；再連接到「綺靡」的聲調與修辭而言，這已經是表現階段了。但是，本論文借用「緣情」一詞，所要詮釋的問題，則將創作歷程更往前推到「情因何而生」的階段。並且，對於這個問題，我們將把它納到「人與自然

的關係」這個論題脈絡中來探討。

情因何而生？在理論上，劉勰與鍾嶸都曾給予很明切的回答，《文心雕龍．明詩》云：

人稟七情，應物斯感；感物吟志，莫非自然。[34]

《文心雕龍．物色》云：

春秋代序，陰陽慘舒。物色之動，心亦搖焉。……歲有其物，物有其容；情以物遷，辭以情發。[35]

鍾嶸《詩品．序》云：

氣之動物，物之感人，故搖蕩性情，形諸舞詠。[36]

34 劉勰，《文心雕龍．明詩》。參見周振甫，《文心雕龍注釋》，頁八三。
35 同上注，頁八四五。
36 王叔岷，《鍾嶸詩品箋證稿》，頁四七。

從上引這些論述來看，人原本就生具「能感」之情性；而自然宇宙的陰陽之氣循四時以變化，物色也隨之而有不同的現象。詩人的情性受到物色變化所感動，因而產生哀樂之情，並藉語言形式表現為詩歌。這種「感物起情」的觀念在魏晉六朝時期頗為流行，也是一種新變的「興」義[37]。本論文的問題，不在於這個觀念的涵義；而在於以這個觀念為基礎所表現的「抒情詩」，尤以〈古詩十九首〉為典範文本，在「人與自然的關係」上所開顯之「緣情模態」究竟有何性相特徵？

在理論上，假如這個「緣情模態」也是以「感物」為動力因而形成；那麼，它與「應感模態」又有何差異？我們對這問題嘗試的回答是：其差異就在於「連類引譬」與否；也就是「應感模態」之「興」，乃建基在「類應」的宇宙觀上。因此，「興」隱含著「譬喻」的性質。「自然域」、「社會域」、「心理域」、「語言域」諸象被以「連類」的關係構作為秩序諧和的整體，而特別顯現存在的「空間相」。

至於「緣情模態」之「興」，則不以「類應」的宇宙觀為基礎，而消解了「譬喻」的性質。因此，「自然域」、「社會域」、「心理域」與「語言域」諸象也就不具「連類」的關係。劉勰在《文心雕龍．物色》中說：「詩人感物，聯類不窮」，而所舉文例為：「灼灼狀桃花之鮮，依依盡楊柳之貌；杲杲為出日之容，瀌瀌擬雨雪之狀；喈喈逐黃鳥之聲，喓喓學草蟲之韻。」[38]他舉的都是《詩經》寫物的文本，而且從文義來看，「詩人感物，聯類不窮」之所謂「聯類」，指的不是事物彼此間由於「類似性」而被聯想、譬喻；乃是詩人對物色的描寫，不斷的一類接著一類，無窮無盡。

那麼，「緣情模態」的性相特徵，人「情」之「興」與「自然」究竟有何關係？這就得以〈古詩十九首〉等五言古體「抒情詩」的範型文本做出實際的理解。我們必須先特別指出，漢魏興起「緣情模態」的五言古體抒情詩，並不就完全取代前時期的「應感模態」與「喻志模態」。這兩個模態已成為傳統，仍然會在五言古體抒情詩中時而出現。不過，從模態變遷的歷程性而言，值得我們特別關注的卻是新興的「緣情模態」，它才表徵這一時期詩人們在「人與自然的關係」上創變性之詮釋。我們試舉三首古詩為範例，以詮明此一「緣情模態」的性相特徵。

古詩〈迴車駕言邁〉：

迴車駕言邁，悠悠涉長道。四顧何茫茫，東風搖百草。所遇無故物，焉得不速老！盛衰各有時，立身苦不早。人生非金石，豈能長壽考！奄忽隨物化，榮名以為寶。

古詩〈東城高且長〉：

37 詳見顏崑陽，〈《文心雕龍》二重「興」義及其在興觀念史的轉型位置〉，原刊臺灣中山大學《文與哲》第二十七期，二〇一五年十二月，頁一二五—一六〇。收入本論文集，頁二〇九—二五七。

38 周振甫，《文心雕龍注釋》，頁八四五。

東城高且長，逶迤自相屬。迴風動地起，秋草萋已綠。四時更變化，歲暮一何速！晨風懷苦心，蟋蟀傷局促。蕩滌放情志，何為自結束？

古詩〈明月何皎皎〉：

明月何皎皎，照我羅床幃。憂愁不能寐，攬衣起徘徊。客行雖云樂，不如早旋歸。出門獨徬徨，愁思當告誰？引領還入房，淚下沾裳衣。[39]

按〈東城高且長〉一詩，《文選》與《玉臺新詠》皆與「燕趙多佳人」以下十句合為一首。然而，細讀之，文義不貫，故明代張鳳翼《文選纂註》將它分為二首[40]，今從之。就這三首五言古詩可以看出，此一「緣情模態」所開顯的「人與自然的關係」，其性相特徵是，「自然域」的物象、「社會域」的人事與「語言域」的修辭，都未顯示「譬喻」的關係。「心理域」的「感思」，也不做「類應」的「聯想」。因此，自然物象既非做為連類「應感」的實象，也非做為「喻志」符碼的虛象。整首詩以「心理域」的「情」為主因，而「自然域」的物象只為助因。詩中明顯有一「個體意識」的「情緒自我」做為表現的主導性動力，而其感性經驗的「情」也是構成全詩主要的內容。自然域的物象是具有當下經驗性的實象；它在淺層處，只做為心理域之情感觸發、烘托的場景，例如〈明月何皎皎〉；在深層處，則做為生命存在之限定性的時空境域，尤其特別以動態性的空間現象去顯現生命存在的「時間相」，而引發詩人對生命存在自身之無常、有限的經驗。例如〈迴車駕言邁〉所謂「四顧何茫茫，東風搖百草。所遇無故物，焉得不速老」、〈東城高且長〉所謂「迴風動地起，秋草萋已綠。四時更變化，歲暮一何速」。然後，因著這種存在經驗而對生命意義做出反思，或持「奄忽隨物化，榮名以為寶」之見，或抱「蕩滌放情志，何為自結束」之懷。

綜觀漢魏五言抒情詩，其「情」之內容，主要多為個體生命當世所遭遇之死生哀樂、窮通憂喜、離合悲歡、男女愛恨等種種存在經驗。其中，尤以死生哀樂的存在經驗最值得我們去注意。此「情」已先產生而積存在心，然後接「物」而觸發；故「自然域」的「物象」與「心理域」的「情緒」，其關係既非連類應感，也非譬喻符碼，而是做為「引發」生命存在之各種經驗「情緒」的「觸媒」，也就是「境域性條件」。這就是「緣情」之「緣」的真義。在這以「情緒自我」為主導的存在境域中，「自然物象」僅是外緣性、助因性的條件，人與自然仍然有隔，並未融合為同一境域。準此，我們可以說，在這個「緣情模態」中所呈現之「自然」，乃是「生命存在經驗域」中做為觸媒條件的「自然」。

魏晉六朝從「感物起情」以言「興」。此「興」已無連類、譬喻之義，乃純由自然「物色」之

39 蕭統編著、李善等注，《增補六臣註文選》（台北：華正書局，一九七九，景印群碧廔藏宋末刻本），上引諸詩參見卷二十九，頁五三八、五四〇。

40 張鳳翼，《文選纂註》（台南：莊嚴文化公司，一九九七）。

「境域性條件」所引生之義。故五言「抒情詩」中自然物象多是「賦」而非「比」。並且這些描寫自然物象的「賦」句，在詩篇中多沒有固定的位置，往往隨抒情之所需而穿插。若與「應感模態」相較，則「應感模態」乃「興而比」，而「緣情模態」卻是「興而賦」或「賦而興」。從「實在域」、「心理域」到「語言域」的關係來看，是「興而賦」；假如將「語言域」延伸到讀者的閱讀活動，則是「賦而興」了。前文說過，這種「賦而興」或「興而賦」的表現方式，在風、雅詩中也已存在。因此，「緣情模態」相對於前二個模態，顯然在變遷中也有其繼承。

這一模態的發生因素，從表層的經驗來看，可以說一群「不遇」，甚或在亂離中的「士」人，經驗到生命存在的種種有限性，愛情、婚姻、家鄉、功名甚至死生，都與「意願」相違。然而，從深層的意識來看，這一模態還有更複雜的發生因素：儒家以群體意識所建構的政教道德觀念體系，有如「士」階層的一道「心靈咒語」，屈原已表徵性的展演了這一「咒語」的效用。隨後漢代的「士」階層莫不在此「咒語」支配下，去詮釋生命存在的價值意義。然而，經過西漢到東漢晚期，又是一次的禮崩樂壞。因此在「政教道德解咒」的社會文化情境中，「士」生命存在的「個體意識」起了自覺[41]。準此，在「個體意識」的自覺下，不但個人生命本身與接事待物的情感，已從「道德價值觀念域」被解放出來，當作必須正視的問題；就是「自然物象」也從「道德價值觀念域」中被解放出來，由喻志的符碼轉變為感性經驗的對象，尤其是做為生命存在「境域」的時空條件。在這樣的意識之下，「人與自然的關係」就得重新被詮釋；而一個新的「緣情模態」繼「應感模態」、「喻志模態」之後，於焉而生。

以上述此一模態的性相特徵與前二個模態比較，其敘述模式的轉變頗為清楚。假如，從「自然域」以「實象」的性質展現在人之「存在境域」這一性相特徵來看，它對傳統的承接，應該是與風雅為近而與屈騷為遠。我們所謂的「風雅」，當然指的是揭開被漢儒所建構之詮釋典範的紗幕後，所呈現素樸的面貌。

這個「緣情模態」雖然是「個體意識」的產物，但是若以〈古詩十九首〉為範型性文本，則可以理解到它所展現的經驗內容，並不是一個人的遭遇，而是反映了東漢晚期同一時代的士人，所感受到的存在境域以及對生命存在意義的詮釋。這種境域有原自社會結構的混亂，窮通憂喜、離合悲歡、男女愛恨，即出於此；有出於自然萬化的支配，死生哀樂即出於此。尤其死生哀樂，在前二種模態中，還不是最主要的顯題。這種經驗實已契至存在境域的基底，深切地感受到生命之無常性與有限性。因此，在這一模態中，自然物象才經常以「境域性條件」出現，顯示其「時間相」，從而觸發詩人由生命存在經驗所積存的「情緒」。而此一模態就這樣開顯了詩人往往從自然時序的變化，去詮釋生命存在的無常與有限，並因此追問著永恆的可能，或者放蕩的必要！

41 余英時，《中國知識階層史論：古代篇》，頁二三一—二七五。

五、「玄思模態」的發生因素、變遷軌跡、性相特徵與存在意義之詮釋

「玄思模態」是由晉代富涵自然意象的玄言詩，例如嵇康、郭璞、盧諶、庾闡、郄超、王胡之、張翼、孫綽、許詢、謝安、王羲之、謝混等人的範型性文本所開顯。

「玄思」一詞取自許詢〈農里〉：「亹亹玄思得，濯濯情累除。」[42]或支遁〈詠懷〉：「端坐鄰孤影，眇罔玄思劬。」[43]玄思，即玄遠之思。「玄」字之義，《說文》云：「幽遠也。」引申言之，凡幽深渺遠而非由官能知覺從表象即可認知、亦非言語所能概念性表述的事物道理，都謂之「玄」。將「玄」一詞賦予特定哲學義涵則始自《老子》第一章：「此兩者，同出而異名；同謂之玄。玄之又玄，眾妙之門。」「兩者」指本體之「無」與現象之「有」。王弼注云：「玄者，冥默無有也。」冥默，即離絕視聽言說。「道」即有即無，非有非無，不可由視聽言說以得之，只能「冥默」以體會之。此種「冥默無有」之思，即是「玄思」，而其所得之理是為「玄理」，所成之學是為「玄學」。則玄思的「對象」包括「自然域」萬物之創生、變化與存有之理，推而及於「社會域」人之生命存在的根源及價值意義。而其言談往往以《老子》、《莊子》、《易經》所謂「三玄」為本。從現代學術來看，大體是關於宇宙論、存有論的形上學，以及生命存在哲學。

「玄言詩」的義界頗有些歧說，狹義者認為指的是以「詩」為語言形式而全篇或部分表述「玄理」之作；廣義者則認為指的是以玄思的宇宙觀或人生態度而發諸各種題材創作的詩歌，都可包含在內[44]。

「玄言詩」的始出時期也有不同的認定，狹義言之，從東晉中期孫綽、許詢等人的「玄理詩」起算；廣義言之，則溯源於正始，甚至推到更早的漢代，例如高彪〈清誡〉、仲長統〈見志〉[45]。

本文的論題不是專研「玄言詩」，而這個領域也已累積不少前行研究成果；故我們並不多面去討論「玄言詩」的種種問題；而只將問題集中在這類詩歌所開顯人與自然之關係的「玄思模態」，究竟有何性相特徵？因應這一論題，我們對「玄言詩」採取比較寬廣的義界。

其實，「玄言詩」不是一種可由標題或敘述模式去範定的類型；而必須從內容，尤其是主題，才能判定。它是一個歷史時期文化思潮的產物，魏晉士人由於特殊的時代處境而普遍的以「玄思」仰觀宇宙、俯察人文，而依藉詩式語言以表達之，其所感所思乃滲透到各種「自然域」及「社會域」的經驗素材中。因此，它不是一種形製與題材都先已被規定好的書寫類型；一首詩是玄言或不是玄言？必須從其創作動機及可理解的題旨是否以「玄思」為主導，才能做出實際的判斷。

42 許詢〈農里〉詩已佚，僅存此二句，參見《文選》（台北：華正書局，一九八二，景印新校胡克家重刻宋淳熙本），卷三十一，江淹《雜體詩》三十首之十七，〈張廷尉〉：「亹亹玄思清，胸中去機巧。」句下，李善注引，頁四五〇。又《增補六臣註文選》（台北：華正書局），同一首詩句下，李善注引作「許詢農理詩」，頁五九五。另可參見逯欽立，《先秦漢魏晉南北朝詩》（台北：學海出版社，一九八四），冊中，《晉詩》，卷十二，頁八九四。

43 逯欽立，《先秦漢魏晉南北朝詩》，頁一〇八〇。

44 參見陳順智，《東晉玄言詩派研究》（武昌：武漢大學出版社，二〇〇四），第二章，頁二六—四二。

45 同上注，頁四五—五〇。又參見張廷銀，《魏晉玄言詩研究》（台北：文史哲出版社，二〇〇二），第二章第一節。

從現存魏晉六朝的詩歌文本觀之，涵有「玄理」的詩歌往往不以「玄理」的字面命題，而是以「贈答」、「詠懷」、「述懷」、「時興」、「節令」、「記遊」、「登覽」等字面命題。其中，「贈答」之題，其實就是以「詩」做為媒介而替代當場面對面的「玄談」，很多文本的內容都在論述玄理，這就是被沈約《宋書．謝靈運傳論》譏作「為學窮於柱下，博物止乎七篇，馳騁文辭，義殫乎此」[46]，而被鍾嶸〈詩品序〉評為「理過其辭，淡乎寡味」的狹義「玄言詩」[47]，例如謝安〈與王胡之〉、王胡之〈答謝安〉、郗超〈答傅郎〉、張翼〈答康僧淵〉、孫綽〈答許詢〉、〈贈謝安〉、〈與庾冰〉等[48]。從「敘述模式」而言，這一次類乃是玄言詩的「範型」，大體為「思辨性」的說理之作，少及具體景物，偶爾寫到自然現象，也都是抽象化的普遍性「共相」。

另外，更值得我們注意的是另一次類，從狹義的「玄言詩」來看，它不夠範型，但是由於其旨乃在表達「玄思」之所悟得，故可以廣義的歸入玄言詩的類型。這一次類，語言表層往往以「時興」、「節令」、「記遊」、「登覽」等客觀時空性的自然物象為題素，表層顯其「時間相」或「空間相」，而深層卻是以「玄思」去觀視自然物象，而悟得其理趣；也就是因自然物象以悟玄理之作。其「敘述模式」多以寫景為主，而穿插以三、五說理之句。例如盧諶〈時興〉、江逌〈詠秋〉、孫綽〈秋日〉、謝安〈蘭亭〉、廬山諸道人〈遊石門〉、庾闡〈衡山〉、謝道韞〈泰山吟〉等[49]。

這二次類之外，還有介乎其中的一個次類，就是以「詠懷」、「述懷」為題的某些作品。這類「詠懷」之作，當然不是只有阮籍之作一種範型[50]。這得視其所詠所述之「懷」的實質內容而定。「述志」、「詠懷」本是古代知識分子自表心跡的一種書寫類型，漢代已有之。大體所述之志、所詠之懷可有「進」與「退」二系；如果以儒、道思想去分辨，則「進」為「儒」，「退」者為「道」。所述為儒家之志者，可以東漢傅毅〈迪志〉為範型；所述為道家之志者，可以仲長統〈見志〉為範型[51]。「玄言」一型的這類作品，其所詠所述乃是詩人「玄思」所見之「道法自然」的人生觀，故往往藉自然意象以表徵詩人「玄思」之心境，當屬道家一系。例如東晉張翼〈詠懷〉、支遁〈詠懷〉、〈述懷〉等。

相對第一個次類之以抽象概念直接說理，後二個次類則頗多描寫具體的自然物象以徵理。準此，則「玄理」實非思辨之所認知，亦非概念之所表述；而必須相即於自然物象而感悟，斯謂「理感」或「玄會」；「理感」、「玄會」二詞出自庾友〈蘭亭〉：「馳心域表，寥寥遠邁。理感則一，

46 沈約，《宋書》（台北：藝文印書館，《二十五史》景印清乾隆武英殿刊本，未標示出版時間），卷六十七，頁八六一。

47 王叔岷，《鍾嶸詩品箋證稿》，頁六二。

48 上列作品，參見逯欽立，《先秦漢魏晉南北朝詩》，冊中，卷十二、十三。

49 上列作品，參見逯欽立，《先秦漢魏晉南北朝詩》，分見卷十二、十三、二十。

50 阮籍五言〈詠懷〉八十二首，參見陳伯君，《阮籍集校注》（北京：中華書局，二〇〇四），卷下，頁二〇七—四〇五。阮籍之作，《文心雕龍．明詩》評為「遙深」。鍾嶸《詩品》亦視其「源出於小雅」而以為「厥旨淵放，歸趣難求」。後世解之，多所臆測。自李善注《文選》引顏延年曰：「說者：阮籍在晉代常慮禍患，故發此詠耳。」其後從政教諷諭索解者多矣，「詠懷」遂依此而成為一種範型，仿作者頗多；甚至唐代陳子昂、張九齡的「感遇」之作，亦被歸為此類。

51 傅毅〈迪志〉，參見逯欽立，《先秦漢魏晉南北朝詩》，冊上，卷五，頁一七二。仲長統〈見志〉，參見同一版本，卷七，頁二〇四。

冥然玄會。」[52]「理感」或「玄會」乃指以滌除情欲、成見及知識而朗現之玄智，直感宇宙萬象而會悟其「一」之理，即《老子》第十章所謂「滌除玄覽」。蓋「一」之「理」幽遠玄妙，卻體用相即不離，有無相待而成，故非純為不具經驗內容的抽象概念，而必須即實在物象以感悟之。

綜合上述「玄言詩」的三個次類，則「玄思模態」中的「自然」乃是「思辨」或「理感」的對象。魏晉玄學的思潮論者已多，無須在此贅言。本文的論述語境，焦點在於上列「玄言詩」中所開顯「人與自然的關係」這一論題。魏晉士人「玄思」之所對，兼有自然宇宙與人之生命存在二面；這二面並非截然無關，自然宇宙與人之生命存在，其究竟意義都必須歸源於「浩浩元化」（孫綽〈與庾冰〉詩句）之「道」。因此，「自然域」是「玄思」的主要對象。

從敘述模式觀之，上述三個次類，都寫及「自然物象」，其差別僅在「抽象化」的程度及所寫景物或虛或實而已。我們可就上述三個次類各舉幾首詩作，以分析詮釋「玄思模態」所開顯「人與自然的關係」之性相特徵。

郗超〈答傅郎〉：

森森群像，妙歸玄同。原始無滯，孰云質通。悟之斯朗，執焉則封。器乖吹萬，理貫一空。

盧諶〈時興〉：

亹亹圓象運，悠悠方儀廓。忽忽歲云暮，游原采蕭藿。北踰芒與河，南臨伊與洛。凝霜霑蔓草，悲風振林薄。摵摵芳葉零，橤橤芬華落。下泉激洌清，曠野增遼索。登高眺遐荒，極望無崖崿。形變隨時化，神感因物作。澹乎至人心，恬然存玄漠。

孫綽〈秋日〉：

蕭瑟仲秋月，飂戾風雲高。山居感時變，遠客興長謠。疏林積涼風，虛岫結凝霄。湛露灑庭林，密葉辭榮條。撫菌悲先落，攀松羨後凋。垂綸在林野，交情遠市朝。澹然古懷心，濠上豈伊遙！

謝安〈蘭亭〉：

相與欣佳節，率爾同褰裳。薄雲羅陽景，微風翼輕航。醇醪陶丹府，兀若遊羲唐。萬殊混一理，安復覺彭殤。

52 參見逯欽立，《先秦漢魏晉南北朝詩》，頁九〇八。

庾闡〈衡山〉：

北眺衡山首，南睨五嶺末。寂坐挹虛恬，運目情四豁。翔虬凌九霄，陸鱗困濡沫。未體江湖悠，安適南溟闊。

廬山諸道人〈遊石門〉（本詩有序，省略不錄）：

超興非有本，理感興自生。忽聞石門遊，奇唱發幽情。褰裳思雲駕，望崖想曾城。馳步乘長岩，不覺質有輕。矯首登靈闕，眇若凌太清。端坐運虛論，轉彼玄中經。神仙同物化，未若兩俱冥。

張翼〈詠懷〉：

運形不標異，澄懷恬無欲。座可棲王侯，門可迴金轂。風來詠逾清，鱗萃淵不濁。斯乃玄中子，所以矯逸足。何必翫幽閒，青衿表離俗。百齡苟未遐，昨辰亦非促。曦騰望舒映，曩今迭相燭。一世皆逆旅，安悼電往速。區區雖非黨，兼忘混礫玉。恪神罔叢穢，要在夷心曲。53

從這幾首詩來看，第一首郗超〈答傅郎〉是範型性的「玄言詩」。其觀視的對象乃是總體的自然宇宙，即所謂「森森群像」。而觀視所「悟」乃超越群像的「一空」之「理」，即「妙歸玄同」也；此一理念明顯取自《老子》，而從敘述模式來看，幾乎都以抽象思辨所致的概念，直言陳述。也就是「自然」乃是在詩人「理念先在」的視域中，做為玄學思辨的總體對象。他所呈現的不是萬殊的自然物象，而是超越萬殊自然物象之「玄同」而為「一」的「理」。因此，它是「玄學理念域」中高度抽象化的「自然」；此一「自然」即是詩人以「玄思」去追尋包括「人」在內之萬物生命所以創生、存在的根源。

人乃由其本身及所經驗到之事物運動、變化的連續現象而覺知「時間」，並從而覺知其生命存在境域。因此，「時間」必須依藉存在於「空間」中之事物運動、變化的連續現象，才能被吾人所覺知，也就是「時間」在「空間」中具體顯像。而每一事物的本身都固有其運動、變化的連續現象，是為「物性時間」（physical time）。「物性時間」乃一切時間性事物的實在限定，故古人深切體會到自身生命「年壽有時而盡」。在這「物性時間」的經驗基礎上，人們才能進而去想像並建構概念性的時間，甚至進而去理解、詮釋生命存在的意義。包括人在內之宇宙萬物的存在，乃魏晉士人「玄思」的主要問題之一，故而「時間」成為他們感受生命存在之事實而理解、詮釋其意義的介

53　上引諸詩，參見逯欽立，《先秦漢魏晉南北朝詩》，分見頁八八七、八八五、九〇一、九〇六、八七四、一〇八五、一〇八六、八九二。

面。這也就是為什麼「玄言詩」中頗多「時興」、「節令」之作。盧諶〈時興〉所謂「形變隨時化，神感因物作」、孫綽〈秋日〉所謂「山居感時變，遠客興長謠」就已表述了這種從「時間」契入的生命存在感受。而更切實來說，這就是每個人都要去面對生命本身「物性時間」之「有限性」的「死生」問題；再進一層而言，則是生命存在時間既然有限，那麼其價值意義又當如何自我詮釋、自我安頓？上引盧諶、孫綽、謝安三首詩，以及眾所熟諳的王羲之〈蘭亭集序〉，甚至四言、五言大約各有二十餘首的「蘭亭詩」，這類文本關懷的正是此一由「時間性」所感受到的生命存在經驗，及其意義的詮釋。

從上引盧諶、孫綽、謝安三首詩觀之，其敘述模式皆多敘事、寫景而間以說理。盧諶、孫綽之作以「時間」經驗現象為題素，而謝安〈蘭亭〉乃三月三日上巳修禊集會於會稽「蘭亭」之作，其題素則兼具「時間性」與「空間性」；「空間性」固以具體事物現象去表顯；而其「時間性」也與另外二首同樣藉具體事物現象以表顯之，尤其是「自然域」的種種物象，主要從自然萬物之「形變」以顯現「時化」，因而引觸「神感」，所謂「形變隨時化，神感因物作」也；「神感」義出於《莊子．養生主》所說「以神遇而不以目視」，與上述「理感」、「玄會」之義也頗為相近，乃以心神感知而非止於目視，故所見不僅是自然萬物表象的變化，而更超越「萬殊」以玄會其「一理」。從「形變」以感受「時化」，則玄會不離現象，而所感為生命存在於「時間」中之流變無常，故頗顯其「時間相」；特別是在盧諶、孫綽所對的秋、冬季節，一片凋零遼索，而詩人於「撫菌悲先落，攀松羨後凋」之餘，又將如何安頓生命存在所涉之死生、進退的意義？於是，老莊智慧的啟發，所謂「澹乎至人心，恬然存玄漠」、「澹然古懷心，濠上豈伊遙」，終歸於玄同有無、是非、壽夭而混然為「一」，這就是「自然」之理。

另外，相對於上述二首詩，謝安〈蘭亭〉所寫固為三春佳節；但是，在「醇醪陶丹府，兀若遊羲唐」而行樂及時之餘，仍然必須面對王羲之在〈蘭亭集序〉中所謂「向之所欣，俯仰之間，已為陳跡，猶不能不以之興懷；況修短隨化，終期於盡」的存在境域。故超越如此流變無常的現象，而玄會「萬殊混一理」，乃是達者之所宜致；則玄會雖不離現象，卻又須超越現象以悟得玄同的形上之道，也就是從「象」入而從「理」出。

宇宙萬物存在的基礎及其限定，「時間」之外就是「空間」了。因此，「玄言詩」頗多以「記遊」、「登覽」為題素的文本。數十首「蘭亭詩」可視為「記遊」之類，而上引庾闡與廬山諸道人之作，更是範型。其敘述模式亦多敘事、寫景而間以說理。詩中對自然物象的描寫，乃意在呈現「空間」的遼闊，並由此遼闊之空間以感發「虛恬」的心境，即庾闡所謂「寂坐挹虛恬，運目情四豁」，故頗顯其「空間相」。而廬山諸道人除了在詩中表述了登臨石門山絕頂「眇若凌太清」的空間經驗之外，更在詩序中表達了「悟幽人之玄覽，達恆物之大情。其為神趣，豈山水而已哉」的玄會心境，則所見已不只是山水萬殊之物象，甚至悟及生命存在超越具有「時間性」與「空間性」之萬象而玄同的「一」理，即詩序所謂「宇宙雖遐，古今一契」；則存在的根本問題——「死生」，亦不過如莊子所謂「物化」而已；故廬山諸道人終究以詩序所云「虛明朗其照，閒邃篤其情」之心，從所對自然萬象而玄會「神仙同物化，未若兩俱冥」之理。

這一次類的五首作品，同樣表現了即自然萬象又超越自然萬象，而理感玄同之道。就其語境觀之，所描寫之物象與上一次類之範例，即郗超〈答傅郎〉完全不同，皆非總體宇宙高度抽象化之普遍共相的「自然」，而是具體殊相的景物，似乎為「現場」官能經驗的「實象」；在三個次類中，其抽象化的程度最低。因此，從「語言域」來看，乃是「賦」。不過，玄言詩之所以為玄言詩，由官能經驗所「賦」的自然物象，不是主題；主題終究在於從自然物象起「興」，進而感悟所致的「玄理」，故可謂「賦而興」。這種敘述模式，可稱之為「因象以悟理」。

張翼〈詠懷〉明顯以主觀先在的「澄懷」意貫全詩，既是題素也是主題。因此，其間所雜之自然物象，例如「風來詠逾清，鱗萃淵不濁」、「曦騰望舒暎，曩今迭相燭」、「安悼電往速」、「兼忘混礫玉」等，看似具體，實則從敘述語態來看，都是「意在象先」，也就是詩人已預存以「玄理」為內涵的主觀之意，然後「虛擬」物象以表徵之。其抽象化的程度雖然不如第一次類，但卻「虛」而非「實」，明顯不是出於「現場」的官能經驗，而是虛擬的符碼。這種敘述模式，可稱之為「擬象以徵理」，從「語言域」觀之，近乎屈騷喻志之「比」；只是所「比」之「志」，其實質內涵非為「道德」而為「玄思」。在這類詩中所呈現的「自然」，也同樣是「玄學理念域」中的「自然」。「自然」是詩人「玄思」的對象。

我們必須特別針對第二次類再做更細微的辨析。上文論及第二次類這幾首詩所描寫的自然物象，「似乎」為「現場」官能經驗的「實象」。說其「似乎」，乃是從「語言域」最終表現完成的作品大略觀之；但是，我們必須從更細微處辨明下列幾點：

（一）其敘述模式明顯呈現景句與理句截然切割，從語言形構的表層就可以看到寫景歸寫景，說理歸說理，涇渭二分。

（二）文本中所述之「玄理」，從其用詞觀之，幾乎都出於老莊之學，而非當下相即於自然物象的直接感悟。因此，從這類詩歌創作的動態過程來看，其所表述之「玄理」，實乃得之於「經典」的既存知識；而在創作過程中，即使身臨「現場」，這些既存知識仍然做為先在預設的理念，幾近於玄學界之士人群體的「文化意識形態」，持之以觀視當下的自然物象。

（三）從最終表現完成的文本深層理解之，象——感——理三者仍有「間距」，並未臻於渾融為一之「玄境」。因此，假如說理感、玄會是以滌除情欲、成見及知識而朗現之玄智直感宇宙萬象；則這些玄學之士實踐的結果，仍然沒有化盡「知識」與「言說」的形跡。若以《莊子．知北遊》所說「無為謂」、「狂屈」、「黃帝」三層境界判斷之，則仍在黃帝「無思無慮始知道，無處無服始安道，無從無道始得到」的層次[54]。「道」仍為思慮、言辨的理念而已。換言之，這類詩作中所呈現之「自然」，還是玄學理念先在的產物。

綜合上述，「玄思模態」的性相特徵，通過玄學性的「思辨」及「理感」、「玄會」，其所開顯

54《莊子．知北遊》述及一個寓言，「知」問於「無為謂」曰：「何思何慮則知道？何處何服則安道？何從何道則得道？」三問而「無為謂」不知答。「知」又問於「狂屈」，「狂屈」中欲言而忘其所欲言。「知」乃問於「黃帝」，「黃帝」答以：「無思無慮始知道，無處無服始安道，無從無道始得道。」無為謂完全滌除言、知，默契道境；狂屈最終雖然忘言，但其始卻猶「欲言」，近於道而已；黃帝則落於知識、言詮，終究未能默契道境。

的「自然」乃是「玄學理念域」中的自然。詩人依據玄學先在的理念，以體認到「人與自然的關係」乃在宇宙根源處與萬物玄同為一。

這一模態的發生因素，從社會文化情境觀之，當然魏晉所興起之玄學是它的思想基礎，相伴而來的生命存在觀念及其實踐則是它的經驗基礎。這樣的思想與存在經驗依藉詩歌的語言形式表述之，「玄言詩」於焉而生。魏晉玄學之所以興起及其演變，乃思想史上重要的議題，前行研究成果眾多，在此不煩贅述。我們的焦點論題是「人與自然的關係」。魏晉的「自然」觀念，在幾種不同論述語境中也有它不同的意義，從形上本體論述中做為「道自己如此」之義的「自然」，到宇宙現象論述中做為「萬物生發變化」之義的「自然」，到文化或道德論述中做為「與名教對抗而純任性情」之義的「自然」，到形神或養生論述中做為「和理日濟，同乎大順」（嵇康〈養生論〉語）或「與陰陽化而不易，從天地變而不移」（阮籍〈達莊論〉語）之義的「自然」。這幾種「自然」之義並非截然無關，而是由「體」以及「用」的時代思潮；而且從正始延續到東晉，由抽象性的哲學語言轉入意象性的詩歌語言，在這過程中，上述幾種「自然」之義，都不斷被表述著，甚至成為魏晉士人的「文化意識形態」，用以看待一切事物。

從上一個「緣情模態」，我們看到東漢晚期詩人面對自然萬化與禮崩樂壞而戰亂頻仍的存在境域，生命的無常及價值意義的失落，因而觸物興情，對於永恆的可能與放蕩的必要都滿懷著疑惑。到了魏晉時期，思想家如王弼、何晏等，以抽象性的思辨，從宇宙及存有的根源處，引藉自然之道以濟名教之弊，而為這樣的疑惑尋求根本的解答。及至嵇康、阮籍以降，玄學家都兼有詩人的角色，玄學思維與詩性思維在他們心中會合，而玄理與詩歌也結為一體。詩性思維的對象必然是具體的事物，因此形上本體的「自然」在他們的思維中也就落實為宇宙萬象的「自然」，並推而致用於對抗「名教」及處世、養生的實踐。而對宇宙總體的抽象性「思辨」，也就轉為相即於具體之自然物象的「理感」或「玄會」。

從「緣情模態」之偏從感性去經驗自然萬化及生命存在的疑惑，到「玄思模態」之偏從理性試圖去解答自然萬化及生命存在的疑惑，其間變遷的軌跡頗為明顯。而從這一模態所開顯「人與自然的關係」觀之，人的生命本身既然在宇宙根源處與萬物玄同為一，那麼其精神也就應當取法自然之道，祈嚮能夠超越死生、窮通等種種命限，無為而自得，生命存在的意義才能獲致完滿之詮釋。因此，玄言詩最重要的意義還不在於形上玄理的思辨，而在於由此衍生出祈嚮「自然」的生命存在觀，期能解決漢魏以降，士人面對「名教偽化」及「權力極化」所形成的存在困境。

因此，回歸「自然」以解消由名教而來的枷鎖，乃成為魏晉士人普遍的祈嚮，其中實已冥懷著「隱逸意識」，故即使不能退藏於山林草澤之間，也宜放情優游於自然之野；山水乃成為他們嚮往的存在境域，上引孫綽〈秋日〉表達了遠離市朝而優游林野的情趣：「垂綸在林野，交情遠市朝。」庾闡〈衡山〉表達了登覽所敞開虛恬豁達的心境：「寂坐挹虛恬，運目情四豁。」而王羲之在〈蘭亭集序〉中描述此次雅集，眾人共對自然山水的樂趣：「游目騁懷，足以極視聽之娛。」王徽之在〈蘭亭〉詩中也歌詠著「散懷山水，蕭然忘羈」的心情。凡此，都已呈顯玄思與隱逸及自然山水之間，存在著主客內外相生互存的關係。

最後，我們還可以注意到，上述「玄言詩」以「時興」、「節令」、「登覽」、「記遊」等為題素的第二次類作品，尤其東晉晚期如謝混的〈遊西池〉，與劉宋時期興起的「山水詩」頗不易分別。因此，很多學者都認為「玄言詩」與「山水詩」實有前後演變的關係[55]。其差別僅在「玄理」與「山水」於詩作中之主、從位置的轉換而已。「玄言詩」以「玄理」為主而以「山水」為從；「山水詩」則反之。並且，「山水詩」所顯附之「理」也未必是「玄理」。從「玄言詩」到「山水詩」，其敘述模式的轉變，僅在「象」與「理」（或意）之主從易位；但是，畢竟「象」與「理」（或意）皆屬二分，觀覽自然山水與悟道，在語言形構中終為兩截。這就必須等到唐代「興會模態」出現，其敘述模式才轉變到二者渾融為一。此種敘述模式的變遷，其軌跡也非常明顯。

六、「遊觀模態」的發生因素、變遷軌跡、性相特徵與存在意義之詮釋

「遊觀模態」是由六朝時期的山水、行旅、記遊、登覽的詩歌，尤其謝靈運之作的範型性文本所開顯。

「遊觀」一詞借自《漢書．元后傳》：「太子宮幸近，可壹往遊觀。」[56]〈元后傳〉的語境，「遊觀」就是在宮苑的空間中，遊樂觀覽。又王羲之〈與謝萬書〉：「頃東遊還，修植桑果，今盛敷榮；率諸子，抱弱孫，遊觀其間。」[57]其義與〈元后傳〉同。因此，「遊觀」的行為通常帶有某種動機，或逸樂，或見聞；而且，必以「身體」親自經歷某一動態性的「空間」行程；而主要的第一序

經驗，是視聽等「官能知覺」經驗，第二序才是經驗反思的知識與價值觀念。山水、行旅、記遊、登覽諸類的詩作，大體都具有上述的特徵。其中，登覽詩的空間經驗比較屬於定點靜態。而行旅、記遊、登覽所「觀」之對象，有時也不一定是「自然域」的物象。諸類詩作，尤其是「山水詩」，前行研究成果非常豐富。本論文並不多面去討論這幾種類型的詩歌；我們的問題只集中在諸類之作，所開顯人與自然之關係的「遊觀模態」有何性相特徵。

「山水詩」一般都認為興起於東晉的中期，庾闡、孫綽等人之作雖以玄言詩為主；然而，前一節所論述的玄言詩，其中有一個次類型，即以玄理為主題卻又加入很多山水的題素。這一次類型由庾闡、孫綽等，經東晉晚期的謝混等人，發展到劉宋時代的謝靈運，山水的主題已取代玄理，而「山水詩」也正式成為可與「玄言詩」區別的另一種類型。這就是劉勰在《文心雕龍‧明詩》所謂「宋初吟詠，體有因革；莊老告退，而山水方滋。」這一類型的書寫下至梁陳，餘緒猶盛[58]。其中，尤以謝靈運「山水詩」是特別要去理解的「範型性文本」。

---

55 例如陳順智，《東晉玄言詩派研究》，第十章；又張廷銀，《魏晉玄言詩研究》，第五章。

56 班固著、顏師古注、王先謙補注，《漢書補注》（台北：藝文印書館，《二十五史》景印虛受堂光緒庚子長沙王氏校刊本），卷九十八，頁一七〇八。

57 王羲之，〈與謝萬書〉，參見嚴可均，《全上古三代秦漢三國六朝文》（台北：世界書局，一九八二），冊四，《全晉文》，卷二十二。

58 參見丁成泉，《中國山水詩史》（台北：文津出版社，一九九五），第一、二章。

劉勰《文心雕龍．明詩》對於距他不遠，甚至尚在盛行的「山水詩」，有兩句頗為適切的評述：「情必極貌以寫物，辭必窮力而追新」；而在〈物色〉中，對於他所面對的近現代詩風，也有幾句很適切的評述：

自近代以來，文貴形似，窺情風景之上，鑽貌草木之中。吟詠所發，志惟深遠；體物為妙，功在密附。故巧言切狀，如印之印泥，不加雕削，而曲寫毫芥。故能瞻言而見貌，即字而知時也。[59]

劉勰以「山水詩」為主要對象所作的評述，很適切地揭明了此一「遊觀模態」的性相特徵。「體物」而追求「形似」、「密附」、「切狀」、「曲寫毫芥」，則「自然域」的物象，即是主體以「官能知覺」對「物色」做細微的觀察所獲致「逼真」的印象。「物色」指的是自然物的表象聲色，乃視覺、聽覺等官能的對象物。它所開顯的主要是對自然域的「空間經驗」。而此一「空間經驗」既是得之於視聽的官能，則主、客必然拉開「間距」，使得自然物呈現的是具有「相對客觀性」的形象，而非一物我主客交融的「情境」。雖然它非物我主客交融的「情境」；但畢竟還是主觀官能知覺的經驗，因此所呈現「相對客觀性」的自然形象，當然也非基料性的純粹客體。另者，由於配著「遊」，故此一空間經驗也顯現其動態性的歷程。至於，劉勰所謂「吟詠所發，志惟深遠」，指的應該是例如謝靈運的「山水詩」總要在篇章間，藉山水遊觀的經驗表述主觀的「悟道」或「明志」。我們可以舉出二首詩為範例，以具現這一「遊觀模態」，對「人與自然關係」所開顯的性相特徵。

謝靈運〈於南山往北山經湖中瞻眺〉：

朝旦發陽崖，景落憩陰峰。舍舟眺迥渚，停策倚茂松。側逕既窈窕，環洲亦玲瓏。俯視喬木杪，仰聆大壑瀧。石橫水分流，林密蹊絕蹤。解作竟何感，生長皆丰容。初篁苞綠籜，新蒲含紫茸。海鷗戲春岸，天雞弄和風。撫化心無厭，覽物眷彌重。不惜去人遠，但恨莫與同。孤遊非情嘆，賞廢理誰通！[60]

謝朓〈遊敬亭山〉：

茲山亙百里，合沓與雲齊。隱淪既已託，靈異居然棲。上干蔽白日，下屬帶迴谿。交藤荒且蔓，樛枝聳復低。獨鶴方朝唳，飢鼯此夜啼。泄雲已漫漫，夕雨亦淒淒。我行雖紆組，兼得

59 周振甫，《文心雕龍注釋》，頁八四六。

60 顧紹柏，《謝靈運集校注》（河南：中州古籍出版社，一九八七），頁一一八。

尋幽蹊。緣源殊未極，歸逕窅如迷。要欲追奇趣，即此陵丹梯。皇恩竟已矣，茲理庶無睽。[61]

從二謝這兩首詩的敘述模式可以看到，寫景與敘事相即的進行，都是「賦」而非「比」、非「興」。這些寫景、敘事的句群，先行占有全詩較大的篇幅；而述志或說理的句群，則後續占有較小的篇幅。寫景是「觀」而敘事是「遊」。「觀」呈現由視聽官能經驗所獲致的自然景物，都是聲、色的表象；「遊」則呈現「敘述我」的行為動機及歷程。而「遊」與「觀」相即的進行，並時性的空間經驗被長線式地轉換、串接為歷時性的空間經驗。因此，它所展現的「空間相」與「時間相」都是「長線式」，非一時一地當下之所顯。最後，因「自然域」的「遊觀」經驗，而導入「心理域」的「悟道」或「明志」，明顯直呈一個「理念自我」。前幅之寫景與敘事為客觀性的物象，後幅之悟道或明志為主觀性的理念。象、理截然，而物、我分明。這樣的敘述模式就已開顯了此一「遊觀模態」的性相特徵，乃是「人與自然」呈現著主客物我相對的關係。自然物象對於人的情事而言，既非應感之連類、也非譬喻之符碼、也非引發生命存在經驗的觸媒、也非玄思之同體；而是官能知覺所對表象性之物色。因此，它所開顯的實為「官能知覺域」中的「自然」。

這一模態的發生因素，假如以謝靈運詩為範型來看，就如同「喻志模態」一樣，有著個人的政治遭遇經驗與創造性，而由其「範型性」之影響所及，普化為一種模態。不過，謝靈運之前，此一模態就已漸興，只是其「敘述模式」還未範型化而已。有關謝靈運的政治遭遇經驗及其山水詩的創作原由，研究者頗多。大致認為一則出於謝靈運之性好山水；二則由於其謝氏家族林園祖業的經濟資本；三則由於謝靈運在政治上的失意，故轉而寄情於於山水。謝靈運性好山水，已見於自敘之辭，〈遊名山志．序〉云：「山水，性之所適。」[62]謝氏在會稽的林園祖業又被謝靈運擴大經營為「始寧別墅」，這對謝靈運包括山水詩、山水賦等「山水文學」的書寫，的確提供了很重要的外在條件。其作品中即不少書寫「始寧」之居遊經驗。而政治上的失意，當然是觸發其經營「始寧」，以效其祖謝玄「選自然之神麗，盡高栖之意得」的重要原因動機[63]。這是由謝靈運個人很容易理解的因素。然而「山水詩」成一代之風，當然有其更普遍性的文化、社會因素：

（一）由東漢晚期以降，逐漸融合著傳統隱逸文化意識、士階層自覺的生命存在個體意識、當代政治上反名教的文化抵抗意識而形成的一種思潮。我們可以為這種思潮命名為「生命自然存在觀」。它是在以「道德」及「權力」為核心價值的群體意識文化，發展到某種「名教偽化」與「權力極化」的時期，就會產生尋求生命存在之「回歸自然」的反動性思潮。

隱逸意識的產生，其始乃源於人類「趨自由」的內在天性，因而表現於外的生命實踐。先秦早期的隱逸典範人物，許由、巢父即使為疑史而不可盡信；但是在周代禮崩樂壞的春秋時期，孔子及其弟子所親遇的的長沮、桀溺、楚狂、荷蓧丈人等，總是事實。依循人之趨自由的天性與生命實

61 曹融南，《謝宣城集校注》（上海：上海古籍出版社，一九九一），卷三，頁二四〇。
62 顧紹柏，《謝靈運集校注》，頁二七二。
63 同上注，謝靈運，〈山居賦〉，頁三二〇。

踐，再經由道家的哲學性建構，「隱逸」在先秦已形成一種反名教的文化意識形態及論述，而漸成傳統。在隱逸意識中所開顯的「自然」，有前述之第三義，即客觀物理性空間的「自然界」，這是「身隱」者之所歸趨的存在境域，亦即《莊子．刻意》所謂「山谷之士」、「江海之士」所託身之地。

於是，以「山水」所顯現的存在境域，就成為反名教而回歸自然，「即實在即象徵」的一種特殊空間；隱逸意識中的「自然」，另有前述之第四義，即主觀的精神境界，此為「心隱」者之所歸趨者，亦即《莊子．應帝王》所謂「遊心於淡，合氣於漠」、〈刻意〉所謂「恬淡寂寞」；乃通過修養功夫，消解情識造作而觀物、處世之所朗現的精神境界性空間。若能如此，則雖處人間世，卻無適而非自然；故所謂「自然」非必為物理性空間。道家隱逸意識的第一義為後者。各正史專立「隱逸傳」，晉代嵇康、皇甫謐、張顯、阮孝緒以下，歷代所撰述「高士傳」、「逸民傳」、「高隱傳」一類著作，都是這種文化意識形態的產物，不過大多為第一種「身隱」之士。

「隱逸」行為乃根基於生命存在的個體意識，只是在周代禮樂文化的籠罩下，先秦時期的「個體意識」仍是隱而未顯。到了東漢晚期，始普遍自覺為士階層的顯性意識。及至魏晉玄談風起，老莊之學盛行，而自然與名教相爭，此時隱逸意識與個體意識強烈的士人，都表現了以「自然」抵抗「名教」的態度。這種抵抗，除了不滿於人性偽化所產生道德的虛假與情意的偽飾之外；也不滿於政治權力極化所產生對人之才能實現、利益獲得的強勢支配。因此生命存在的「真樸」與「自由」，乃成為士階層必須去深思力行的問題。就在這一複合性的「生命自然存在觀」思潮中，「山水」做為回歸自然的一種即實在、即象徵的境域，乃成為繼「緣情模態」悲嘆生命存在之無常與有限後，所找尋到的安頓空間。上述「玄言詩」已見此種祈嚮，這一節所述的「山水詩」更是如此。故東晉以降，士人隱逸成習、遊觀山水成風，很多「玄言詩」、「山水詩」經常以道家思想為基調，表達「悟道」或「明志」之意，已明白顯示著這種「生命自然存在觀」的意識。

（二）「山水詩」的書寫，雖常寄託隱逸之理。不過其中另外含有其他的因素。什麼因素？至少有二：一為地理知識的因素。魏晉以降，源自《尚書．禹貢》、正史「地理志」之歷史地理書寫的專著，例如袁山松的《宜都記》、盛弘之的《荊州記》以及酈道元的《水經注》等。這種地理知識性的書寫，應該影響到山水詩人觀視自然物象的角度取向。二是因經濟條件所導致的生活審美趨尚。東晉以降的社會結構顯示世家大族占有最大的經濟資本與文化資本，購置經營大型林園的情況甚多。這種經濟條件導致諸多世家大族子弟生活審美趣味的趨尚，「遊觀山水」乃成為最高雅的審美趣味[64]。

（三）以謝靈運的「山水詩」為範型性文本來看，其「敘述模式」是：前面大部分篇幅為客觀「鋪寫」自然物象，後面小部分篇幅則直接主觀論述悟道之「理」或所持之「志」，主客物我截然為二的這種結構，其所繼承者顯然非前述三種模態所形成的「情志」傳統；而是旁出於漢代〈子虛〉、〈上林〉、〈兩都〉諸賦所開展的「寫物」傳統。謝靈運除「詩」而外，也是「賦」的作手，

64 有關導致山水文學興起的這二種因素，可詳參鄭毓瑜，〈身體行動與地理種類——謝靈運〈山居賦〉與晉宋時期的「山川」、「山水」論述〉，臺灣《淡江中文學報》第十八期，二〇〇八年六月，頁四二—五一。

有〈山居賦〉、〈羅浮山賦〉、〈嶺表賦〉、〈長谿賦〉等[65]，亦屬山水文學之作，則其「詩」受「賦」之影響而產生「跨文體」寫作，也是很自然之事。

由於以上個人、文化傳統與時代社會的種種內外因素，在「應感」、「喻志」、「緣情」、「玄思」諸模態之後，「遊觀模態」由情志傳統轉向寫物傳統，而「自然」乃被置於「官能知覺域」中，成為一主客間距的「遊觀」對象，而特別顯現其聲色之美。這種變遷雖有直承上述第二次類「玄言詩」之處；但是，更為明顯的軌跡則是旁接「賦」這一文類而形成橫移性的轉向。

這一模態之對於生命存在的詮釋，似乎有著以「山水」做為反名教而追求「回歸自然」的祈嚮，讓「山水」成為生命即自然而存在的境域；但是，最終表現的結果，由於名士多以「氣質、才性」為基本的生命情調，缺乏原始道家所開示之「虛靜」修養；超脫名教，畢竟只是知識層的理念。這從山水詩大家，如謝靈運、謝朓之一面於詩賦中大倡玄理，卻一面在現實的踐履中難棄名教境域，並任性使氣而招致殺身之禍，就可窺知「自然山水」不過是他們在名教境域中失意的「暫時」逃遁之所，或展示「回歸自然」的理念認知而已；但是，從實踐而致的結果來看，「人」與「自然」的關係，卻顯然「間距」頗大，最終只能開顯「官能知覺」所獲致的自然表象審美趣味而已。

七、「興會模態」的發生因素、變遷軌跡、性相特徵與存在意義之詮釋

「興會模態」是由東晉以陶淵明為代表的田園詩發其端；而至唐代的山水、田園、閒遊（閒行）

諸類的詩歌，尤其王維、綦毋潛、裴迪、孟浩然、儲光羲、常建、韋應物、李華、劉長卿、錢起、柳宗元、劉禹錫等人之作的範型性文本所大幅開顯。

「興會」一詞借自沈約《宋書．謝靈運傳論》：「靈運之興會標舉，延年之體裁明密。」[66]《文選》選錄這篇文章，李善注云：「興會，情興所會也。」[67]則「興會」即是感性會遇於物而所生之情。不過，在本文借以詮釋唐代王、孟等受道家、禪宗思想所影響而創作之山水、田園詩的論述語境中，「興會」一詞的涵義略有規創性的界說，如下：

我們將「興會」之「興」理解為「起情」；「起情」，乃出於「感性」的作用；但是，它既不同於「應感模態」中，以風、雅為範型性文本的「引譬連類」之「感」，也不同於「緣情模態」中，以〈古詩十九首〉等抒情詩為範型性文本的「情緒自我」的「感」。「興會」之「感」，必須合著「會」一詞所做的語義限定去理解。「會」字的本義是容器之「蓋」，段玉裁注《說文》認為由本義「器蓋」之「上下相合」，而引申為一般事物「相合」之義。在這字義的基礎上，本文依論述脈絡，將「會」字定義為二個事物平行相遇、彼此無間的「契合」。既是「平行」則不以其中任何一方為主導，既是「相遇」則是不期然的接連，不必有「類應」的預設與選擇。既是「彼此無間」則主客

65 顧紹柏，《謝靈運集校注》，所引賦篇，分見頁三一八、三六〇、三七一、三七六。

66 沈約，〈謝靈運傳論〉，參見《宋書》（台北：藝文印書館，《二十五史》景印清乾隆武英殿本，未標示出版時間），卷六十七，頁八六一。

67 參見《增補六臣註文選》，卷五十，頁九四三。

交融而沒有距離，不像喻志、緣情、玄思、遊觀等模態所顯示，主觀之情、志、理與客觀的物象仍然存在著分層的間距。因此，我們將「興會」之「興」理解為不預存喜怒哀樂之情緒，亦不預設類應或理念之思維模式的「靈覺」；「靈覺」一詞借自臨濟宗黃檗希運〈傳心法要〉：「此靈覺性，無始以來，與空虛同壽……不可以智識解，不可以言語取。……性即是心。」[68]此一「靈覺」是人人所具之本性，而性之動即是心之用，故本性也就是本心。它具有「感性」的動能，因此並非抽象概念的思維；但是，它又消解了個人主觀的「情緒」與「成見」，具有寂照物象、直契化境的「悟性」動能；故又稱為「空寂心」[69]。因為它仍具「感性」的動能，實可視之為「情」。只是此「情」非個人喜怒哀樂之私情，而是通感宇宙萬物之大情。

準此，則此一「靈覺」乃是能見、能聞、能覺、能知而空虛自在的「心體」，它非即所見、所聞、所覺、所知之萬象，卻又不離萬象而超越獨存，只是不在萬象上起著是非、善惡等價值分別，也不牽動喜怒、愛憎之情緒欲念[70]。

綜合而言，我們將「興會」理解為以此「靈覺」之心與自然萬物相遇、彼此契合無間，而顯現萬物自在自化之境象。

「興會模態」的產生，除了陶淵明、王維等個人的性情、涵養所致之外，在社會文化上當然有其因素條件：其一，道家與禪宗思想的影響；其二、隱逸意識的實踐。分述如下：

自魏晉六朝開始，道家思想與禪學即往往交流會通；發展到唐代，二者在若干關鍵性的觀念上，其相互滲透、彼此發明，進而融生新義的情況甚多，只是各在相對的主位上，或稱「玄學」，或稱「禪學」罷了。而唐代山水、田園、閒遊之作，實受到道家思想與禪學的雙重影響；山水、田園詩人兼習道、禪而深得其理趣者甚多，這些方面的前行研究成果已頗為豐碩，在此不煩詳述[71]。

唐代道、禪思想相互滲透而影響到「興會模態」之詩的產生，大要厥有三端：

（一）「虛靜／空寂」的主體心靈及其實踐：道家、禪宗皆從「心」以說「自然」之義。「虛靜心」、「空寂心」即是「自然之心」，道家有時又稱之為「天」。以「自然之心」觀照萬物而朗現其「自然之性」，即謂之「以天合天」[72]。禪學也從此「心」之體道以說「自然」[73]。如此則「自然」

---

68 釋道原，《景德傳燈錄》（台北：新文豐出版公司，一九八四），卷九，頁一六六。

69 〈傳心法要〉：「有大禪師號希運……唯傳一心，更無別法。心體亦空，萬緣俱寂。」同上注，頁一六二。

70 〈傳心法要〉：「本心不屬見聞覺知，亦不離見聞覺知；但莫於見聞覺知上起見解，莫於見聞覺知上動念；亦莫離見聞覺知覓心，亦莫捨見聞覺知取法。不即不離，不住不著，縱橫自在，無非道場。」同上注，頁一六四—一六五。

71 詳參杜松柏，《禪學與唐宋詩學》（台北：黎明文化公司，一九七六）。葛兆光，《禪宗與中國文化》（台北：里仁書局，一九八七）。周裕鍇，《中國禪宗與詩歌》（高雄：麗文文化公司，一九九四）。

72 《莊子．齊物論》：「聖人不由，而照之於天。」成玄英疏云：「天，自然也。」〈德充符〉也指出「無情」就是滌除「好惡」，而讓心靈「常因自然而不益生。」〈達生〉藉「梓慶削木為鐻」的寓言喻示這種以主體「自然之心」觀視萬物「自然之性」的態度為：「以天合天。」

73 《涅盤集解》卷五十四載竺道生之說：「夫體法者，冥合自然。一切諸佛，莫不皆然。」寶誌和尚〈大乘讚〉云：「動靜兩亡常寂，自然契合真如。」又〈十四科頌〉云：「佛性天真自然，亦無因緣修造。」參見《景德傳燈錄》，卷二十九，頁六〇二、六〇三、六〇六。禪宗三祖僧璨〈信心銘〉云：「放之自然，體無去住，任性合道，逍遙絕惱。……萬法齊觀，歸復自然。」參見《景德傳燈錄》，卷三十，頁六二六。

就不是「遊觀模態」中，官能知覺之審美經驗所對客觀表象性的「物色」；其第一義乃是經由修養功夫所致虛靜、空寂之自然心靈。

（二）「虛靜／空寂」的「觀視態度」及其實踐：道家以「虛靜心」觀物之自在、自化而見其「天性」，謂之「玄覽」或「靜觀」。禪宗以離絕妄念，證得「真如」心體，是為「止」、為「空寂」；而真如心體能朗現萬象卻又不住不著，是為「觀」、為「照」。故「真止」即「澄觀」而不二，是為「止觀」；「空寂」即「常照」而為一，是為「寂照」，或稱「默照」[74]。

「靜觀／寂照」所觀視而朗現的「自然」，不是萬物靜態的形色表象而已，更是萬物動靜交迭、生息變化的生命過程，謂之「化境」；「化」是道家最主要的宇宙觀，包括人類的萬物都在自然生息變化的生命歷程中，這就是體用相即的「自然」萬有本身；吾人應該以「無為」的「自然」之心，不干預、不分別地「靜觀」萬物的「自化」；此之謂「觀化」[75]。

我們還須注意的是「化境」並非抽象概念，而是「靜觀／寂照」當下朗現之象，只是觀視者不在「境」上妄起情識之分別，借用舊題王昌齡《詩格》中「詩有三境」的一個詞彙，可稱之為「境象」[76]。唐代「興會」之詩，因受道、禪思想的影響，故創作上往往講求以「虛靜／空寂」的主體心靈觀化、照境，例如王昌齡《詩格》所謂「放安神思，心偶照境，率然而生」、「神會於物，因心而得」[77]、權德輿〈左武衛冑曹許君集序〉所謂「意與境會，……得之於靜，故所趣皆遠」[78]、劉禹錫〈秋日過鴻舉法師寺院便送歸江陵并引〉所謂「能離欲則方寸地虛，虛而萬景入，……因定而得境，故翛然以清」[79]。這就是唐代詩學所形成的「意境論」[80]。

（三）「大道不稱／法離文字」的「表達方式」及其實踐：道家所謂「大道不稱」，禪家所謂「法離文字」[81]，並非完全取消文字；故道與禪的表達方式，其實是相即語言文字而又超越語言文字，也就是「言」與「默」的辯證。言，無言；默，非默[82]。故道家與禪宗對於語言文字的態度及

74 釋慧皎論曰：「禪也者，妙萬物而為言，故能無法不緣，無境不察；然後緣法察境，唯寂乃明。其猶淵池息浪，則徹見魚石；心水既澄，則凝照無隱。」參見《高僧傳》（台北：臺灣印經處，一九七三），集一，卷十二，頁三〇五。

75 「自化」、「觀化」的觀念，見《老子》第三十七章：「道常無為而無不為，侯王若能守之，萬物將『自化』。」《莊子・秋水》：「物之生也，若驟若馳，無動而不變，無時而不移。何為乎？何不為乎？夫固將『自化』。」《莊子・至樂》：「生者，假借也。假之而生生者，塵垢也。死生為晝夜，且吾與子『觀化』而化及我，我又何惡焉？」

76 參見張伯偉，《全唐五代詩格彙考》（南京：鳳凰出版社，二〇〇五），頁一七二。

77 同上注，頁一七〇、一七三。

78 董誥等編，《全唐文》（上海：上海古籍出版社，一九九〇），冊三，卷四〇九，頁三三一五。

79 劉禹錫著、瞿蛻園注，《劉禹錫集箋證》（上海：上海古籍出版社，二〇〇五），卷二十九，頁九五七。

80 有關「意境論」，詳參黃景進，《意境論的形成》（台北：臺灣學生書局，二〇〇四）。

81 參見《莊子・齊物論》：「大道不稱，大辯不言。」又參見瞿汝稷編，《指月錄》載印度禪宗緣起，即云禪乃「不立文字，教外別傳。」（成都：巴蜀書社，二〇〇五），卷一，頁一四。達摩所宗的《楞伽經》反覆申說「法離文字。」（台北：新文豐出版公司，一九八六），卷四。而丁福保箋注，《六祖壇經・般若品》亦云：「自用智慧，常觀照故，不假文字。」（台北：天華出版公司，一九七九）。

82 《莊子・寓言》：「言，無言。終身言，未嘗言；終身不言，未嘗不言。」《莊子・則陽》：「道物之極，言默不足以載；非言非默，議其有極。」亦即《楞伽經》所謂：「大慧，如來不說墮文字法。」同上注，卷四。

其實踐，比較圓融的說法應該是：說者與聽者（或讀者）兩須破執，一方以非概念直陳的「言」或「象」，啟發聽者或讀者，使其「自得」；一方則妙有所悟，自得其意而忘言、罔象。這種表達方式，我們可稱它為「境象性語言」。唐詩「興會」之作，在語言表現形式上，頗受道家與禪宗之語言觀念的影響，而要言之，即是「意在象外」的「境象性語言」。

不管是「禪」或「道」的本體，皆離絕抽象概念的思慮與言語的陳述，故「自然」萬象皆為當下靈覺所「興會」之化境，更不必「境外論道」。如此，則上述玄思、遊觀模態，往往於描繪物象之餘，刻意以抽象概念之思慮及言語表述「悟道」或「明志」，實則離「道」逾遠。道家之「道」與般若之「智」，對魏晉六朝具有玄學涵養的詩人而言，仍然是理論性的知識而已；並未經由實踐功夫真正開顯「虛靜」、「空寂」的主體心靈境界，也還未明「境象性語言」的表達方式。

「興會模態」的發生，其社會文化因素，除了上述道家及禪宗思想的影響之外，也與魏晉六朝玄思、遊觀模態同樣關聯到「隱逸意識」的實踐；以謝靈運為代表的「遊觀模態」之作，由於多出自世家大族對山水之美的興趣，一則必須有優厚的經濟基礎，二則往往刻意尋幽訪勝，實非一般人日常現實生活中的隨興閒遊。相較之下，以「田園詩」開其端的「興會模態」則更具「平常性」。陶淵明〈歸去來辭〉中所云「園日涉以成趣」，審美不離日常生活空間，這可以適切地表示陶淵明式的「田園詩」之與謝靈運式的「山水詩」不同的審美形態。「興會」往往當下目擊而心與境會，很難從謝靈運式刻意尋幽訪勝的「山水詩」開顯出來。人之與自然的關係，唐代詩人在「興會」的觀視態度下，即使「山水詩」，相較於魏晉六朝，也轉出另一種「隨興閒遊、即目成趣」的模態。

因此，這些種模態雖然都關聯到「隱逸意識」的實踐；但是，所開顯之觀視自然萬物的態度卻各有不同。

中國古代的「士」人始終都有社會身分認同與存在價值安頓的矛盾情結。「田園」同時是他們人生之旅「出發」與「回歸」的存在境域。這個存在境域恰與「廟堂」相對，除了做為物質生活中，經濟生產的現實性空間之外；早在魏晉之前就已被建構為「隱逸」的象徵性空間。而且這個空間比「山水」更接近人間世。《論語》記載孔子及其弟子所親遇的長沮、桀溺、楚狂、荷蓧丈人等隱士，即躬耕於「田園」之間。及至東漢張衡的〈歸田賦〉正式以特定的文體，將隱逸之思與田園結合為範型性文本，表現了身為「士」人，從田園「出發」遊向廟堂而又再「回歸」田園的心路歷程[83]。

若從詩歌來說，這一「模態」的範型性文本，則由陶淵明「興會」的田園詩發其端，例如〈飲酒〉之五（結廬在人境）、〈讀山海經〉等。這一類型的詩歌，雖然也涵有上述「現實生活域」的經驗成分；但是，更高的意義卻是在精神層次展現「士」人生命存在經驗中有關仕隱、出處的詮釋視域，從而開顯一種超離窮通、得失、物我之分別，虛靜以觀自然萬物的「興會」境象。其後，王

83 張衡仕隱出處之歷程，參見范曄著、李賢注、王先謙集解，《後漢書集解．張衡傳》（台北：藝文印書館，《二十五史》景印盧受堂長沙王氏校刊本），卷八十九，頁六七七—六八九。張衡，〈歸田賦〉，參見《增補六臣註文選》，卷十五，頁二八五—二八六。

維、孟浩然等人的田園書寫，大體都是此一取向。這正是原始道家「心隱」的自然之義。

因此，我們有必要更廣延地理解「田園詩」所表徵的「隱逸」意義，所謂「自然」應當是一種雖不離「人間世」卻又如同《莊子‧天下》所謂「獨與天地精神往來」的心靈境界。這樣的境域，其實是「社會生活」與「自然心靈」的融合，與離絕人間煙火而「身隱」於山林的境域有些區別[84]。「山水詩」與「田園詩」雖屬鄰近之類，然而其差別也就在於和「人間世」距離的遠近。延續六朝「遊觀模態」的隱逸意識，道家與禪宗祈嚮真樸、自由的「生命自然存在觀」仍然是此一「興會模態」的思想基礎；但是，二者觀視「人與自然關係」卻頗有不同。其間差別，就在於主體心靈是否經由修養以致虛靜、空寂而已。

這一「興會模態」之詩所開顯「人與自然關係」，從王維等人諸作，我們還可區分出二種次類，一為「在境」，一為「觀境」。其各自的性相特徵，可分述如下：

（一）在境：

王維〈竹里館〉：

獨坐幽篁裡，彈琴復長嘯。深林人不知，明月來相照。[85]

孟浩然〈春曉〉：

春眠不覺曉，處處聞啼鳥。夜來風雨聲，花落知多少？86

裴迪〈華子岡〉：

落日松風起，還家草露晞。雲光侵履跡，山翠拂人衣。

裴迪〈鹿柴〉：

日夕見寒山，便為獨往客。不知深林事，但有麏麚跡。87

84《莊子．天下》所謂：「獨與天地精神往來而不敖倪於萬物，不譴是非，以與世俗處」，已揭示了入世而出世的「心隱」之義。沈約更辨「身隱」與「道隱」；「道隱」乃「義為晦道，非曰藏身」，亦即「道隱」之義乃在於處亂世而「道不行」，故隱其「道」而不出，則何適非世，非必「穴處巖棲」；而「身隱」則義在違人而藏跡。從沈約之論觀之，「道隱」在「心」而不在「形」，其說雖近於儒家賢人之隱，然亦可與上述莊子之意相通，故總謂之「心隱」。參見沈約《宋書．隱逸傳論》，卷九十三，頁一〇九八。

85 陳鐵民，《王維集校注》（北京：中華書局，二〇〇五），冊二，卷五，頁四二四。

86 李景白，《孟浩然詩集校注》（四川：巴蜀書社，一九八八），卷四，頁五〇一。

87 參見《全唐詩》（台北：文史哲出版社，一九七八），冊二，卷一二九，頁一三一三。

劉長卿〈渡水〉：

日暮下山來，千山暮鐘發。不知波上棹，還弄山中月。伊水連白雲，東南遠明滅。[88]

錢起〈宿洞口館〉：

野竹通溪冷，秋泉入戶鳴。往來人不到，寒草上階生。[89]

上列諸詩，舉隅為例。其主題在於「人」的活動，而且這個「人」就是詩人自己，其活動或獨處，或閒行，或幽眠，或漫遊，或山宿。活動的「空間」在「自然」境域中，故而我們稱這類型的「興會」之作為「在境」。其性相的共同特徵是：

1. 境中雖有「我」在，然此「我」卻是一虛靜、空寂的主體，既非形軀我、認知我、德性我，也難以籠統說是「情意我」。勞思光將道家所主之「自我」歸為「情意我」，並視為純粹生命境趣，乃一藝術審美的主體[90]。然而，「情」不完全等同於「欲」，喜怒哀樂的感性情緒既非形軀我的欲求，也很難說是勞思光所定義下的「情意我」，實不好定位。因為道家「情意我」既是經由修養功夫所朗現的「純粹生命境趣」，便不是原始感性衝動的喜怒哀樂之「情」。而詩歌所抒發者大多是「情」而不是「欲」，其抒情自我實為一「情緒我」，例如「緣情模態」中所表現的「我」。故在本文的論述脈絡中，我們必要廣義的看待「情意我」，指感性生命力發用於心理層而被自己所經驗到的一切「情意」。然後，再將「情意我」區分為喜怒哀樂之感性的「情緒我」，以及消解情緒的「靈覺我」。上舉這類詩中的「我」既非形軀我、認知我、德性我，而且也非一明顯表露喜怒哀樂的「情緒我」。換言之，在諸詩文本中所呈現的是一虛靜、空寂的「靈覺我」。這「靈覺我」可以王維〈竹里館〉一詩中「獨」的主體性做為說明。「獨」一詞之義，在不同的語境中，可隱示二種不同的主體性：一為「孤獨」有待的「情緒我」，在陳子昂〈登幽州台歌〉的語境中，「獨愴然而涕下」正隱示了此一「孤獨而有待」的「情緒我」[91]；另一為「獨立而無待」的「靈覺我」，此義當出於《莊子・大宗師》所謂「見獨」。「見獨」的主體心靈境界，必須通過「外天下、外物、外死生」而至於「朝徹」，始能朗現。「見獨」則此「我」自由自在，無所依待，故靜對萬境而不妄起喜怒好

88 儲仲君，《劉長卿詩編年箋注》（北京：中華書局，一九九六），冊上，頁五八。

89 參見《全唐詩》，冊四，卷二三九，頁二六八四。

90 勞思光將「我」區分為以生理及心理欲求為內容的「形軀我」、以知覺理解及推理活動為內容的「認知我」、以生命力及生命感為內容的「情意我」、以價值自覺為內容的「德性我」。參見勞思光，《中國哲學史》（香港：中文大學崇基學院出版，一九八〇），卷一，第二、三章。

91 陳子昂〈登幽州台歌〉：「前不見古人，後不見來者。念天地之悠悠，獨愴然而涕下。」參見彭慶生，《陳子昂詩注》（成都：四川人民出版社，一九八一），卷三，頁二〇八。

惡之情緒，也因此而能朗現物我各在其自己，卻同契「自然」之渾化如一的活動歷程境象。王維〈竹里館〉一詩，所謂「獨坐幽篁裡」之「獨」，從他自得其樂而與明月通感，即朗現此一「見獨」之主體。其餘諸詩，亦大抵若是。

2.各詩之中所描寫的大體皆屬離絕俗世之名利塵勞，而為生命存在之清幽澹遠的精神境界。

3.全詩幾乎都以「境象性語言」去「描述」人的活動歷程及景物，不做情緒性認知性、價值性的「分判」之語，而使「意在象外」，唯讀者「自得」。

（二）觀境

王維〈辛夷塢〉：

木末芙蓉花，山中發紅萼。澗戶寂無人，紛紛開且落。

王維〈鹿柴〉：

空山不見人，但聞人語響。返景入深林，復照青苔上。[92]

儲光羲〈洛陽道〉：

洛水春冰開，洛城春水綠。朝看大道上，落花亂馬足。

李華〈春行寄興〉：

宜陽城下草萋萋，澗水東流復向西。芳樹無人花自落，春山一路鳥空啼。93

韋應物〈滁州西澗〉：

獨憐幽草澗邊生，上有黃鸝深樹鳴。春潮帶雨晚來急，野渡無人舟自橫。94

劉長卿〈過鄭山人所居〉：

寂寂孤鶯啼杏園，寥寥一犬吠桃源。落花芳草無尋處，萬壑千峰獨閉門。95

92 參見陳鐵民，《王維集校注》，所引王維詩篇，分見頁四二五、四一七。
93 參見《全唐詩》，所引儲光羲、李華詩篇，分見冊二，卷一三六，頁一四一七；冊三，卷一五三，頁一五九〇。
94 參見孫望，《韋應物詩集繫年校箋》（北京：中華書局，二〇〇二），卷六，頁三〇四。
95 儲仲君，《劉長卿詩編年箋注》，冊上，頁二三〇。

錢起〈古藤〉：

引蔓出雲樹，垂綸覆巢鶴。幽人對酒時，苔上閒花落。[96]

柳宗元〈江雪〉：

千山鳥飛絕，萬徑人蹤滅。孤舟簑笠翁，獨釣寒江雪。[97]

這一次類的「興會」之作，其性相特徵與上一次類相較而言，描寫「生命存在之清幽澹遠的精神境界」與「意在象外，而不做情緒性、認知性、價值性的分判之語」，這二點沒有什麼不同。其差別就在於其主題不是書寫「詩人自己在境中的活動」，而是書寫一種以虛靜、空寂之主體心靈所「旁觀」或「遠觀」的「自然境象」。即使「境象」中隱然有「人」的活動，那個人也未必是詩人自己。因此，不但情緒我、認知我、德性我完全隱沒，即連「靈覺我」也退到語言文字之外。全詩所表現的是「旁觀」或「遠觀」當下之境；但是，卻又不同於「遊觀模態」中僅為官能知覺所對的客觀物象，而是以靈覺「興會」自然物象並交融無間的「境象」。其所興會之「境象」，又可分為下列二種：

第一種是完全屬於萬物自在自化之境象。王維〈辛夷塢〉、儲光羲〈洛陽道〉、李華〈春行寄興〉等詩所描寫即是此一境象。宇宙萬物，只要吾人「不塞其原、不禁其性」[98]，而以自然無為之心觀之，則道體、禪機之妙用不息，花自開落、鳥自鳴啼、春潮帶雨、古藤引蔓、冰融水綠、草生犬吠，一切莫非自然。

第二種則是在自然的存在境域中展現著人的日常生活行動，王維〈鹿柴〉：「空山不見人，但聞人語響。」韋應物〈滁州西澗〉：「春潮帶雨晚來急，野渡無人舟自橫。」錢起〈古藤〉：「幽人對酒時，苔上閒花落。」柳宗元〈江雪〉：「孤舟簑笠翁，獨釣寒江雪。」劉長卿〈過鄭山人所居〉：「落花芳草無尋處，萬壑千峰獨閉門。」這種種人事活動，其特徵也同樣是「自然無為」，完全看不到浮情妄念。虛靜、空寂中，卻蘊藏著生機動能。

準此，這二種詩之所觀視都是以「靈覺」興會之「境象」。尤其更須辨明者，即使全詩寫景之作，也非僅是官能知覺所對「物色」表象而已。它不重在靜態形色的刻畫，而重在動態變化之萬物生命存在境象的開顯。

綜合言之，不管「在境」或「觀境」，不管全篇以寫自然境象為主，或在自然境象內相即著某種人事活動。自然境象與人事活動之間，其關係既非「應感」之連類，也非「喻志」之符碼，也非

96 參見《全唐詩》，冊四，卷二三九，頁二六八五。
97 柳宗元，《柳河東集》（台北：河洛圖書出版社，一九七四），卷四十三，頁七二六。
98《老子》第十章，王弼注語。參見王弼，《老子註》（台北：藝文印書館，古逸叢書本，一九七一），頁二一。

「緣情」之觸媒，也非玄思之同體，也非「遊觀」之官能知覺表象；而是「人與自然」交融於「以天合天」的同一「存在境域」中。因此，這一「自然」義乃是以消解人為之情識造作的虛靜、空寂心靈，直觀萬物而朗現「物物各在其自己」的「境象」。從賦、比、興的表現原理來看，與「比」全無關聯，而實在域、心理域與語言域也難以切分，最終呈現「即興即賦」而「即賦即興」的渾然之「境象」。在這「境象」中，主體之「觀」物，呈現三種性相特徵：

一是不預設任何模式化的思維，如「連類」、「理感」者。二是群體意識的「德性自我」、個體意識的「情緒自我」，以及「認知自我」都隱沒不顯；因此這種「興會模態」之文本已無法用「詩言志」與「詩緣情」二個傳統去範概。三是自然境象不是官能知覺所做聲色之「密附、切狀」的描繪；而是人與萬物同在自然時空中，共顯「各在其自己」卻又「渾然如一」的動態性生命存在境象。因此，它不像「遊觀模態」之僅由官能知覺到物物有隔的差別性表象；而更呈現了物物雖各在其自己，卻又同在「大化」中，並生共存而渾然如一，展現萬化不息的生命自然存在境象。因此，這個模態所表現的「時間相」與「空間相」，往往是「一時一地」之興會，而當下顯現；此與上述「遊觀模態」長線式的「時空相」頗為不同。「在境」諸詩，都可作如是觀。即使詩人與物不在同一空間中，看似遠眺旁觀，卻也直契萬物之「各在其自己」的生命活動歷程，而開顯渾然如一的存在境象，非僅形貌之鏤刻而已。「觀境」諸詩，都可作如是解。

上述就是此一「興會模態」在「人與自然關係」所開顯的三種性相特徵。這模態所呈現的「自然」，乃是「物我興會域」中的自然；但是，此一「自然」也不可能是純為客體的自然，亦即並非人與一切可經驗事物之「前文化」的原始狀態；而是在「後文化」的存在境域中，以修養功夫消解文化上種種違離「自然」的造作而開顯「靈覺心」，並以此心直觀萬物，從而朗現自然存在的「境象」。

這一模態從「人與自然的關係」所做生命存在意義之詮釋，乃是人只有消解因存在遭遇經驗所積累的種種情緒，以及消解由文化建構而既存的種種道德意志、概念知識之後，才能虛靜的「靈覺」到人與萬物都同在「大化」的生命存在境域中，各有其自在的神態與自化的歷程，卻又渾然並生共存而為「一」。

八、結論

「人與自然的關係」既是群體共對之「存在境域」，也是個體特殊的「存在經驗」。中國從先秦到唐代，詩人們就在不同的歷史時期，就在這個「存在境域」的基礎上，帶著理解存在意義的能動性，而依據個人特殊的才性、遭遇與時代社會文化的共同條件，採取自覺或不自覺的「觀視」立場與角度，將「自然」置入他所能「見」的「視域」中去理解、去詮釋，使它與自己的生命存在連接關係，而共顯生命存在的意義。

一切文化的產物必須取得某種涵具內容意義的符號形式，才能具體實現出來。詩歌是最精粹的文化產物，因此在「人與自然的關係」這個存在境域與體驗上，最終必以一種「即個殊即普遍、即普遍即個殊」的「模態性」詩歌文本，去表徵此一歷史時期的詩人們，如何體現他們對生命存在意義的詮釋，因此每一種「模態」都可視為每一個歷史時期的某些詩人們詮釋生命存在意義的表達式。故而當一種新的「模態」在某一歷史時期出現，即是某些詩人們在此一存在境域的基礎上，對於生命存在意義做出一種新的詮釋，並以一種新的「模態」表達之。

綜合前文的論述，我們已可肯斷中國古典詩歌中，所開顯「人與自然的關係」，從其歷程與模態觀之，約有六個時期與模態，即：（一）《詩經》時期，由風、雅之詩所開顯的「應感模態」；（二）《楚辭》時期，由屈騷所開顯的「喻志模態」；（三）漢魏時期以降，由〈古詩十九首〉及其後的抒情詩所開顯的「緣情模態」；（四）魏晉時期，由玄言詩所開顯的「玄思模態」；（五）六朝時期，由山水、行旅、記遊、登覽之詩所開顯的「遊觀模態」；（六）東晉至唐代，由田園、山水、閒行之詩所開顯的「興會模態」。

這個六時期及模態所開顯「人與自然的關係」，皆有其共同與差異的性相，也有其承續與變遷的階段性文化因素，並隱含各階段詩人對生命存在意義的詮釋。同時，每一個模態所開顯「人與自然的關係」，從實在域、心理域到語言域，都關聯到賦、比、興的表現原理；而且這三者往往交相為用，或興而比，或興而賦，或賦而興，隨著各詩歌模態的性相而展現出來。

綜合前文的論述，各模態的性相特徵、對生命存在意義的詮釋，以及賦、比、興的表現，可簡要概括如下：

風、雅之詩以「興」所開顯的「應感模態」，「人與自然的關係」幾乎都發生在素樸的「現實生活域」中。而其性相特徵乃呈現著「自然域」、「社會域」、「語言域」之間，以「心理域」之「應感連類」為動力所形成「人與自然」彼此「類應」的關係，因此往往「興」而帶「比」。在這「類應」關係中，「人」既與「自然」對列卻又依藉「應感」而「和諧」的「連類」為整體；故客觀「自然域」諸物象，須經由主觀「應感」而顯現。這個模態所顯示人們對生命存在意義的詮釋，就是宇宙萬物既以群分，又以類應，依藉「通感」，萬物雖分而不失為一和諧的整體，而有其混而不亂的秩序。

屈騷所開顯的「喻志模態」，其性相特徵乃是「自然」與「人」不復是「實在域」中對列而應感、連類的關係，而是以人之「意志」為中心，將「自然」攝入「道德價值觀念域」內，被虛化為譬喻的符碼，因此「比」多而「興」少。「喻志模態」中所呈現之「自然」乃是「道德價值觀念域」中的「自然」。「自然」與「人」的關係，不是「應感模態」那樣同處於「實在域」中，既對列又和諧；而是被虛化為隱喻或象徵符碼，只存在於「道德價值觀念域」中。而這個模態所顯示對生命存在意義的詮釋，乃是生命的存在以「人」為中心，宇宙萬物都被規定以「道德」為本質，「自然」物象必須被納入這個本質去理解，才能顯現其存在意義。而包括人在內的萬物，其生命存在意義的實現，則完全由於人之道德價值的自覺與踐履。

漢魏時期，以〈古詩十九首〉及其後的抒情詩所開顯的「緣情模態」，其性相特徵乃是「自然域」的「物象」與「心理域」的「情緒」，其關係既非連類應感，也非譬喻符碼，而是做為「引發」生命存在之各種經驗「情緒」的「觸媒」，也就是「境域性條件」。這就是「緣情」之「緣」的真義。因此，這一模態所表現的自然景物，多直書其象，不涵譬喻之意。從「實在域」、「心理域」到「語言域」的關係來看，是「興而賦」；假如將「語言域」延伸到讀者的閱讀活動，則是「賦而興」了。在這以「情緒自我」為主導的存在境域中，「自然物象」僅是外緣性、助因性的條件，人與自然仍然有隔，並未融合為同一境域。準此，我們可以說，在這個「緣情模態」中所呈現之「自然」，乃是「生命存在經驗域」中做為觸媒條件的「自然」。而這個模態對生命存在意義的詮釋，乃是生命的存在，實際地無法規避它的無常性與有限性。因此，詩人往往從自然時序景象的變化，去感受生命存在的無常與有限，並從而追問著永恆的可能，或者放蕩的必要！

魏晉時期以玄言詩所開顯的「玄思模態」，其性相特徵為通過玄學性的「思辨」及「理感」、「玄會」，所開顯的「自然」乃是「玄學理念域」中的自然。「自然」乃「玄思」的對象；詩人依據由玄學而來的先在理念，以觀視「自然」，從而體認到「人與自然的關係」乃在宇宙根源處與萬物玄同為一。這也就是此一模態所開顯魏晉士人對生命存在意義的詮釋；故「自然」相對於「人」而言，或在理念上做為生命歸根反本的終極標的，或在生活實踐上做為超脫名教之羈束而游目騁懷、蕭散自適的境域；但是，由於玄學的理念先在，主客物我未臻於交融如一，因而在敘述模式上仍然呈現著理——感——象的間距。從「語言域」來看，乃「賦」。不過，玄言詩之所以為玄言詩，由官能經驗所「賦」的自然物象，不是主題；主題終究在於從自然物象起「興」，進而感悟所致的「玄理」，故可謂「賦而興」，此一敘述模式，可稱之為「因象以悟理」。這種情況到六朝山水詩的「遊觀模態」依舊如此，須待唐代的「興會模態」才達到「人」與「自然」融合無間的境界。

六朝時期以山水、行旅、記遊、登覽之詩所開顯的「遊觀模態」，其性相特徵乃是「人與自然」呈現著主客物我相對的關係。自然物象對於人的情事而言，既非應感之連類、也非譬喻之符碼、也非玄思之同體，也非引發生命存在經驗的觸媒；而是官能知覺所對表象性之物色。因此，它所開顯的實為「官能知覺域」中的「自然」。從語言域來看，往往全詩寫景與敘事相即的進行，都是「賦」而非「比」、非「興」。這一模態之對於生命存在意義的詮釋，似乎有著以「山水」做為反名教而追求「回歸自然」的祈嚮，讓「山水」成為生命即自然而存在的場域；但是，最終表現的結果，「自然山水」不過是這些任性使氣的名士，在名教場中失意的「暫時」逃遁之所，或展示「回歸自然」的理念認知而已。從實踐而致的存在境域來看，「人」與「自然」的關係，卻顯然「間距」頗大，最終只能開顯「官能知覺」所獲致的自然表象審美趣味而已。

東晉陶淵明以至唐代以山水、田園、閒行詩所開顯的「興會模態」，其性相特徵乃是自然境象與人事活動之間，其關係既非「應感」之連類、也非「喻志」之符碼、也非「緣情」之觸媒、也非玄思之同體、也非「遊觀」之官能知覺表象；而是「人與自然」交融於「以天合天」的同一「存在境域」中。因此，這一「自然」義乃是以消解人為之情識造作的虛靜、空寂心靈，直觀萬物而朗現「物物各在其自己」的「境象」。從賦、比、興的表現原理來看，與「比」全無關聯，而實在域、心理域與語言域也難以切分，最終呈現「即興即賦」而「即賦即興」的渾然之「境象」。準此，我們可以說，這模態所呈現的「自然」，乃是「物我興會域」中的自然；而其對生命存在意義的詮釋，乃是人只有消解因存在遭遇經驗所積累的種種情緒，以及消解由文化建構而既存的種種道德意志、概念知識之後，才能虛靜的「靈覺」到人與萬物都同在「大化」的生命存在境域中，各有其自在的神態與自化的歷程，卻又渾然並生共存而為「一」。

由於篇幅有限，本論文所處理的範圍僅至唐代為止，故而並不意謂中國古代詩歌，在「人與自然的關係」這一問題上，就只開顯了六個模態。唐代之後的詩歌，是否另有新的模態出現，而其性相特徵如何？其對生命存在意義又做出何種不同於前六個模態的詮釋？這都有待進一步的研究。本論文以有限的篇幅，僅提出一種創造性的詮釋觀點，以及一種理論建構的模式。後續的研究，實有待學者們共同的參與。

後記：

原刊臺灣《輔仁國文學報》第二十九期，二〇〇九年十月。

二〇一六年八月修訂。

聯經評論

詩比興系論

2017年3月初版
2022年11月初版第二刷

定價：新臺幣580元

著　　者　顏崑陽
叢書主編　沙淑芬
封面設計　李東記
校　　對　吳淑芳

副總編輯　陳逸華
總 編 輯　涂豐恩
總 經 理　陳芝宇
社　　長　羅國俊
發 行 人　林載爵

出　版　者　聯經出版事業股份有限公司
地　　　址　新北市汐止區大同路一段369號1樓
叢書主編電話　(02)86925588轉5310
台北聯經書房　台北市新生南路三段94號
電　　　話　(02)23620308
台中辦事處　(04)22312023
台中電子信箱　e-mail:linking2@ms42.hinet.net
郵政劃撥帳戶第0100559-3號
郵撥電話　(02)23620308
印　刷　者　世和印製企業有限公司
總　經　銷　聯合發行股份有限公司
發　行　所　新北市新店區寶橋路235巷6弄6號2樓
電　　　話　(02)29178022

行政院新聞局出版事業登記證局版臺業字第0130號

本書如有缺頁，破損，倒裝請寄回台北聯經書房更換。　ISBN 978-957-08-4889-2 (平裝)
聯經網址：www.linkingbooks.com.tw
電子信箱：linking@udngroup.com

國家圖書館出版品預行編目資料

詩比興系論/顏崑陽著．初版．臺北市．聯經．
2017年3月（民106年）．408面．14.8×21公分
（聯經評論）
ISBN 978-957-08-4889-2（平裝）
[2022年11月初版第二刷]

1.中國詩 2.詩學 3.詩評 4.文集

821.8807 106001559